Nad… Fr. Novakovich,
Sand…
Han… lox
Sum…
Bärby, … , Katrin,
Kirsten,
…nette, Susanne, Maren, Aljetta, (22)
Andrea, Fr. Pook,
Bärbel, Bianca, Bettina, Kerstin, (27)
Waltraud, Anja,

CW01660124

HEYNE BÜCHER

DORIS JANNAUSCH

ALS HÄTTEN FUNKEN DIE NACHT ERHELLT

Roman einer jungen Schauspielerin

WILHELM HEYNE VERLAG
MÜNCHEN

HEYNE ALLGEMEINE REIHE
Nr. 01/9604

Copyright © 1993 by Langen Müller in der F. A. Herbig
Verlagsbuchhandlung GmbH, München
Wilhelm Heyne Verlag GmbH & Co. KG, München
Printed in Germany 1995
Umschlagillustration: IFA-Bilderteam/Walz
Umschlaggestaltung: Atelier Ingrid Schütz, München
Gesamtherstellung: Ebner Ulm

ISBN 3-453-08923-5

Wir alle kehren nur dahin zurück,
wo wir schon einmal waren.
Wir alle laufen im Kreis – lebenslänglich.

Inhalt

Für meine Weggefährten,
die treuen und die unbeständigen,
denn sie sind ein Teil meines Lebens.

Eine Nacht in Hamburg

Franziska sollte »Umsatz machen«, das Tanzlokal hieß »Moulin rouge«, und nichts daran erinnerte an eine Mühle oder gar an Paris. Was das »Rouge« betraf, nun ja: rosagedämpftes Licht und Plüschambiente taten alles, um schwüle Atmosphäre vorzutäuschen. Das war nötig, um die Männer zahlungswilliger zu machen. Wer hierher kam, in eines der Lokale auf der Reeperbahn, der steckte den Ehering in die Tasche und wollte etwas erleben.
Außer den Damen an der Bar engagierte man dazu »Taxigirls«. Das waren Mädchen, die mit den Männern tanzten, ihnen einheizten und sie zum Trinken animierten.
Seit vier Stunden war Franziska nun also Taxigirl.
Der junge Mann an ihrem Tisch war Musikstudent, hatte kein Geld, war wie ein gestrandeter Vogel in diesen teuren Käfig geflattert und sprach über Anton Bruckner. Seit Stunden unterhielten sie sich über Musik. Sie fühlten einander seelenverwandt, hatten hier nichts zu suchen, aber verloren so manches. Doch sie redeten ausschließlich darüber, ob und wieweit Wagner die Musik Bruckners beeinflußt hatte, und ob die Instrumente …
Die dicke, schwarzhaarige Chefin eilte heran. Lange schon hatte sie Franziska vergeblich mit Blicken Zeichen gemacht, den unliebsamen Gast abzuschieben. Dieses Mädchen paßte sowieso nicht hierher, fand sie, doch vielleicht konnte man aus ihr was machen. In dem blauen, hochgeschlossenen Kleid gab sie ja einen guten Kontrast

zu den anderen Mädchen mit den nackten Schultern ab; sie war nicht die erste junge Schauspielerin, die versuchte, in solchen Etablissements ein paar Mark zu verdienen, bis ein Engagement in Sicht war. Eine meist aussichtslose Sache.
»Hören Sie, Darling«, die Freundlichkeit der Chefin wirkte unecht wie die Klunker, die sie um den üppigen Hals trug, »Sie sollten den traurigen Herrn da aufheitern und mit ihm tanzen. Wie wär's mit einer Flasche Champagner, damit Sie beide in Stimmung kommen?«
Der junge Mann sah Franziska ratlos an.
»Zweihundertzwanzig Mark«, sagte sie leise.
Er wurde blaß, was man sogar in der rosaroten Beleuchtung sehen konnte.
»Zwei Glas Wein«, sagte Franziska schnell, »auf meine Rechnung.«
In Gedanken überschlug sie ihre eiserne Reserve und ihr wurde heiß vor Schreck. »Vorläufig«, fügte sie hinzu, denn sie hätte alles getan, den netten Jungen am Gehen zu hindern, aus Angst, dieser scheußlichen Umgebung allein ausgeliefert zu sein.
Die Chefin zog kopfschüttelnd ab, übergab die Bestellung einem Mädchen an der Bar.
»Danke«, sagte der Student, »das geht noch auf meine Rechnung.«
»Wir teilen«, schlug Franziska unerschrocken vor.
Er nahm an.
Sie war nach Hamburg gekommen, um einem Agenten vorzusprechen, in der Hoffnung, ein Engagement zu bekommen: im Westen neu anzufangen, der Ostzone entronnen, wo alles kaputt gegangen war. Der Agent hatte interessiert zugehört, dann schwer geseufzt und gesagt: »Sie mögen eine Perle sein für ein Theater, doch, bestimmt vielseitig, vom Klassischen über Boulevard bis zur Operette –, aber was soll ich tun? Die Spielzeit hat längst begonnen, die Vakanzen sind besetzt.«

»Vielleicht fürs nächste Jahr?«
»Und was machen Sie bis dahin?«
»Synchron, Rundfunk, Reportagen schreiben, ich bin nicht nur gelernte Schauspielerin, auch Dramaturgin, und als Reporterin ...«
Er unterbrach sie: »Haben Sie gute Verbindungen? Wenn Sie irgendwo einsteigen wollen, brauchen Sie natürlich eine Empfehlung.«
Wenn einer aus der Ostzone kam, war er fremd in Städten wie Hamburg.
»Lassen Sie Ihre Adresse da«, sagte der Agent höflich, »falls sich irgendwas ergibt.«
Eine feste Adresse hatte Franziska zur Zeit nicht; alle bisherigen Verbindungen existierten nicht mehr. Sie war aufgebrochen zu neuen Ufern. Wieder einmal war ihre Welt untergegangen. Diesmal brauchte sich die große Politik nicht erst zu bemühen, um Chaos zu stiften, diesmal hatte sie es ganz alleine geschafft.
Um drei Uhr nachts gesellte Franziska sich an der Bar zu den anderen Mädchen. Die Gäste waren gegangen. Die jungen Frauen musterten das Mädchen im blauen Kleid mit spöttischer Nachsicht und machten anzügliche Bemerkungen, weil es noch nie passiert war, daß eine von ihnen Geld für einen Gast ausgegeben hatte, statt umgekehrt. Alle waren sie gut eingearbeitet, auf das Nachtleben eingespielt, sie glichen schillernden Faltern, doch jetzt, da ihr Dienst zu Ende war, ließen sie die müden Flügel hängen: verschmierte Wimperntusche, Ringe unter den Augen.
Grundhonorar war zwölf Mark für eine Nacht. Zusätzlich die Prozente für Getränke, das waren bei den hohen Preisen oft einige hundert Mark. Den meisten Männern saßen die Scheine locker in den Taschen, sie waren froh, dem trostlosen Einerlei eines bemüht-verlorenen Ehelebens entronnen zu sein.

»Zwölf Mark«, die Chefin warf das Geld auf die Theke, sah Franziska kopfschüttelnd an. »Das lohnt gar nicht für eine ganze Nacht. Morgen muß das anders werden.«

»Morgen komme ich nicht mehr«, sagte Franziska und verließ das »Moulin rouge«.

Eigentlich hatte sie bei einem Kollegen übernachten wollen, bei Achim Kipka, der in Hamburg wohnte und ihr den Agenten empfohlen hatte. Doch der gute Kipka war kurzfristig nach Rostock engagiert worden, also wieder zurück nach dem Osten, und nun saß sie da und wußte nicht wohin. Eine mißtrauische Nachbarin hatte sie über Achim informiert, sah Franziskas Enttäuschung und meinte achselzuckend: »In Hamburg kann man immer Geld verdienen, irgendwie. Gehn Sie doch mal zur Reeperbahn.«

Die Reeperbahn kannte sie bisher nur von UFA-Filmen und Liedern, die Hans Albers sang. Sie dachte: Reeperbahn ist nicht schlecht für den Übergang. Ich könnte vielleicht dort rezitieren, moderieren, Chansons singen, Noten befanden sich in der geschulterten Reisetasche, ja – Reeperbahn!

Doch dort brauchten sie Taxigirls, sonst nichts. So war das gekommen.

Die letzten Lichter in den Nachtlokalen gingen aus. Die Schlepper vor den Türen, die auch gute Rauswerfer waren, meist baumlange, starke Muskelprotze, verließen ihre Plätze und stiegen in die Autos, nahmen noch einige Bardamen mit und Taxigirls. (»Ich fahr' ja bei dir vorbei, liegt auf dem Weg!«) Man hielt zusammen in dem schweren Job.

Franziska ging zur U-Bahn. Das Geld reichte nicht für ein Hotel, nicht mal für eine billige Pension. Es reichte auch nicht für eine Bahnfahrt nach – ja, wohin eigentlich?

Nun war die Nacht dunkel. Der vergnügungssüchtige Westen ruhte aus. Die U-Bahn fuhr noch nicht. Am

Horizont, über den Häuserdächern, lag ein heller Streifen, der allmählich breiter wurde, wie rotes Gold.
»Hallo«, ein Auto fuhr vorbei, streifte sie fast, der Mann, ein Nachzügler, hatte das Fenster heruntergekurbelt und hielt. »Wollen Sie einsteigen?« Er sah Franziskas entsetztes Gesicht, murmelte eine Entschuldigung und fuhr weiter.
Eine Art Betäubung überfiel Franziska wie eine Narkose. Tiefer unten kannst du nicht mehr sein, sagte sie sich, wie bin ich da nur hineingerutscht?
Sie setzte sich auf eine Bank in dem kleinen Park vor der U-Bahn. Die Hamburger Nacht war nun ganz still. Franziska lehnte sich zurück und schloß die Augen.
Vier Jahre war es nun her, daß sie mit dem Rucksack auf dem Rücken nach Dresden gekommen war, vertrieben aus Böhmen, entschlossen, innerhalb der Ruinen ein Theater zu finden, in dem sie spielen konnte. Damals teilte sie das Schicksal vieler Menschen, die nach dem Krieg ohne Zuhause waren, ausgebombt oder heimatvertrieben. – Doch dann waren einige Wunder geschehen, schon am ersten Tag, als der alte Theaterdirektor sie an sein kleines Theater engagierte. Alles verlief einigermaßen geordnet. Der Agent, der sie in die kleine Stadt in Sachsen schickte, wo sie spielen durfte und wo sie Jan Kupelius kennenlernte. Ein Schritt nach vorn: gemeinsam nach Greifswald engagiert zu werden. Eine hübsche Universitätsstadt mit einem zauberhaften Theater, das aussah, als hätte es ein feinsinniger Landesvater zu seiner und seines Hofstaates Freude erbauen lassen.
Schöne Rollen, nicht viele, aber doch erfolgreiche.
Von der Währungsreform, die sie im Zug nach Berlin überraschte, erholten sie sich nur langsam, Jan und sie. Ihr Zimmer zur Untermiete war winzig. Oft trafen sie dort Freunde und Kollegen, die Franziskas Kartoffelsalat lobten, und Jan erklärte immer wieder mit stolzgeschwellter

Brust: er habe es nicht schlecht getroffen mit seinem Mädchen, das zwar äußerst vergeßlich war, sonst aber energiegeladen und zielstrebig, egal, ob es sich um den Kartoffelsalat oder eine Rolle handelte. Auch schrieb Franziska Artikel für die Zeitung, Glossen und Feuilletons, während Jan das jeweilige Programmheft gestaltete. Zu Weihnachten verlobten sie sich, das war nun neun Monate her. Zwar paßte diese altmodische Art einer vorehelichen Verbindung längst nicht mehr in diese neue Zeit, die Kollegen machten sich lustig, aber Jan und Franziska wollten es so. Den Spöttern zum Trotz gestalteten sie den Abend feierlich. – Der Kachelofen strömte Wärme aus. Beide hatten sich ›in Schale‹ geworfen: Jan in einen Smoking aus dem Fundus, Franziska in ein türkisfarbenes langes Kleid, das sie sich aus Resten hatte nähen lassen und immer anzog, wenn auf der Bühne ein Abendfummel verlangt wurde.

Jan hatte tatsächlich zwei Ringe gekauft, ganz dünn und schmal, aus Silber, die steckten sie sich gegenseitig an den Finger. Dann tranken sie Nikolaschka – den Schnaps mit der Zitronenscheibe am Glasrand und einer schwimmenden Kaffeebohne – und aßen Kartoffelsalat.

Franziska hatte Spitzbuben gebacken, wie sie zur Weihnachtszeit in ihrer Heimat üblich waren – weiter reichte ihr Backrepertoire sowieso nicht –, mit Hingabe bestrich sie die Kekse mit Marmelade, klebte sie aufeinander und stellte sie auf den Tisch, mit Zucker bestäubt. Der ständig hungrige Jan griff begeistert zu – und hätte sich fast einen Zahn ausgebissen. Doch er verzog keine Miene. Seine Augen schmunzelten hinter der Brille, er sah Franziska beifällig an, nickte den Plätzchen zu und sagte: »Toll – gezuckerte Steine!« Höflich fragend: »Vom Ostseestrand?«

»Ist eigentlich nur was für junge Männer mit guten Zähnen«, gab sie schnippisch zurück und dann mußten sie beide lachen.

An diesem Abend ging Franziska als letzte ins Bad, quer durch das riesige, immer etwas muffig riechende Wohnzimmer der Wirtin, lief nochmals zurück, sah, wie Jan genußvoll ins Bett schlüpfte und sie rief ihm ängstlich zu: »Nicht einschlafen, nicht einschlafen!« Er versprach es. Sie beeilte sich mit dem Waschen und dem Zähneputzen, kam zurück. Er lag auf dem schmalen Sofa, der einzigen Liegestatt, die ihnen zur Verfügung stand und die sich schutzsuchend an den mächtigen Schreibtisch kuschelte, der fast die Hälfte des Zimmers einnahm. Natürlich: Jan war eingeschlafen.

»Mein Verlobungsabend«, seufzte Franziska, sah ihm noch eine Weile beim Schlafen zu und legte sich neben ihn. Wenn sie morgens aufwachte, oft war es noch dunkel vor dem Fenster, saß er schon am Schreibtisch, die Lampe fürsorglich abgedeckt.

»Jan, so früh ...«

»Schlaf weiter, schlaf weiter!« Nur ein Gewisper.

»Wir sind nie zur gleichen Zeit wach.«

»Doch, jetzt.«

»Aber nicht im Bett!«

Er kam um den Schreibtisch herum, kniete sich vor das niedrige Sofa, beugte sich über sie, nahm ihren Kopf zwischen seine Hände, sein Ausdruck war weich vor Zärtlichkeit. »Wie klein dein Gesicht ist, wenn du schläfst. Wie – wie ein Brembrötchen.«

»Wie was?« Sie kam aus dem Traum zurück. Am Morgen schlief sie so schnell ein wie er am Abend.

»Ein Brembrötchen.«

»Was ist denn das, um Himmels willen?«

»Ein Hefewecken. Schmeckt wunderbar.«

Das war seine Art von Liebeserklärung.

Das war Glück mit Jan.

Nebeneinander im Bett liegen, das kleine Radio auf dem Tisch: »Prager Frühling« hören oder die Festspieleröff-

nung in Bayreuth oder ein beliebiges Konzert. Kleine, kaum wahrnehmbare Bewegungen des Körpers bei besonders eingehenden Motiven, im selben Augenblick Musik trinken.
Das war Glück mit Jan.
Am Boden entlangwandern, vorbei an der Ruine Eldena, am Horizont die Ostsee in der Sonne. Nach Hause kommen und Kakao trinken. Ina Schneider erwarten, die junge, dunkelhaarige, langbeinige Schauspielerin, die so ganz anders war als Franziska und wiederum doch ähnlich. Gemeinsam Platten hören, die Dietrich singt: »Ich bin von Kopf bis Fuß auf Liebe eingestellt«, und Ina, vollbusig und sehr sexy, umgarnt den attraktiven Tristan Schlaghuber, der leider unbegabt ist und schwul, doch aussieht wie Dorian Gray. Sie proben, spielen und amüsieren sich, verstehen sich alle vier.
Wie schön war das Leben.

Fast wäre Franziska auf der Bank eingeschlafen. Sie fröstelte. Der warme Mantel befand sich im Koffer. Der Koffer stand in Garderlegen, bei Tante Liesl, von wo aus sie mit der Mutter »nach dem Westen« gestartet war. Sie wollte alles hinter sich lassen: die roten Fahnen, die Spruchbänderparolen, Stalins Bild an allen Ecken – und die Erinnerung an Jan.
Die U-Bahn kam, Franziska stieg ein und fuhr zur Endstation. Müde Gestalten im trostlos-trüben Licht, versprengte Nachtfalter, ausgelaugt. Ich sehe aus wie sie, dachte Franziska. Noch immer war diese Erstarrung in ihr, sie zwang sich, einen Entschluß zu fassen.
Vielleicht – nein, ganz sicher! – wäre alles anders verlaufen, hätten sie das freundliche Greifswald nicht verlassen. Erst Jan, dann Franziska. Der Ruf kam aus G., der kleinen Stadt in Sachsen. Dort war Lukas Rilke inzwischen ein recht erfolgreicher Intendant geworden. Er konnte

seinem Freund Jan nicht verzeihen, daß er mit Franziska davongezogen war, einfach fort, alle beide, die doch in seinem Leben eine wichtige Rolle gespielt hatten. Vor allem sein Freund Jan. Im Krieg waren sie zusammen gewesen, widerwillig, als Soldaten, sie hatten Stücke geschrieben und gespielt für die armen Kerle an der Front, zu denen sie auch gehörten, hatten sich geschworen, einander nicht aus den Augen zu verlieren: Wer nach der Apokalypse zuerst Fuß faßt, holt den anderen nach! So war es auch gewesen, bis Franziska auftauchte und die Freundschaft einen Riß bekam.

Nun wollte Lukas Rilke den Freund wieder um sich haben.

Im Wagen der U-Bahn saß nur noch ein älterer Mann mit spärlichem Haar. Er setzte sich neben Franziska, löste Kreuzworträtsel und nahm keinerlei Notiz von ihr. Vielleicht bin ich unsichtbar geworden, dachte sie, überhaupt nicht mehr vorhanden, in ein Nichts gefallen, und kein Mensch sieht mich und fragt nach mir. Da sie aber Selbstmitleid haßte und sich in solchen Augenblicken kritisch beobachtete, unterdrückte sie diese Anwandlung ihres angeknacksten Egos. Gern hätte sie den Mann gefragt, wie weit es noch bis zur Endstation sei, ihr schien es, als wären sie bereits Stunden in diesem trostlosen Wagen unterwegs. Stationen wurden aufgerufen, dann ging es weiter durch schwarze Tunnel, aus denen die Bahn auftauchte, wie ein U-Boot aus dem Wasser. Die Sonne war aufgegangen und warf goldenes Licht über die Gegend.

Die Sehnsucht nach Jan löste einen so heftigen Schmerz aus, daß es ihr den Atem nahm. Sie hatte den Wunsch, auf der Stelle zu sterben.

Das dramatische Ende ihrer Beziehung begann nach einer Probe, und zunächst deutete nichts darauf hin.

Die Schauspieler waren an diesem Tag besonders übermütig, vor allem die kleine Gruppe, die sich hinter der

Bühne zusammengefunden hatte: Der Regisseur Jochen Großmann, kurz »Jochi« genannt, der Franziska und Jan nach Greifswald geholt hatte, der dürre, blonde Christian, der aussah wie der »Junker Bleichenwang«, der schöne Tristan und Ina Schneider. Der Grund? Zum ersten Mal wurden Lebensmittel ohne Marken angeboten, zu Überpreisen zwar, doch immerhin. Zur »Abschöpfung der überschüssigen Kaufkraft« stand in der Zeitung; der Beschluß wurde jubelnd begrüßt.

»Kinder, laßt uns futtern, auch wenn die ganze Gage draufgeht!« rief der dürre Christian und seine Augen traten vor Erwartungsfreude noch weiter hervor als sonst.

Sie marschierten in die HO-Gaststätte am Marktplatz; ein gepflegtes Restaurant, das sie bisher kaum aufgesucht hatten, und dann auch nur, um eine Brühe mit Ei zu bestellen, die es ohne Marken gab.

Die Gaststätte war überfüllt, doch die Schauspieler bekamen einen kleinen Tisch in der Nische, wo sie sich unbeobachtet den kulinarischen Genüssen hingeben konnten: Gänsebraten mit Rotkraut und Knödeln! Jede Portion kostete sechsundvierzig Mark. Sie schwelgten, hatten fast schon vergessen, wie Gänsebraten schmeckte, nun wußten sie es wieder und begriffen nicht, wie sie es so lange entbehren konnten.

Sie tranken Wein – »noch eine Flasche bitte!« –, kamen immer mehr in Stimmung, obwohl Tristan Schlaghuber den Wein nicht sehr gut fand. Er mußte es schließlich wissen, der schöne Tristan, der »Dorian Gray« unter den jungen Männern, denn er hatte bereits in Wien Theater gespielt, dort sogar einen Film gedreht und versicherte, die Heurigenlokale wie seine Westentasche zu kennen. So dekorierte er seine Talentlosigkeit mit örtlichen Sahnetupfen, die vor allem Ina sehr beeindruckten. Im Grunde war Tristan ein netter Junge. Er sah tatsächlich so aus, wie Kleinbürger sich einen

Schauspieler vorstellen. Das mochte einer der Gründe für seine Beliebtheit sein.
Und er flirtete betont auffallend mit Franziska. Sie lachten gern zusammen und taten oft ein wenig verliebt, das war ungefährlich und machte Spaß.
Jan lächelte hinterhältig und machte anzügliche Bemerkungen. Meist tarnte er seine Schüchternheit und die unterschwellige Furcht, verletzt zu werden, mit impertinentem Witz, verstand es, sich mit redegewandter Brillanz aus Katastrophen zu retten. Er war für jede Runde ein Überraschungspaket, selbst dann, wenn er ohne Übergang im Sitzen einschlief und jeder ein schlechtes Gewissen bekam und fürchtete, an der jäh ausgebrochenen Schläfrigkeit schuld zu sein.
An diesem Tag aber lief Jan zu Hochform auf und dachte nicht ans Einschlafen. Er umarmte Ina und machte ihr eine gekonnte Liebeserklärung, auf die sie, männerorientiert und stets etwas exaltiert, geschmeichelt einging. Sie spielten eine Szene für ihr Publikum am Tisch, heizten dadurch die übermütige Laune noch weiter an.
Vom Wein beschwingt und fast zum Platzen satt, bezahlten sie ihre hohe Rechnung ohne Bedauern, spazierten zurück zum Theater, um noch einen Blick auf den Probeplan zu werfen und beschlossen übereinstimmend, danach weiterzufeiern, da der weitere Abend spielfrei war.
Im Theater lag ein Telegramm für Jan: »Erbitte sofortigen Anruf – Lukas.«
Franziska sah sein verdutztes Gesicht, las laut vor, erschrak, nichts konnte ihn davon abhalten, sofort und auf der Stelle zu telefonieren.
Jochi schaute Franziska ahnungsvoll an. Sie zuckte ratlos die Achseln.
Mit langen, entschlossenen Schritten kehrte Jan zurück. Er strahlte.

»Luk will, daß ich nach G. komme. Ich soll ›Die Räuber‹ inszenieren.«
Jochi tippte sich an die Stirn. »Du wirst doch nicht so blöde sein und wieder in das sächsische Nest zurückgehen?«
»Probeweise«, antwortete Jan und rückte mit nervösen Fingern die Brille zurecht. » ›Die Räuber‹ – stellt euch das vor! Du mußt meine Rolle umbesetzen, Jochi, du machst das schon –«
»Ich könnte einspringen«, erklärte der dürre Christian, der keine Ahnung hatte, weshalb Jochi und Franziska ihm aufgeregt Zeichen machten, den Mund zu halten.
Zu spät. Es wurde nichts mit der fröhlichen Feier, nicht für Jan und Franziska. Das Fest war zu Ende.
»Und ich?« fragte sie, als sie zu Hause waren, »was ist mit mir?«
»Du spielst deine Rollen und kommst nach.«
Lukas hatte die Angel ausgeworfen – und Jan hing daran. Er fuhr tatsächlich zurück in die kleine, sächsische Industriestadt, der sie erst vor wenigen Monaten entkommen waren.

Der Mann neben Franziska sah von seinem Kreuzworträtsel auf und fragte: »Ein Sohn Noahs? Drei Buchstaben!«
»Sem oder Ham«, antwortete Franziska.
»Beides paßt.« Jetzt erst schien er sie wahrzunehmen, musterte sie freundlich und fragte leicht erstaunt: »Wo kommen Sie eigentlich um diese Zeit her?«
»Ich will nach München«, platzte sie heraus.
»Aber der Bahnhof ist ...«
»Ich will per Anhalter fahren. Ich muß –! Gibt's in der Nähe eine Autobahn?«
»Eine Autobahn?« Er fand nur schwer von seinem Kreuzworträtsel in die Realität zurück.
»Ja, ich will nach München, verstehen Sie?« Jetzt, da sie es

aussprach, glaubte sie wirklich daran. Warum nicht nach München? Auch dort gab es Agenten, sie mußte es nur nochmals versuchen. Je fester sie daran dachte, um so zuversichtlicher wurde sie. Wie die Euphorie eines Fieberkranken. Der Mann sagte: es gebe eine Autobahn, nahe der Endstation, da wolle er auch hin, nein, nicht zur Autobahn, aber er wohne gleich hinter der Endstation. Dabei lächelte er traurig.

»Gegenüber dem Friedhof«, sagte er.

Franziska begann sich für ihn, für sein Schicksal, zu interessieren.

»Wo kommen Sie eigentlich her – um diese Zeit?« erkundigte sie sich, ohne selbst auf seine Frage geantwortet zu haben.

Er hatte seine Kinder besucht: Tochter, Schwiegersohn und Enkelkinder. Aber dort gab es nur wenig Platz für den »Opa«, der Schwiegersohn mochte ihn nicht, der hatte ihn nachts nach Hause geschickt: »Wo du doch so einsam wohnst und ganz allein in deinem Haus – denk nur, die Einbrecher ... «

Sowas gab's. Familienleben. Wie war es möglich, sein ganzes Lebensgefühl von den Kindern abhängig zu machen, zu einer Schattengestalt zu werden, mit nichts als einem Kreuzworträtsel in den Händen, war das denn immer und überall so? Nichts, daß dieses Schema ändern könnte, von Generation zu Generation dieser vorprogrammierte Alptraum?

Das durfte ihr nie geschehen, niemals. Keine Abhängigkeit von anderen Menschen, weder finanziell noch gefühlsmäßig! Franziska mußte handeln, nicht länger wie Treibeis dahinschwimmen: eine Chance erkennen und wahrnehmen, wenn nötig – sich selbst eine schaffen.

»Eine Chance«, sagte sie laut, »ich brauche eine Chance. Sie werden sehen – ich mach' was draus!«

Der Mann nickte ihr zu, erklärte ihr den Weg zur Rast-

stätte und warnte sie vor den Gefahren der Autobahn: »Es ist sehr leichtsinnig, per Anhalter zu fahren! Da gibt es Männer, die nehmen Mädchen mit, um sich über sie herzumachen oder sie sogar zu ermorden.«
»Ich paß schon auf«, versprach Franziska.
Dann stiegen sie aus: der Mann mit dem Kreuzworträtsel und sie mit ihrer Reisetasche.
»Ham«, rief er ihr nach und winkte mit der Zeitung, »Ham paßt!«
»Na fein«, Franziska winkte zurück. Sie erinnerte sich, während sie plötzlich energisch vorwärtsmarschierte, an die wundervollen Blödelstunden mit Jan, an ihre veralberten Wortspielereien, und so sagte sie vor sich hin: »Ham, mit Nachnamen Burg. Danach ist diese Stadt wohl benannt.« Sie lachte leise und ließ Hamburg hinter sich zurück.

Die Maus im Milchtopf

Franziska saß zwischen den Lastkraftwagenfahrern und fuhr in südliche Richtung. Sie konnte vor Müdigkeit die Augen kaum offen halten. Der Beifahrer, ein Mann mittleren Alters, der ganz sympathisch aussah, mit dichtem hellen Haar, schlug ihr vor, sich im Anhänger auszuruhen.
»Wir haben Säcke geladen«, sagte er, »darauf können Sie es sich bequem machen. Sieht aus, als hätten Sie's nötig.«
Sie stieg in den Anhänger, die Eisentür schlug zu – tiefste Dunkelheit. Der Laster ratterte weiter. Komische Säcke waren das, hart und weich zugleich, außerdem strömten sie einen merkwürdigen Geruch aus. Etwas unheimlich war es schon, in dieser Finsternis, total eingeschlossen, auf einer Ladung geheimnisvoller Säcke. Franziska benahm sich wie der kleine Junge nachts im Wald, der laut pfeift,

um seine Angst zu vertreiben. Sie schlang die Arme um die Knie und sang leise vor sich hin. Sämtliche Melodien und Lieder, die ihr einfielen.
Dann stockte sie plötzlich, weil es ein Lied war, das sie mit Jan gesungen hatte, zweistimmig, und eigentlich gar nicht so übel. Wieder merkte sie ihre Erschöpfung, wieder meldete sich der Schmerz.
Jan war nicht mehr nach Greifswald zurückgekommen. Er blieb in G., wo er interessantere Aufgaben fand. Dafür sorgte Lukas.
»Kündige deinen Vertrag«, schrieb Jan, »komm' schnellstens her, hier wirst du genug zu tun bekommen.«
Der Vorschlag war ein wenig blauäugig und zeigte, wie wenig Jan den Freund und die Situation durchschaute. Lukas wollte sie auseinanderbringen und nicht in harmonischer Zusammenarbeit vereinen, sonst hätte er sie ja beide zurückgerufen.
Franziska gehörte nicht zu den Frauen, die ihre Arbeit eines Mannes wegen aufgaben, nicht einmal für Jan. Doch in Greifswald war es unerträglich geworden. Die Schauspielerinnen rauften sich buchstäblich um die Rollen. Das Ensemble war überbesetzt und die anderen hatten ältere Rechte. Dagegen konnte selbst Jochi nichts tun. Zwar sorgte er für einige gute Rollen: Franziska spielte die Prinzessin in dem Stück »Der Schatten«, von dem russischen Dramatiker Jewgenij Schwarz. Ihr Partner war der dürre Christian: ein Bösewicht, gegen den Mephisto harmlos wie ein guter Onkel wirkte. Dann noch die Hauptrolle in einer Komödie und ein Kindermärchen, in dem Franziska das tapfere Schneiderlein spielte und zum Schluß »Prinzessin« Ina heiraten durfte. Das war zwar sehr lustig, doch befriedigend war es nicht.
Wenn Franziska sich einsam fühlte, besuchte sie Ina und Tristan. Dann redeten sie oder sie gingen tanzen, sie nahmen den dürren Christian mit, der lebte in Scheidung und

seine neue Freundin war hochschwanger, auch er brauchte Gesellschaft. Hin und wieder gesellte sich Jochi zu ihnen. Er sagte: »Wenn du nach G. zurückgehst, kommst du nicht mehr heil wieder!«

Ina lachte. »Du tust ja so, als wollte Franzi in den Krieg ziehen!«

»In G. lauert der Krieg«, prophezeite Jochi, den Blick auf seine gefalteten Hände gerichtet, als hielte er darin eine Glaskugel. »Hast du vergessen, was mit Lukas war? Das war der neue Haß zwischen euch dreien, erst Freundschaft, dann Liebe, dann Haß. Deshalb habe ich euch hierhergeholt.«

»Einer ist leider zurückgegangen«, sagte Franziska. Sie hatte keine Lust mehr zu tanzen, mochte Tristan, der bisexuelle Schönling, sie noch so mit auffordernden Blicken bombardieren. »Und ich – ich gehe ihm nach.«

Ina musterte sie aufsässig. »Seit wann richtest du dein Leben nach einem Mann aus?« Sie hatten oft über dieses Thema diskutiert. Und waren verschiedener Meinung, denn Ina fand es geradezu umwerfend, sich nach einem Mann zu richten, nur hatte sie meist weiche, willensschwache Männer gehabt, die sich nach *ihr* richten wollten.

»Ich würde gern hier bleiben«, Franziska meinte es ernst. »Trotz aller Sehnsucht nach Jan. Wenn es hier gute Rollen für mich gäbe, bliebe ich.« Sie sah Jochi in. »Könntest du mir solche Rollen garantieren?«

Er hob die Schultern und rückte heraus mit der bisher zurückgehaltenen Wahrheit. »Ich gehe nach Berlin. Mir reicht es hier auch.«

Also verließ Franziska die Stadt am Bodden, in der Caspar David Friedrich geboren war und die er nicht müde wurde zu malen. Aber auch er war weggegangen, nach Dresden und nach Böhmen, wo Franziska zu Hause gewesen war. Er hatte den umgekehrten Weg genommen.

Der Lastwagen hielt, Franziska war endlich eingenickt.

Die Säcke strömten einen süßlichen Geruch aus, der ihr Kopfschmerzen verursachte. Sie mußte an Dresden denken, an heißen Tagen hatte es auch so gerochen, zwischen den Ruinen, über dem aufgerissenen Asphalt. Das kam von den Toten unter den Steinen.

Franziska richtete sich auf. Ihr war übel, sie wollte heraus aus dem dunklen, süßlich riechenden Gefängnis. Plötzlich öffnete sich die Tür des Anhängers, ein Lichtstrahl fiel herein, blendete sie. Der Beifahrer erschien, zog die Eisentür wieder zu, der Wagen fuhr weiter.

»Wie wär's mit einer Kaffeepause?« fragte sie unsicher.

Der Mann lachte auf, setzte sich zu ihr, versuchte sie anzufassen.

»Es sind noch einige Stunden«, sagte er. »Wir könnten uns die Fahrt verkürzen.«

Franziska erkannte sofort die Gefährlichkeit ihrer Lage. Ihre Gedanken überschlugen sich. Sie beschloß, eine bestimmte Taktik anzuwenden, sich einzubilden, dies hier sei eine Theaterszene und sie spiele eine Rolle.

Nur eine Rolle.

Er duzte sie. Sie ging auf seinen Ton ein, wich den Annäherungsversuchen geschickt aus, gab sich kokett – ja, nur eine Rolle! Das war nicht einfach, denn sie wußte, was auf dem Spiel stand. Einen Fehler durfte sie sich nicht leisten. Dieser Mann hatte wohl mit seinem Kumpel ausgemacht: ›Ich vernasch' die Kleine mal ganz schnell!‹ Und dann? Vielleicht auch noch der andere? Per Anhalter fahren war gefährlich, das hatte ihr der Kreuzworträtselmann in der U-Bahn schon gesagt.

Der Mann war schon etwas älter, sah eigentlich recht gutmütig aus, etwas einfältig, möglicherweise war das ihre Chance.

»Weißt du«, Franziska hellte ihre Stimme auf, »ich mochte dich vom ersten Augenblick an, sonst wäre ich gar nicht mitgefahren. Ich weiß genau, was du möchtest.«

»Wirklich?« Seine Hand wurde zudringlicher. »Ist ja wohl auch nicht schwer zu erraten. Oder?«
Sie verneinte und seufzte übertrieben. Je simpler das Publikum, um so mehr mußte man »auftragen«. Hatte man die Zuschauer erst mal in der Hand, konnte man mit ihnen alles machen.
»Was ist denn?« Der Blonde nahm die Hand weg und wartete auf Antwort.
»Wenn wir nur bald in München wären«, sagte Franziska und fügte hinzu: »Ich möchte so gern mit dir ausgehen, weißt du, so richtig gepflegt. Du mußt sehr gut aussehen, wenn du dich in Schale wirfst.«
»Ja, o ja«, er geriet in Fahrt, »ich habe ein frisches Hemd, ganz modern und ein tolles Jackett – und dann Krawatte um –« er ließ einen kurzen Pfiff der Selbstbewunderung hören, »du wirst staunen.«
»Bestimmt.« Sie riskierte es, rückte nun ihrerseits nahe an ihn heran und sagte in sein Ohr: »Ich möchte, daß wir nett ausgehen und dann, danach ... in einem Hotel – und nicht hier auf den Säcken ... Was ist da eigentlich drin?«
»Kakaobohnen«, antwortete er irritiert. »Ungemahlene Kakaobohnen. Die riechen stark, wie?«
»Ganz schlimm. Ich würde gern hier umsteigen, nach vorn, aber unbedingt neben dir sitzen ...«
Er dachte nach. »Kennst du das Hofbräuhaus?« fragte er.
»Ich bin noch nie in München gewesen.«
»Dann zeige ich dir das Hofbräuhaus.« Er klopfte an die Wand, damit sein Kumpel anhalten sollte. »Du wirst staunen, Mann, ich freu mich, du!«
Der Laster hielt, die Eisentür ging scheppernd auf, im grellen Sonnenlicht stand der Fahrer. Sie sahen ihm blinzelnd entgegen.
Das war leichter gewesen, als Franziska gedacht hatte.
»Na?« Er schob seine Schiffermütze mit dem Zeigefinger zurück und stand breitbeinig da.

Der Blonde antwortete strahlend: »Wir gehen ins Hofbräuhaus«, er legte den Arm fast väterlich um Franziskas Schulter, »nachher kommt sie mit ins Hotel!«
Sie stiegen aus, um sich bei einem Imbiß zu stärken.
»Was willst du mit deiner Reisetasche?« fragte der Blonde.
Sie lächelte ihm zu: »Mich frisch machen – und umziehen. Bis gleich!«
Sie ging zur Toilette – und übergab sich.
Dann lief sie aus dem Hinterausgang auf den Parkplatz und hatte Glück. Ein älteres Ehepaar nahm sie mit bis nach München.
Es war spätabends, als sie ankamen. Am Hauptbahnhof stieg Franziska aus. Die Stadt war ihr fremd, wieder ringsum Ruinen, es würde das gleiche sein wie in Hamburg, sie fühlte sich zu schlapp, um am nächsten Morgen die Theateragenturen abzuklappern, sie sah auch nicht gerade taufrisch aus, hatte seit Tagen das blaue Kleid im New-Look-Stil an, das einzige, das sie besaß.
In dieser Nacht schlief sie im Saal der Bahnhofsmission. Viele waren da, die meisten wie sie, aus dem Osten, die im angeblich so goldenen Westen Fuß fassen wollten.
Viel hatte sie bis jetzt nicht gesehen von München. Einzelne blinkende Leuchtreklamen, Coca-Cola-Schilder und viele Autos, amerikanische Schlitten, die wichtigtuerisch hupten und blinkten.
Es tat gut, sich auszuruhen. Morgen würde man sehen, wie es weiterging.
Morgen, morgen.
Ihre Gedanken liefen wieder zurück, zu Jan, zu den letzten Monaten mit ihm, in denen sie versucht hatte, sich in der kleinen Stadt G. in Sachsen einzurichten. Sie bezogen die zwei gemütlichen Zimmer in der etwas heruntergekommenen Villa, in der sie schon vor ihrem Aufbruch nach Greifswald gewohnt hatten. Frau Drechsel, die net-

te Wirtin, empfing sie freudig und ließ alles andere vergessen: das schäbige Treppenhaus, die ausgetretenen Stufen und die uralte Küche, in der sie ihre schnellen Mahlzeiten zubereiteten. Sie liebten den Vorgarten, das schmiedeeiserne Tor und die stille Straße mit den breitkronigen Bäumen.

Jan war wie eine gespannte Feder, vibrierend vor Schaffensfreude.

Da sie einander sehr ähnelten und Franziska ebenfalls neuen Aufgaben entgegenfieberte, konnte das nicht gutgehen. Der Konflikt zeichnete sich bereits in den ersten Tagen ab. Jan war ausschließlich auf sich selbst konzentriert und hatte nichts getan, ihr den Boden vorzubereiten. Sie fühlte sich abgestellt und bereute, daß sie seinem Ruf gefolgt war.

Erst einige Tage nach ihrer Ankunft traf sie mit Lukas zusammen. Beide hatten die unvermeidliche Begegnung hinausgeschoben. Und plötzlich standen sie im Konversationszimmer voreinander. Auf der Bühne probte Jan, seine Stimme drang zu ihnen. Lukas hatte seine grüblerische Miene aufgesetzt, um seinen Mund lag ein unverbindliches Lächeln, das alles andere als herzlich war.

»Du bist also auch zurückgekommen«, er hielt die Schultern hochgezogen und den Kopf vorgereckt, wie immer, wenn er andeuten wollte, daß er es eilig hatte. »Jan ist sehr beschäftigt.«

Der erste Schuß, er traf ins Schwarze.

»Ich höre es«, antwortete sie und hielt seinem unsteten Blick stand.

»Also dann – herzlich willkommen«, sagte er nun doch, es kostete ihn Überwindung. »Was hast du für Pläne?«

»Ich würde gern bei euch gastieren«, antwortete sie eine Spur zu forsch, um sich Mut zu machen. »Vorausgesetzt, du befürchtest nicht, daß ich dein Theater dadurch ruiniere.«

»Das befürchte ich durchaus nicht«, er tat bekümmert und überhörte ihren Spott. »Nur wird das mit dem Gastieren nicht so einfach sein.«
»Weshalb nicht?«
»Kann ich jetzt nicht in zwei Worten erklären.«
»Versuche es, bitte!«
Ihre Begegnung war wie die Konfrontation zweier verfeindeter Generäle vor der beginnenden Schlacht.
»Tut mir leid«, sagte er höflich, »wenn du mich bitte entschuldigst!«
Er stürmte auf die Bühne, rief »Jan, Jan!«, als stünde das Theater in Flammen. Franziska folgte ihm zögernd, stand in der Kulisse, hob den Arm, um Jan zuzuwinken, doch ehe er sie sehen konnte, hatte Lukas ihn umgedreht und ging mit ihm, heftig auf ihn einredend, in die andere Richtung. Kaltgestellt.
Die Begegnung war schlimmer verlaufen, als Franziska sie sich ausgemalt hatte. Die Feindschaft war offenkundig, jeder wußte davon, ahnte den wahren Grund. Es ging zweifellos um Eifersucht. Nur wer auf wen?
Auch Jan hatte sich die Dinge anders vorgestellt. Er war verblüfft und betroffen, mit welcher Feindseligkeit Franziska und Lukas einander begegneten. Ein Vermittlungsversuch scheiterte. Lukas bedauerte: »Ich kann Franziska nicht engagieren. Die Gastspielverträge sind längst abgeschlossen.«
Er log. Jan wußte, daß dies eine Ausrede war, und er machte sich seine Gedanken.
Die Zuschauer waren unzufrieden mit den von Jan engagierten Gaststars. Sie wollten statt dessen Franziska Buresch sehen. Die Zeitung brachte einen Artikel über die zweitrangigen Schauspieler, die der Intendant kommen ließ, während eine erstklassige Darstellerin nichts zu tun hatte.
Lukas mußte nachgeben. Unter seiner Regie spielte sie die

Hauptrolle in einer Komödie, und das wurde ein Erfolg. Waffenstillstand!
Doch die Spannungen zwischen Jan und Franziska wuchsen. Es gab immer öfter Streit. Er wurde unpünktlich, sie unduldsam. Oft schrien sie sich an, bereuten es hinterher, doch niemals zur gleichen Zeit. Jan brachte Blumen mit, und Franziska schlug sie ihm um die Ohren. Er stürzte davon und blieb zwei Nächte lang weg.
Er amüsierte sich mit Lukas und zwei Tänzerinnen: ein kleiner, lustiger Pummel für Lukas, ein schwarzhaariger Vamp für Jan. Der Vamp hieß Irina Weber.
Wenn Irina in der Nähe war, veränderte sich Jan auffallend. Er bekam, Franziska gegenüber, etwas Provozierendes, schlang seinen Arm um das Mädchen mit den dunklen, orientalischen Augen, ließ sie aber sofort wieder los, wenn Franziska verärgert die Gruppe verließ.
Lukas, als schadenfroher Beobachter, agierte im Hintergrund.
Eines Abends gab Schorschi Buhler, Franziskas Bühnenpartner und »alter Kumpel«, ein kleines Fest. Er lebte mit einem jungen Maler zusammen und litt ebenfalls unter Liebeskummer.
»Paß auf«, sagte Schorschi, »ich lade euch beide ein und ihr sprecht euch mal richtig aus. Einverstanden?«
Franziska blieb skeptisch. Seit Tagen redete sie nur das Nötigste mit Jan. Über Schorschis Einladung äußerte er sich nicht. Am Nachmittag verließ er die Wohnung. Am Abend machte Franziska sich auf den Weg zu Schorschi. Sie ahnte nichts Gutes.
Schorschi empfing sie an der Tür, machte Zeichen, die Franziska nicht verstand. Auch sein junger Freund sah total verschreckt aus, begrüßte Franziska artig mit Küßchen rechts und Küßchen links.
Dann trat sie ins Wohnzimmer. Auf der Couch saß Jan. Neben ihm, triumphierend, Irina Weber. Er sah kurz auf,

machte »ah!«, winkte flüchtig und nahm weiter keine Notiz.
Franziska begrüßte die anderen, die ihr gespannt entgegensahen. Sie ließ sich nichts anmerken, setzte sich, lächelte, machte Konversation, als sei alles in Ordnung und ganz selbstverständlich. Ein innerer Schüttelfrost tobte in ihr, sie faßte das Glas mit beiden Händen, um das Zittern zu unterdrücken, hielt sich gut, doch dann ging sie in den Flur und lehnte sich unglücklich an die Wand.
Schorschi kam ihr nach und sah sie wortlos an. »Er macht das aus Trotz«, sagte er leise. »Er ist verzweifelt. Er denkt, du liebst Lukas.«
»Du spinnst – verzeih, Schorschi, aber das ist doch Unfug.«
»Doch, er hat es mir vorhin gesagt, er denkt auch: Lukas liebt dich«, Schorschi tätschelte ihre Wange, wollte Trost spenden, litt mit. »Er sagte, das sei schon voriges Jahr so gewesen, und die Sache sei eben nicht zu Ende. Stimmt das? Mir kannst du's doch sagen.«
»Es stimmt natürlich nicht«, antwortete Franziska. »Das war mal – naja – so eine Art Feuer zwischen Lukas und mir, aber das ist längst vorbei.«
Jan kam aus dem Wohnzimmer, er sah elend aus. »Willst du schon gehen?« fragte er.
Wut und Verzweiflung kämpften in ihr. Schorschi zog sich taktvoll zurück.
»Warum tust du das?!« fragte sie nun ohne Beherrschung.
Er zögerte mit der Antwort.
»Du bist dabei, mich zu verlassen«, sagte er nach einer Weile. »Und ich will dir zuvorkommen.«
»Das kannst du nicht wirklich glauben!«
Er nickte traurig, mit melancholischem Lächeln, das Franziska nicht mochte, weil sich ihr der Verdacht aufdrängte, er genieße sein Leiden.
»Ihr liebt euch«, sagte er nun doch und sein Lächeln

schwand. »Ihr strengt euch an, um mich zu wetteifern, aber nur, um euch gegenseitig auszubooten. Ihr meßt eure Stärke an mir. Es gefällt mir nicht, in eurer Schußlinie zu stehen.«

»Du weißt, daß es nicht so ist!« rief Franziska, dämpfte aber gleich die Stimme, weil die Stille im angrenzenden Zimmer darauf hindeutete, daß alle die Ohren spitzten. »Wir hatten das längst ausdiskutiert, schon vor einem Jahr – und oft genug haben wir darüber gelacht.«

»Jetzt lache ich nicht mehr«, er sah sie an mit einem unbewegten Gesicht, das Kälte ausstrahlte – als Schutz gegen seine Verletzbarkeit. »Jetzt weiß ich Bescheid.«

Ihr war klar, daß nichts ihn umstimmen konnte, kein Argument des Gefühls oder der Vernunft. Sie versuchte, ihr Herz vor dem aufsteigenden Schmerz zu schützen, und sie hielt seinem Blick stand.

Jan, nach wie vor völlig auf sie eingestellt, bemerkte ihre Ratlosigkeit, wurde schwankend, sagte: »Etwas läuft total falsch.«

»Ja«, sie zwang sich, kühl zu bleiben wie er, »wir hätten nicht herkommen dürfen. Jemand will uns auseinanderbringen.« Sie sagte es so, daß kein Zweifel blieb, wer dieser Jemand war.

»Ist es denn nur allein seine Schuld?«

»Nur seine. Ich will nur dich.«

Er wollte ihr so gerne glauben, griff nach ihrer Hand.

Irina erschien im Flur, sah die beiden, rief nach Jan.

Sofort ließ Franziska seine Hand los. Auf diesen Kampf wollte sie sich nicht auch noch einlassen, dieses Mädchen konnte keine Rivalin sein.

Jan, von Natur aus bockig wie ein Esel, mochte diesen herrischen Befehlston nicht. Er faßte Franziska an den Schultern und fragte: »Wollen wir gehen?«

»Du machst mir Spaß«, empörte sich Irina. »Warum schleppst du mich erst hierher?«

»Er wollte Franziska ärgern«, mischte Schorschi Buhler sich ein. »Tröste dich mit mir!« Er schäkerte, und fast wäre alles gutgegangen.
In dem Augenblick klingelte es, und Lukas erschien. Jan erstarrte ebenso wie Franziska. Schorschi blickte verwundert, er hatte Luk nicht eingeladen.
»Entschuldige«, der späte Besucher gab sich arglos und gut gelaunt, nickte Jan kurz zu. »Ich komme nur, um Franziska abzuholen. Du hast doch hoffentlich nichts dagegen?«
Jan, sonst immer mit Worten vorneweg, sah ihn und Franziska abwechselnd an, drehte sich um, nahm Irina beim Arm und schob sie zurück ins Zimmer. Sie warf einen provozierenden Blick über die Schulter und verließ triumphierend den Schauplatz des Machtkampfs.

Es war Frühling, und der Flieder duftete. Lukas ging schweigend neben Franziska her, die Straße war gesäumt mit blühenden Büschen, die im Mondlicht leuchteten. Sternenübersäter Himmel.
»Es sieht nicht gut aus, wie?« Luk faßte sie am Ellenbogen und stützte sie wie eine Kranke.
»Es wäre fast gutgegangen – bis du aufgetaucht bist«, antwortete sie, viel zu erschöpft vor Kummer, um auf ihn wütend zu sein. »Ach Lukas, warum läßt du uns nicht in Ruhe?« Er schwieg. Sie wollte die Wahrheit, jetzt, in dieser Nacht, in der alles zerbrach, was sie liebte. »Worum geht es dir eigentlich – um Jan, um mich – um wen?«
Sie waren vor der alten Villa angelangt, die dunkel, fast drohend in dem verwilderten Garten stand.
Nach einer Weile sagte Lukas mit seiner schweren, zögernden Stimme: »Es geht mir um euch beide. Ihr seid wie Kerzen, die an zwei Enden gleichzeitig brennen. Ihr verzehrt euch gegenseitig und stellt euch blind. Ihr steckt euch an mit Ehrgeiz und Nervosität und haltet das für ei-

ne kreative Partnerschaft.« Und dann, kaum hörbar: »Komm zu mir.«
Sie schüttelte den Kopf. Er gab nicht auf, das wußte sie, er wollte Schicksal spielen, und er würde gewinnen.
»Du bist ein feiner Freund«, sagte sie und ging auf das schmiedeeiserne Tor zu.
Er kam ihr nach und hielt sie fest. »Überlege es dir genau!« Es klang wie eine Drohung. »Ich liebe Jan und ich liebe dich«, er rüttelte sie sanft an den Schultern. »Aber zu dritt geht das nicht. Ich habe dir schon einmal gesagt: einer von uns dreien wird letzten Endes der Betrogene sein.«
»Ich weiß«, sie befreite sich aus seinem Griff. »Und jetzt ist die Reihe an mir.«
Nun schliefen sie alle fest im Saal der Bahnhofsmission. Von allen Seiten Schnarchgeräusche. Manche sprachen leise im Schlaf.
»Hallo«, jemand beugte sich über Franziska, mußte schon längere Zeit neben ihr gewesen sein. Haare streiften sie, ein zarter Duft nach Veilchen. »Entschuldige«, im trüben Licht der Notbeleuchtung sah Franziska ein hübsches, junges Gesicht. »Du gehörst doch auch nicht hierher«, sagte das Mädchen, »habe ich gleich gemerkt. Ich ziehe morgen in ein Hotel nach Schwabing, das Zimmer war noch nicht frei. Kommst du mit?«
Finger streichelten über Franziskas Augenbrauen, die Lippen, glitten den Hals hinab. Heißer Atem …
»Laß mich in Ruhe!« Franziska stieß sie weg und sprang auf. Eine Lesbe! Die hatte ihr gerade noch gefehlt.
Das Mädchen blieb hartnäckig, flüsterte, berührte sie, Franziska verteidigte sich massiv.
»Wenn du nicht verschwindest, rufe ich die Schwester!« rief sie laut. Einige unterbrachen das Schnarchkonzert und lauschten.
Die Frau murmelte etwas Empörtes und glitt zurück in ihr Bett.

Am nächsten Morgen sah sich Franziska die liebestolle Bettnachbarin genauer an. Wer war sie, wo kam sie her? Ein dunkelhaariger Typ mit einer Ponyfrisur wie in den zwanziger Jahren, umschattete Augen, groß und fragend, ganz in Schwarz gekleidet. ›Die möchte ich spielen‹, dachte Franziska, ›oder über sie eine Geschichte schreiben.‹
Die Mädchenfrau bemerkte Franziskas Interesse, deutete es falsch, Hoffnung blitzte auf in ihren Augen und sie fragte: »Kommst du?«
Franziska spürte Widerwillen: Ich muß weg von hier, weg von diesem Strandgut, wie, zum Kuckuck, konnte mir das nur passieren – ich brauche wieder festen Boden unter den Füßen! Es war September, längst spielten die Theater wieder und sie war ohne Engagement. Herauskatapultiert aus ihren ehrgeizigen Plänen, ganz unten, ohne Chance. Etwas mußte geschehen. Diesmal etwas Richtiges.
Leicht gesagt, wenn einer keine Wahl hat.
Eine Stunde später saß sie in einem Auto und fuhr in Richtung Regensburg. Zu Onkel Franz. Willkommen würde sie dort nicht sein, aber es bedeutete wenigstens eine Atempause.
Onkel Franz war der zweitälteste Bruder ihres Vaters. Sie hatte ihn höchstens zweimal gesehen, da war sie noch ein Kind gewesen und spielte bei den Großeltern in Teplitz-Schönau Theater. Mit Kusine Gisi.
Onkel Franz war Berufsoffizier gewesen und hatte mit seiner Frau in Preßburg gelebt. Er war noch von der »alten Garde«, groß, elegant mit Bärtchen, seine leicht österreichische Sprache ließ an Wiener Cafés denken, an ein Theaterstück von Arthur Schnitzler, an eine Kutschenfahrt durch Schönbrunn.
Seine Frau, die zarte Tante Edith mit den sanften Rehaugen und der Duldermiene, hatte Franziska noch recht gut in Erinnerung. Sehr sparsam war sie immer gewesen, aber auch besonders lieb. Nun lebten beide in Regensburg, ge-

nau genommen: in Schwabelweiß, wo sie sich nach der Vertreibung eine neue Existenz aufbauen wollten.
Schwabelweiß war ein lustiger Name. Franziska konnte sich nicht vorstellen, daß es dort besondere Enttäuschungen geben sollte. Sie begann sich darauf zu freuen.
Wieder hatte sie ihr blaues Wollkleid an, mit langem Glockenrock und enger Taille. In Greifswald hatte sie es nähen lassen, Jan wollte es ihr zur Verlobung schenken und als sie es anzog, war er in das Kleid ebenso verliebt wie in sie. Nun hatte es schon manchen Sturm hinter sich. Auch als Bühnenkleid konnte es Erfahrung sammeln. Doch zum Glück war es nicht nur schick und modern – es hielt auch was aus.
»Sind Sie Studentin?« erkundigte sich der Mann neben ihr am Steuer. Er sah harmlos aus, sehr bayerisch und kam aus Rosenheim.
»Ich bin Kindergärtnerin«, schwindelte sie, denn sie hatte keine Lust, ihm ihre Lebensgeschichte auf die Nase zu binden. »Jetzt fahre ich zu meinen Verwandten.«
Er schien eine Weile nachzudenken, fuhr auf einen Parkplatz und hielt.
Vorgewarnt durch ihr Beinahe-Abenteuer auf den Kakaobohnensäcken, wappnete sie sich mit Ablehnung. Der Mann blinzelte ihr vielsagend zu. Dann griff er in die Tasche und holte eine Handvoll winzige Lippenstifte heraus, nicht länger als höchstens vier Zentimeter, in allen Rotschattierungen.
»Können Sie die brauchen?« Sein rundes Gesicht rötete sich vor Freude. »Das sind Proben, verstehen Sie? Ich reise in Sachen Kosmetik, vor allem Lippenstifte.«
»Ach«, Franziska mußte lachen. Sie betrachtete die Stifte, schraubte sie auf, verglich die Farben, probierte sie aus. Sachverständig begutachtete der Lippenstiftmann aus Rosenheim ihre Lippen, nickte zufrieden und meinte: »Jungen Mädchen steht eben alles.«

Franziska fühlte sich geschmeichelt, sagte aber, daß sie ein gar so junges Mädchen nicht mehr sei und soeben ihren Vierundzwanzigsten hinter sich gebracht hatte.
»Sieht man Ihnen nicht an«, staunte der Mann, aufrichtig bewundernd. Dann startete er den Wagen und schaltete das Radio ein. Rita Paul sang soeben: »Ich muß jetzt nach Haaaaaus ...«, und Bully Buhlan wandte brummelnd ein: »Ach Baby, es regnet doch!« Beide mauzten zärtlich im Liebesspiel, und der Mann am Steuer grinste und sang leise mit. Franziska schwankte zwischen Aufregung und Müdigkeit. Nun, hinauswerfen würden sie sie bestimmt nicht, Onkel Franz und Tante Edith. Aber was sollte sie ihnen erzählen? Daß sie gescheitert war – aus privaten Gründen – oder aus beruflichen? Ausgerechnet jetzt, vier Jahre nach Kriegsende, da alle so eifrig dabei waren, sich einzupendeln.
Der Tag, an dem Franziska sich von Jan trennte, war der traurigste Tag ihres Lebens. Sie packte die wenigen Sachen, die sie besaß und die seit zwei Jahren mit Jans Habseligkeiten den Platz geteilt hatten: im Schrank, in der Schublade, auf dem Bücherregal.
»Was möchtest du – Bügeleisen oder Waffeleisen?«
»Eigentlich bügle ich selten«, antwortete Jan in schamloser Übertreibung, denn er hatte es noch nie getan.
»Ich auch«, behauptete Franziska, die Hausarbeiten haßte.
»Allerdings –« überlegte Jan, »Waffeln kann ich ganz gut backen.«
Also ließ sie ihm das Waffeleisen. Sie hatten es sich zu Weihnachten angeschafft, es war ihre größte Errungenschaft, sie beschlossen, in Zukunft Unmengen von Waffeln zu backen und dazu literweise Kakao (gemahlenen!) zu trinken. Das war eine ihrer Wunschvorstellungen gewesen.
Dann saßen sie zusammen und redeten. Sie umarmten

sich in ihrer allerletzten Nacht, hielten sich lange umschlungen und weinten und verstanden nicht, weshalb ihnen das Vertrauen abhanden gekommen war.
In den letzten Minuten ihrer Trennung versuchten sie einige müde Witze und burschikos-kollegiale Redensarten, noch ein letztes Mal legten sie behutsam Kopf an Kopf und atmeten einander ein. Sein Haar roch nach Herbstwald und frischgebackenem Brot. Nie mehr diesen Geruch, nie mehr die zärtlichen Hände, der unverschämt vorlaute Mund ...

Als die Spielzeit zu Ende war, verließ Franziska die kleine Stadt in Sachsen, die ihr so viel Glück und so viel Elend gebracht hatte. Sie fuhr in die Altmark, wo ihre Mutter sich aufhielt.
Maria Buresch war nur für einige Tage in das kleine Dorf gekommen, in dem sie nach der Vertreibung gelebt hatten. Sie wollte so schnell wie möglich zurück nach Freiburg, wo Viktor Buresch Fuß zu fassen versuchte – keine einfache Sache. Er war nun fünfzig Jahre alt und die Beamtenlaufbahn kam für ihn nicht mehr in Frage. Höchstens Angestellter konnte er werden, in der Sparkasse. Das war immerhin auch etwas.
Maria war »schwarz« über die Grenze gekommen, von West nach Ost, und nun wollte sie wieder zurück: eine riskante Angelegenheit. Alles nur, um zwei Dinge zu holen, die sie zurücklassen mußte, als sie das Dorf Hals über Kopf verließ, um ihrem Mann zu folgen. Zwei Gegenstände, mit denen sie bereits einmal eine Grenze passiert hatte – von der Tschechoslowakei nach Deutschland. Zwei »Kostbarkeiten«, die ihr die Tschechen nicht abgenommen hatten, was an dem guten Versteck lag, in dem sie sich befanden: eine Brotschneidemaschine, Marke »Leinbrock«, und eine Karaffe für Rum aus böhmischem Glas, kunstvoll geschliffen, jahrelanger Glanzpunkt in

Marias Wohnzimmerschrank. (»Franziska, laß die Finger von der Karaffe, du machst sie kaputt!«) Mehr war von dem Haushalt nicht übrig geblieben. Nun wollte sie die zwei Stücke in den goldenen Westen holen.
Und Franziska.
»Du mußt weg aus der Ostzone«, hatte die Mutter in Briefen gedrängt, »ich habe ja gleich gewußt, daß die Sache mit diesem Kupelius nicht halten wird. Papa meint das auch.«
Die Mutter hatte Jan nie gemocht. Sie hätte jeden Mann abgelehnt, mit dem Franziska sich zusammentat. Nur leider konnte sie ihr kein Zuhause bieten, nicht einmal für ein paar Tage. Noch lebten sie in ärmlichen Verhältnissen, von der Flüchtlingshilfe hatten sie die nötigsten Möbel und ein Feldbett bekommen. Sie gingen Blut spenden und bekamen ein paar Mark dafür, der Vater machte Gelegenheitsarbeiten, weil er die Stelle in der Sparkasse erst ab Oktober antreten konnte.
»Aufnehmen können wir dich nicht«, die Mutter weinte und fühlte sich schuldig.
»Ich komme auch so zurecht«, tröstete Franziska.
Ende August gingen sie frühzeitig über die Grenze, wurden geschnappt, von den Volkspolizisten schickaniert, mußten einen langen Kilometermarsch zurücklegen, in siedender Hitze ihr eigenes Gepäck tragen, wurden eine Nacht in Oebisfelde eingesperrt, mit noch anderen illegalen Grenzgängern, wurden einzeln verhört in einem Zimmer, in dem Stalin an der Wand hing, dann wurden sie nach Gardelegen zurückgeschickt. Dort suchten sie einen ehemaligen Mitarbeiter des Vaters auf, aus dem Amt für Handel und Versorgung, der vermittelte ihnen einen »Lotsen«, mit dem versuchten sie es ein zweites Mal, die grüne Grenze zu passieren.
Dieser Lotse lebte in einem Häuschen unmittelbar an der Grenze. Er hatte eine Schar Enkelkinder. Man kannte ihn.

Er schob den Kinderwagen, plauderte mit Maria und Franziska, sie taten harmlos, doch das Herz stand fast still vor Angst, und dann waren sie schon »drüben«.
Im Kinderwagen lag kein Kind, sondern ihr Gepäck.
Sie mußten einige Stunden auf der staubigen Landstraße marschieren, um zum nächsten Bahnhof zu gelangen. Öde Gegend, kaum Verkehr, eine kleine Kirche auf dem Hügel, die sahen sie sehnsüchtig an und seufzten, weil ihnen jetzt erst bewußt wurde, wie heimatlos sie waren.
Endlich die Bahnstation, sehr klein. Es war schon Abend. In der trostlosen Wartehalle verbrachten sie die Nacht und warteten auf den ersten Zug. Plötzlich stand Maria auf, ging zum Automaten, kam zurück und legte fünf eingewickelte Bonbons auf den Tisch.
Franziska sah die Mutter fragend an.
»Dein Geburtstag«, sagte Maria.
Den hatten sie fast vergessen.
In diesem Augenblick schlug Franziskas Herz heftig vor Zuneigung, wie seit Jahren nicht mehr. Als Kind hatte sie die Mutter so geliebt. Dann war so vieles dazwischengekommen.
»Der Zug«, sie standen auf und fuhren bis Celle. Hier mußte Maria für einige Tage in ein Aufnahmelager, um neue Papiere zu bekommen. Sie trennten sich, winkten einander zu und wünschten sich immer wieder Glück und »alles, alles Gute!«.
Franziska fuhr weiter nach Hamburg.
So war alles gekommen.
»Wir sind da«, der Mann am Steuer scheuchte sie aus ihren Gedanken. »Sie sind aber schweigsam gewesen! Wo wohnen denn Ihre Verwandten?«
Sie nannte Straße und Hausnummer, er fuhr sie bis dahin. Ehe er sich verabschiedete, wollte er noch einen Witz loswerden. Er lachte schon vorher so heftig, daß er einige Male neu beginnen mußte.

»Im Hofbräuhaus sitzt ein Preuße«, bei diesem Wort bekam er wieder einen Lachanfall. Offensichtlich hatten Leute aus nördlicheren Gefilden für ihn einen enormen Unterhaltungswert. Als er sich etwas beruhigt hatte, fuhr er fort: »Ihm gegenüber sitzt ein Bayer. Alle trinken Bier. Nur der Preuße bestellt ein Mineralwasser. Plötzlich macht er eine schnelle Bewegung und stößt das volle Glas um. Alles Wasser auf den Bayern! Sagt der Preuße erschrocken: ›Oh, entschuldigen Sie, das ist mir sehr peinlich!‹ Winkt der Bayer ab, lacht und meint: ›Macht nix! Ins Maul ist mir ja nix einikumma.‹«
Franziska machte ihm die Freude und lachte. Er war eine äußerst fröhliche Natur und wollte zum Abschied auch einen Witz von Franziska hören. Ihr fiel keiner ein.
»Höchstens so was ähnliches wie eine Fabel«, erklärte sie zögernd.
»Erzähl'n Sie, schnell«, drängte er erwartungsfreudig.
»Also – zwei Mäuse fallen in einen Topf mit Milch. Die eine geht wie ein Stein unter und ertrinkt. Die andere aber – was macht die? Die paddelt mit den Pfoten so lange, bis die Milch zu Butter wird. Dann klettert sie heraus und ist gerettet.«
Der Mann sah enttäuscht drein. »Ist wohl eine Art Gleichnis, wie?«
»Genau wie Ihr Witz.«
»Der und ein Gleichnis?« staunte er, fast beleidigt.
»Naja, Bayern und Preußen – immer die gleichen Klischees.«
»Die was?«
Es war wohl zwecklos, mit ihm darüber zu reden. Dennoch sagte sie:
»Komisch – die Welt ist aus den Fugen und vieles bleibt immer, wie es war. Nicht einmal die Klischees ändern sich.«
»Ich verstehe nicht ...«

Sie gab dem Mann die Hand, bedankte sich fürs Mitnehmen und die Lippenstifte. Dann sagte sie: »Ob Sie's glauben oder nicht: Ich kenne Preußen, die trinken genauso gern Bier im Hofbräuhaus wie die Bayern. Und es gibt Bayern, die trinken Mineralwasser, weil sie ein Magengeschwür haben oder weshalb auch immer.«
Der Mann machte ein verständnisloses Gesicht. »Das war doch nur ein Witz«, wandte er ein.
»Witzig gemeint«, sie nickte ihm lächelnd zu. Er fuhr ab, enttäuscht und irritiert, was ihr sehr leid tat. Verletzen wollte sie ihn nicht.
Sie seufzte und sagte laut vor sich hin: »Ich bin die Maus im Milchtopf. Habe Pech gehabt, kann jedem passieren. Aber ich werde nicht aufhören zu paddeln und zu paddeln und zu ... so lange, bis alles zu Butter wird. Dann steige ich heraus – und ihr werdet schon sehen!«
Sie schulterte die Reisetasche und ging auf das beleuchtete Haus zu.

Regensburg-Schwabelweiß

Das Haus war nicht groß, sah brav und bieder aus, mit einem Gärtchen drumherum. Drei Parteien wohnten darin. Im Dachgeschoß: Onkel Franz und Tante Edith. Hier war ihr neues Zuhause.
Franziska klingelte.
Tante Edith, klein und schmächtig, erkannte sie zuerst gar nicht.
»Ja, Kind – na so was«, rief sie dann mit ihrer hohen, auffälligen Stimme und zog Franziska in die Wohnung.
Der Onkel, in Morgenrock und Hausschuhen, sah ihr skeptisch entgegen, mit einem Blick, der sie an den Vater

erinnerte. Etwas verdrossen wirkte der einst »fescheste« aller Buresch-Brüder, besaß nicht den Charme und die Fröhlichkeit des jüngeren, der Franziskas Vater war. Er ließ sich umarmen und alles erzählen, ohne die Skepsis abzulegen. Als Franziska geendet hatte, brachte er ihre Probleme auf einen Nenner: »Du hast also kein Engagement!« Als hätte er nur darauf gewartet, fuhr er fort: »Warum hast du keinen gescheiten Beruf?! Das Theater ist ein Hirngespinst, damit kann man sich nicht ernähren, auch deine Eltern haben das gewußt, dein Vater hat uns schon geschrieben, daß du aus der Reihe geraten bist.«
Wie konnte es anders sein? Jahrelang gab es keine Kontakte in der Familie, aber wenn sie mal »aus der Reihe« war, wurde darüber geredet, und zwar so, als befände sie sich noch in der Pubertät.
»In jedem Beruf kann etwas schieflaufen«, wandte sie ein, wollte aber nicht näher darauf eingehen, daß die Offizierslaufbahn auch nicht gerade etwas »Sicheres« sei, wofür er ja das beste Beispiel bot. »Wir versuchen doch alle, auf die Beine zu kommen.«
»Aber du bist doch schon auf den Beinen gewesen«, sagte er unzufrieden und ohne Zuneigung, »und bist wieder gestolpert.«
»Ja«, gab Franziska zu. »Das ist wahr.«

Sie blieb in Schwabelweiß, vorläufig, ging zum Intendanten des Regensburger Stadttheaters, fragte nach einer Vakanz, der Allgewaltige zeigte Interesse, betrachtete sie nachdenklich und meinte schließlich: »Also wenn morgen nichts Außergewöhnliches passiert, ist nichts zu machen.«
Neugierig erkundigte sich Franziska: »Was könnte denn Außergewöhnliches passieren?«
»Nun – die Hauptdarstellerin könnte verunglücken, damit Sie ihre Rolle übernehmen könnten oder sonstwas in der Art.«

Darauf wollte sie lieber nicht hoffen. Sie ließ ihre Adresse im Büro, »für alle Fälle« und ging. Versucht hatte sie es jedenfalls.
Tante Edith, ein Leben lang angepaßt und auf das »Familienoberhaupt« ausgerichtet, hatte nach der Vertreibung plötzlich die Zügel energisch in die Hand genommen. Sie betrieb einen Kiosk an der Hauptstraße, in dem es Schokolade gab, Kaugummi und Zigaretten. Auch Lottoscheine. Ein Pfenniggeschäft, das aber was einbrachte. Wenn Franziska helfen wollte, winkte die Tante lachend ab: »Du und dein Onkel – ihr seid dafür nicht geschaffen!«
Also leistete Franziska dem Onkel Gesellschaft, der aus dem Morgenrock nicht mehr herauskam. Er erzählte ihr gern »von früher«, als er noch Uniform getragen hatte, er versank in die Welt seiner Erinnerungen und philosophischen Betrachtungen, aus denen er nur selten auftauchte. Doch wenn es ab und zu doch geschah, kamen sie einander etwas näher. Er wurde witzig, zog sie auf und sie lachten zusammen.
»Die Bureschs«, sagte er und rückte sich bequem im Sessel zurecht, »die sind recht abenteuerlustige Leute!« Seine kritisch-skeptischen Augen belebten sich, und er betrachtete Franziska mit Vergnügen. Sie dachte daran, daß man sich – hinter der vorgehaltenen Hand – von ihm erzählt hatte – pst, nicht weitersagen: Onkel Franz schwärmt für Schauspielerinnen!
Aus dem Theater machte er sich nichts. Aber aus Schauspielerinnen? Wie in der angeblich so guten, alten Zeit, als die »Damen vom Theater« einen anrüchigen Ruf genossen: man nahm sie zur Geliebten, beschenkte sie, brüstete sich im Club mit ihnen, wirklich – es gibt Dinge, die ändern sich nie!
Doch: Es verändert sich die Welt, das Schicksal der Menschen – aber nicht ihr Bewußtsein. Es hinkt hinterdrein.
»Abenteuerlustig bin ich eigentlich nicht«, widersprach

Franziska. »Ich würde ganz gern irgendwo zur Ruhe kommen und da intensiv arbeiten dürfen.«
»Na, erzähl' mir nichts«, er schlug einen vertraulichen Ton an, »die Bureschs sind erlebnishungrig, alles emotionale Karnickel.«
Franziska lachte laut heraus. Ein emotionales Karnickel war sie nun wirklich nicht! Doch wenn es ihn glücklich machte, das zu glauben, wollte sie ihn nicht enttäuschen. Ganz gegen ihre sonstige Gewohnheit widersprach sie nicht.
Sie schrieb Briefe. Einen an Ina Schneider, die ihr sehr fehlte und die sie sich herbeiwünschte, um sich gründlich auszusprechen. Ina konnte zuhören, sie war lebhaft und vergnügt, ein wenig oberflächlich vielleicht, aber hellwach und vielseitig interessiert. Ina war eine Freundin. Sie antwortete auch umgehend.
»Stell Dir vor«, schrieb sie, »Tristan und ich haben geheiratet. Ich heiße nun ›Schlaghuber‹, wie klingt das denn?«
»Na scheußlich«, murmelte Franziska und mußte sich von dem Schreck erholen. Zum Glück war sie allein, Onkel Franz hatte sich nun doch entschlossen, im Kiosk zu helfen, er war sehr beliebt und viele Kunden kamen seinetwegen, was ihm, dem alten Charmeur, schmeichelte. Denn natürlich waren es in erster Linie die Damen, die sich immer wieder blicken ließen, wenn er auftauchte.
Franziska las weiter: »Stell Dir vor: der Marktplatz voller Leute. Vor dem Standesamt drängten sich die Massen, nicht übertrieben. Die Schornsteinfeger kamen und bildeten ein Spalier, das hatte Tristan arrangiert. Er ganz in Schwarz, ich in Weiß, mit Schleier – na, sagenhaft. In der Zeitung gab es einen Bericht darüber, samt Bild. Ich lege Dir alles mit bei.«
Ein schönes Paar die beiden: der große Blonde mit der Chrysantheme im Knopfloch und die schwarzhaarige junge Frau mit den langen schlanken Beinen! Dahinter war der dürre Christian zu erkennen, sein Gesicht strahlte, er war bestimmt Trauzeuge gewesen.

Was stand noch in dem Brief?

»Weißt Du, daß Jochi uns verlassen hat und nun in Berlin ist, bei irgendeinem Gastspielunternehmen? Weißt Du, daß Dein Jan sich mit diesem Lukas überworfen hat und auch in Berlin lebt, wo der verrückte Jochi ihn hingeholt hat? Er ist der typische Wegbereiter, der Jochi – ach ja, und weißt du auch, daß Jan überall nach Dir fragt?«

Franziska ließ den Brief sinken und vergaß vor Schreck einzuatmen. In dem Augenblick betrat Onkel Franz das Zimmer, sah sie leichenblaß dasitzen und fragte: »Schlechte Nachrichten?«

»Nein. Aber auch keine guten!«

Alles kam plötzlich wieder zurück. Ein Boxhieb in die Magengegend. Das Herz tat weh und alles, alles fing von vorne an.

»Du siehst miserabel aus«, stellte der Onkel mißbilligend fest. »Vielleicht solltest du einen Plan fassen, ehe der Winter kommt.«

»Vielleicht sollte ich zurück in den Osten«, stimmte sie zu. »Hier kenne ich keine Menschenseele, die mir beruflich helfen könnte.«

»Zurück in die Ostzone«, Onkel Franz schnaufte empört auf. »Du bist jetzt hier. Du solltest umsatteln. Ich kenne eine Menge einflußreicher Leute ...«

»Es ist schon Oktober«, unterbrach Franziska seinen Monolog. »Höchste Zeit.«

Zwei Tage später fuhr sie nach Hof. Es war kalt geworden, sie wollte nach Berlin. Das bedeutete, daß sie wieder schwarz über die Grenze gehen mußte. Bei Dunkelheit. Diesmal von West nach Ost.

Onkel Franz hatte sie zum Bahnhof gebracht, etwas enttäuscht, er hätte es gern gesehen, daß Franziska blieb, um »etwas Nützliches« anzufangen. Im Grunde war er stolz auf die Nichte. Er nannte sie eine »patente Person«, ein »hübsches, frisches Ding«, wenn er auch ihren fehlenden

Sinn für die Realität bedauerte. Er und seine Frau hatten alles getan, ihr Regensburg und Umgebung schmackhaft zu machen. Sie waren mit ihr zur Walhalla gewandert, der stolzen Ruhmeshalle auf dem Berg über der Donau. Weiß und gebieterisch beherrschte sie die Gegend: Hüterin zahlreicher Büsten berühmter Männer, deutscher Männer natürlich. Wirklich, ein hehrer Bau. Eine zu Architektur gewordene Wagneroper. Frauenbüsten befanden sich seltsamerweise keine darunter, obwohl es doch mindestens ebensoviel bedeutende Frauen gab wie Männer. Ein chauvinistisches Denkmal – weiala, woga.
Ein andermal war sie mit den Verwandten zu einem Schützenfest gegangen, in einen Gasthaussaal in Schwabelweiß. Es war sehr laut gewesen und ein blonder, junger Mann namens Eberhard, ein »Freund der Familie«, setzte sich zu ihnen an den Tisch und wollte unbedingt mit Franziska tanzen. Sie erinnerte sich an die Nacht in Hamburg, vertröstete ihren Nachbarn und verließ vorzeitig das Fest, sehr zum Unwillen der zwei lieben Leute, die es doch nur gut mit ihr meinten. Sie legten ihr den Eberhard warm ans Herz. Heiraten sollte sie, das wäre doch wenigstens eine sichere Sache.
Nun, Regensburg war ein Versuch gewesen, wohl von vornherein zum Scheitern verurteilt.
Als der Zug abfuhr, winkten sie einander lange zu: Onkel Franz und Franziska. Wie er so dastand, in seinen schönen, braunen Augen Trauer und ein bißchen Enttäuschung, doch hochaufgerichtet, um sich nur ja nichts anmerken zu lassen, erinnerte er sie mehr denn je an ihren Vater. Eine heftige Sehnsucht nach den Eltern überkam sie. Doch sie wußte, wie aussichtslos es gewesen wäre, sich bei ihnen alles von der Seele zu reden. Nichts würden sie verstehen. Kein Wort. «Wir haben es ja gleich gesagt!« Von da kam weder Trost noch Hilfe.

Am Himmel stand eine schwere, dunkle Wolke. Draußen pfiff ein kalter Wind, als wäre es schon November.

»Wer jetzt kein Haus hat, baut sich keines mehr.
Wer jetzt allein ist, wird es lange bleiben,
wird wachen, lesen, lange Briefe schreiben
und wird in den Alleen hin und her
unruhig wandern, wenn die Blätter treiben.«

Jeder hatte das wohl schon ähnlich erlebt. Auch Rainer Maria Rilke. Ob es in dieser Zeit noch Menschen gab, die bequem und sicher da saßen, wo sie geboren waren – gab es die? Doch, sicher gab es sie. Franziska wußte im Augenblick nicht, ob sie diese Leute beneiden oder bemitleiden sollte.

Man lernt sehr viel, wenn man oft stolpert und auf die Nase fällt, man lernt vor allem das Aufstehen. Und das war doch auch etwas wert. Oder nicht?

Hof. Es war kurz nach Mittag. Franziska hängte sich die Reisetasche um, steckte Ausweis und eiserne Reserve in die Manteltasche und wollte die Dunkelheit abwarten. Sie befahl sich, ganz ruhig zu bleiben, was ihr nur schwer gelang. Die Stadt war belebt, Leute kauften ein, fuhren Autos, ein Kino lockte. »Gangster in Key Largo«, ein Film mit Humphrey Bogart. Den hatte sie noch nie gesehen, den Bogart, nur von ihm gehört. Ina Schneider schwärmte für ihn, sie war in Ostberlin zu Hause und ging öfter hinüber nach dem Westen, um sich Filme anzusehen, da man doch in Berlin ziemlich ungeniert die Grenze passieren konnte. »Ach, der Humphrey Bogart – nein, den muß man gesehen haben!«

Früher hatte Ina für Johannes Heesters geschwärmt, als Backfisch, während des Krieges. Jeden Film, in dem er mitspielte, sah sie sich an, jede Operettenaufführung. Danach belagerte sie mit vor Begeisterung außer sich geratenen Mädchen den Bühnenausgang, um sich ein Autogramm geben zu lassen.

Nun also Humphrey.
Franziska kaufte sich eine Karte und machte es sich im Kino gemütlich, als sei sie nur mal schnell zwischen Mittagessen und Kaffeepause um die Ecke gehuscht. Wenig Leute gab es um diese Zeit. Die Lautsprecher dröhnten, die Stimmen schepperten.
Ein aufregender Film: viel Sturmflut, Schießerei und eine ständig betrunkene Blondine. »Die ist sexy«, würde Ina sachverständig sagen und versuchen, den Hüftschwung der frustrierten Dame nachzuahmen.
Humphrey war tatsächlich ein interessanter Mann, vielleicht kein besonders guter Schauspieler, nicht sehr groß, aber mit starker Ausstrahlung. Im Osten sah man stets nur russische Filme: »Iwan der Schreckliche« zum Beispiel. Keinen »amerikanischen Schund«, der in einer sozialistischen Gesellschaft verpönt war. Wenn schon Grausamkeiten, dann mußten es historische sein, vor allem aber russische. Um weitere Details kümmerte sich die Partei. Dazu war sie schließlich da.
Nach dem Kino verließ Franziska die Stadt in Richtung Grenze. Es begann zu schneien. Der Wind ließ die Flocken tanzen. Die Sicht wurde immer schlechter, obwohl es längst noch nicht dunkel war.
»Gehen Sie einfach nur quer durch den Wald«, hatte ihr ein Mann geraten, den sie nach der Richtung befragt hatte. »Immer an der Böschung entlang. Aber ducken Sie sich, die haben Feldstecher.«
Das letzte Haus – Felder, Wald. Franziska duckte sich und lief in langen Sprüngen durchs Gebüsch. Plötzlich hörte sie hinter sich ein Hecheln. Ihr erster Gedanke war: Die Grenzpolizisten hetzen Hunde auf mich! Was nun – rennen oder stehenbleiben?
Sie blieb stehen, auf alles gefaßt. Doch kein wütender Hund sprang sie an. Ein Junge war ihr gefolgt, nicht älter als höchstens dreizehn.

»Schnell«, keuchte er, »die sind gerade in die andere Richtung, die kommen gleich wieder zurück, Achtung!« Er schubste sie, daß sie zu Boden fiel. Hinter der Böschung sah man den Lauf eines Gewehrs vorbeischweben: einmal hin – einmal zurück.

Sie hielten den Atem an. Der Boden war kalt, der Schneefall verstärkte sich.

»Jetzt!« Sie sprangen weiter, Franziska hinter dem Jungen her. Da, endlich! Nach einer Ewigkeit ein kleines Dorf.

»Geschafft«, sagte der Junge emotionslos, ganz selbstverständlich, als hätten sie soeben eine gemeinsame Wanderung beendet.

»Machst du das öfter?« fragte Franziska.

»Alle paar Wochen«, er schnappte nach Luft, sah aber ganz vergnügt aus. »Mein Vater ist drüben. Meine Mutter lebt hier. Die haben sich getrennt. Und wenn ich meinen Vater sehen will, muß ich eben schwarz rüber.«

»Was ist, wenn sie dich schnappen?«

Er winkte ab, grinste.

»Haben sie schon öfter. Die kennen mich. Aber jetzt kriegen die mich nicht so schnell.«

»Danke«, Franziska schüttelte ihm die Hand. »Ohne dich hätte ich es bestimmt nicht geschafft.«

»Halb so wild«, er schlug ihr auf die Schulter wie einem guten Kumpel. »Dort wohne ich«, er zeigte auf ein Gehöft, das wie verloren in der Ebene lag. »Also ade dann!«

Dunkelheit, Einsamkeit, Schneetreiben.

Hilfe, Berlin!

Dreimal schon war Franziska in Berlin angekommen: Anhalter Bahnhof.

Das erste Mal mit den Eltern. Da war noch Krieg und sie gerade fünfzehn geworden.

»Ich werde euch Berlin zeigen«, der Vater war stolz und gab sich erfahren. »Potsdam und die Friedrichstraße und das Brandenburger Tor.«
Berlin präsentierte sich in alter Pracht, kriegsgerüstet zwar, doch mit der alten Würde: Berlin bleibt Berlin!
Mit der Kutsche waren sie durch die Stadt gefahren, hatten Schloß Sanssouci besichtigt, abends gingen sie in die *Scala*. Franziska merkte, daß der Vater sie beobachtete: »Freust du dich? Zeig' doch endlich, daß du dich freust! Da gibt man so viel Geld aus, um dir was zu zeigen, und du sagst gar nichts.«
Franziska hatte es tatsächlich die Sprache verschlagen. Sie ging wie auf Wolken, sah den Leuten auf der Straße ins Gesicht und dachte: Das sind Berliner, die wohnen in der Hauptstadt, Himmel, was für ein Gefühl muß das sein!
Und dann – die *Scala,* das zweitgrößte Varieté nach dem *Wintergarten!* Welcher Glanz, welcher Trubel. Mädchen mit langen Beinen, die über die Bühne schritten und glitzernde Schilder vor sich her trugen, auf denen die Nummer der nächsten Darbietung stand. Zündende Musik, aufregende Kostüme. Vor allem gefielen ihr zwei Stepptänzer mit Zylindern und weißem Smoking. Meine Güte, welche Stimmung!
Artisten, Sänger, Magier.
»Berlin ist ein Wunder«, sagte Franziska.
Der Vater freute sich mit ihr.
Sie wohnten in einer Pension am Bahnhof, weil es für das feinere Hotel nebenan nicht reichte. Trotzdem war es recht gemütlich. Die Eltern gleich nebenan im Doppelzimmer, Franziska allein, wie schön. Sie brauchte nur an die Wand zu klopfen, sofort kam Antwort.
Am liebsten wäre sie nachts noch hinausgelaufen, noch einmal durch die Friedrichstraße mit den hohen, vornehmen Häusern und den zahlreichen Geschäften, in denen

es freilich zu dieser Zeit nicht mehr viel zu kaufen gab. Trotzdem – man konnte die Großstadt schnuppern und sich verzaubern lassen.

Franziska machte weit das Fenster auf und hatte vergessen, daß es auf den Hinterhof ging. Da war auch kein richtiger Hof. Nur eine hohe Mauer, keine fünf Meter entfernt. Nur am Morgen verirrte sich ein schüchterner Sonnenstrahl ins Zimmer.

Immerhin – Berlin!

Drei Jahre nach dem Krieg war sie mit Jan hier angekommen, auf der Durchreise nach Greifswald. Zwar fuhren die Züge in dem zerstörten Anhalter Bahnhof ein, doch ringsum waren nur Trümmer. Zerstört auch das vornehme Hotel gegenüber und die kleine Pension.

Jan, mit weitausladenden Schritten, wie immer in Eile, hatte sie mitgezogen: »Komm schnell, komm!« Noch im Zug waren sie von der Währungsreform überrascht worden, und nun tauschte ihnen keiner das ungültig gewordene Geld um! Sie besaßen nur »Reisemarken« und keine der üblichen Lebensmittelkarten. Also fehlte der wichtige Abschnitt für den Stempel. Auch in einer Welt voller Ruinen blieb eines wichtig: der Stempel! Mehr denn je.

Dennoch waren sie in Hochstimmung. Abends dann saßen sie in der Staatsoper und sahen den »Rosenkavalier«. Ein Atemholen in chaotischer Zeit, bevor der Untergang ihrer Liebe begann.

Nun kam Franziska zum dritten Mal in Berlin an. Diesmal allein. Trümmer noch immer, doch wurde fleißig aufgeräumt. Frauen in Trainingshosen und zum Turban gebundenen Kopftüchern bildeten lange Schlangen, warfen sich Steine zu, türmten sie zu einem Berg aufeinander, und alles sah ein wenig ordentlicher aus als im vergangenen Jahr.

Vor dem Bahnhof blieb Franziska stehen, um ihre Ge-

danken zu sammeln – nachzudenken. Sie war an einem Wendepunkt angelangt. In den letzten Tagen und Stunden hatte sie nichts anderes getan als nachgedacht: Wenn ich in Berlin bleibe, werde ich Jan sehen. Er will mich engagieren. Wohin? An ein staatliches Unternehmen, das »Deutsche Konzert- und Gastspieldirektion« hieß, kurz DKGD genannt. Will ich ihn überhaupt wiedersehen, ihm gar eine Chance verdanken?
Ich will ihn *nicht* wiedersehen, ich kann das Elend nicht noch einmal durchmachen! Ich könnte nach Gardelegen fahren, zu Tante Liesl und der kleinen Kusine Ulli, die wohnten dort, und da stand auch noch ihr Koffer.
Nein, nicht nach Gardelegen. Wohin dann?

In Weißensee gab es nur wenige Trümmer. Die Allee verdankte ihren Namen einigen zerzausten Bäumen, rechts und links der Straßenbahnschienen. Auf beiden Seiten Häuserreihen aus den dreißiger Jahren, zweistöckig, sie sahen freundlich aus, als hätten sie den Krieg verschlafen. Nummer zweiundzwanzig. Im ersten Stock wohnte Sabine Göttlich, mit ihrem Vater.
Sabine Göttlich war an dem kleinen Theater in Sachsen als zweite Sängerin engagiert gewesen. Ein ruhiges Mädchen mit rotgefärbtem Haar, einer kleinen Stimme und einem ruhigen, gutmütigen Ausdruck im Gesicht. Sie sah nett aus, lebte gezwungenermaßen bescheiden; hin und wieder ein schnell heruntergeknutschtes Abenteuer mit dem Kapellmeister, dem zweiten, oder mit dem Buffo, dem zweiten. Nie war sie an die Spitze gekommen, Intrigen waren ihr fremd, ihr Leben verlief im Gleichmaß, Ansprüche hatte sie nach der harten Zeit keine.
Vermutlich wäre sie Franziska gar nicht aufgefallen. Aber eines Tages, als sie durch den Park spazierte, mit ihrem zerrissenen Herzen und dem Gefühl, auf dem Abstellgeleis angelangt zu sein, traf sie auf Sabine Göttlich, die

ebenfalls durch den Park spazierte. Beide hatten sie ein ähnliches Kostüm an: hellgrau kariert, mit engem Rock und weit schwingender Jacke. So trafen sie sich und bestaunten einander.

»Wir haben wohl die gleiche Schneiderin«, stellte Franziska fest.

»Und das gleiche Stoffgeschäft«, wandte die Göttlich ein. Dann unterhielten sie sich. Erleichtert stellte Franziska fest, daß die Göttlich nichts von der Dreiertragödie wußte, die am Theater so viel Stoff zum Klatschen gab. Es interessierte sie überhaupt nicht.

»Was machen Sie in der nächsten Spielzeit?« fragte Franziska.

»Ich bin in Berlin«, antwortete die Göttlich. »Kann sein, ich gastiere mal in Güstrow oder auch in Weißenfels, mal sehen. Und Sie?«

Franziska sagte: »Vielleicht gehe ich nach dem Westen.«

»O weh«, die Göttlich lächelte teilnahmsvoll und meinte: »Sollte es nicht klappen, besuchen Sie mich mal in Berlin. Mein Vater freut sich bestimmt.«

»Sie auch?«

»O ja, ich auch, wenn ich zu Hause bin.«

»Und Ihre Mutter?«

»Gestorben, im letzten Kriegsjahr. Sie hatte Anämie, und es gab keine Medikamente.« Ihre Augen wurden ein wenig feucht, aber sie lächelte sofort wieder.

Sie gingen in das kleine Café an der Hauptstraße und kamen sich etwas näher. Nach all den schwierigen Typen, mit denen Franziska für gewöhnlich zu tun hatte (leider mochte sie nun mal Verrückte!), tat ihr die Göttlich in ihrer einfachen Art sehr gut. Kein Analysieren, Philosophieren, Diskutieren. Einfach nur ein Gespräch. Wäre ich ein Mann, dachte Franziska, würde ich sie heiraten. Sie bringt alles wieder auf den Boden zurück, stellt weder Fragen noch Ansprüche. Sie ist nur da.

Sie kamen überein, sich zu duzen. Und als sie sich trennten, verschwand die Göttlich aus Franziskas Gedächtnis, als ob sie sich nie getroffen hätten.
Erst wieder vor dem Bahnhof dachte sie an das Mädchen mit den streichholzkurzen, rotgefärbten Haaren. Also gut: eine Nacht konnte sie ja bleiben, nur eine Nacht.
Sie klingelte im ersten Stock. Eine Frau öffnete. Sie war weißhaarig, dick und mißtrauisch.
»Zu wem wollen Sie?«
»Zu Sabine Göttlich.«
»Die ist nicht da«, die Frau wollte die Tür wieder schließen. Eine Männerstimme im Hintergrund rief: »Augenblick, Frau Feuerherd, wer will denn da zu meiner Tochter?«
Frau Feuerherd warf Franziska einen wütenden Blick zu und verschwand im Zimmer gleich links neben der Eingangstür.
Gegenüber, aus dem Wohnraum, trat ein älterer, großer, sympathisch aussehender Mann, mit silbrigen Haarstoppeln auf dem Kopf, die an ein abgeerntetes Feld erinnerten.
Sie stellte sich vor, dann mußte sie sofort hereinkommen, mit ihm Tee trinken und Kuchen essen. Sie erfuhr, daß »Töchting« in Güstrow gastierte – und das für einige Monate. Und daß ihm eine »Zweittochter« sehr willkommen sei. Nur leider wäre ihr Zimmer nicht frei, da wohnten nun die Feuerherds drin, ein altes, ausgebombtes Ehepaar, das vom Wohnungsamt bei den Göttlichs zwangsweise eingewiesen worden war.
»Aber jetzt hätten sie schon längst eine andere Wohnung haben können, etwas größer als das kleine Zimmer vom Töchting, und die gehen und gehen nicht heraus«, brabbelte Vati Göttlich. »Die alte Feuerherd ist neugierig wie – wie eine Kreuzotter ...«
»Sind Kreuzottern neugierig?« Franziska lachte.

»Weiß ich nicht, aber der Vergleich gefällt mit!«
Sie verstanden sich gut, Franziska mußte bleiben und »Vati Göttlich« sagen und im Wohnzimmer schlafen.
Alle Viertelstunden schlug eine Standuhr und ließ die Möbel erbeben. Fast wäre Franziska vor Schreck vom Sofa gefallen. Diese alte Uhr hatte zwei Kriege überlebt und nahm sich das Recht, Tag und Nacht im Dienst zu sein und ihre Pflicht zu tun. Ein Kampf gegen diesen Veteran wäre von Anfang an ein verlorener gewesen. Also beschloß Franziska sich mit der Uhr anzufreunden, ja, sie redete sich sogar ein, das alte Stück zu lieben, bis sie es wirklich glaubte.
Wenn die Uhr nachts Atem holte, vor dem Schlag rasselte und krächzte und hustete, als hätte sie sich eine Erkältung geholt, lauschte Franziska angespannt und bedauerte sie. Allmählich gewöhnte sie sich daran. Und als sie eines Nachts nicht schlug, weil Vati Göttlich vergessen hatte, sie aufzuziehen, wachte Franziska auf und konnte nicht mehr schlafen.
Am Abend ging »Vati Göttlich« zum Nachtdienst. Früher war er Angestellter gewesen, nun, als Rentner, der vor Vitalität aus allen Nähten platzte, machte er Nachtwächter in einer Firma. Morgens erst kam er heim, schlich auf Fußspitzen durchs Wohnzimmer und verschwand in der winzigen Stube, in der sein Bett stand.
Wenn Franziska allein war, schrieb sie zuerst Briefe: an die Eltern, an die Verwandten in Regensburg und – an Ina Schneider. An sie besonders lang und eingehend:
»Ich werde nicht dorthin gehen, wo Jan ist, auch wenn Du mir noch so zuredest, Du frischgebackene Ehefrau, Du! Wenn ich Jan wiedersehe, überlebe ich das nicht, glaube mir. Ich muß es anders schaffen, ganz allein. Morgen klappere ich die Theater ab, natürlich hier in Ostberlin. Das wird schwer sein, denn die spielen ja nur russische Stücke, ich bin nun mal nicht der Typ einer Leningrader Kom-

missarin oder einer Kolchosebäuerin. Wenn das nicht klappt, versuche ich mich als Reporterin. Wozu kann ich schreiben?!«
Mit den Theatern klappte es natürlich nicht, aus eben diesen Gründen. Man sah sie nur an; sie war nicht groß, war zierlich, man ließ sie nicht mal vorsprechen – und die so nötigen breiten Wangenknochen für diese Rollen hatte sie leider auch nicht.
Unangenehme Tage in Berlin.
Fahnen wehten, Lautsprecher grölten, es wurde ständig in Chören gesungen und zwischendurch bellten Männerstimmen Parolen. Es hieß: Die Deutsche Demokratische Republik sei gegründet worden und ein gewisser Wilhelm Pieck ihr Staatspräsident. Überall an den Fassaden Plakate mit den Köpfen alter Männer. Stalin mit dem Schnauzbart allen voran.
Es war noch nicht lange her, als Franziska in ihr Tagebuch geschrieben hatte: »Nie wieder Fahnen sehen müssen! Immer verkörpern sie eine Gemeinschaftsidee, die meist zu Unrecht wird.« Nie wieder Befehle wie »Vorwärts ...«, egal wohin! In den Nationalsozialismus, in den Kommunismus, in den Krieg. Alles kommt wieder, verpackt in ein neues Mäntelchen. »Wir lernen aus der Geschichte, daß wir nichts aus der Geschichte lernen«, hatte ein kluger Mensch gesagt.
Vordenker, das hätten die Menschen endlich kapiert haben sollen, waren immer Fanatiker. Nur zu gern ließ sich die Masse entmündigen und bevormunden. So waren einst die Religionskriege entstanden, so gingen Tod und Vernichtung einher mit dem, was »die Vordenker« eine Idee nannten: eine Religion oder was auch immer. Jetzt und hier hieß es: Die Partei. Und Rußland war das große Vorbild.
Immer wieder aus den Lautsprechern die neue Staatshymne: »Auferstanden aus Ruinen und der Zukunft zugewandt ...«

Auch Staatshymnen verabscheute Franziska. Als Kind mußten sie allmorgendlich in der Schule die tschechische Staatshymne singen, unter dem Bild eines Präsidenten, der Masaryk hieß, später nannte sich einer Beneš. Singen in einer fremden Sprache, obwohl sie alle Deutsche waren in Reichenberg, in Eger und in Teplitz, wo Franziska aufgewachsen war. Dann kam Hitler, nun konnten sie endlich wieder in ihrer Sprache sprechen und singen: »Die Fahne hoch ...« und »Deutschland, Deutschland über alles ...« und dann war auch schon Krieg.
Und nun?
»Auferstanden aus Ruinen und der Zukunft zugewandt ...« So seht ihr aus.

Das Wiedersehen

Die Mutter hatte eine Decke geschickt, Wollstoff, grünbraun kariert. Frau Mangold, die Schneiderin, einen Block weiter von den Göttlichs entfernt, nähte einen Mantel daraus. Franziska probierte ihn an. Er war weit und weich und warm.
»Ach ja«, Frau Mangold, die vor Franziska kniete, um den Saum abzustecken, nahm die Nadeln aus dem Mund. »Ein Herr hat nach Ihnen gefragt.«
»Doch nicht Herr Göttlich?«
»Nein. Der hat ihn hergeschickt. Ein fremder Mann. Aber Sie haben sich ja verspätet.«
»Leider ja«, Franziska war verlegen. Sie hatte einen Bummel durch das spätnachmittägliche Weißensee gemacht, das neue HO-Warenhaus besichtigt, sich vertrödelt, Schaufenster angesehen und bedauert, daß sie so gut wie kein Geld besaß. So vieles hätte sie gebraucht:

Strümpfe, eine neue Handtasche, von Kleidern ganz abgesehen. Sie hatte nur zwei: das blaue Wollkleid mit Schößchen aus Greifswald und ein schwarzes, das sie mit verschiedenen Kombinationen tragen konnte und das schon einige Jahre auf dem Stoffbuckel hatte. Das trug sie zur Zeit. »Wie hat der Mann denn ausgesehen?«

»Weiß ich nicht im Augenblick«, antwortete Frau Mangold. »Das ging so schnell: er war sehr aufgeregt und ziemlich atemlos und ist wieder davongestürzt.«

Nach der Schilderung konnte es sich nur um Jan handeln. Der Himmel war voller Sterne. Es roch nach Schnee und Kohlenheizung. Eine trübselig beleuchtete Straßenbahn zuckelte vorbei. Franziska machte einen langen Hals: vielleicht saß Jan darin, die Haltestelle befand sich schräg vom Göttlich-Haus, wenn er zurückfahren wollte, mußte er da einsteigen.

Die Menschen an den Fenstern der Bahn sahen aus wie Kasperlefiguren: nur vom Oberkörper aufwärts zu sehen. Unter ihnen der unsichtbare Puppenspieler, der sie tanzen ließ, lachen, weinen, sich verprügeln.

Je näher sie dem Haus kam, um so deutlicher spürte sie es: Jan war nicht zurückgefahren! Er mußte in der Nähe sein. Die Luft vibrierte. Sie ging schnell, wie im Traum, begann zu laufen, ihr Herz schlug wie verrückt, vor dem Haus blieb sie stehen.

Gleich fiel eine Sternschnuppe.

»Franzi –!«

Eine Gestalt unter den Bäumen auf dem Mittelstreifen.

Franziska stand still, sie wartete. Er kam mit langen, schlaksigen Schritten auf sie zu.

»Hallo, Jan!« Das Lachen gelang ihr nicht so recht.

»Ich habe nach dir gefragt«, auch er schlug einen leichten Ton an.

»Ich weiß. Komm rein.«

Sie vermieden es, sich anzusehen. Er stieg hinter ihr die Treppe hinauf, sie versuchte ihr Zittern zu verbergen, als sie den Schlüssel in das Schloß steckte.
»Komm rein, wir sind allein.« Im Zimmer der Feuerherds spielte das Radio. »Die Untermieter«, erklärte Franziska schnell und ging voran ins Wohnzimmer, um Licht zu machen. Die Befangenheit auf beiden Seiten war groß. Jetzt lachten sie nicht mehr, jetzt erst gaben sie sich die Hand, lösten sie aber schnell wieder, als hätten sie sich verbrannt.
Auf dem Tisch unter der tiefhängenden Lampe stand eine Kanne Tee mit einem gestrickten Wärmer darüber. Vati Göttlich hatte vorgesorgt.
»Setz dich«, Franziska räusperte sich, ging in die Küche um eine zweite Tasse zu holen, lehnte sich kurz an den Küchenschrank. Ihre Knie wurden weich, sie fühlte sich schlapp. Entweder ich lasse ihn nie mehr weg oder ich weine bis zum letzten Atemzug!
Als sie zurückkam, sah sie sein resigniertes Lächeln. Es war wie bei ihrer allerersten Begegnung, als sie nicht wußten, ob sie sich anpflaumen oder in die Arme fallen sollten.
»Ina Schneider sagte mir, wo ich dich finden kann.«
»Hast du mich denn gesucht?«
»Wir wollen dich engagieren, wir brauchen junge Schauspieler, die vielseitig sind.«
»Wer wir?«
»Jochi und ich.«
Er informierte sie darüber, daß Jochen Großmann Oberspielleiter geworden sei in der DKGD. »In einem staatlichen Unternehmen, stell dir vor, in der einzigen Großagentur, die es gibt, und dabei ist der Schurke nicht mal in der Partei.« Es klang sehr herzlich, wie er das sagte, mit großer Bewunderung. »Und ich bin da Regisseur.«
»Du bist doch auch nicht in der Partei?«

»Das nicht«, antwortete er und grinste verschmitzt. »Ich bin nur gut. Und das wissen die.« Er fuhr eifrig fort: »Am besten, du kommst gleich morgen nach Stadtmitte, in die Krausenstraße, dort sind die Büros. Ich habe ein eigenes, denk dir. Eine Menge Westberliner Kollegen arbeiten bei uns als Artisten, Conférenciers und Schauspieler. Wir machen Programme, Einzelgastspiele in Berlin oder auch Tourneen. Gute, wirklich sehr gute Gage, da kannst du die Theater vergessen. Du könntest auch als Autorin arbeiten …«
Jan schilderte ihr die berufliche Zukunft in leuchtenden Farben. Sie hörte zu, tat mäßig interessiert, er merkte es, unterbrach sich und fragte fast erschrocken: »Oder hast du etwa andere Pläne?«
»Eigentlich schon.«
Sie berichtete von Regensburg und wie sie am dortigen Theater gastiert hatte, auch die Rolle nannte sie und das Stück – Regensburg war weit, weit weg, irgendwo im Westen, nun aber waren sie in Berlin. Sie schwärmte von der guten Gage, die sie bekommen hatte, und wie schön es sich in der Bundesrepublik lebte. Wahrscheinlich wollte sie auch wieder hinfahren, bald schon, da sei jemand, der für sie wichtig geworden war …
Sie staunte selbst, wie gut sie lügen konnte. Es war die einzige Möglichkeit, die Sache durchzustehen und nicht gedemütigt zu werden.
Er ließ sie zu Ende reden, in seinem Gesicht lag ein wissendes Lächeln, das sie irritierte, denn sie wußte nicht, was es bedeuten sollte.
»Nimmst du an?« fragte er, als hätte er gar nicht zugehört. »Wenn du annimmst, kriegst du ab 1. Januar einen Vertrag. Nimmst du an?«
»Ich sagte dir doch …« Sie fühlte sich durchschaut, keiner kannte sie so gut wie er, keiner konnte sie so verletzen wie Jan.
»Franzi«, er saß auf dem Sofa, sie auf dem Stuhl am Tisch,

den Tee hatten sie vergessen, die Luft begann zu zittern.
»Was ist denn?«
Er sagte leise: »Es geht dir nicht gut. Ich weiß es.«
Ihre Miene verhärtete sich. »Was hat dir Ina denn erzählt?«
»Nichts«, sagte er, »sie hat mir nur gesagt, wo ich dich finden kann.« Nach einer Pause: »Sie brauchte mir nichts zu erzählen. Ich weiß, daß es dir miserabel geht.«
»Woher denn?« brauste sie auf.
Er zeigte auf das blaue Wollkleid, das auf einem Bügel am Schrank hing, ausgebürstet und restauriert. Das Kleid, mit dem sie als Taxigirl in der Hamburger Bar gesessen und auf den Kakaobohnen im Laster gelegen hatte.
»Du hast es noch immer und hältst es in Ehren«, es klang, als wollte er sich dafür entschuldigen, daß er den Schwindel durchschaut hatte. »Wenn es dir so hervorragend gegangen wäre, hättest du es wohl nicht mehr.«
Sie senkte den Kopf und dachte: Verdammt, ich verliere schon wieder!
Er sagte eindringlich: »Nimm an, bitte.« Und dann energisch: »Wir brauchen dich!«
Eine lange Stille entstand. Sie schauten sich verzweifelt an und Franziska dachte: Wenn wir uns jetzt umarmen, sind wir geliefert. Er hat längst aufgehört, mir zu vertrauen. Er wehrt sich gegen mich und sein Gefühl, er hat mich nur gesucht, um zum nächsten Schlag auszuholen. Das mußte sie verhindern.
»Wie geht es eigentlich –«
»– Lukas?« Er kam ihr zuvor, als hätte er nur darauf gewartet. Kälte breitete sich aus. Die heikle Minute war vorbei. »Er geht nach Görlitz, als Intendant.«
»Görlitz«, wiederholte Franziska und schüttelte ungläubig den Kopf. »Mein Lehrer war 46 da Intendant, der frühere Oberspielleiter aus Aussig. Ich hatte ihn besucht und meinen Jugendfreund Gogsch dort getroffen, der war Kapell-

meister, der ...« Sie verlor sich in ihren Gedanken. Es kam ihr vor, als wäre sie schon hundert Jahre alt und hätte ebensoviel Phasen durchlebt und Entwicklungsstufen hinter sich gebracht. Ein Ozean von Zeit lag hinter ihr.
Jan hielt den Atem an. »Was ist?«
Sie dachte laut vor sich hin: »Und doch komme ich mir manchmal vor wie ein Kind, das barfuß in einer Pfütze steht, mit tränenverschmiertem Gesicht, das weint und weint, mit den Knöcheln seiner Zeigefinger die nassen Augen reibt.«
Sie saßen nur eine Armeslänge voneinander entfernt. Keiner stand auf, um sich dem anderen zu nähern.
»Ich bin fast gestorben«, sagte sie nun doch leise, aber im beherrschten Ton.
Und er ebenso: »Ich auch.«
Gleichzeitig erhoben sie sich, standen voreinander, sie fühlte seinen Wunsch voraus, trat zurück und sagte schnell: »Nein, nicht umarmen, bitte.«
»Warum denn nicht?«
»Immer, wenn einer von uns einen Schritt unternimmt, entfernen wir uns, gehen in die falsche Richtung.«
»Mein Gott, Franzi!«
»Aber eines sollst du wissen«, sagte sie fast trotzig und mit aufgesetzt kumpelhaftem Ton, »und darauf brauchst du dir gar nichts einzubilden.«
»Worauf denn?« fragte er mit fast kindlicher Neugier.
Zögernd antwortete sie: »Immer, wenn ich an dich denke, dann – dann überschlägt sich mein Herz.«
»Das klingt wie von Heine«, meinte er glücklich, ging auf sie zu, wollte die Arme um sie legen, da wandte sie sich ab, ergriff die Teekanne, hielt sie hoch und fragte: »Wie wär's damit?«
Er blieb stehen, wie vom Blitz getroffen.
Achselzuckend meinte sie: »Aber schließlich kann kein Mensch von einem anderen ein Leben lang gleichbleiben-

de Gefühle verlangen! Auch wenn er es sich noch so sehr wünscht.«

»Wünscht du es dir denn?« fragte er.

Sie antwortete nicht, fürchtete noch immer einen Angriff aus dem Hinterhalt; sie kannte sein Gesicht, wenn das Lächeln erlosch und der Mund schmal wurde wie ein Säbelstrich. Um die Szene einigermaßen heiter aufzulösen, sagte sie: »Weißt du, ich war noch nie so unglücklich wie in den Jahren mit dir.«

»Genau wie ich«, stimmte er zu. »Aber ich möchte keine Minute davon missen.«

Dann fiel ihnen nichts mehr ein.

Er machte sich zum Gehen bereit, nahm ihre Hand, hielt sie fest und bat: »Überlege es dir und komm in die Krausenstraße.«

»Warum willst du das denn unbedingt?«

»Weil du eine großartige Schauspielerin bist, was der Jochi auch findet. ›Die Buresch,‹ hat er gesagt, ›die könnten wir brauchen. Die ist vielseitig.‹ Und der Meinung bin ich auch.«

»Aha – und warum bist *du* dann zu mir gekommen – und nicht Jochi?«

»Keine Ahnung«, er ließ ihre Hand los, ging aus der Tür, steckte nochmals den Kopf herein und rief: »Also – du sagst ja – ja?«

»Nein!!!«

»Bis morgen dann, bis morgen!«

Sie nahm ein Buch vom Regal und donnerte es gegen die Tür. Er hatte sie längst geschlossen, und sie hörte sein frohes Auflachen.

Erst als sie es aufhob, las sie den Titel des Buches. Es war von Hemingway. Und es hieß: »Wem die Stunde schlägt.«

»Ich kann nicht!«

»Du mußt!« Vati Göttlich redete Franziska zu wie einem

kranken Pferd. »Gefühle kann man sich nicht leisten, wenn man einen Start braucht.«
»Alles, aber nicht das!«
Sie stritten seit Tagen. Es ging darum, daß Franziska nicht zur Krausenstraße fahren wollte.
»Ich werde ihn nicht anbetteln, um Arbeit anflehen – was denkt ihr eigentlich von mir?!«
Vati Göttlich konnte sehr energisch werden, wenn er die gutmütige Brabbelphase überschritten hatte. Dann wurde er laut. Nicht daß er schrie, o nein, er wurde eben nur laut.
»Wer bettelt denn hier? Der Mann ist hergekommen, weil er dich engagieren will.«
»Er pfeift, und ich soll rennen!«
»Keiner pfeift. Und rennen muß du nicht. Du brauchst eine Arbeit, die dir Freude macht, und die hat er dir angeboten. Ohne Bedingungen. Du willst und du mußt Geld verdienen. Also fahr' hin und laß dir einen anständigen Vertrag geben. Oder ...«
»Oder?«
»Ich sperre dich zu den Feuerherds ins Zimmer – und zwar lebenslänglich.«
Wie meist löste sich ihre Streiterei in Lachen auf. Vati Göttlichs gutgemeintes Schimpfen tat ihr wohl. Er besaß einen gesunden Menschenverstand und behielt meistens recht. Ganz gleich, ob er die politische Lage oder Franziskas Schicksal beurteilte. Ging alles drunter und drüber, sagte er: »Abwarten und Tee trinken«, was sie dann auch taten. Wenn Franziska mal wieder keinen Appetit hatte, predigte er verschmitzt: »Essen hält Leib und Seele zusammen – also fang' schon an!« Auf diese liebenswürdige Weise ließ sie sich ganz gern ein bißchen bevormunden. Ihre zappelnden Nerven beruhigten sich ein wenig.
Vierzehn Tage waren vergangen, seit Jan sie besucht hatte. Nun stieg sie in die Zweiundsiebzig – oder war es die

Vierundsiebzig? – eine Straßenbahn sah wie die andere aus, und sie fuhr in die Stadtmitte.
Die Krausenstraße lag tatsächlich nur wenige Schritte vom Check-Point-Charly entfernt. Das war die Grenze zu Westberlin, wo die Vopos mit aufgepflanzten Gewehren standen, jedem scharf ins Gesicht sahen und streng kontrollierten, damit keiner etwas Verbotenes aus dem Kapitalistischen Ausland herüberbrachte.
Früher war die Krausenstraße bestimmt mal eine recht annehmbare Straße gewesen. Jetzt, mit den Spuren des vergangenen Krieges, sah sie heruntergekommen und grau aus. Hier befand sich das große Unternehmen der staatlichen Gastspieldirektion.
Im ersten Stock eine Reihe von Büros, Tür an Tür. Menschen in Bewegung, eifriges Begängnis, großartige Begrüßungen oder betont desinteressiertes Aneinandervorbeihasten. Ein stattlicher Mann, nicht mehr jung, mit eindrucksvoller Hornbrille im Gesicht, kam aus einer Tür und rannte sie fast um.
»Hoppla!« sagte sie.
Und er, maßlos erstaunt, weil sich jemand anmaßte, ihm im Weg zu stehen, ein Unverfrorener, den er nicht mal umrennen durfte, fragte: »Wie bitte?«
Es klang wie ein Vorwurf.
»Sie haben mich angerempelt«, erwiderte sie.
Der ausgeflippte Künstler oder was immer er war, musterte sie mit herablassendem Interesse und sagte: »Warum passen Sie nicht auf!«
»*Sie* haben gerempelt, nicht ich«, die Streitlust erwachte in Franziska. Na fabelhaft, was für ein wunderbarer Start in diesem Unternehmen!
Sie maßen sich mit Blicken, dann drehte der Mann sich achselzuckend um, wollte weitergehen, blieb aber nochmals stehen, sah sie an und schüttelte den Kopf, als könne er soviel Anmaßung nicht fassen.

Franziska wurde ein paar Zentimeter größer und sagte von oben herab – obwohl sie doch ein ganzes Stück kleiner war: »Manche Leute benehmen sich, als sei Borniertheit eine Tugend!«
Er schnaufte vor Entrüstung, ging aber weiter.
An der Tür, aus der er gekommen war, stand: »Jan Kupelius«.
Da geh' ich nicht rein, dachte Franziska entsetzt. Noch weitere Zwischenfälle verkrafte ich nicht, schon gar nicht aus dieser Richtung. Was, wenn Jan auf sie zukam, lachend, wehmütig oder lächelnd, auf jeden Fall voller Sehnsucht? Oder wenn es der andere Jan war, der eiskalte, verletzende, der nicht vergessen konnte. Was dann?
Sie trödelte.
Auf dem Gang kam ihr eine Gruppe entgegen. In ihrer Mitte ein etwas kleinerer Mann, undeutlich zu erkennen. Es gab Gelächter und Gerede. Eine klare, leicht sächsisch klingende Stimme kalauerte und gab Anweisungen; plötzlich schob der Mann die anderen beiseite und starrte Franziska an, mit unglaublich blauen, runden Augen, freudig und fassungslos. Eine Hakennase im Gesicht und ein Haaransatz wie eine Mephistokappe.
»Menschenskind, Tleene!« Was soviel wie »Kleine« heißen sollte. »Hastes dir endlich überlegt?!«
»Jochi!«
Sie lagen sich in den Armen. Dann machte er sie mit Kollegen bekannt, deren Namen sie sich ohnehin nicht merken konnte.
»Warte noch ...« Er zeigte auf die Tür. Sie schüttelte den Kopf.
Die Meute verzog sich. Nun standen sie allein vor Jans Tür.
»Also los, rein mit uns«, Franziska spielte »den starken Mann«, wollte die Sache schleunigst hinter sich bringen, doch Jochi hielt sie fest.

»Wart' mal …«
»Was ist denn?«
»Wir sollten zuerst zum Direktor gehen, ich will euch bekanntmachen, wart' doch mal …«
Es war, als wollte er sie zurückhalten, als sollte sie nicht in Jans Büro gehen. Was war los?
Jochi entfernte sich gestikulierend und rief immer nur: »Wart' mal, wart' mal!«
Das machte sie nun doch neugierig. Sie klopfte und trat ein. Das Vorzimmer. Am Schreibtisch eine Sekretärin. Sie bewachte die Tür des Herrn Regisseurs. An sich nichts Besonderes. Doch dann hob das Mädchen den Kopf, strich das dunkle Haar aus der Stirn, klappte langsam und gekonnt die Augenlider auf und sah Franziska an, mit einem bösen, triumphierenden Lächeln.
Jetzt erst erkannte Franziska das Mädchen: Irina Weber. Die Tänzerin, mit der Jan sich getröstet hatte, als er glaubte, Franziska wolle ihn verlassen. Verlassen wegen Lukas.
»Ein unerwartetes Wiedersehen«, Franziska zeigte ein angebrachtes, erlaubtes Staunen.
»Hat Jan es Ihnen nicht erzählt?«
»Was denn?«
»Daß ich seine Sekretärin bin. Er hat mich mitgenommen nach Berlin.«
Franziska erlebte die Szene wie aus weiter Ferne, ihr Herz war besinnungslos, doch sie ließ sich keine Schwäche anmerken.
»Na fein«, sie brachte es sogar fertig zu strahlen. »Dann melden Sie mich bitte mal an.«
»Er hat leider keine Zeit.«
»Aber er erwartet mich.«
»Heute – jetzt?«
»Überhaupt.« Etwas schärfer, mit Nachdruck: »Seien Sie bitte so freundlich, ja?«
In dem Augenblick kam Jan aus seinem Büro, er hatte

wohl ihre Stimme gehört und zog Franziska in das Zimmer.

»Setz dich.«

»Die wollte mich nicht zu dir lassen«, Franziska machte ihrer Empörung Luft. »Was ist das nun: ein staatliches Unternehmen oder ein Familientreffpunkt?«

»Vergiß es«, bat Jan. »Sie ist eifersüchtig.«

»Warum –«, ihr Hals war trocken, sie konnte kaum sprechen. Sie hatte es doch geahnt; ein neuer Schlag, den er gegen sie führte. »Warum hast du sie mitgebracht?«

Er runzelte die Stirn und antwortete: »Sie war da, als du gegangen bist.«

»Du hast mich weggeschickt!«

»Das sehe ich anders.«

»Aber –« Franziska platzte heraus: »Sie ist eine Kuh!«

Er schmunzelte, nickte und sagte ganz einfach: »Ja.«

Franziska wollte gehen, da erschien Jochi mit dem Direktor. Auch Irina kam herein, tat wichtig, wollte sich zu ihnen setzen. Jochi aber wedelte mit den Händen und scheuchte sie aus dem Zimmer.

Der Direktor freute sich, Franziska kennenzulernen. Er war ein zarter Mann mit leiser Stimme, dünnem Haar und goldener Brille. Natürlich trug er das Parteiabzeichen auf dem Revers. Ein sanfter Genosse, tätig im Bereich Kultur. Sie machten einen Vertrag. Ab 1. Januar, das war in wenigen Wochen. Zunächst für ein Jahr.

»Und was habe ich zu tun?«

»Du steigst erstmal ein in eine Tournee, die schon längere Zeit läuft«, erklärte Jochi. »Da fällt eine Kollegin aus, die ist engagiert nach Dessau. Näheres erfährst du noch.«

»Und dann«, schaltete Jan sich ein, »proben wir für ein Programm, an dem ich zur Zeit noch schreibe. Du wirst darin mehrere Rollen spielen, vor allem einige Szenen deiner Lieblingsrolle.«

Die drei Männer blickten sie erwartungsvoll an.

»Die ›Franziska‹?«, rief Franziska erfreut. An allen Theatern, an denen sie war, hatten sie »Minna von Barnhelm« gespielt und immer war sie als »Franziska« aufgetreten.
»Er schreibt es dir auf den Leib, hat er gesagt«, petzte Jochi und genoß die Verlegenheit des streitbaren Paares.
»Danke«, Franziska gab allen die Hand. Der Vertrag war gut verstaut in der Handtasche. »Dann bis zum 2. Januar.«
»Und was ist mit Feiern?« fragte Jochi enttäuscht. »Wo bleibt dein Einstand?«
»Wird nachgeholt«, sagte sie schnell und ging vorbei an der »Kuh Irina«, die ihr finster nachblickte. »Frohe Weihnachten!« sagte Franziska noch und brachte ein unbefangenes Lächeln zustande.
Sie lief aus dem Haus. Es glich einer Flucht.

Ein göttlicher Steinbock

Sabine Göttlich, kurz »die Göttliche« genannt, war, astrologisch gesehen, ein Steinbock. Von Steinböcken sagt man: sie seien zurückhaltend, ehrgeizig und beherrscht. Zurückhaltend war die Göttliche, ehrgeizig war sie nicht. Sie wurde satt von allem, was abfiel von reicher gedeckten Tischen. Arbeitsmäßig und liebesmäßig.
Seit Jahren liebte sie einen Mann namens Hartwig. Der war Regisseur. Ein kleiner, fixer Typ mit Angeber-Allüren, doch er hatte wohl etwas, worauf manche Frauen flogen. Auch die Göttliche stand an, ganz hinten in der Reihe.
Wenn Hartwig eine Pause einlegte zwischen der Frau, die ging und der neuen, die noch nicht gelandet war, pfiff er schleunigst nach Sabine. Er holte sie zu einem Gastspiel. So kam es, daß sie ziemlich oft und unvorhergesehen eine

Rolle übernehmen mußte, in Güstrow oder Weißenfels, jedenfalls dort, wo Hartwig inszenierte, daß sie aber auch ebenso schnell und unvorhergesehen wieder heimkehrte. Das bedeutete: Hartwig hatte sich entschieden.

Die Göttliche interpretierte das so: ›Er kommt eben von mir nicht los!‹ Die Tatsache, daß er schon zweimal an ihr vorbeigeheiratet hatte, beschäftigte sie nicht sonderlich. Die Ehefrauen waren aus seinem Leben verschwunden – doch *sie* blieb.

Was die für Steinbock-Geborene typische Beherrschung betraf, nun, die hatte sie. Niemals seufzte sie oder klagte oder weinte, sie sagte höchstens mal burschikos »Och, Mensch!«, wenn etwas nicht klappte. Eine echte Berliner Pflanze.

Franziska mochte sie, und die Göttliche mochte Franziska. Wenn Vati Nachtdienst hatte, tranken sie Tee und redeten, und manchmal spielte Franziska Klavier, das war dann besonders schön. Sie begleitete die Göttliche zu Liedern und Opernarien. In die Partie des Othello, die sie probeweise übernommen hatte, steigerte sie sich so hinein, daß Desdemona vor Schreck den falschen Ton erwischte.

Frau Feuerherd klopfte an die Zimmerwand. Nicht zum ersten Mal. Die Göttliche verwandelte sich von der schreckhaft sanften Desdemona in die Berliner Pflanze. Sie ging hinüber zu den Untermietern und sagte: »Hören Sie, damit Sie's nur wissen: Vor zehn Uhr können wir machen, was wir wollen. Wenn Sie was gegen Musik haben, stecken Sie sich Watte in die Ohren!«

Franziska applaudierte, als Sabine zurückkam.

»Du hast aber Mut –!«

»Die sollen endlich ausziehen«, schimpfte die Göttliche und verlor vorübergehend ihr Gleichgewicht, »dann hätten wir das kleine Zimmer für dich.«

»Die ziehen nie aus«, prophezeite Franziska. »Die wollen

dableiben und Wut auf uns haben. Manche Menschen brauchen das.«

Meist redete Franziska und die Göttliche hörte zu, mit Engelsgeduld. Sie nickte, rauchte, murmelte höchstens mal zustimmend: »Mist!« oder »toll!« Nie widersprach sie, das war ihr viel zu anstrengend. Oft stellte Franziska rebellische, bewußt absurde Behauptungen auf, um sie zu provozieren, doch das gelang ihr nie. Je nach Lage warf die Göttliche ein »Mist!« oder »toll!« dazwischen. Und rauchte.

Ein Buch mit Versen von Lord Byron hatte Franziska sich aus der Bibliothek geholt. Ein wenig Pygmalion spielend, las sie der Göttlichen daraus vor und versuchte, sie für die romantische Schönheit der Verse zu begeistern.

»Toll!«

Dann räumten sie das Wohnzimmer auf, machten die Betten – eine schlief immer auf dem Boden, sie wechselten sich ab –, die Göttliche stellte Teller und Tassen fürs Frühstück auf den Tisch, hielt das Buch mit den Versen hoch und fragte: »Wat is nu mit deinem ollen Lord Büron – liest du noch drin?«

Sie sagte tatsächlich ›Büron‹.

Als sie in den Betten lagen, seufzte Franziska und sah hinüber zur Göttlichen, die bereits sanft entschlummert war.

›Sie weiß nicht, wer Lord Byron ist‹, dachte sie bekümmert, ›dieses unmögliche Mädchen interessiert sich überhaupt nicht dafür – aber sie liegt meinetwegen auf dem Fußboden.‹

Und da überfiel sie eine tiefe Rührung.

Von Jan war ein Weihnachtspäckchen gekommen, mit Stichen vom alten Berlin, wundervolle Bilder, mit Zertifikat, es gab nur ganz wenige Exemplare davon.

»Wenn ich mal eine eigene Wohnung habe«, sagte Franziska, »dann werde ich sie aufhängen und daran denken, daß …«

»Woran?« hakte Vati Göttlich nach.
Doch Franziska fand keine Antwort. Die Vergangenheit hatte sie eingeholt und unter Vertrag genommen. In wenigen Tagen ging die Gegenwart in die Zukunft über. So nahe lag alles beieinander.

Die Neujahrsglocken läuteten ein neues Jahrzehnt ein. Franziska stand mit Sabine auf dem kleinen Balkon, der hinaus zu den Kleingärten ging, sie sahen einigen bunten Leuchtkugeln zu, die sich als Raketen entpuppten. Drüben, wo Westberlin lag, zeigte der Himmel sich strahlend hell.
»Das halbe Jahrhundert ist um«, sagte Franziska. »Laß uns anstoßen auf die zweite Hälfte.«
»Prost«, sie ließen die Gläser klingen, der Krimsekt schmeckte viel zu süß, und die Göttliche fügte hinzu: »Auf Vati.«
Der hatte natürlich wieder Nachtdienst.

Hexentanz

Anfang Januar startete Franziska in den Harz. Dort sollte sie auf das Ensemble stoßen und ihre Rolle übernehmen.
Vor der Abreise informierte Jochi sie genau: »Du wendest dich an Gaston Lommer. Der ist für alles verantwortlich, spielt mit und macht die Reiseleitung.«
»Lommer«, fragte Franziska, »ist das der Conférencier?«
»Derselbe. Es ist hier so üblich, daß der Conférencier die Reiseleitung übernimmt. Der kann sich dann etwas dazuverdienen, es gibt pro Tag zehn Mark dafür, und wir sparen uns eine Planstelle.«
»Gaston Lommer«, wiederholte Franziska. Auf Plakaten

hatte sie diesen Namen schon gelesen: *Durch das Programm führt ...*
»Ist ein komischer Vogel«, sagte Jochi, »Rheinländer, aber sonst ganz in Ordnung, wenn man ihn nicht zu ernst nimmt. Laß dir bloß nischt gefallen, Tleene.«
Dann war auch Jan ins Büro gekommen, er wirkte hastig und zerfahren, in seinem Gesicht lag ein wehmütiger Zug, den er nicht, wie sonst, zu überspielen versuchte.
»Du bleibst ziemlich lange weg«, sagte er, »einige Monate. Hoffentlich kriegst du keinen Tourneekoller.«
»Macht mir nichts aus«, antwortete sie. »Ich muß schnellstens auf eine Bühne, egal wie und wo.«
»Sie hockt im Startloch«, wandte Jochi amüsiert ein. »Wenn du Sehnsucht nach ihr haben solltest, kannst du ja mal hinfahren und nach dem Rechten sehen.«
Das klang sehr anzüglich, Franziska und Jan wechselten einen erschrockenen Blick.
»Du weißt, daß das nicht geht«, gab Jan achselzuckend zurück, verabschiedete sich und stürzte, ohne ersichtlichen Grund für diese Eile, davon.
»Er sitzt auf einem Vulkan«, stellte Jochi ehrlich bekümmert fest.
»Woher kommt das Feuer?« fragte Franziska.
»Von seinen Gefühlen«, antwortete Jochi. »Die hat er nicht unter Kontrolle. Das ärgert ihn. Du bist schuld daran, und das verzeiht er dir nicht.«
In Wernigerode stieg Franziska aus. Lange, sehr lange mußte sie auf das einzige Taxi warten, dessen die alte Stadt zu Fuße des Harzes sich rühmen konnte. Wie gut hatten es dagegen die berüchtigten Hexen vom nahegelegenen Brocken – die konnten auf ihren Besen reiten.
Da es bereits Abend war, fuhr sie statt ins Hotel gleich ins Theater.
Ach, die alten Fachwerkhäuser! Und Lichter überall. Und die schlechten Straßen!

An diesem Abend also würde sie sich das Programm ansehen. Die Rolle, die sie ab morgen übernehmen sollte, hatte sie gelernt.
Hoffentlich waren die Kollegen einigermaßen erträglich. Kein angenehmes Gefühl, in ein erprobtes Ensemble einzusteigen: abgeschätzt, gemustert, kritisiert zu werden.
In der einzig vorhandenen Garderobe herrschte gute Stimmung. Von weitem schon hörte Franziska Gelächter. Dann holte sie kurz Luft, klopfte und trat ein.
Sie saßen vor den Garderobenspiegeln oder zogen sich an. Starrten ihr entgegen.
Franziska grüßte, grinste und sagte: »Ich bin die Neue!« So couragiert, wie es klang, war ihr nicht zumute.
In diesem Beruf ist ein jedes Sichkennenlernen wie ein Gefecht, in dem Sieger und Verlierer in der ersten Minute feststehen. Vielleicht verhält es sich in anderen Bereichen ebenso. Auf jeden Fall strengt es an.
Das Lachen verstummte, an seine Stelle trat Reserviertheit, Lauern, intensives In-Augenschein-nehmen. Darauf war Franziska vorbereitet. Nicht vorbereitet aber war sie auf den mächtigen Mann mit Cäsarengesicht und Hornbrille, der sich vor ihr aufbaute und noch größer machte, als er schon war.
»Sieh mal an«, sagte der Mann, »da sind Sie ja endlich. Sehr spät.«
Sie nannte ihren Namen und dachte nicht daran, auf seinen Vorwurf einzugehen. Sein Imponiergehabe beeindruckte sie nicht, außerdem hatte Jochi sie gewarnt: ihn bloß nicht ernst nehmen.
»Ich bin Gaston Lommer«, stellte er sich vor, ebensogut hätte er sagen können: »Prinz Eugen, der edle Ritter«, das hätte nicht weihevoller klingen können. »Sie haben wohl schon von mir gehört.«
»Das nicht«, antwortete Franziska, um ihn zu ärgern, »aber gesehen habe ich Sie schon.«

»Auf der Bühne!«
»Auf dem Gang der Gastspieldirektion. Sie haben mich fast umgerannt.«
Er schenkte ihr einen Blick, als wollte er sagen: ›Dummes, kleines Ding!‹, doch eine gewisse Unsicherheit flatterte über sein Gesicht. »O pardon«, er sprach weniger zu ihr als für die Zuhörer in der Garderobe, »kleine Leute übersieht man eben.«
Ganz schön frech. Man konnte ihn wirklich nicht ernst nehmen. Möglicherweise war das sein Problem.
»Ach was«, sagte Franziska kurzerhand, »hören Sie auf, so anzugeben!« Sie wandte sich um und machte sich mit den anderen bekannt. Da waren Margot und Alice und Gerda, die nach Dessau ging und ihre Abschiedsvorstellung gab. Da war Fritz, der kleine Pianist mit dem elegischen Dackelblick, und Adolf, ein gestandener Kabarettist, mit dem verlebten Gesicht. »Euer Klassenältester ist ein Möchtegern-Diktator«, sagte sie – nun sprach *sie* fürs Publikum! –, »wie haltet ihr das nur aus?«
Sie lachten. Lommer protestierte lautstark.
»Gib's auf, Gaston«, rief Alice, »der Dame bist du nicht gewachsen!«
Er stemmte die Hände in die Hüften, sah auf sie herab, wußte nicht, was er sagen sollte, dann platzte er heraus: »Spielen Sie Skat?«
»Nein.«
»Da habt ihr's!«
Allgemeines Bedauern, Franziska verlor einige Sympathiepunkte. Sie wünschte »toi, toi, toi!« und ging, da es gleich zwanzig Uhr war, aus der Garderobe.
Das Stück war eigentlich gar keines. Vielmehr eine Mischung aus Kabarett, Einaktern und Agit-Prop-Programm.
Agit-Prop war die Abkürzung von »Agitation und Propaganda«. Programme dieser Art sollten erzieherisch auf

die Werktätigen wirken. Es ging um den Jahresplan, der natürlich nicht funktionierte, wie so vieles andere in diesem halbierten Land; es fehlten Fachkräfte. In zweiwöchigen Kursen wurden Leute, die als linientreu galten, geschult und in wichtigen Funktionen eingesetzt. Je mehr etwas daneben ging, um so lauter mußte es bejubelt werden.

Die Programme, die das staatliche Unternehmen DKGD übers Land schickte, waren zugeteilter, streng beaufsichtigter Humor. Ein Soll an ideologischen Texten mußte unbedingt erfüllt werden. Daran kam keiner vorbei. Da es aber auch in dieser Branche nicht ganz ohne Profis ging, holte man Leute von den Theatern, bewährte Könner, die diese Programme schmackhaft anrichten konnten. Leute wie Jochen Großmann, sprich Jochi, und Jan Kupelius. Die wiederum holten ihre Mannschaft nach und so kamen doch noch recht gute Programme zustande, wenn die Genossen nicht zu sehr dazwischenfunkten. Doch das taten sie meist. Man sah den anderen scharf auf die Finger.

Franziska wußte nun, worauf sie sich eingelassen hatte. Leicht würde es nicht sein. Ein Darsteller, der nicht hinter dem Text stand, war wie ein Ofen ohne Feuer. Er brauchte die Sympathie des Publikums. Und das verabscheute die primitive, von der Partei befohlene Manipulation.

Gaston Lommer, eine attraktive Erscheinung, ein Bonvivant von gestern, versuchte sich volkstümlich zu geben, wobei ihm das karierte Hemd keine große Hilfe war. Wenn er die Bühne betrat, legte er Glanz in seine Augen, breitete die Arme aus und zwang das Publikum auf seine Weise, ihn zu lieben.

Alice, eine deftige Berliner Type, kam noch am besten an. Die schmächtige Margot versprühte Charme, in der vergeblichen Hoffnung, die hölzernen Texte damit zu garnieren:

»Der Plan muß stimmen, der Plan ist gut,
wir legen ab den alten Hut,
wir baun ein Neues, ihr werdet sehn,
zu unsren Freunden woll'n wir stehn ...«

Womit die allmächtige Sowjetunion gemeint war.
Franziska litt unter den Texten so sehr, daß ihr Kopf und Magen schmerzten. ›Wir baun ein Neues‹ – was, zum Kuckuck, sollte das bedeuten? Die Zeit wurde mit Schlagworten geohrfeigt, die Bevölkerung mit Phrasen überschüttet. Also trainierte sie das Weghören. Für ein muntermachendes Bühnenprogramm war das eine Katastrophe.
Wenigstens war der Saal gut besucht. Meist gingen die Angehörigen der Betriebe geschlossen in die Veranstaltungen: eine Art Pflichtübung, der sich keiner entziehen konnte. So wurde die Unterhaltungskunst als Propagandamittel eingesetzt.
»Na, wie war's?« Als sie in die Garderobe kam, schauten sie ihr gespannt entgegen.
»Ihr seid recht gut gewesen«, antwortete Franziska. »Aber die Texte sind schauderhaft.«
Zu ihrer Überraschung brach beifälliger Jubel aus. Margot und Alice umarmten sie stürmisch und duzten sie sogleich. Eine überraschende Sympathiekundgebung.
»Warum freut ihr euch denn so?« fragte sie verblüfft.
»Weil du nicht gemogelt hast«, Alice schlug ihr auf die Schulter, daß Franziska ins Wanken geriet. »Hättest du gesagt, es sei rundum phantastisch, hätten wir dich geächtet, jawohl – geächtet.«
»Gefoltert«, fügte Margot hinzu.
»Total ignoriert«, sagte Gerda, die in Gedanken längst in Dessau war und noch diese Nacht abreisen wollte. »Glaubst du, du stehst das durch?«
»Ich werd's überleben«, antwortete Franziska, »bin schon mit Schlimmerem fertig geworden!« Sie sehnte sich nach

einer warmen Dusche und einem bequemen Bett. »Ist das Hotel weit von hier?«
»Wir fahren zusammen hin«, erklärte Fritz, der ein hervorragender Pianist war und sie seelenvoll anblickte. Er streckte ihr die Hand entgegen: »Also dann: Willkommen an Bord!«
Auch der mitgenommene Adolf nickte ihr einigermaßen freundlich zu, obwohl er meist einen mißgelaunten Eindruck machte.
Abseits stand nur Gaston Lommer. »Aber sie kann nicht Skatspielen«, warf er fast weinerlich ein.
»Außerdem –« Alice ließ ihre dunklen Augen unternehmungslustig funkeln, »ist sie die Ex-Verlobte von Jan Kupelius.«
»Was?« Lommer fuhr herum und starrte zuerst Franziska, dann Alice fassungslos an. »Woher weißt du das?«
»Ich bin mit dem Jan in die Schule gegangen«, sie grinste. »Am Kreuzberg. Es gibt nichts, was wir nicht voneinander wissen.«
Sie wurden gute Freunde. Lommer verzichtete auf seine Arroganz, die nichts weiter war als ein Schutzmantel. Bald schon erkannte Franziska, daß der große, alternde, gutaussehende Mann an starken Minderwertigkeitskomplexen litt. Wenn es besonders schlimm war, blies er sich auf wie ein Ballon, mit Worten und Gesten. Durch eine trockene, humorige Bemerkung schaffte Franziska es, den Ballon zum Platzen zu bringen. Danach wurde er sanft und fast fügsam.
»Der ist verliebt in dich«, sagte Alice. »Das habe ich gleich geschnuppert, als du zum ersten Mal in die Garderobe gekommen bist.«
»Warum hat er sich dann so aufgespielt?« fragte Franziska.
»Das macht der immer so«, Alice grinste. »Ist wohl eine Art von Test. Er will sehen, wie der andere reagiert und

will seine eigene Kraft erproben. Er ist ein Kampfhahn. Aber du hast ihm so eingeheizt, daß er die Sprache verlor. Wenigstens vorübergehend. So haben wir unseren Gaston noch nie erlebt. Stimmt's, Margot?«

»Noch nie!«

Die drei Frauen schliefen meist in einem Zimmer. Die Hotels waren klein, die Betten knapp. Oft ging es die halbe Nacht bei ihnen recht munter zu; sie erzählten und lachten, und jede hatte einen Sack voller Erfahrungen, Enttäuschungen und Geschichten. Daß Alice mit dem Adolf und Margot mit dem seelenvollen Fritz liiert war, erfuhr Franziska erst später.

»Und Lommer, was ist mit dem?« fragte sie. »War der etwa mit Gerda liiert?«

»Lommer, ach der ...«

Gaston Lommer war im Grunde ein Einzelgänger. Lange schon geschieden. Junggeselle aus Überzeugung. Guter Kumpel. Etwas überdreht, aber ein feiner Kerl. Bloß keine Frau! O nein, schwul sei er nicht, der doch nicht! Aber bestimmt: wenn der mal loslegte, war er nicht mehr zu halten. Ein Vulkan, von dem man nicht wußte, ob er ausbricht oder nicht. Aber vorläufig – also außer Skatspielen laufe da nichts.

Alice gab gern Auskunft, lustig und redselig. Franziska bat sie, von Jan zu erzählen: wie war der so, als Junge?

»Sehr zurückgezogen«, Alice versuchte, sich zu erinnern. »Er hatte ja schon immer das Handicap, mit den Augen, du weißt ja, ohne Brille ist er fast blind.«

»Ich weiß«, Franziska lachte. »Wir spielten in einer Komödie ein Liebespaar. Er ohne Brille. Das ging ganz gut, soweit es sich um die geprobten Auftritte und Abgänge handelte. Aber dann passierte das mit dem Koffer.«

Alice und Margot, die sich schon gemütlich ausgestreckt hatten, setzten sich wieder auf und wollten die Geschichte hören.

»Also«, begann Franziska, »in der bewußten Szene sollte er meinen Koffer nehmen, der neben dem Sofa stand. Jan bewegte sich mit der Sicherheit eines Blinden, der seine Umgebung kennt. Nun aber stand der Koffer nicht an derselben Stelle wie sonst, der Requisiteur hatte ihn versehentlich auf die andere Seite gestellt. Jan ging zielstrebig zu dem Platz, wo er den Koffer vermutete, machte eine schwungvolle Gebärde und rief laut Textbuch: »Auf zu neuen Taten!« Doch seine Hände griffen ins Leere. Er war verblüfft, ließ sich aber nichts anmerken. Das Publikum wußte ja nichts von seinem Problem.«
»Das ist ja ein Alptraum«, stöhnte Alice und ließ sich zurückfallen. »Und dann?«
»Ich habe so getan, als wollte ich ihn umarmen und flüsterte ihm ins Ohr: ›Der Koffer steht auf der anderen Seite! Ich nehme ihn.‹ Wir knutschten uns langsam über die Bühne, ich schnappte den Koffer und rief: ›Selbst ist die Frau!‹, nahm Jan bei der Hand, und wir marschierten ab. Die Leute juchzten, die hielten das für einen Gag.«
Nun lachten sie alle drei, dann wurde es still.
»Jan hat viel von dir erzählt«, sagte Alice nach einer Weile. »Mal begeistert, mal wütend, mal traurig – alles immer eine Spur zu viel. Ich habe ihm gesagt: Mann, wenn das so ist, weshalb lauft ihr dann auseinander?«
»Und – was hat er geantwortet?«
»Du seist unbeständig, das hat er geantwortet.«
»Er weiß, daß das nicht stimmt«, sagte Franziska leise, »oder er will es glauben, um sich von mir zu lösen – oder er ist – er ist ein Narr. Aber darüber kann ich nicht mehr nachdenken, ich habe es zu lange und zu oft getan. Es ist wie eine Krankheit; alles, was mit Jan zusammenhängt, ist wie eine schwere Krankheit.«
»Und sie hält an«, bemerkte Alice, »bei euch beiden. So was kann ein Leben lang dauern.«
»Hört endlich auf zu quasseln«, Margot knipste die

Nachttischlampe aus. »Der Mensch muß schlafen! Wie soll man denn sonst sein kulturelles Soll erfüllen?«
Sie erfüllten es auf ihre Weise: indem sie ständig unterwegs waren, quer durch den Harz, durch Thüringen, bis nach Magdeburg und wieder zurück.
Franziska lockerte die Texte auf. Die anderen machten sofort mit. Nur Gaston Lommer protestierte: »Ich habe schließlich die Verantwortung, nicht wahr?!«
Da sich weder einer von der Zentrale sehen ließ, noch von der Bezirksstelle, wurden sie immer mutiger. Sie strichen die »idiotischen« Texte, womit sie spöttisch die »ideologischen« meinten, setzten Glanzlichter in Form von Pointen, und so wurde es ein hübsches, rundes Programm.
Wenn es ihre Zeit erlaubte, machten sie Ausflüge in die Umgebung. Einmal wanderten sie zum Kyffhäuser. Gaston erzählte in hehren Worten die Sage von Barbarossa: wie der Kaiser seit Hunderten von Jahren im tiefen, tiefen Berg sitze und sein langer, roter Bart durch den Tisch gewachsen sei.
Franziska wollte unbedingt in den Berg, um dem armen Kaiser die Aufwartung zu machen. Doch es gab keinen Eingang.
»Wie kam der Tisch in den Berg?« fragte sie.
»Es ist ein steinerner Tisch«, behauptete Lommer.
»Auch ein steinerner Tisch muß irgendwie da hineingekommen sein!«
»Es ist doch bloß 'ne Sage«, wandte Adolf ein.
»Auch Sagen müssen stimmen«, Franziska gab sich nicht zufrieden. »Und wie kann ein Bart durch einen Tisch wachsen?!«
Lommer setzte wieder eine Prise Arroganz ein und meinte: man müsse nicht allen Dingen auf den Grund gehen wollen. Dies mache einen exaltierten Eindruck.
»Daran werde ich Sie erinnern, wenn Sie wieder mal mit lateinischen Brocken um sich werfen, um zu zeigen, wie

gebildet Sie sind«, zog sie ihn auf und spielte auf eine seiner Marotten an, die sie unmöglich fand. Er ging sofort hoch: es funktionierte, genau das hatte Franziska gewollt. Es machte ihr Spaß, wenn Gaston vor Zorn rot anlief. Noch immer waren sie per Sie. Eine Art von Scheu hielt ihn davor zurück, Franziska zu duzen, was sie ihm auch nicht erlaubte. Er hatte gewaltigen Respekt vor ihr. Alice meinte, es sei pure Angst.

Ein anderes Mal wanderten sie auf den Brocken. Man roch schon leicht den kommenden Frühling. Der Schnee schmolz. Eine verheißungsvolle, grelle Helligkeit lag in der Luft.

Hier oben war es still, nur ein scharfer Wind wehte ihnen um die Ohren.

Franziska erzählte von der Schauspielschule und wie sie den Chor der Hexen gesprochen hatten: mal als Sprechübung, mal als dramatische Szene – immer wieder. Eine plötzliche Lust überkam sie. Mit einem Satz sprang sie auf einen Stein und rief laut über das weite Land:

»Die Hexen zu dem Brocken ziehn,
die Stoppel ist gelb, die Saat ist grün.
Dort sammelt sich der große Hauf,
Herr Urian sitzt obendrauf.
So geht es über Stein und Stock,
es ...«

Hier stutzte sie, denn nun kam eine Stelle, an der sich der alte Goethe, genau wie in seinem ›Götz von Berlichingen‹, nicht sonderlich fein ausgedrückt hatte.

Die anderen lauschten gespannt und völlig ahnungslos. Nur Gaston Lommer hob die Brauen und hakte schadenfroh nach: »Na – und weiter, weiter?«

Der kannte seinen ›Faust‹, der alte Besserwisser.

»Im Textbuch stehen da Pünktchen«, meinte Franziska kleinlaut.

»Dann sprechen Sie die Pünktchen!«

Franziska fuhr fort:

»So geht es über Stein und Stock,
es f...t die Hexe, es stößt der Bock!«

Sie hatte tatsächlich die Pünktchen mitgesprochen: »Punkt, Punkt, Punkt, Punkt.«

»Beim ›stößt‹ sind aber auch Pünktchen«, wandte Lommer belustigt ein.

»Stimmt, aber das Wort ist weniger anstößig als das, was die Hexen machen.«

Natürlich wollten sie es nun alle ganz genau wissen: wenn schon, denn schon! Franziska sollte den Hexenchor gefälligst richtig sprechen.

»Wie habt ihr's denn in der Schauspielschule gemacht?« erkundigte sich Alice.

»Da haben wir einfach gesagt: ›Es *tanzt* die Hexe ...‹, basta.«

»Darin liegt aber ein gewisser Unterschied«, sinnierte Fritz. »Man kann ein Dichterwort doch nicht einfach umändern.«

»Wenn es doch anstößig ist«, warf Margot ein, und nun spielten sie alle drei Hexe, ritten auf dem Besen, riefen nach Mephisto, und dann fiel Franziska noch der letzte Hexenvers ein:

»Die Salbe gibt den Hexen Mut,
ein Lumpen ist zum Segel gut,
ein gutes Schiff ist jeder Trog,
der fliegt nie, der heut nicht flog.«

Lommer aber – der nahm Mephistostellung ein und rief mit seiner gewaltigen Stimme:

»Das drängt und stößt, das rauscht und klappert!
Das zischt und quirlt, das zieht und plappert!
Das leuchtet, sprüht und stinkt und brennt!
Ein wahres Hexenelement!«

Er tat, als jage er die Hexen, und plötzlich, Zufall oder Absicht, landete Franziska in seinen Armen. Es lag sich gut an seiner breiten Brust. Ein angenehmer Duft ging von ihm aus. Sie blieb und schloß die Augen und merkte, daß sie sich zum ersten Mal seit langer, langer Zeit entspannte, wie ein Langstreckenläufer, der im Ziel angekommen war. Sie wurde ganz ruhig. Jemand hatte sie aufgefangen und hielt sie fest. Sie verharrten still und bewegungslos.

»He, Franzi«, rief Alice, »lebst du noch?«

Franziska schob sich aus Lommers Wollmantel hervor, lachend und zerzaust, sah zu ihm auf und fragte: »Woher können Sie den ›Faust‹ so gut?«

Er lächelte sanft, fast schüchtern. »Ich bin auch auf der Theaterschule gewesen. In Köln. Immer wollte ich den Mephisto spielen.«

»Und ich das Gretchen.«

»Haben Sie –?«

»Nein. Sie?«

»Nie.«

Da standen sie, etwas atemlos, und blickten ins Tal wie auf ihre unerfüllten Hoffnungen. Sie seufzten ein bißchen, aber nicht besonders traurig; noch immer kuschelte sich Franziska an ihn, wie ein Küken unter die Flügel der Henne, und so war er, der so gern Hahn sein wollte, möglichst einer im Korb, plötzlich zur Glucke geworden. Es gefiel ihm und im Augenblick wollte er gar nichts anderes.

Langsam folgten sie den Kollegen, die vorausmarschierten. Sie redeten und lachten – und als sie zurückkehrten zum Hotel, stand Jan vor der Tür und sah ihnen entgegen. Er war blaß und wirkte seltsam verloren.

Jan Kupelius schaute sich die Vorstellung an. Im Publikum herrschte Hochstimmung. Franziska jonglierte mit Worten, die Partner gingen darauf ein, warfen die verbalen Bälle zurück, es war Kabarett im besten Sinn, nur das von der Zentrale vor vielen Monaten verabschiedete Programm war es nicht.

Nach der Vorstellung versammelte sich das Ensemble in

der Gaststube. Es war fast Mitternacht, und sie waren unter sich.

Der Kachelofen strömte angenehme Wärme aus.

Jan Kupelius hatte sich dagegen gelehnt, schien tief in Gedanken zu sein und sagte nichts.

Die Schauspieler aßen Thüringer Würste und tranken Bier. Jan rührte nichts an, er war völlig geistesabwesend.

»Ihr habt die Texte geändert«, sagte er schließlich.

»Dafür gefällt es jetzt dem Publikum«, erklärte Alice.

»Wäre ein anderer gekommen, hättet ihr ganz schönen Ärger«, gab Jan zurück. Zwar war er weder für den Text noch für die Regie verantwortlich, doch gehörte er zur Jury, die sämtliche Programme überprüfte, bevor sie auf Tournee gingen.

»Wirst du uns anschwärzen?« erkundigte sich Alice.

Er schüttelte den Kopf: natürlich nicht.

»Aber es wird irgendwann mal einer auftauchen. Ein Genosse von der Bezirksstelle Magdeburg zum Beispiel – was dann?«

Sie schwiegen.

Er überwand seine Schwäche, richtete sich auf und fragte: »Wer ist denn überhaupt auf den Gedanken gekommen, den Text zu ändern?«

»Wir alle«, antwortete Margot schnell. Offensichtlich zeigten die Frauen mehr Zivilcourage als die Männer. Franziska hatte diese Erfahrung schon des öfteren gemacht. Die Szene erinnerte sie an die Schulzeit, wenn etwas Verbotenes passiert war, die Lehrerin, Frau Büchner, auf dem Podium stand und energisch fragte: »Wer war das?!« Unweigerlich ging ihr Blick zur kleinen Buresch, obwohl alle Mädchen riefen: »Wir, wir waren das – die ganze Klasse!« Dann stand Franziska auf, mit rotem Kopf und der verborgenen Angst. »Ich«, sagte sie mutig, »ich war das!«

Auch jetzt sagte sie, allerdings ohne aufzustehen: »Ich bin dafür verantwortlich!«

Im Gegensatz zu Frau Büchner vermied er schon den ganzen Abend lang, sie anzusehen. Aber jetzt richtete er den Blick auf sie. Seine Augen hinter der Brille wirkten verschwollen, als hätte er geweint, doch die Härte in seinem Gesicht hob diesen Eindruck auf.
»Schade«, er zuckte die Achseln, »das war kein sehr guter Gedanke. Für ein Theater vielleicht, nicht für ein staatliches Unternehmen wie die DKGD. Weshalb, glaubt ihr, zahlt sie euch die hohen Gagen?«
Er steigerte sich von Satz zu Satz.
»Wir werden die alte Fassung wieder spielen«, Gaston stellte sich vor Franziska, so konnten die feindlichen Parteien sich nicht mehr ansehen. »Es wird zwar keiner hinhören, niemand wird lachen und das Publikum wird den Zuschauerraum vorzeitig verlassen.«
»So ist es brav«, sagte Jan sarkastisch. »Wir wissen alle, daß wir für unsere Arbeit nur zwei Töne zur Verfügung haben. Daraus läßt sich nun mal keine Sinfonie komponieren.« Im plötzlich scharfen Ton: »Auch wenn einer glaubt, noch so viel Sendungsbewußtsein einbringen zu müssen!«
Das war an Franziska gerichtet. Sie schob Gaston zur Seite und stand nun Jan gegenüber, Auge in Auge. Ihm ging es längst nicht mehr um das geänderte Programm, er wollte seinen Groll loswerden, sah Gaston in Beschützerpose neben Franziska stehen, das brachte ihn zur Verzweiflung. Er geriet außer sich.
»Willst du, daß ich das Ensemble verlasse?« fragte Franziska.
Und er antwortete: »Ja.«
»Soll ich meinen Vertrag kündigen?«
»Ja.«
Das ging denn doch zu weit. Als erste protestierte Alice, laut und heftig. Es kam zu einem erregten Meinungsaustausch, an dem sich Jan und Franziska nicht beteiligten. Dann versuchte Alice, die anderen zu beruhigen, und sie sagte: »Hör zu,

Jan. Was du tust, hat nichts mit deiner Position als Mittelsmann zwischen Ensemble und Zentrale zu tun. Du führst zur Zeit deinen ganz persönlichen Kleinkampf.«
»Das kannst du nicht beurteilen«, gab er störrisch zurück.
»Mag sein, wie auch immer«, Alice blickte sich um, nickte den Kollegen zu und verkündete: »Wenn Franziska geht, gehen wir alle.«
Jan lachte auf. »Welch theatralische Pose! Nicht neu in der Geschichte der falsch verstandenen Solidarität.«
»Doch immer wirksam«, gab Alice zurück.
Nun wandte Gaston sich an Franziska und fragte: »Willst du denn wirklich gehen?«
»Ich denke schon«, antwortete Jan vorlaut an ihrer Stelle.
»Ich denke nein«, erwiderte Franziska und stellte sich Jans eisigem Blick. »Solltest du darauf bestehen, bringe ich den Fall vor die Direktion.«
Jan war verblüfft über ihre Kampfbereitschaft.
»Worauf willst du dich berufen?« fragte er.
»Darauf, daß du aus rein persönlichen Gründen Leute engagierst und entläßt, wie es dir paßt.«
Sie verließ die Gaststube. Gaston schloß sich ihr an, doch nicht, ohne ein höfliches »Gute Nacht!« in die Runde zu schmettern.
Jan schaute ihr nach, machte einige hastige Schritte, als wollte er ihr folgen, Alice schnitt ihm den Weg ab und sagte leise und eindringlich: »Laß sie. Es sei denn, du gehst zu ihr und sagst, daß du sie liebst.«
Die anderen verabschiedeten sich, nun war Alice mit dem Schulfreund allein. Der Wirt spülte Gläser, gähnte und sah vorwurfsvoll auf die Uhr über dem Tresen. Es war halb zwei.
Jan zog sich den Stuhl zum Kachelofen, der langsam abkühlte, lehnte den Kopf dagegen und sah aus wie einer, der soeben von einer Kugel getroffen worden war.
Alice setzte sich neben ihn, ganz nah und fragte: »Warum macht ihr euer Leben so kaputt?«

Er antwortete: »Zuerst Lukas, jetzt dieser Lommer.«
»Mit Lommer ist nichts«, sagte Alice. »Das weiß ich genau. Wir schlafen jede Nacht in einem Zimmer: Franzi, Margot und ich. Sie ist verzweifelt und braucht eine Schulter zum Ausweinen. Genau wie du.« Er wußte, daß sie auf Irina Weber anspielte und machte eine heftige Bewegung, als wolle er aufspringen. Schnell fuhr Alice fort: »Und was diesen Lukas betrifft – der hat auf eure Trennung hingearbeitet, jahrelang.«
»Aber er war immer an ihrer Seite.«
»Immer bestimmt nicht! Vielleicht mal – im falschen Moment.«
»Sie hat es geduldet.«
»Weil du sie angefeindet hast! Ihr bewegt euch in einem Teufelskreis. Macht endlich Schluß. Geh zu ihr, tut euch zusammen. Oder –« Alice stand auf, sie war hundemüde, »oder schert euch auf den Brocken und tanzt mit den Hexen.«
Auch Jan erhob sich. Er lächelte matt.
»Auf jeden Fall danke ich dir, Kumpel!« Er umarmte sie freundschaftlich. »Ich weiß, du meinst es gut.«
Sie legte sanft die Hände an seine Wangen, sah ihn lange an und seufzte.
»Gute Nacht, mein armer, armer Jan.«
Dann ging auch sie.

Inzwischen war es April geworden. Über ein Vierteljahr reisten sie schon durchs Land. Zu Ostern sollte es nach Berlin zurückgehen, darauf freuten sie sich sehr.
Sie spielten wieder die anfängliche Urfassung, und das Publikum litt mit ihnen.

»Der Plan muß stimmen, der Plan ist gut,
wir legen ab den alten Hut ...«

Stimmte ja nicht. Sie hatten ihn wieder aufsetzen müssen. Es kamen tatsächlich Leute mit dem »Bonbon« auf dem

Revers, um zu kontrollieren, ob das Programm nach Plan verlief, so, wie die Partei es verstand. Daß die Zuschauer weghörten oder manche gar den Saal vorzeitig verließen, störte sie nicht, die Männer von der Bezirksdirektion. »Der Sozialismus ist eine große Sache«, sagten sie. »Er muß erlernt werden. Dabei sollt ihr mithelfen.«
Anmaßende Worte. Der Widerstand im Ensemble wuchs, Erbitterung kam auf, doch sie mußten sich an die Regeln halten.
Franziska übersah Gastons Aufmerksamkeiten. Er hielt sich meist in ihrer Nähe auf, immer diskret, niemals aufdringlich. Zu einem engeren Kontakt, wie seinerzeit auf dem Brocken, war es zwischen ihnen nicht mehr gekommen. Er merkte eifersüchtig, wie sie versuchte, mit einer Liebe fertig zu werden, die sie überwältigte. Und er wußte, daß ihre aufgesetzte Fröhlichkeit, die übertrieben scheinende Lebensfreude nichts anderes war, als ein Kampf gegen ihre Verzweiflung.
Er hielt sich immer bereit, um sie aufzufangen. Doch sie stand eisern aufrecht.
Eines Morgens, sie saßen beim Frühstück, telefonierte Alice mit einer Freundin in Berlin. Sie kam zurück, sah Franziska an, suchte nach Worten und sagte schließlich: »Jan hat geheiratet. Gestern. Die Kuh Irina Weber.«

Achtzehn, zwanzig – passe!

Sie saßen in der Gaststube und spielten Skat. Franziska hörte ihre Stimmen bis ins Zimmer, ihre Ausrufe und das Aufschlagen auf den Tisch, wenn sie ihre Karten hinknallten: »Achtzehn, zwanzig – passe!« Dann Gastons dröhnendes Lachen.

Er hatte ihr sein Bett zur Verfügung gestellt, es war das einzige in diesem kleinen Hotel, das einen Steckkontakt in erreichbarer Nähe hatte. Daran war das Heizkissen angeschlossen, und Franziska drückte fest ihr Ohr dagegen. Wieder mal Mittelohrentzündung.
Von einer Minute zur anderen hatte sie eine Mordserkältung überfallen und ihr als Zugabe die Mittelohrentzündung beschert. Das Wort war ihr, seit sie lebte, ebenso vertraut wie die unerträglichen Schmerzen.
Achtzehn, zwanzig – passe!
Hosen runter!
Ho-ho-hooo!
Draußen tobte ein Schneesturm, rüttelte an den Fenstern: der Winter war zurückgekommen.
Sie hatte etwas geschlafen. Als sie aufwachte, hörte sie Gaston im Zimmer herumwirtschaften. Er wirkte so groß und mächtig zwischen den engen Wänden und unter der niedrigen Decke, daß Franziska lächeln mußte. Als er merkte, daß sie ihn beobachtete, setzte er sich vorsichtig auf den Bettrand, darauf bedacht, nicht lästig zu sein.
»Was macht das Ohr?«
»Tobt noch immer wie ein Orkan, mit abnehmender Tendenz.«
»Soll ich dir etwas erzählen oder ein Gedicht rezitieren?«
»Nicht nötig, ich höre augenblicklich nur auf einem Ohr.«
Sie machte sich lustig, damit er nicht merkte, daß sie geweint hatte. Er merkte es aber doch. Als er sich über sie beugte, um ihr Gesicht zu streicheln, wandte sie schnell den Kopf. Sofort stand er auf und sagte: vor dem Einschlafen mache er sich immer einen starken Kaffee. Ob sie vielleicht auch eine Tasse wolle – ja, na fein.
Er beschäftigte sich mit dem Tauchsieder und dem Litermaß, bald duftete das Zimmer nach frisch gebrühtem Kaffee. Und draußen tobte noch immer der Schneesturm! Was für ein heimeliges Gefühl.

Gaston bediente sie eifrig, fast ein wenig atemlos vor Freude, weil sie ihm so nahe war: Milch, Zucker – nein? Vorsicht, Tasse festhalten, warte, ich nehme das Heizkissen, nicht verbrennen! Wie wär's mit einem Keks, er habe immer Kekse bei sich, ja, er esse gern Süßes, aber auch Olmützer Käse mit Senf. Ob sie schon mal versucht habe, Olmützer Käse mit Senf drauf, im Rheinland esse man das gern, ja, und er sei doch schließlich ein »Kölsche Jung«, da ist schon so ein französischer Touch dabei, merkt man ja auch an dem Namen, nicht wahr, zumindest an seinem Vornamen …
Er redete und redete, war kaum wiederzuerkennen, verhaspelte sich hin und wieder, was sonst nicht seine Art war. Ein ganz anderer, als der arrogante Rülpel auf dem Gang der Zentrale. Hatte er etwa davor Angst gehabt, sich derart zu öffnen, wie er es jetzt tat?
Franziska bemitleidete ihn fast. Sie stellte die leere Tasse ab und hielt ihm den Mund zu. Überrascht sah er sie an. »Du redest viel zu viel«, sagte sie.
Eigentlich hätte sie jetzt in ihr Bett gehen können, doch sie blieb. Er bemerkte ihre Bereitschaft, glaubte wohl nicht recht daran, zögerte und sagte: »Du hast dich vorhin abgewendet, als ich dich streicheln wollte.«
»Da hatte ich noch nicht deinen berühmten Kaffee getrunken«, antwortete sie. »Vielleicht ein Zaubertrank?«
Eine fast verlernte Koketterie wurde in ihr wach, sie sah ihn auffordernd an. Er zögerte noch immer, lieber Himmel, welch eine Mimose!
Endlich überwand er seine Scheu vor einer erneuten Abfuhr. Sie streckte die Hand nach ihm aus, zog ihn zu sich und duldete es, daß er sie streichelte. Und küßte. Und ihre Brust berührte. Sich zu ihr ins Bett legte.
Der letzte Mann, den sie umarmt hatte, war Jan gewesen, am Tage ihrer Trennung. Sie holte tief Luft, um die Tränen zurückzuhalten. Dieser Mann war nicht Jan. Es war ein anderer, mit anderen Händen, anderen Gesten, ande-

rem Geruch. Ein fremder, alter, aufgeplusterter Mann, der seinen letzten Frühling erlebte. An den sie sich morgen kaum noch erinnern würde.

Als er eingeschlafen war, wollte sie das Bett verlassen. Die Bewegung mußte ihn geweckt haben. Im matten Schein der Nachttischlampe sah sie seinen Blick: Dankbarkeit lag darin und Zärtlichkeit und eine unausgesprochene Bitte: Bleib!

Sie ging und schlich sich ins Dreierzimmer. Die Mädels schliefen. Ein Glück! So brauchte sie sich keine anzüglichen Bemerkungen anzuhören, konnte in Ruhe nachdenken, sich Rechenschaft geben.

Plötzlich ein Kichern, dann ein Prusten. Das Licht ging an.

»Was ist los?!«

Alice und Margot saßen putzmunter und aufrecht in ihren Betten und wieherten um die Wette.

»Hört mal«, Franziska war nun wirklich ärgerlich, »nicht, was ihr denkt! Ich habe nur mein Ohr am Heizkissen ...«

Sie lachten und konnten sich nicht beruhigen.

»Was habt ihr nur für schmutzige Gedanken!«

Sie taten, als bereuten sie, machten das Licht aus, doch noch lange kicherte es unter den Bettdecken. Es war wie in Großmamas Mädchenpensionat.

Als sie am Morgen aufwachten und sich ansahen, ging die Lacherei wieder los.

»Seid ihr vom Skatspielen so angeregt – oder was?!« fragte Franziska gekränkt.

Da antwortete Alice, von Lachanfällen unterbrochen: »Es ist einfach zu komisch, weißt du!«

»Was denn bloß?«

»Du schleicht dich auf Zehenspitzen herein, denkst, wir würden glauben, daß du lediglich dein Ohr am Heizkissen hattest und dann – und dann ...« Sie konnte nicht weiterreden.

Margot sagte für sie: »Dann hast du an eines nicht gedacht!«

»Woran, um Himmels willen?«
»Wie hellhörig dieser alte Schuppen ist!«
Franziska starrte sie entgeistert an.
»Das ganze Ensemble hat eure Liebesnacht mitgekriegt«, fuhr Margot fort. »Für uns alle ein sehr eindrucksvolles Erlebnis.«
Franziska fühlte sich entsetzlich und wurde über und über rot. Eine peinliche Situation!
Dann hörte Alice auf zu lachen, umarmte sie und sagte: »Es ist vorbei, die Sache mit Jan. Du hast den ersten Schritt getan. Nur mußt du jetzt wirklich fest daran glauben.«
Franziska kam als letzte in den Frühstücksraum. Sie hatte absichtlich getrödelt, weil es ihr unangenehm war, den anderen zu begegnen. Es duftete bereits nach Kaffee und gebratenen Eiern. Alle sahen ihr gespannt entgegen.
»Guten Morgen«, grüßte sie und tat unbefangen.
Hochaufgerichtet mitten im Raum stand Gaston. In seinen Händen hielt er einen winzigen Veilchenstrauß. Wo hatte er den her – zu dieser noch winterlichen Jahreszeit, in dieser vernagelten, trostlosen Stadt?
Er schien verlegen, als er ihr die Veilchen reichte. Alle machten »Aaaaaah!«.
Franziska war gerührt. Doch als Gaston die Hand hob, um zärtlich ihr Gesicht zu berühren, zuckte sie zurück. Kaum merklich und unbewußt. Da ließ er den Arm sinken und ging wortlos hinaus.

An einen Tisch – aber wie?

»Das war der längste Winter meines Lebens«, Franziska freute sich, wieder bei Vati Göttlich und Sabine zu sein. »Er fing im Oktober an und hörte im April erst auf.

Dazwischen bin ich gestorben und neu geboren worden.«
»Dann wollen wir mal gemütlich Tee trinken«, Vati Göttlich freute sich ebenfalls und beschäftigte sich eingehend mit der Teekanne. Als Franziska in die Küche lief, um den vergessenen Zucker zu holen, stieß sie auf Frau Feuerherd.
»Wieder zurück?« fragte die alte Giftkröte mit dem falschesten Lächeln, dem Franziska jemals begegnet war.
»Dachten Sie denn, ich komme nicht wieder?«
Nun hörte die Frau auch noch schlecht, und nichts war schlimmer für Franziska, als Banalitäten wiederholen zu müssen, möglichst noch in voller Lautstärke. Also nickte sie ihr nur zu und wollte an ihr vorbei. Aber die Feuerherd ließ sie nicht. Sie füllte den gesamten Türrahmen aus. Nun erschien, wie aufs Stichwort, auch noch ihr Mann. Sie bauten sich auf wie eine feindliche Legion.
Was wollten die bloß?
»Es ist nämlich so, daß wir mit Ihnen reden müssen«, die Frau schopfte den Busen hoch, der bis zur Taille gerutscht war. »Aber Sie haben es ja immer so eilig.«
»Ja«, stimmte Franziska zu, »sehr.«
»Eigentlich müßten Sie ja eine eigene Wohnung haben«, fuhr die Feuerherd fort. Ihr Mann nickte bestätigend. »Sehen Sie mal, wir sind ja hier eingewiesen worden vom Wohnungsamt, aber Sie sind hier einfach 'reingeschneit.«
Franziska hielt die Zuckerdose mit beiden Händen umspannt und hatte Mordgedanken.
»Was ist denn hier los?« Sabine tauchte auf und machte schmale Augen.
»Was wollen Sie von dem Mädel?« Auch Vati Göttlich kam, als hätte er nur gewartet auf diese Gegenüberstellung. In voller Größe schaute er herab auf die Feuerherds. Der Mann war verlegen. Aber Frau Feuerherd ließ sich nicht einschüchtern und sagte anklagend: »Sie leben hier zusammen wie eine Familie, nicht wahr, in zwei Räumen, das ist doch nicht erlaubt.«

»Nicht erlaubt«, Vati Göttlich schnappte buchstäblich nach Luft, »in meiner Wohnung?!« Dann donnerte er los: Von wegen: nicht erlaubt! Nicht erlaubt sei diese Art und Weise, wie sie sich hier eingenistet hätten, es wäre an der Zeit, daß sie endlich auszögen, dafür werde er sorgen, denn er brauche das Zimmer dringend, jawohl. Dann blinzelte er den Mädchen zu, schob sie ins Wohnzimmer und schloß die Tür vor den empörten Nasen der Feuerherds.

Franziska war nur ungern der Anlaß zu Streitereien. Sie bot an, sich tatsächlich ein Zimmer zu suchen, doch sie stieß auf heftigen Protest.

»Ich will, daß du bleibst, Franzi«, sagte Vati Göttlich mit fast bedrohlichem Stirnrunzeln, das jeden Widerspruch ausschloß. »Und Sabine will das auch.«

»Klar«, stimmte »Töchting« zu und entzündete sich eine Zigarette.

»Eigentlich wollte ich nur eine Nacht bleiben«, wandte Franziska ein.

»Jetzt bist du hier zu Hause«, sagte er. »Ich will das so, aus purem Egoismus. Du möbelst Töchting auf, die würde hier sonst nur herumdösen.«

»Na hör mal, schließlich nehme ich eisern Gesangsunterricht«, verteidigte sie sich.

»Das ist aber auch alles«, nörgelte er, »sonst gehst du nirgendwo hin.«

»Heute abend schon«, schaltete Franziska sich ein und stieß Sabine an, daß der fast die Zigarette aus der Hand fiel. »Stimmt's?«

Die Göttliche nickte und zeigte ein gewisses vorfreudiges Strahlen.

Doch Vati hatte sich zum Unwirschsein entschlossen.

»Ihr raucht zuviel«, tadelte er. »Macht bloß die Giftstäbchen aus, sonst ...«

Sie taten ihm den Gefallen.

Am Abend gingen sie in die Staatsoper.

Die Staatsoper Unter den Linden war zerstört. Der ehemalige »Admiralspalast«, das spätere »Metropoltheater« nahm nun ihre Stelle ein: Das Haus am Bahnhof Friedrichstraße, in dem einst Fritzi Massary aufgetreten war und der legendäre Max Pallenberg. Das war in den »Zwanzigern« gewesen. Das Haus, in dem Franziska den »Rosenkavalier« gesehen hatte und »Hoffmanns Erzählungen«. Zusammen mit Jan. Das war nun fünf Jahre her. Dazwischen lag ein ganzes Leben.
Nun saß sie mit der Göttlichen in der dritten Reihe. Helge Rosvaenge sang den ›Radames‹. Das Publikum applaudierte noch, als der eiserne Vorhang längst gefallen war. Immer wieder schob sich der kleine, füllige Tenor durch die schmale Eisentür. Er schwitzte mörderisch und tupfte sich die Stirn mit einem Taschentuch ab.
Sabine belebte sich auf eine Weise, die Franziska nie zuvor an ihr bemerkt hatte. Dies war ihr Metier. Darüber hinaus gab es für sie nichts anderes. Wenn sie schon nicht selbst auf der Bühne stehen konnte, dann wollte sie wenigstens die beste, die begeistertste Zuschauerin sein.
Franziska applaudierte ebenso anhaltend mit. Dies war einer der letzten Auftritte des einzigartigen Tenors Helge Rosvaenge – und sie waren dabeigewesen.
Franziska besorgte, wann immer sie Zeit hatte, Steuerkarten fürs Theater. Die kosteten nur ein paar Mark. Das nutzte sie gründlich aus.
Die Göttliche mußte mit, ob sie wollte oder nicht. Und immer wollte sie nicht. Für das Schauspiel zeigte sie keinerlei Interesse.
Bertolt Brecht und das Berliner Ensemble! Fast gewaltsam schleppte Franziska die Freundin ins Schiffbauerdammtheater, durch vollsten Einsatz geschickter Überredungskunst. Helene Weigel als »Mutter Courage«! Das war schon der Mühe wert. Es hatte eine Zeit gegeben, in der Franziska mit den Stücken von Bertolt Brecht nichts

anzufangen wußte. Zu derb, zu vulgär: »Erst kommt das Fressen, dann kommt die Moral ...« War es so?
Es war so. Hunger hatten sie alle gehabt: im Krieg und noch mehr, nachdem er zu Ende war. Zu dieser Zeit bewegte sie nur ein Gedanke: Wo kriege ich was zu essen her? Und ein Stück Wurst war ihnen lieber als ein Gedicht von Eichendorff.
Franziska besuchte den Liederabend des Sängers Ernst Busch, der sich der »Arbeitersänger« nannte und dem Berliner Ensemble angehörte. Die Göttliche mußte mit.
»Nee«, sagte sie, »der kann ja gar nicht singen!«
»Er kann singen, und seine Lieder haben Tiefgang. Die Kunst besteht nicht nur aus Opern!«
Ganz bewußt bewegte Franziska sich in eine bestimmte Richtung. Sie wollte herausfinden, was das für eine Sache war, für die sich Leute einsetzten wie Brecht, Busch und Anna Seghers. Außer dem verordneten starren Einheitsdenken, den schreierischen Parolen, der Anmaßung der Parteibonzen und der verhaßten Moskauer Zentralgewalt mußte es doch noch etwas anderes geben. Wo lag das Gute in dieser Idee?
Sie ging zu den Zusammenkünften, die der Schriftstellerverband organisierte. Sie hörte zu, worüber die Leute dort diskutierten. Einer hielt eine lange Rede, schloß begeistert: »Nur die Prinzipien der marxistisch-leninistischen Ästhetik werden uns bereichern und zu größerer künstlerischer Perfektion führen.«
Während Franziska grübelte, was das wohl heißen mochte, fuhr der Mann am Rednerpult mit erhobener Stimme fort: »Links wollen wir sehen – denn links schlägt das Herz in unserer Brust.«
Und dann klatschten alle.
Stephan Hermlin sprach sein Gedicht: »Im Kreml brennt noch Licht«, ein Hohelied auf Stalin, der sich sogar nachts noch sorgte um das Wohl des russischen Volkes, der Partei und der gesamten Menschheit.

Auch Johannes R. Becher war da, er wirkte intelligent und locker, er gab sich nicht euphorisch, er redete recht vernünftig.
Und immer hörte Franziska gut zu. Sie lieh sich »Das Kapital« von Karl Marx und las. Um ungestört zu sein, ging sie in den Park von Weißensee, zu dem kleinen Teich, setzte sich auf eine Bank und versenkte sich in das Buch.
Nach und nach veränderte sie sich auch äußerlich. Sie trug einen derben Lodenmantel, unter dem Arm eine Aktenmappe und marschierte in burschikosen Schritten durch Berlin.
»Mädel, übertreib' nicht«, warnte Vati Göttlich. »Wir müssen immer schön in der Mitte bleiben.«
»Ich hasse Mittelmäßigkeit«, sagte Franziska. »Um über uns hinauszuwachsen, müssen wir ganz unten anfangen, beim Proletariat. Erst wenn sich die klassenlose Gesellschaft durchgesetzt hat, können wir die Würde des Menschen wiederherstellen.«
»Aber wir haben noch immer Lebensmittelmarken«, wandte Vati Göttlich ein, »und in der Bundesrepublik geht es rapide aufwärts.«
»Das liegt an der freien Marktwirtschaft«, meinte Franziska, »noch dazu unterstützt von den Amerikanern. Eines Tages wird die Schuldenlast so groß sein, daß der Staat drüben total zusammenbricht.«
»Bei uns kann gar nichts zusammenbrechen«, versetzte der alte Herr, »weil überhaupt noch nichts auf festen Beinen steht.«
»Kinderkrankheiten der jungen Republik«, Franziska hatte die marxistisch-leninistischen Ideen nur mal flüchtig eingeatmet, sie fand, daß es recht gut klang, was da von der »Basis« stand und dem »Überbau« und daß die bisher Unterdrückten nicht mehr »Machtwerkzeug der herrschenden Klasse« sein sollten.
»Wenn wir die Sache philosophisch angehen, durch Den-

ken zum Handeln kommen, könnte etwas Vernünftiges daraus werden«, predigte sie.
Auch mit Jan redete sie darüber. Ab und zu trafen sie sich, um gemeinsam essen zu gehen. Sie taten, als seien sie wirklich nur gute Freunde, mit ähnlichen Ideen und Weltanschauungen, doch auf diesem Wege folgte er ihr nicht.
»Was ist einzuwenden gegen die Chancengleichheit aller Menschen?« fragte sie provozierend.
»Es wäre phantastisch, wenn es funktionierte«, gab er skeptisch und sie leicht belächelnd zurück. »Dein Engagement in Ehren. Auch ich finde: das Kapital sollte sich besser verteilen.« Er drückte sich bewußt einfach aus wie in einem Schulaufsatz: »Die Leute, bei denen sich die Millionen horten, könnten den Bedürftigen etwas abgeben. Es gibt zuviel Armut, zuviel Asoziales, vor allem im kapitalistischen System.«
»Siehst du!«
»Vielleicht ist es auch so«, wandte er ein, »daß es da mehr auffällt als hier, wo eigentlich keiner etwas hat.«
»Wir stehen ja noch ganz am Anfang!«
»Hast du schon einmal überlegt, woher es kommt, daß ein Arbeiter bei einem Großunternehmer mehr verdient als im Arbeiter- und Bauernstaat?«
»Dafür gehört ihm die Fabrik, in der er arbeitet – sie ist Volkseigentum.«
»Und was hat er davon?«
»Er arbeitet nicht für die Großverdiener.«
»Er ist ganz arm dran, hat wenig Geld, kann sich nicht kaufen, was er möchte, und sein Leben ist, wie alles hier, grau eingefärbt.«
»Du mußt an die Entwicklung denken!«
Jan warf einen schnellen Blick auf die Uhr; eine Angewohnheit, die auch Franziska hatte, immer in Unruhe und mit dem Gefühl, in Eile zu sein.
»Ich muß gehen«, sagte sie, um ihm zuvorzukommen.

»Sitzung im Schriftstellerverband.«
»Bist du Mitglied?«
»Zuhörerin.« Um sein zunehmendes Staunen abzublocken, suchte sie nach einer plausiblen Erklärung. »Um die Theorien und die Praktiken einer Religion oder einer politischen Idee anzuzweifeln, muß ich sie doch erst mal kennenlernen. Oder?«
»Wir werden ständig damit konfrontiert.«
»Mit der Realität, ja. Aber was steckt dahinter? Würdest du ein Buch kritisieren, das du nicht gelesen hast?«
Jochi erschien und platzte in die Unterredung. Die HO-Gaststätte »Stadtmitte« lag gleich neben der Krausenstraße und war ihr Stammlokal. Er hielt Franziska, die sich entfernen wollte, zurück und sagte: »Wir müssen über das neue Programm sprechen, die Proben gehen bald los.«
»Keine Zeit!«
»Wo willst du denn hin?«
»Treff vom Schriftstellerverband«, antwortete Jan für sie.
»Und was bringt dir das?« erkundigte sich Jochi mit hochgezogenen Brauen.
»Erfahrung«, sagte Franziska, drückte die Aktentasche fest an sich und verließ mit großen Schritten das Lokal. ›Ich gehe wie Jan‹, dachte sie, als sie fühlte, daß die beiden Männer ihr nachsahen.
»Ihr werdet euch immer ähnlicher«, stellte Jochi fest. Er hatte Appetit auf Schweinebraten und bestellte einen doppelten Klaren dazu. »Jetzt hat sie sogar schon deinen Gang«, fuhr er kopfschüttelnd fort. »Dafür lachst du genau wie sie.«
»Unsere Gedankengänge entwickeln sich aber recht unterschiedlich«, wandte Jan ein und schaute nochmals auf die Uhr. »Ich muß nach Hause. Meine Frau wartet.«
Jochi seufzte. »Warum arbeitet sie nicht mehr? Was macht sie den ganzen Tag?«

»Sie liest Westjournale«, Jan zog die Stirn in Falten und sah aus, als hätte er Sodbrennen. »Franzi würde sagen: ›Kapitalistische Zeitschriften‹.«
Jochi bekam seinen Teller Schweinebraten – etwas zu fett, nun ja, dafür gab es den Verdauungsschnaps –, er musterte Jan eingehend und bemerkte schließlich in seiner unverblümten Offenheit: »Wie konntest du nur diese Pute …«, er fing Jans warnenden Blick auf und berichtigte sich sogleich, nicht ohne Ironie: »Wie konntest du dieses Mädchen heiraten! Die bringt keinen zusammenhängenden Satz zustande, und was das Denken betrifft …«
»Denken kann ich allein«, fiel Jan ihm ins Wort. »Ich denke den ganzen Tag. Wenn ich nach Hause komme, möchte ich keine Streitgespräche führen.«
»Heirate eine dumme Frau und du hast Ruhe«, kommentierte Jochi sarkastisch.
»Ungefähr so ist es«, Jan schaute in die Richtung, in die Franziska verschwunden war. Er wartete noch eine Weile, als wollte er eine angemessene Zeit zwischen ihren Aufbruch und seinen Abgang legen, klopfte Jochi auf die Schulter und empfahl sich.
Jochi blickte ihm bekümmert nach, fuhr sich über das glatte, schwarze Haar und bestellte noch einen Doppelten.
Franziska befand sich in einer Sturm- und Drang-Periode. Zur Zeit hatten sie nur vereinzelte Vorstellungen in Berlin oder den Außenbezirken, also nahm sie jede Gelegenheit wahr, sich ihren neuen Erkenntnissen zu widmen. Sie las »Das siebte Kreuz«. Als Anna Seghers darüber sprach, interviewte sie die Schriftstellerin, die sie mit ihrer Geradlinigkeit ebenso faszinierte wie mit ihrem breiten Mainzer Zungenschlag.
Franziska schrieb einen Artikel für die Berliner Zeitung darüber. Von da an arbeitete sie, so oft es ihre Zeit erlaubte, als freie Reporterin.

Leicht war das nicht. Eines Tages bekam sie von der Lokalredaktion den Auftrag, über die Eröffnung eines Hallenbades zu berichten. Und den Grund herauszufinden, weshalb es in das schon fertiggestellte Gebäude hineinregnete. Zwar war das nicht ihr Interessengebiet, doch sie beschloß, schreiben zu lernen, möglichst professionell.
Sie sprach mit dem Objektleiter – so hießen die Leute, die »Objekte« leiteten, also eigentlich Direktoren, doch das war eine kapitalistische Bezeichnung! –, sie suchte den Architekten auf, interviewte die Besucher, schwamm selbst einige Runden, setzte sich hin und schrieb einen wunderschönen ausführlichen Artikel darüber, fünf Seiten lang. Den trug sie stolz zur Redaktion, gleich hinter dem Alexanderplatz.
Die Redakteurin, die ihr sehr wohlgesinnt war, las ihn, nickte beifällig, legte den Füllfederhalter nieder, mit dem sie gewohnheitsmäßig hatte streichen wollen, sah Franziska an und sagte: »Sehr schön. Nur viereinhalb Seiten zu lang. Daraus machen Sie jetzt eine Spalte. Am besten diktieren Sie gleich in die Maschine.«
»Aber wie soll ich die Fakten alle unterbringen?« rief Franziska fassungslos.
»Schreiben Sie über das Wesentliche«, antwortete die Redakteurin.
So lernte Franziska »das Wesentliche« kennen. Auf ein Minimum zusammengestrichen. Eine Prise Humor darübergestreut, trotz allem, das ging. Ein hübscher, runder Artikel, in der Tat. Daß es ins neuerbaute Hallenbad nach wie vor hineinregnete und keiner dafür verantwortlich sein wollte, daran hatte er auch nichts ändern können.
Dann kamen zwei neue Zigarettensorten auf den Markt. »Gehen Sie an die Kioske, in die Läden, sprechen Sie mit den Kunden, machen Sie eine Statistik, welche Sorte besser ankommt – und warum«, sagte die Redakteurin der Lokalseite.

Franziska marschierte mit Aktenmappe, Notizblock und Lodenmantel die Friedrichstraße hinauf und hinunter. Eine Menge Kioske gab es da. Sie hatten sich zwischen die Ruinen gezwängt, da standen sie nun, und davor drängten sich die Leute. Den ganzen Tag war Franziska unterwegs. Zu Hause sagte sie zur Göttlichen: »Jetzt testen wir die beiden Sorten selber!«
Sie rauchten, bis ihnen schlecht wurde. Welche war leichter, welche stärker, wie schmeckten sie und wonach, und kratzten sie tatsächlich im Hals?
»Mann, ich kann nicht mehr!« stöhnte die Göttliche und fiel fast vom Stuhl. »Schreib', was du willst.«
Miserabel und strohig waren beide Sorten.
Dann wurde Franziska im Auftrag der Redaktion nach Westberlin geschickt. Dort hatten die Amerikaner ein neues Jugendzentrum für deutsche Kinder und Halbwüchsige eröffnet, und sie sollte herausfinden, was dahintersteckte.
Sie fuhr hin und mußte feststellen, daß nichts dahintersteckte. Schallplatten waren da, Regale mit vielen, vielen Büchern, Literatur aus aller Welt, Spiele: von »Mensch ärgere dich nicht« bis »Schwarzer Peter«. Auch Schachbretter und Musikinstrumente.
Sie schrieb einen Artikel, nur das Wesentlichste, sie hatte mit den jugendlichen Besuchern gesprochen, die fühlten sich da sauwohl, Franziska hatte in den Bücherregalen gestöbert und selbst auch Klavier gespielt, alle standen herum und sangen mit.
Das schrieb sie auf in maßloser Einfalt.
Der dafür zuständige Redakteur war nicht so nett wie Frau Wahlke von der Lokalseite. Er las, befühlte dabei sein ›Bonbon‹, als wollte er sich Kraft holen, runzelte die Stirn, sah Franziska an und fragte:
»Was sollen wir damit?«
»Nun ja«, sie war sich keiner Schuld bewußt. Sie hatte den

Artikel knapp und »wesentlich« gehalten, ihn der Göttlichen vorgelesen und die hatte »toll!« gesagt. Und jetzt – was war jetzt los?
»Hören Sie«, sagte der Mann, »wir haben Sie dahin geschickt, damit sie über das von den Amerikanern eingerichtete Jugendzentrum schreiben.«
»Das habe ich getan.«
»Es wird doch aber etwas zu finden gewesen sein, das mit Hetze gegen unseren Sozialismus zu tun hat?« Franziska schüttelte den Kopf. Da war wirklich nichts gewesen.
»Oder eine Aufwiegelung der Jugend gegen die Führer unserer Partei – nein, nichts? Und wie steht es mit der Propaganda für Amerika: amerikanische Platten, Negermusik, kapitalistische Literatur?«
Jetzt erst, spät genug, kapierte Franziska, worum es ging.
»Natürlich waren Bücher vorhanden von Mark Twain und Platten von Gershwin und Louis Armstrong, aber auch Mozart war da und Kästner und Wilhelm Busch.« Sie zuckte die Achseln. »Was anderes kann ich nicht schreiben.«
»Dann erfinden Sie was«, sagte der Redakteur.
»Wie denn?« Zum ersten Mal kam ihr der Gedanke, daß es eine Art von Journalismus gab, der weit von der Wahrheit entfernt war.
»Keine Phantasie?«
»Nicht für Tatsachenberichte«, nun wurde auch ihre Stimme etwas frostiger.
Der Mann lenkte ein und schlug vor, sich darüber gründlich zu unterhalten. Bei ihm, zu Hause, heute abend.
»Das wird nicht gehen«, antwortete Franziska und dachte: Die wollen eine neue sozialistische Weltordnung aufbauen, doch nicht die abgeschmackten Verhaltensweisen ihrer männlichen Vorfahren ablegen.
»Schade«, er ließ die Jalousie über sein zudringliches Lächeln fallen. »Dann werden wir den Artikel eben selber aufpolieren.«

»Aber nicht unter meinem Namen!«
Er versprach es.
Sie gab ihm nicht die Hand, ging zur Tür, drehte sich nochmals um und sagte: »Übrigens – den Ausdruck ›Negermusik‹ hatten auch die Nazis oft gebraucht. Sie meinten damit den Jazz.«
Dann verschwand sie schleunigst.
An dem Schalter der Kasse, wo sie sich das Geld für die letzten Artikel holen wollte, standen einige freie Mitarbeiter der unfreien Presse an. Sie stellte sich dazu. Keines der Honorare ging über sechzig Mark hinaus, das war schon sehr viel, sie wurden nach Zeilen bezahlt, und die Artikel, sofern sie nicht Ideologisches beinhalteten, waren sehr kurz.
Einer der Reporter sprach sie an: »Sind Sie nicht eigentlich Schauspielerin?«
Das »Nicht-eigentlich« klang infam. Außerdem ließ sein Tonfall erkennen, daß er im Namen der Anwesenden sprach und sie sich über den berufsfremden Eindringling unterhalten haben mußten.
»Und?« fragte sie zurück.
Er sah ziemlich erbittert drein, antwortete nicht ihr, sondern an seine Kollegen gewandt: »Jetzt kommen schon Leute aus anderen Berufen und nehmen uns die Aufträge weg.«
Franziska kassierte ihre dreiundzwanzig Mark und verließ das alte, bedrohlich wirkende Gebäude, das zwischen den Ruinen stehengeblieben war: ein Monument aus Stein und Stahl. Sie dachte: Einer hat immer Angst, der andere könnte ihm etwas wegnehmen; ob es um einen Auftrag geht oder um Wohnraum. Immer war einer schon vorher da.
»Mist«, sagte Sabine, als Franziska sich darüber beklagte.
»Das ist ganz natürlich«, meinte Vati Göttlich und stülpte den noch von »Mutti« gehäkelten Kaffeewärmer über die Teekanne. »Schau dir doch mal das Land an und un-

sere Stadt! Erst von den Siegermächten viergeteilt, jetzt halbiert wie ein aufgeschnittener Apfel. Die Hälften passen nicht mehr zusammen. Hier die Iwans, dort die Amis. Der Apfel ist voller Maden, ungenießbar, trotzdem will jeder einen Happen abhaben.«

»Glaubst du, daß wir mal alle wieder zusammengehören?« fragte Franziska.

Vati Göttlich hob beide Hände: »Weiß der Himmel – oder noch besser: Väterchen Stalin! Und der Adenauer, der ist ja nicht schlecht, aber für die Vereinigung tut er nichts. Eher was dagegen.«

»Es kommt ja leider nicht darauf an, was *wir* wollen, das Volk«, wandte Franziska ein, »es geht nach den zwei Weltmächten, die dahinterstehen und sich die Beute geteilt haben.«

Damit gab Vati Göttlich sich nicht zufrieden. Er war ein eifriger Zeitungsleser, während des Nachtdienstes hatte er lange genug Zeit dazu, und er war bestens informiert.

»Der Grotewohl hat dem Adenauer einen gesamtdeutschen Rat vorgeschlagen«, sagte er, »damit wir gesamtdeutsche Wahlen haben können. Und was sagt der Adenauer? Nein, sagt der.«

»Weil er weiß, daß es aussichtslos ist«, obwohl Franziska noch mitten in der Lektüre des *Kapitals* steckte und sich auf die nächste Zusammenkunft des Schriftstellerverbandes vorbereitete, nahm sie dennoch die »kapitalistische Regierung« in Schutz. »Der Russe sagt njet, der Ami no, und wir sitzen dazwischen und haben den Mund zu halten.«

»Aber an einen Tisch, verdammt, an einen Tisch könnten die sich doch setzen«, polterte Vati Göttlich, dessen Harmoniebereitschaft ins Wanken geriet. »Wir sitzen doch auch an einem Tisch – oder nicht?«

»Bei uns geht's ja auch gemütlich zu«, Franziska lachte und fühlte sich wohl. »Wir tun, als wären wir eine Familie. Aber in der Politik ist es wohl anders.«

»Da hast du leider recht«, Vati Göttlich seufzte. »Ich muß zum Dienst, Mädels, seid brav. Vergeßt nicht, daß die alte Feuerherd vom Balkon ins Wohnzimmer schauen kann. Zieht den Vorhang zu. Ich kann das Weib nicht leiden.«
»An einen Tisch müßt ihr euch setzen«, ulkte Franziska, »an einen Tisch!«
»Mit der?« entrüstete sich Vati Göttlich. »Das wäre von vornherein zum Scheitern verurteilt!«
»Da denkst du genau wie Adenauer«, zog Franziska ihn auf.
Er schaute sie verblüfft an, drohte mit der Faust und trabte zum Nachtdienst.
Die Göttliche grinste, steckte sich eine Zigarette an und sagte: »Ihr beede –!«

Zwischen Lust und Laube

Die Laubenkolonie Berlin-Blankenburg lag nicht weit vom S-Bahnhof entfernt und sah aus wie alle anderen Idyllen dieser Art.
In einem der kleinen Häuschen, umgeben von vielen Obstbäumen, wohnte Gaston Lommer. Hier residierte er wie ein in Armut geratener Landesfürst, der sich von den anderen Laubenpiepern unterschied: durch Statur, Wesenart und Lebensweise.
Die Nachbarn mochten ihn. Sie gewährten ihm, nachsichtig lächelnd, eine gewisse Narrenfreiheit.
Der ›Kölsche Jung‹ hatte sich schon vor vielen Jahren in Berlin angesiedelt, als er noch ein gefragter, sehr beliebter Conférencier gewesen war: der Sonnyboy des Varietés. Mit weltberühmten Starnummern war er aufgetreten, natürlich auch in der *Scala* und im *Wintergarten.* In sei-

nen jungen, wilden Jahren hatte er die zierlichen, blonden Mädchen geliebt, sie »Mädi« und »Mausi« genannt.
Ganz plötzlich war seine Zeit vorbei. Und das wollte er nicht wahrhaben.
Irgendwann mal glaubte er, heiraten zu müssen: eine Masseuse und Heilgymnastiklehrerin, die Paula hieß und von der er sich bald wieder trennte. Jetzt wohnte Paula in Westberlin. Sie waren noch immer gute Freunde.
»Aber ich fahre nicht hin, nicht nach Westberlin«, sagte er. »Was soll ich da – Zaungast sein bei all dieser Herrlichkeit?«
Paula mußte schon zu ihm kommen. Das tat sie hin und wieder, räumte ein wenig auf, kochte vor, half das Obst von den Bäumen pflücken und einkochen –, dann verschwand sie wieder.
Vor wenigen Jahren noch hatte Gaston eine luxuriöse Wohnung in der Nähe der Weidendammer Brücke gehabt. In den letzten Kriegswochen war eine Bombe auf das Haus gefallen und er hatte alles verloren, bis auf einige Bücher und Erinnerungsstücke im Koffer.
Dann war er in die Laube gezogen, in das Sommerhäuschen, das er »meine Kolchose« nannte. Hier lebte er als Junggeselle, lief an warmen Sommertagen von früh bis spät in Badehosen herum, kühlte das Bier in dem kleinen Bach, der durch den Garten floß, sonnte sich auf einem klapprigen Liegestuhl oder kochte in der winzigen Küche, die noch einen Boden aus Lehm hatte.
In den Zimmern roch es muffig, immer war es da klamm, die Feuchtigkeit ging nie ganz weg.
Wenn er seine Kolchose verließ, arbeitete er unentwegt und mühsam an seinem dahingeschmolzenen Image: Er wollte der verwöhnte, elegante Gaston sein, mit Smoking und Fliege am Hemd, doch immer mehr wurde er zu einem Laubenpieper aus Blankenburg. Wenn er die Bühne betrat, verwandelte er sich für einige Stunden in den

Grandseigneur früherer Tage, obwohl das nicht zu den Programmen paßte. Er sah sich als einen Mann im Sinn der frühen Renaissance, vital und genußfreudig – was er auf eine gewisse Weise auch war –, und er färbte sich Haar und Augenbrauen.

Seit Franziska in sein Leben getreten war, fiel ihm plötzlich die eigene Verwandlung auf. Was war geschehen? Er fühlte wie der junge Gaston – und doch war er dreißig Jahre älter als die Frau, in die er sich verliebt hatte. Älter als ihr Vater!

Daß sie ihn nicht ernst nahm, wußte er längst. Es kam vor, daß sie ihn einen Dinosaurier nannte, vor allem dann, wenn er ihr beibringen wollte, wie sie sich auf der Bühne benehmen sollte. Sie machte sich lustig über ihn. Es tat ihm weh, doch er lachte mit ihr darüber. Groß war sein Entsetzen, als er feststellte, daß er sich ernsthaft und sicher zum letzten Mal in seinem Leben verliebt hatte.

Sie besuchte ihn ab und zu und blieb manchmal über Nacht. Eines war der älter werdende Mann geblieben: ein guter, vitaler und zärtlicher Liebhaber.

»Gaston!«

Wenn sie den schmalen Weg zwischen den Gärten entlangkam, rief sie nach ihm. Er wartete auf diesen Ruf mit der Ungeduld eines verliebten Pennälers. Sogar nachts hörte er ihre Stimme, wenn sie gar nicht rief.

»Gaston!!!«

Er eilte den Gartenweg entlang, ihr entgegen, oft nur mit einer Badehose bekleidet – hier war alles erlaubt! –, er breitete die Arme aus, als betrete er eine Bühne, und empfing sie mit Tränen der Freude in den Augen.

»Heiß heute, was?«

»Mach's dir luftig«, er hatte schon den wackeligen Holztisch im Garten gedeckt, ein Braten schmorte im Herd, das Bier war eisgekühlt und die Flaschen tropften vom Wasser des Baches.

Sie nahm seine Aufmerksamkeiten entgegen wie etwas, das ihr zustand. Dafür brachte sie ihn zum Lachen, und wenn sie sich kokett und kapriziös gab, geriet er ins Entzücken; wenn sie aber sagte, daß sie soeben eine Persiflage einer seiner Jugendlieben geboten hatte, war er zutiefst unglücklich.

Er liebte Bücher. Vor allem Romane von Zola und Balzac, Geschichten von Maupassant und Novellen von Binding und Theodor Storm. Um Politik kümmerte er sich kaum. Er fand: Das große Welttheater sei längst zu einer Farce geschrumpft, deren Auswirkungen das kurze, kostbare Menschenleben belastet, und jeder müsse sehen, wie er seine eigene Würde und Individualität hinüberrette in ein erträgliches Dasein.

Gaston war ein Lebenskünstler, wenn auch ein zutiefst verzweifelter. Lange Zeit hatte Franziska das nicht erkannt. Jetzt, da sie es wußte, ging sie schonender mit ihm um.

»Du ißt ja gar nichts. Schmeckt's dir nicht?«

»Doch, wirklich, Gaston, du bist ein ausgezeichneter Koch. Wie hast du nur die Kruste so fein hingekriegt?«

Er betrachtete sie kopfschüttelnd: »Du siehst ziemlich blaß aus, und das mitten im Sommer!« Er meinte: sie müsse öfter an die frische Luft, auch sei sie etwas komisch geworden in letzter Zeit.

»Komisch, wieso?«

»Anders, irgendwie härter.«

»Was heißt denn härter?«

»Deine Gesichtszüge sind strenger geworden. Du ziehst dich auch anders an, versuchst mit Gewalt ein politisch denkender Mensch zu werden, ganz gegen deine Art.«

»Ich möchte nur manchem auf den Grund kommen.«

»Du übertreibst in vielen Dingen. Es ist, als würdest du dich zwingen, dieses System, unter dem wir alle leiden, lieben zu lernen.«

»Ach, Gaston, hör auf, mich zu analysieren!«
Die Zweige der Obstbäume hingen tief herab, berührten fast den verwilderten Rasen. Die Sonne vergoldete die Kronen, ein sanfter Wind ließ die Blätter aufrauschen, und eine Lerche stieg in den wolkenlosen Himmel.
Franziska sah ihr nach und seufzte.
»Wenn wir in den Urlaub fahren könnten«, fuhr Gaston fort. Raus aus diesem Berlin, nach Italien vielleicht. Oder nach Spanien. Aber da lassen sie uns ja nicht hin.«
»Ich mag den Süden nicht«, gab Franziska mürrisch zurück. »Länder, in denen es so viele halbverhungerte Katzen und Hunde gibt, in denen sich die Zuschauer an Stierkämpfen aufgeilen, solche Länder mag ich nicht. Auch sind die Leute viel zu laut.«
»Du mußt dich aber aufmöbeln. Nicht immer nur schreiben und proben und auftreten. Die Muse braucht vitale Menschen.«
Manchmal besaß Gaston eine Neigung zum Pathetischen. Das mochte sie nicht.
»Meine Muse hat den Schnupfen«, antwortete sie. Im Augenblick war ihr alles ziemlich egal. Sie streckte sich auf der Decke aus, die Gaston ihr im Gras ausgebreitet hatte, und ließ sich die Sonne auf die Nase scheinen. Gefiltert fielen die Strahlen durch das dichte Gezweig, und Blätterschatten tanzten über Franziskas Haut.
Gaston hatte Teller, Schüsseln und Bestecke weggeräumt, kam zurück in den Garten, kniete sich neben sie und sagte: »Ich möchte dich aufheitern.« Der unwiderstehliche Sonnyboy brach wieder durch. »Soll ich Grimassen schneiden, Handstand machen oder dumme Witze erzählen?«
»Tu das nicht, Gaston.«
»Warum nicht?«
»Du störst eine wunderbare Depression.«
»Und das an diesem Sommertag!« Wonne überkam ihn, er setzte sich auf einen Baumstumpf, fühlte es in seinem

Innern brodeln, und dann konnte er nicht anders: er mußte ein Gedicht sprechen. Von Heinrich Heine. »Paß auf, hör zu, du hast ja keine Ohrenschmerzen mehr und hörst wieder beidseitig:

Der Schmetterling ist in die Rose verliebt,
umflattert sie tausendmal,
ihn selber aber, goldig zart,
umflattert der liebe Sonnenstrahl.«

Als hätte die Sonne nur auf ihr Stichwort gewartet, nahm sie ihre Strahlen aus dem Gezweig und leuchtete ihm, wie ein Scheinwerfer, voll ins Gesicht.

»Jedoch, in wen ist die Rose verliebt?
Das wüßte ich gar zu gern.
Ist es die singende Nachtigall?
Ist es der schweigende Abendstern?
Ich weiß nicht, in wen die Rose verliebt:
Ich aber lieb euch all:
Rose, Schmetterling, Sonnenstrahl,
Abendstern und Nachtigall.«

Er schwieg, blickte Franziska abwartend an.

Sie hatte die Hände hinter dem Kopf verschränkt, sah den sanft tanzenden Blättern zu und sagte: »Gedichte stimmen nie. Wo sind die Rosen, Schmetterlinge, Nachtigallen, wo ist der Abendstern?«

»Du bist ein Banause«, ihre Sachlichkeit verletzte ihn. Er wußte, in wen die Rose verliebt war. Bis jetzt hatte er es akzeptiert, wenn auch oft genug mit schwer unterdrückter Eifersucht. Er mochte Kupelius nicht. Er fand seine hastige, nervöse Art schlichtweg »zum Kotzen«. So gar nichts Männliches an ihm. Früher, zur Zeit der Borgias, wäre das Ausschuß gewesen, ein Hofnarr allenfalls. Nichts gegen seine künstlerischen Qualitäten. Aber als Mann – indiskutabel! Gaston begriff Franziska nicht.

Sie warf einen Blick auf ihn, blinzelte gegen die Sonne: er sah unglücklich aus.

»Komm, du verkappter Schmetterling«, sagte sie und lachte. »Wie wär's mit ein paar Runden Federball?«
Sofort sprang er auf, ein wenig zu hastig, er taumelte, sie stützte ihn schnell.
»Immer mußt du übertreiben«, tadelte sie. »Du bist nun mal kein schwereloser Schmetterling.«
»Dafür bist du eine Rose mit besonders spitzen Dornen«, meinte er. Es war zärtlich gemeint. Im Grunde liebte er ihre oft übergangslos spröde Art.
Sie spielten sich müde. Als Franziska bemerkte, daß er außer Atem war und nur noch weitermachte, um ihr zu beweisen, wie unverbraucht und jung er war, beendete sie das Spiel.
Der Abend kam mit Sternen und einem wundervollen Blau. Lange saßen sie noch im Garten, mit einem Windlicht und einer Flasche Wein. Gaston redete von früheren Zeiten. Manches interessierte sie, vieles überhaupt nicht, dann hörte sie weg und hing ihren Gedanken nach.
Erst als er sie fragte, ob ihr die Nachtluft nicht zu kühl sei, und er ein Jackett holte und es ihr über die Schultern hängte, landete sie nach ihrem Gedankenflug wieder in der Laubenkolonie Blankenburg.
Sie gingen ins Haus. Den muffigen Geruch der Feuchtigkeit hatte die Sonne nicht vertreiben können, obwohl die Fenster weit offen standen. Er war ihr schon vertraut, ebenso wie die Bücherregale, der Teppich an der Wand – einziges Glanzstück vergangener Pracht –, die Sessel, das alte Sofa und das knarrende Bett.
»Bleib, bleib«, bat er.
»Gut, die letzte S-Bahn ist sowieso schon weg.«
Er näherte sich ihr zögernd und sie beobachtete amüsiert, wie er sich bemühte, der Versuchung zu widerstehen, sie ins Bett zu tragen. Sie fand diese Pose lächerlich und hatte ihn beim ersten Mal zurechtgewiesen. Seine »Tarzanneurose« hatte sie es genannt und gesagt: Die Zeiten, in denen

die Männer die Frauen wie eine Beute ins Bett schleppten, seien längst vorbei. Wenn es ihm aber gefiele, dürfe er sich gern mit beiden Fäusten auf die Brust trommeln.
Er war wie erstarrt gewesen, beschämt und entrüstet zugleich. Doch er fügte sich.
Anfangs war es für sie ein neues Gefühl gewesen, denn Kraft und ausgeprägte Potenz schätzte sie nicht sonderlich. Die verspielten Stunden mit Jan kehrten in ihre Erinnerung zurück, das gemeinsame Aneinanderkuscheln und Musik hören, das Herumgealber und sein Schreckensruf: »Du liegst auf meiner Brille!« Das emsige Suchen und Gekicher, sein hastiges Flüstern, wenn es kalt war und die Bettdecke verrutschte: »Klapp zu, klapp zu!« Oft konnten sie vor Lachen nicht recht bei der Sache sein. Aber wenn sie sich dann endlich umarmten, wich die Hast und die Gespanntheit. Es war wie ein Nachhausekommen nach langer Irrfahrt.
»Woran denkst du?« Gaston stützte sich auf und sah sie an. Er schwieg – und das geschah selten.
Um ihn zu trösten, fragte sie schnell: »Weißt du *noch* ein Gedicht von Heine – ein ganz kurzes?«
Er nickte.
Der Mond schien in das Zimmer, im Garten zirpten die Grillen, und es duftete nach Holz, auf das den ganzen Tag die Sonne geschienen hatte.
Gaston berührte zärtlich ihre Lippen mit seinem Mund, tupfte Küsse über sie, legte behutsam die Hand auf ihre Brust, und er begann mit verhaltenem Pathos:

»Anfangs wollt ich fast verzagen,
und ich glaubt, ich trüg es nie;
und ich hab es doch getragen –
Aber fragt mich nur nicht wie.«

»Siehst du«, sagte Franziska nach einer Weile, »auch Heine hat gelitten – aus unglücklicher Liebe. Daraus hat er seine Gedichte gemacht.«

Zu ihrer Verwunderung lachte Gaston. Er sagte: »Dieses Gedicht entstand nicht aus unglücklicher Liebe.«
»Sondern?«
»Er hatte bei einem Fest mit einem Mädchen getanzt. Das trat ihm unentwegt auf die Füße. Danach schrieb er diese Zeilen.«
Enttäuscht meinte Franziska, die sich so gern von Gastons Leiden rühren ließ: »Da kann ich ja von Glück reden, daß wir heute nacht nicht miteinander getanzt haben.«
»Nein«, er nahm sie in den Arm und sagte: »Wir haben etwas viel Schöneres zu tun.«

Tristan und Ina

Ina Schneider und Tristan Schlaghuber hatten Greifswald verlassen. Sie waren nun in Brandenburg engagiert und inzwischen zwei Jahre verheiratet. Für beide eine lange Zeit.
Ina, die sich ausgezeichnet als Salondame in Komödien machte, war durchaus kein Vamp, was sie so gerne gewesen wäre, sondern eine Frau, die sich sofort auf den Mann einstellte, für den sie sich zu interessieren glaubte. Sie war das, was man »altmodisch« nennt, wollte »aufsehen« zu dem Herrn und Gebieter, auch wenn er, intellektuell gesehen, bedeutend kleiner war als sie.
Tristan sah gut aus, das mußte man ihm lassen, und das gerade hatte sie fasziniert. Doch war er hoffnungslos schwul. Immer gab es einen männlichen Rivalen, gegen den Ina antreten mußte.
Daß sie ihren richtigen Namen abgelegt hatte und sich nun Ina Schlaghuber nannte, war bezeichnend für sie. Es gibt Frauen, die auch nach der Scheidung den Namen

ihres verhaßten Ex-Ehemannes behalten, bis an ihr Lebensende, sich mit geradezu fanatischer Halsstarrigkeit daran festklammern, aus welchen Gründen auch immer. Es war zu befürchten, daß Ina Schneider dazugehörte.
Noch aber dachten sie nicht an Scheidung. Oberflächlich betrachtet, lebten sie ganz passabel miteinander in ihrem kleinen Zimmer zur Untermiete. Sie traten als Partner auf der Bühne auf und paßten gut zusammen: Der eine hell und blond, der andere rassig und dunkelhaarig. Schlank und hochgewachsen alle beide.
Nun gingen sie, scheinbar harmonisch, zum Bahnhof, um Franziska abzuholen. Sie sollte einige Tage bei ihnen verbringen, und darauf freuten sich alle drei seit Wochen.
Franziska brannte vor Ungeduld, die Freunde wiederzusehen. Vieles verband sie mit ihnen, nicht zuletzt die Tatsache, daß Ina es gewesen war, die sie nach Berlin gelockt, die Jan auf ihre Spur gebracht hatte. Ob diese manipulierte Wendung des Schicksals eine besonders günstige gewesen war, mußte sich allerdings noch herausstellen.
Ein Winken, ein Umarmen, ein Freudentanz auf dem Bahnsteig. Sie verbrachten den Tag in der Stadt, lachten und erzählten; so vieles war geschehen seit ihrem letzten Zusammensein. Tristan umwarb Franziska mit überwältigendem Charme, und beide wußten, was sie davon zu halten hatten.
Franziska berichtete von Gaston, sie ging sogar so weit, ihn nachzuahmen, seine Stimme, seine Gestik und seine Art, Glanz in die Augen zu zaubern, ehe er vors Publikum trat. Er übte hartnäckig den leuchtenden Blick. »Wie Zeus, wenn er imponieren will und Blitze aus seinem Götterauge schleudert«, sagte sie lachend.
»Wir müssen ihn kennenlernen, demnächst, wenn ich meine Eltern in Berlin besuche.« Ina, ein ganzes Stück größer als Franziska, legte den Arm um die Freundin. »Und Jan«, fragte sie behutsam, »was ist mit Jan?«

»Wir sehen uns selten. Doch das wird sich bald ändern.«
»Wollt ihr etwa wieder ...«
»Nein, nein«, rief Franziska. Sie blieb stehen, um durchzuatmen. Das Herz tat weh, wie immer, wenn Jan in ihre Erinnerung zurückkehrte, was leider viel zu oft geschah. »Er schreibt ein Programm über Lessing, mit Rollen für mich darin. Es sollte längst fertig sein, nur gab es da eine Verzögerung, weil die Agitprop-Programme Vorrang haben. Aber jetzt fangen die Proben bald an. Jochi inszeniert und Jan wird meistens dabei sein.« Sie wandte sich abrupt einem Schaufenster zu, um sich abzulenken.
Ina umarmte sie schnell. So standen sie beide mitten auf dem Weg, lange und unbeweglich, bis Ina merkte, daß die Freundin sich aufrichtete und wieder in den Griff bekam. Tristan, ein paar Schritte voraus, drehte sich verwundert um und rief nach ihnen.
Am Abend spielte das Paar in einer Komödie, und Franziska klatschte sich die Finger wund.
Ina hatte ihr in dem kleinen Zimmer eine Liege aufgestellt, mit weichem Bettzeug darauf, in das Franziska sich gemütlich hineinkuscheln konnte. Jeder streckte sich auf seinem Lager aus und sie unterhielten sich angeregt.
»Wir liegen herum wie an den Strand gespülte Fische«, stellte Franziska in einer Redepause belustigt fest.
»Nur, daß wir noch atmen«, meinte Ina, ebenso amüsiert.
Plötzlich stieg Tristan aus seinen Decken, blinzelte Franziska zu und säuselte – doch ja: er säuselte! – mit sanftester Stimme: »Bin gleich wieder da. Macht mir keine Schande, ihr zwei Hübschen!« Er steuerte die Tür an.
»Wohin?« rief Franziska etwas naiv.
»Höhere Gewalt«, antwortete er, ließ eine Kußhand durchs Zimmer schwirren und verschwand.
»Er hat eine schwache Blase«, meinte Franziska und lachte. »Wenn es spannend wird, verzieht er sich.«
Ina blieb auffallend still. Nach einer Weile sagte sie leise:

»Wenn er zurückkommt, ist er völlig verwandelt. Er schwebt wie auf Wolken. Ist dir das noch nie aufgefallen?«
»Er ist eben ein Lebenskünstler«, Franziska stutzte, setzte sich auf und fragte: »Was ist denn los?«
Zögernd antwortete Ina: »Er ist Morphinist«, sie setzte sich ebenfalls auf und sah die Freundin ratlos an. »Ich habe es erst vor einigen Wochen erfahren, als er wollte, daß ich auch – aber ich kann das nicht, ich tu's auch nicht, es ekelt mich an. Ich bin so verzweifelt.«
Das heitere Kartenhaus fiel zusammen. Mit Süchtigen hatte Franziska keine Erfahrung.
»Aber – das kostet doch sicher eine Menge Geld?«
»Wir haben ziemlich hohe Schulden«, gab Ina zu. »Außerdem ist es gefährlich, stell dir vor, wenn das herauskommt. Er beschafft sich das Zeug von Ärzten und Apotheken, ist ja mit allerhand Leuten befreundet, sie mögen ihn, da tun sie ihm eben den Gefallen.«
»Komm zu mir«, bat Franziska.
Ina kam, setzte sich auf die Kante, die Liege kippelte und wider Willen mußten sie lachen. Zwischendurch warfen sie schnell einen Blick zur Tür, um sich zu vergewissern, daß Tristan noch nicht auftauchte.
»Wie geht denn das vor sich –«, Franziska rückte ein Stück, damit Ina unter ihre Decke schlüpfen konnte, »das mit dem Morphium?«
»Er verschwindet unter einem Vorwand, ganz einfach. Immer hat er eine Tasche bei sich, in der ist die Spritze. Nach einigen Minuten kommt er zurück, strahlend und gutgelaunt. Wer es nicht weiß, merkt es nicht, genau wie du. Doch die Abstände zwischen den Spritzen werden immer kürzer.«
Ina machte eine heftige Bewegung, diesmal kippte die Liege endgültig um. Sie lagen auf dem Boden.
Tristan erschien, und sie lachten alle drei. Aber es war kein befreiendes Lachen. Sie gaben sich übermütig. Es war, als setzten sie Masken auf und spielten eine Komödie.

Endlich kehrte Ruhe ein. Es war dunkel im Zimmer. In Franziskas Kopf herrschte Aufruhr. Sie dachte: Seltsam, wenn sich die Welt für Sekunden erhellt, dann nur so, als fielen Funken durch die Nacht, wie Irrlichter. Sie verlöschen viel zu schnell, sie täuschen das Glück nur vor. Alles, alles ist schiefgelaufen. Ina hat den falschen Mann geheiratet und ich habe meine Liebe verspielt. Nun leben wir mit schlechten Kompromissen. Es gibt Leute, die behaupten: Kompromisse seien vernünftig. Sind wir nun Pragmatiker, Lebenskünstler – oder Gescheiterte?

Am nächsten Tag besuchten sie ein Konzert: Smetanas »Moldau« und die c-Moll-Sinfonie von Brahms. Ein wundervolles, entspanntes Atemholen mit trügerischen Glücksmomenten. Kaum war der letzte Ton verklungen, verschwand Tristan eilig mit seiner zierlich-koketten Ledertasche, in der sich die Morphiumspritze befand. Die Wirklichkeit hatte sie wieder eingeholt.
Wo befreundete Wege zusammenlaufen, sagt Hermann Hesse, da sieht die ganze Welt für eine Stunde wie Heimat aus. Nur – das fiel Franziska ein, als sie im Zug saß und zurück nach Berlin fuhr – eine Heimat hatte sie auch nicht mehr. Lange noch sah sie in Gedanken Inas lachendes Abschiedsgesicht vor sich und Tristans routiniertes Lächeln. Sie hatten die Arme umeinander gelegt und winkten ihr nach – wie ein Operettenpärchen im Finale.

Von Stimmen und Männern

Da war diese Stimme –! Diese heisere, sächselnde, primitive Stimme mit einer Ausdrucksweise, als spräche sie zu kleinen Kindern.

Diese Stimme war eine Beleidigung fürs Ohr. Sie klang dumm, anmaßend und fanatisch. Sie war gefährlich und ekelerregend.
Schon einmal hatte Franziska dieses Gefühl der Abscheu vor einer Stimme gehabt. Die Erinnerung kam zurück: Da war die geräumige Wohnküche zu Hause, der Volksempfänger auf dem Brettchen zwischen Fenster und Balkontür, die Eltern mit lauschend erhobenen Köpfen: »Komm Franziska, hör dir das an: der Führer spricht!« Sie lief ins Wohnzimmer zu ihren Rollenbüchern, hielt sich die Ohren zu, noch immer dröhnte diese brüllende, anheizende Stimme, die Franziska und ihre jungen Freunde als Verletzung der menschlichen Würde empfanden.
Aber *die Würde des Menschen* – das mußte sie bald schon erfahren – die gab es gar nicht. Und wenn, dann schlief sie über lange Zeit. Also konnte sie auch nicht verletzt werden. Solange Menschen solche Stimmen duldeten, mehr noch: ihnen zustimmten und sie hysterisch bejubelten oder sich duckten und alles mit sich geschehen ließen, konnte von Menschenwürde keine Rede sein.
Kriege entstanden so, das hatte Franziska selbst erfahren. Menschen lassen sich gern manipulieren. Sie brauchen einen Leithammel. Menschen sind wie Lemminge, die ihrem Oberlemming folgen, in riesigen Scharen und blind vor Vertrauen, ganz gleich, wohin er sie führt.
Die Stimme gehörte dem Generalsekretär der Partei, dem »starken Mann« der SED. Er hieß Walter Ulbricht.
Nun gab es eine Wahl in diesem halben Lande. Die allererste. Eine Gespensterwahl, ohne Wahlkabinen, es gab nur eine Einheitsliste, jeder mußte vor aller Augen dorthin ein Kreuzchen machen, wo es angezeichnet war, so kamen 99,7 Prozent Ja-Stimmen zustande.
Franziska las noch immer *Das Kapital* von Marx und hoffte, einen Zusammenhang zu finden zwischen den hohen Idealen und der unerträglichen Realität.

»Erst die mit der proletarischen Revolution entstehende Gleichheit stellt in der klassischen Gesellschaft die wirtschaftliche Freiheit und die Würde des Menschen wieder her.«
Schon wieder die Würde des Menschen! Durch Vermassung zum Individualismus, der doch immerhin die Grundlage der Menschenwürde war – oder wie sollte man das verstehen, Herr Marx?
Und was »die wirtschaftliche Freiheit« betraf, damit war noch nicht mal ein Anfang gemacht. Lange Schlangen vor den Geschäften, noch immer waren Lebensmittel rationiert oder überteuert in der HO zu kaufen; es gab kein Verpackungspapier, keinen Kaffee, kein Kalb-, kein Rindfleisch, und das Schweinefleisch war ohne Geschmack und viel zu fett, und Vati Göttlich schnitt, wie alle anderen Bürger der ehemaligen Sowjetzone, Zeitungen in kleine, handliche Vierecke und hängte sie an einen Haken aufs Klo. Denn Toilettenpapier gab es auch nicht: ein unerreichbarer Luxus.
Franziska versuchte, mit der Göttlichen über die Theorie und Praxis einer Idee zu sprechen, sie hätte gern eine Diskussion in Gang gebracht, doch die Freundin hatte anderes im Kopf: Hartwig Kork kam nach Berlin, aus Güstrow, wo er zur Zeit Regie führte.
Nach außen blieb Sabine gelassen, völlig unverändert die gleichmütige Miene. Nur ab und zu, wenn Franziska sie forschend ansah, ein leicht verlegenes Lächeln.
»Du hast feuerrote Bäckchen«, stellte Franziska fest, »wie Rotkäppchen auf dem Weg zur Großmutter.« Die Göttliche putzte Fenster, um sich abzulenken und antwortete nicht. »Gib bloß acht, daß dich der böse Wolf nicht frißt!«
»Mann, stell' bloß endlich die Gläser auf den Tisch und quassel nich so ville«, berlinerte die Göttliche. »Hartwig kommt gleich.«

Sie sprach den Namen so feierlich aus, als würde Herr von Goethe persönlich erwartet. Daran war der Ernst der Lage zu erkennen, und Franziska zog es vor, nicht weiter zu spötteln. Sie hatte den ganzen Tag über Probe gehabt: das Lessing-Programm nahm Gestalt an. Keine einfache Sache: vom Text her, durch die Vielfalt der Rollen, die Franziska zu spielen hatte, und nicht zuletzt durch Jans Anwesenheit. Die Spannung zwischen ihnen wuchs von Tag zu Tag. Sie litten beide darunter. Entweder sie sprachen gereizt miteinander oder sie sahen sich schweigend an und kamen fast um vor Kummer. Jochi fungierte als Katalysator. Er versuchte zu vermitteln. Wenn das nicht half, sprach er ein Machtwort, worauf Jan sich zurückzog, doch bald wiederkam und alles begann aufs neue.

Zum Glück war der nächste Tag spiel- und probenfrei. Franziska wollte sich mit Ina am Bahnhof Zoo treffen, um mit ihr ins Kino zu gehen. Das taten sie öfter. Es war eine wunderbare Erholung, den Ku'damm entlangzubummeln, die bunten Schaufenster zu betrachten, die gutgekleideten Leute, die hellen Cafés. Eine Welt ohne Grauschleier.

Auch daß dieser Hartwig Kork im Anmarsch war, freute Franziska. Das lenkte sie ab von den eigenen Problemen. Sie war gespannt auf das Exemplar, das Sabines große und einzige Liebe war.

Wie mochte er aussehen?

Er war ein zierlicher Mann mit tiefliegenden Augen und dünnem Mund, der sich bemühte, zynisch zu wirken. Doch dazu fehlte ihm das Format. Dieser Hartwig Kork war wie sein Name: ohne Charme und Ausstrahlung. Er gab sich witzig und locker. Die Göttliche lachte dankbar und schaute Franziska an: Na, ist er nicht eine Wucht?!

Kork redete viel und besserwisserisch. Was er sagte, war aufgeschnapptes, überhebliches Zeug. Die Göttliche lauschte mit Hingabe.

»Hartwig sagt auch ...« und »Hartwig weiß das ...« Sie stimmte zu, als der heiliggesprochene Angeber den Rest der Welt für Idioten erklärte und sich selbst als ein Opfer nichtendenwollender Benachteiligung darstellte. Dabei bedachte er Franziska mit beifallheischenden, zudringlichen Blicken.
Die Standuhr schlug die elfte Stunde. Franziska zog sich in Vatis kleines Zimmer zurück. Er hatte natürlich wieder Nachtdienst. So konnte das Pärchen getrost und ungestört seinen Freuden nachgehen.
»Geht's dir gut?« rief die Göttliche zwischendurch Franziska zu.
»Ich liege mit Karl Marx im Bett!«
»Wenn du dich langweilst, komm zu uns«, schlug Sabine vor.
Franziska überlegte, ob dies eine Einladung zu einem Gespräch sein sollte oder zu einem zünftigen Gruppensex, wie er im Westen soeben modern wurde. Da sie aber zu dem einen ebensowenig Lust verspürte wie zu dem anderen, lehnte sie dankend ab.
Zu Mittag kam Kork nochmals, um sich mit Sabine für den Abend zu verabreden. Vati schnarchte in seinem Zimmer und holte den versäumten Schlaf nach.
»Wir gehen ins Metropoltheater«, verkündete die Göttliche und geriet außer sich vor Freude, was Franziska bei ihr noch nie erlebt hatte. Sie liebte ihn tatsächlich, diesen kleinen Wichtigtuer. Immer bestrebt, den anderen mitzuversorgen, schlug sie vor: Franziska solle mit Hartwig gemeinsam fahren, sie hätten die gleiche Strecke, wenigstens bis Bahnhof Zoo. Er stimmte sofort zu. ›Nicht das auch noch!‹ dachte Franziska entsetzt. Ihn noch eine Stunde länger zu ertragen, war keine sehr angenehme Vorstellung. Doch sie ließen beide nicht locker.
Gemeinsam brachen sie auf, fuhren mit der S-Bahn in Richtung Potsdam. Gleich hinter der Friedrichstraße

sagte der kleine Mann im Ton eines Provinz-Casanovas: »Fahren Sie doch mit mir nach Potsdam! Ich habe da eine Besprechung, ich verziehe mich beizeiten. Wir könnten beide dort übernachten und dann ...« Sein Blick verriet, was er im Schilde führte.

»Meine Freundin erwartet mich am Bahnhof Zoo«, wandte Franziska ein.

Er grinste: »Lassen Sie sie doch warten!«

»Und Sie sind am Abend mit Sabine verabredet.«

Er zuckte die Achseln. »Die laß ich auch warten. Ist mir die Sache wert.« Der wegwerfende Ton war ungeheuerlich.

»Das würden Sie wirklich tun?« fragte sie.

»Klar, für Sie schon.«

Der Zug fuhr am Bahnhof Zoo ein.

»Sie sind ein sauberer Herr«, sagte Franziska und war froh, daß sie aussteigen konnte. Sie dachte: Wenn die Göttliche das wüßte, würde sie »aus den Latschen kippen«. Oder nicht? Vielleicht erwartete sie gar nicht mehr von einem Mann.

Explosionen

»Sie sind alle da«, Ina begleitete Franziska, als führe sie Maria Stuart zum Schafott. »Ich beneide dich nicht, wirklich nicht! Diese Bonzen da drüben, mit den humorlosen Gesichtern, o Gott, die verurteilen ein Programm schon von vornherein zum Tode. Und schau dir an, wie Jochi sie behandelt, wie Luft! Und Jan ist auch nicht gerade sehr verbindlich. Ich habe Lampenfieber, als müsse ich selbst auf die Bühne, nein, mehr noch, das hier ist schlimmer als am Stadttheater, wo alles schon eingespielt ist.«

»Du kannst einem richtig Mut machen«, gab Franziska sarkastisch zurück.
Die Presse war gekommen, alles stand im Foyer herum, machte verkrampft auf locker, und es sah aus, als hätten sie ihre Stellungen bezogen und die Schlacht könne beginnen.
Es war »Abnahme« des neuen Programms.
Wie immer zur Abnahme – ein scheußliches Wort, Franziska haßte es, es war sozialistischen Hirnen entsprungen und so klang es auch! – erschienen die Verantwortlichen, um das Programm zu bewerten. Auch der Direktor war gekommen, die Presse, der Rundfunk schnitt einige Szenen mit, und dann waren natürlich noch die anderen da: der Regisseur, der Autor und – die Mitwirkenden auf der Bühne. Sie standen in der Schußlinie.
»Lessing lebt«, hatte Jan das Programm genannt, und so bekam es von Anfang an kulturellen Wert. Ein Klassiker war immer gut. Da die Bildung der zuständigen Genossen meist lückenhaft war, reagierten sie entsprechend verunsichert und hielten es für das beste, sich wohlwollend zu geben, um nicht in den Verdacht zu geraten, sie verständen nichts von Kultur. Dennoch war es unumgänglich, ernste Mienen aufzusetzen, die sie bedeutend aussehen ließen. Die sichtbare Humorlosigkeit, die von der Gruppe der »Bonbonmänner« ausging, wirkte bedrückend.
Franziska verzog sich schleunigst in die Garderobe. Zum Glück hatte sie nette Kollegen. Da war Fee Weigand, ihre Partnerin in einigen Szenen, eine Schauspielerin mit stiller Anmut und fast edler Zurückhaltung, beides kam ihr für die »Minna von Barnhelm« sehr entgegen. Da war, vom Staatstheater Dresden Ferdinand Felsko, mit seinem silberhaarigen Kopf, dem klugen Gesicht und den durchdringenden Augen, wie geschaffen für »Nathan«, den er in Dresden, nach Ponto, gespielt hatte. Da war der

jugendliche Held, der ausgerechnet »Feige« hieß und diese Tatsache heroisch verkraftete. Dann Hans Elchlepp, ein schmächtiger älterer Darsteller mit einer Stimme zum Verlieben. Auch noch andere Schauspieler waren engagiert worden: ein kleines Kammerspielensemble. Es ging gedämpft zu und sehr diszipliniert. Eine wohltuende Atmosphäre.

Vor Beginn der Vorstellung riskierte Franziska einen letzten Blick durch das Guckloch im Vorhang. Publikum strömte in den Saal, bald waren alle Plätze besetzt. In den ersten Reihen saßen die Genossen. Die Göttliche war natürlich nicht anwesend. Lessing interessierte sie nicht. »Du schaffst det schon, Kleene – ich hab' Gesangsstunde!« Eine gute Ausrede, wenn die Göttliche mal wieder keine Lust hatte, irgendwohin zu gehen. So viele Gesangsstunden hintereinander gab es eigentlich gar nicht. Ina thronte in der dritten Reihe. Sie sah blaß aber gefaßt aus, als wohne sie einer Hinrichtung bei. In letzter Zeit besuchte sie häufig die Eltern in Ostberlin. Tristan ließ grüßen. Der kam nur selten mit.

Nochmals erschien Jochi hinter der Bühne, mimte dreimaliges Schulterspucken: »Toi, toi, toi!« Dann schlug der Gong.

Jan hatte sich eine hübsche Rahmenhandlung ausgedacht: Schauplatz war die Kulisse des Gasthofs »König von Portugal« in der Burgstraße, gegenüber vom Berliner Stadtschloß. Dort war einst Lessing abgestiegen, dort spielte seine »Minna«, wenn er den Gasthof auch umgetauft hatte in »König von Spanien«. Ein junges Ehepaar (Franziska und der ›Feige‹) kommen hier an und sehen sich um: Aha, hier war das also! Der Wirt (Elchlepp) erzählt die Geschichte von Minna und dem Major von Tellheim.

Nächste Szene: Minna und ihre pfiffige Kammerzofe. Schneller Umzug Franziskas, vom modernen Kostüm in

ihr Rokokogewand. Franziska spielte *Franziska,* ihre Lieblingsrolle. Glückliche Minuten, Szenenapplaus.
Nächstes Bild: Eine französische Actrice namens Suzanne Mercier liest in ihrer Garderobe aus Lessings *Hamburgischer Dramaturgie* vor. Er schreibt darin über Stücke, in denen Suzanne gespielt hatte. Vieles ist recht unfreundlich. Während sie vorliest – das Publikum sollte vertraut gemacht werden mit Lessings Werk –, empört sie sich, schimpft, droht, weint schließlich. Es steckt mehr dahinter. Müde und erschöpft sitzt sie vor dem Spiegel. Ein trauriger Clown. Lessing hat sie verlassen, doch sie liebt ihn noch immer.
Eine wundervolle, schwere Szene für Franziska. Während einer der vorangegangenen Proben hatte sie sich dermaßen hineingesteigert, daß sie wirklich schluchzte. Jan war in den Proberaum gekommen, sie sah ihn, er wurde zu Lessing, Lessing zu Jan: die Gestalten flossen ineinander. Da kam Jochi zu ihr, legte den Arm um ihre Schulter und sagte: »Das war nicht gut. Du mußt neben dir stehen und dir zusehen. Dich nicht wirklich verschwenden. Das kommt nicht über die Rampe.«
Eine peinliche Situation. Jan stand wortlos da, betroffen und gleichzeitig fasziniert, als hätte sie ihm ein Geheimnis offenbart, dann machte er auf dem Absatz kehrt und flüchtete.

Das neue Programm erwies sich als Erfolg. Ein »kultureller Leckerbissen«, mehr als nur genehmigt; es wurde hochgelobt und gefeiert. Einer der Genossen glaubte eine Rede halten zu müssen, während der die Schauspieler auf der Bühne standen, wo sie nichts mehr zu suchen hatten. In Kostümen standen sie da, mit unbewegten Gesichtern, erschöpft und ärgerlich, denn die hohlen Worte hoben sich peinlich von Lessings eben noch gehörter und interpretierter Sprache ab. Längst ging es nicht mehr um die

Kunst. Sondern um »Sollerfüllung« und die Bereitschaft, die deutsch-sowjetische Freundschaft zu pflegen, sein Bestes dafür zu tun. Jede Gelegenheit wurde wahrgenommen, um die Parolen unter die Leute zu bringen. Zum Schluß beklatschten sich die Genossen selbst, wie das so üblich war und die Schauspieler durften in die Garderobe gehen.
Nach dem Erfolg der Unmut.
»Die haben nichts verstanden«, stellte Felsko ärgerlich fest und wischte sich die Schminke aus dem Gesicht. »Die wissen nur, daß Lessing jemand war, den die Partei anerkennt. Und warum?«
»Weil er sich lustig macht über das, was man allgemein ›Soldatenehre‹ nennt«, warf Franziska ein. »Das gilt aber nicht für die ach so stolze Sowjetarmee.«
»Wir leben in einer unerfreulichen Zeit«, meinte Felsko, »und das im miesesten Teil des Landes.«
Sein Freund Erich Ponto hatte das Staatstheater Dresden längst verlassen. Der war nun in Stuttgart. Und Stuttgart befand sich »drüben«.
Wie immer blieb Franziska als letzte in der Garderobe. Sie trödelte gern nach der Vorstellung, ließ die Nerven auszappeln, wie sie es nannte. Jochi war kurz aufgetaucht: »Nachher treffen wir uns in der Gaststätte nebenan, macht schnell!«
Nun war Franziska allein. Sie fürchtete die Begegnung mit Jan, jetzt, da alles vorüber war und er mit dem Programm bewiesen hatte, wie sehr er sie einschloß in sein Leben. Es war nicht leicht, sich nun die Hand zu geben, »alles Gute« zu wünschen und in verschiedene Richtungen auseinanderzugehen.
Es klopfte.
»Komm rein!«
Sie dachte, Ina wollte sie abholen. Doch es kam eine auffallend gekleidete Frau mit hochtoupierten schwarzen

Haaren und hohen Stöckelschuhen. Irina Weber! Korrekt: Frau Kupelius. Franziska hatte nicht gewußt, daß sie mitgekommen war.
»Das haben Sie fein eingefädelt«, legte Irina los. »Jetzt haben Sie ihn wieder!«
»Was wollen Sie?« Franziska sah die Ex-Tänzerin verständnislos an. »Wovon reden Sie?«
Es war wie eine Szene aus einem billigen Boulevardstück. Nie hätte Franziska geglaubt, daß sich eine Auseinandersetzung mit Irina ergeben könnte. Sie war zudem nicht in Kampfstimmung. In der Hoffnung, die Situation zu entspannen, sagte sie höflich: »Setzen Sie sich doch bitte.«
Eine lächerliche Aufforderung, angesichts der aufgebrachten Dame, die Franziska kaum kannte, mit der sie bisher nur wenige Worte gewechselt hatte und die nun aufgeregt auf sie einredete: Nichts anderes habe Jan in den letzten Monaten im Kopf gehabt als dieses Programm, immer nur Gerede von ihr, von ihr ...
»Von wem?« fragte Franziska, da die Anklägerin in dritter Person sprach.
»Von Ihnen natürlich!« Das Gesicht war recht apart, nun aber rot angelaufen. Die Augen unter den schweren Lidern traten hervor. Franziska befürchtete, Irina könnte einen Herzanfall bekommen.
»Ich weiß nicht, weshalb Sie sich aufregen«, sie stand auf und versuchte die aufgebrachte Frau zu beruhigen. »Sie werden doch nicht eifersüchtig sein auf eine längst vergangene Sache?«
»Vergangen, vergangen?« rief Irina. »Das war nie vergangen. Er hat Sie doch nach Berlin geholt. Ich wußte, daß das nicht gutgehen kann! Er will, daß wir uns trennen, ich weiß, daß Sie ihn heiraten werden, ich weiß ...«
Die war nun wirklich total verrückt.
»Wenn er sich von Ihnen trennen will«, sagte Franziska scheinbar ruhig, »dann hat das nichts mit mir zu tun. Ich

habe gar keine Zeit, mich mit Jan zu beschäftigen, außer, daß wir zusammen arbeiten. Jetzt verschwinden Sie bitte, gehen Sie zu Ihrem Mann und lassen Sie mich in Ruhe.«

Irina lenkte ein und erklärte: »Der weiß gar nicht, daß ich hier bin. Er redet ja überhaupt nicht mehr mit mir.« Nun fing sie auch noch an zu weinen.

Franziska setzte sich und stützte den Kopf in die Hand. Er hämmerte wie wild. Das alles war zuviel! Das Kapitel Jan mußte endlich, endlich abgeschlossen werden. Doch sobald sie versuchte, Raum und Zeit dazwischentreten zu lassen, machte Jan alles wieder zunichte, indem er ihre Nähe suchte. Als Jan in diesem Augenblick die Garderobe betrat und Irina sah, fragte er mit fast tödlicher Kälte: »Was willst *du* denn hier? Geh nach Hause.«

Sie schluchzte und bettelte, es war eine abscheuliche Szene. Franziska verließ die Garderobe, kurz vor der Gaststätte holte Jan sie ein.

»Augenblick«, rief er atemlos, »bitte warte!« Er hielt sie zurück. »Sie ist gegangen. Entschuldige den Auftritt. Es tut mir leid. Aber ich halte es nicht länger aus mit ihr.«

Franziska schwieg.

Er fragte leise: »Und Gaston – was ist mit Gaston?«

Gaston!

»Warum ist er nicht hier?«

Sie antwortete verzweifelt: »Auch ich halte es nicht länger aus mit ihm!«

Mit einer Spur von Hoffnung: »Weshalb?«

»Er ist eifersüchtig«, antwortete sie zögernd, »vor allem auf dich. Deshalb ist er nicht mitgekommen. Er glaubt nicht, daß wir nur noch Freunde sind.«

»Nur noch Freunde?« Jan sah sie ungläubig an. »Ja, geht denn das?« Er dachte nach und antwortete sich selbst: »Das wird nicht gehen. Vielleicht in fünfzig Jahren.«

»Wenn wir alt sind«, warf Franziska ein und lachte ein wenig. »Alt und wackelköpfig.«

»Dann ist Gaston längst nicht mehr da«, sagte er fast erleichtert.
»Ach, Gaston«, sie zuckte die Achseln, »Gaston ist niemand, über den du dir Gedanken machen mußt. Das weiß er und das macht ihn verrückt. Er ist beleidigt, wenn ich nur einen Ober anlächle, der mir ein Glas auf den Tisch stellt oder einen Teller. Er macht Szenen, wenn ich mit einem Kollegen, den ich zufällig treffe, über die Straße gehe. Er läßt mich sogar überwachen.«
»Nein!«
»Doch. Er hat einen Privatdetektiv angeheuert, der ihm alles berichtet, jede harmlose Begegnung. Zuerst war das nur ein Verdacht von mir, weil er über alles genau informiert war, über jeden Schritt, über jedes Gespräch, da habe ich es ihm auf den Kopf zugesagt und er hat es eingestanden.«
»Dieser aufgeblasene Affe«, stieß Jan aufgebracht hervor.
Sofort hatte Franziska das Gefühl, ihn verteidigen zu müssen. »Du mußt ihn nicht beschimpfen«, sagte sie. »Schließlich hast du das erstbeste Mädchen geheiratet, nur weil es in einem – wie du dich ausdrücktest – entscheidenden Augenblick in deiner Nähe war. Das gleiche gilt auch für Gaston.«
Sie sahen sich ratlos an.
»Wir sind vielleicht Helden«, sagte Franziska leise.
Jan lächelte mühsam. »Unsere Lückenbüßer laufen Amok.«
»Weil wir zu weit gegangen sind«, Franziskas Kehle war wie ausgedörrt. »Wir haben andere Menschen benutzt, um uns zu vergessen, aber es hat nicht geholfen.«
»Eher geschadet.«
Sie schwiegen eine Weile, zögerten noch, dann legten sie die Arme umeinander, ganz behutsam und absolut gleichzeitig, wollten nicht zeigen, daß sie Tränen in den Augen hatten. Es war ein gutes Gefühl, sich so nahe zu sein, in

einem Kokon von Wärme und Vertrautheit, vielleicht zum letzten, zum allerletzten Mal.

»Wir müssen aufräumen, Jan«, sie ließ ihn los und trat zurück, so heftig und entschieden, daß er dastand mit verständnislosem Gesicht. »Wir haben es versucht: miteinander und ohne einander.«

»Aber es geht nicht«, er strich ihr die verschwitzten Haare aus der Stirn. »Was machen wir nun?«

»Neu anfangen. Jeder für sich.«

»Du meinst, das schaffen wir?«

Sie fühlten sich beide leer und tot, suchten noch einmal die Hand des anderen.

Plötzlich schreckte sie Jochis Stimme auf. »Wo bleibt ihr denn? Alles wartet auf euch. Na, macht schon, Kinder, jetzt wird gefeiert!«

Da ließen sie die Hände los, wollten noch etwas sagen, aber dann folgten sie Jochi: verwirrt, erschüttert und gerührt.

Als sie das Lokal betraten, wurden sie mit lautem Hallo begrüßt.

»Was ist los?« fragte Ina und ließ ihren Blick zwischen Franziska und Jan pendeln. »Geht's dir nicht gut?«

»Ich friere«, antwortete Franziska.

Und dabei war es im Lokal heiß und stickig.

Ein Tag im Juni

Stalin war gestorben.

Eine Welle von Trauerveranstaltungen schwappte übers Land. Alles andere wurde abgebrochen, abgesagt, eingestellt. Es erinnerte an den Totalen Krieg.

Diese befohlene Trauer zeigte ungeheuerliche Auswüch-

se. So standen zum Beispiel Kinder, ganz junge FDJler, mit geschultertem Kleinkalibergewehr vor dem Bildnis des Diktators Ehrenwache.
Ein neuerbautes Wohngebiet des Eisenhüttenkombinats Ost wurde »Stalinstadt« genannt.
Hinter dem Alexanderplatz bauten sie in sogenannter Großblockbauweise Wohnhäuser, die aussahen wie riesige, weiße Pappkartons. Die Stalinallee entstand.
Es brodelte in der Bevölkerung. Die Lebensmittelkarten sollten endlich abgeschafft werden, aber nur, damit die Leute die überteuerte Ware in den HO-Läden kaufen sollten. Als der Volkszorn hochkochte, nahm man diese Verordnung wieder zurück.
Über ein Jahr war das Programm »Lessing lebt« auf Tournee gewesen, hatte zahlreiche Anhänger gefunden, galt als erfolgreichstes und kulturell wertvollstes Programm der Gastspieldirektion. Doch nun, durch Stalins Tod, wurden die Künstler an ihre Wohnorte zurückbeordert.
Der Sommer war warm und mild. Franziska atmete Berlin ein wie eine langersehnte Droge und fühlte sich fast so, als sei sie hier geboren.
»Wenn ich zurückkomme nach langer Fahrt und die S-Bahn wiedersehe«, erklärten die Kollegen immer wieder übereinstimmend, »dann muß ich weinen vor Freude.«
Derart übertrieben empfand Franziska die Wiedersehensfreude nicht. Die S-Bahn konnte sie nicht leiden. Sie haßte die zugigen Bahnsteige, die rauchigen Waggons mit ihrem Mief und die Ausdünstungen der Mitfahrenden.
Dennoch war es schön, zurückzukehren: die Göttlichs wiederzusehen. Ach, und die alten Feuerherds waren endlich, endlich ausgezogen!
»Wir haben ein eigenes Zimmer«, verkündete Sabine in ihrem sachlichen Ton, hinter dem sie die Freude verbarg.

»Stell dir das mal vor: Wenn du unterwegs bist, wohne ich darin, wenn ich im Engagement bin, gehört es dir, und wenn wir beide zu Hause sind, wechseln wir ab.«
Das feierten sie ausgiebig, alle drei. Sonst war die Zeit kaum zum Feiern geeignet. Noch immer dachten die Deutschen nicht daran, sich an einem Tisch zusammenzusetzen, und drüben im Westen ging es ebenso rasant bergauf, wie im Osten bergab.
Das einzige, was angehoben wurde, war die Arbeitsnorm. Das löste Empörung aus, zunächst noch hinter der vorgehaltenen Hand. Der allgemeine Unmut suchte ein Ventil und machte sich durch Witze Luft:
»Kennt ihr den? Ulbricht hält eine Rede: ›Liebe Genossen und Genossinnen! Vor einem Jahr haben wir an einem Abgrund gestanden. Und jetzt? Jetzt haben wir alle einen großen Schritt vorwärts gemacht!‹«
Das mußte natürlich im entsprechend saftigen Sächsisch erzählt werden, wie es die Art dieses spitzbärtigen Mannes war, der ohnehin wie eine Parodie seiner selbst wirkte.
Oder:
»Ulbricht, Pieck und Grotewohl besichtigen die Errungenschaften der jungen sozialistischen Republik: Kindergärten, Schulen und Gefängnisse. Sagt Ulbricht: ›Die Gefängnisse müssen verbessert werden! Mehr Komfort, bequemere Zellen, angenehmere Bedingungen.‹ Fragt Pieck: ›Wieso denn? Sollten wir nicht lieber an die Schulen denken und an die Kindergärten?‹ Zeigt Ulbricht einen Vogel und antwortet: ›Du machst mir Spaß! Glaubst du denn, wir kommen mal in den Kindergarten?‹«
Von Tag zu Tag nahmen die Bespitzelungen zu. Jeder mißtraute jedem. Keiner wußte, wer von den Nachbarn, Kollegen oder den Verwandten beauftragt war, den anderen zu überwachen.
Es wurde viel gestritten, gedroht und eingeschüchtert.

Über den Göttlichs war eine Frau eingezogen. Es hieß: sie käme aus Rußland. Die Frau hatte viel Besuch und es ging laut her, Tag und Nacht: Getrampel, Geschrei, Radiolärm.
Obwohl die Göttliche gute Nerven hatte, weitaus bessere als Franziska, die das kleinste Geräusch zur Verzweiflung bringen konnte, sagte sie als erste: »Das lassen wir uns nicht länger gefallen!«
Beide gingen sie hinauf und klingelten. Als die Frau öffnete, stellten sie sich vor und die Göttliche sagte höflich: »Wir wohnen unter Ihnen. Vielleicht könnten Sie, vor allem nachts, etwas weniger Radau machen.«
Da schnappte die Frau nach Luft und schrie ohne Vorwarnung los: Sie sollten machen, daß sie weiterkämen! Noch ein Wort, und sie würde ihren Freunden von der Roten Armee sagen, daß sie die ganze Familie da unten nach Sibirien verbannen sollte – jawohl, nach Sibirien!
Wer nicht kuschte, dem wurde mit Sibirien gedroht. Sibirien war so etwas wie früher der Schwarze Mann für Kinder. Wie weit diese Drohung wahrgemacht wurde, wußte niemand.
Die Göttliche griff zur Selbsthilfe. Sowie der Krach losging, klopfte sie mit dem Besenstiel so lange an die Decke, bis Ruhe einkehrte. Wenn es länger dauerte und ihr der Arm erlahmte, löste Franziska sie ab.
Es war ein Tag im Juni mit viel Sonne und wolkenlosem Himmel.
Die Göttliche war schon frühzeitig zur Gesangsstunde gefahren, diesmal wirklich, Vati ruhte sich in seinem Kabäuschen aus, und Franziska konnte in aller Ruhe arbeiten. Sie saß am Wohnzimmertisch, auf dem eine alte Adler-Schreibmaschine stand, die sie sich zugelegt hatte. Das Monster machte einen unglaublichen Radau. Ab und zu schimpfte Vati aus dem Nebenzimmer: »Verflixte Maschine! Kann sie denn nicht leiser schreiben?«

Franziska ging dazu über, die neue Maschine wieder in die Ecke zu stellen und das Manuskript mit der Hand zu entwerfen. Sie schrieb ein Programm über Erich Weinert: Ein Genosse, der am spanischen Bürgerkrieg teilgenommen hatte, in der Sowjetunion Präsident des Nationalkomitees Freies Deutschland wurde und als kommunistischer Zeitdichter Lorbeeren erntete. Nun war er gestorben, wie sein großer Boß Stalin. Franziska mochte seine Gedichte nicht. Doch hatte die Direktion der DKGD sie beauftragt, ein Programm seiner Werke zusammenzustellen, versehen mit entsprechenden Zwischentexten. Und sie war zu ehrgeizig, um den Auftrag abzulehnen. Schließlich handelte es sich um ihre erste größere Arbeit als Autorin.

Viele Stunden hatte sie in der Staatsbibliothek verbracht, nun lagen Bücher und Notizen verstreut herum, langsam machte die Arbeit Fortschritte.

Kurz nach zehn kam die Göttliche nach Hause, viel zu zeitig. Eine gewisse Erregung war ihr anzumerken.

»Mann, am Alex ist was los!«

»Was denn?«

»Massenhaft Arbeiter! Die kommen alle von der Stalinallee, Bauarbeiter und andere und die rufen: *›Weg mit Ulbricht‹* und *›Wir wollen freie Wahlen!‹* und *›Nieder mit der SED!‹*«

Franziska ließ sich nur ungern stören. Sie sagte: »Du bist in eine Filmszene geraten. Bestimmt hat die DEFA gedreht.«

»Quatsch!« Die Göttliche ließ sich auf einen Stuhl fallen und »roochte«. »Ich bin doch nicht blöd. Das ist ein regelrechter Aufstand. Die Leute laufen zusammen. *›Spitzbart und Brille ist nicht des Volkes Wille!‹*, rufen die und zerstören die Bilder vom Ulbricht. Alle haben sich den Arbeitern aus der Stalinallee angeschlossen. Die sind sich um den Hals gefallen und haben getanzt.«

Franziska legte den Füller aufs Manuskript und meinte: »Wenn das wirklich so wäre, hätte die Volkspolizei doch längst eingegriffen.«
»Hat sie ja! Aber die Leute sind über sie hergefallen und haben ihnen die Waffen weggenommen, sie davongejagt und Steine nachgeworfen. Ich dachte, ich seh' nicht recht.«
»Das hast du dir ausgedacht«, nie hätte Franziska für möglich gehalten, daß die Göttliche so viel Phantasie zeigen könnte.
Vati erschien, mit hochrotem Kopf und im Schlafanzug. »Zum Kuckuck nochmal, darf man denn hier überhaupt nicht mehr schlafen?!«
Als er hörte, was am Alexanderplatz passiert war, schüttelte auch er ungläubig den Kopf.
»Und dann –«, berichtete die Göttliche und drückte die Zigarette aus, »das Schlimmste kommt ja noch: Auf einmal kamen die von allen Seiten an.«
»Wer denn?«
»Die russischen Panzer. Die fuhren einfach auf die Leute los. Da bin ich getürmt, konnte gerade noch auf die Vierundsiebzig aufspringen, das war die letzte, die fuhr, weil doch die Panzer alle auf den Geleisen standen, quer rüber, wie im Krieg.«
Es klingelte an der Wohnungstür. Eine Nachbarin von der anderen Straßenseite. Die klapperte die gesamte Gegend ab.
»Kommen Sie mit! Wir gehen alle zu den Sowiesos ...« Es folgte eine Reihe von Namen, »die machen wir fertig. Alles stramme Genossen, die hängen immer als erste die Fahne raus, die müssen wir uns vorknöpfen – jetzt ist der Spuk endlich vorbei!«
Alles war wie im Rausch. Vati zog den Morgenrock an, und dann hörten sie Radio. Ein Volksaufstand! Nicht nur in Berlin, auch in anderen Städten, vor allem in Industriegebieten. Gefangene wurden befreit, SED-Funktionäre verjagt.

Das Standrecht wurde verhängt – es gab Tote.
Die westlichen Besatzungsmächte protestierten.
Aber schon am Abend war der Aufstand niedergeschlagen. Der RIAS meldete: Zahl der Todesopfer – 267 Demonstranten, 116 Funktionäre des SED-Regimes und 18 Soldaten der Roten Armee. Außerdem waren noch zahlreiche Bürger standrechtlich erschossen worden.
Erschöpft und niedergeschlagen saßen sie alle zusammen. Sie hatten weder gegessen, noch den obligatorischen Tee getrunken.
»Töchting«, sagte Vati mit belegter Stimme, »daß du lebst! Das hätte auch schiefgehen können.«
Franziska räumte die Papiere vom Tisch, nahm das Manuskript, zerriß es und sagte: »Nein, mit den Leuten will ich nichts zu tun haben! Ob die wollten, daß es so weit kommt – der Marx, der Weinert und die anderen?«
»Ich denke nicht«, meinte Vati Göttlich nach einigem Überlegen. »Dann wären sie ja potentielle Mörder.« Er sah auf die Uhr und fragte: »Den wievielten haben wir eigentlich?«
Franziska antwortete: »Den siebzehnten Juni.«
Die Ostmedien meldeten: Der Aufstand sei durch die Kapitalisten angezettelt worden. Sie waren es, hieß es, die sich als Bürger des sozialistischen Staates tarnten, um Umfrieden zu stiften. Das Volk sei zutiefst empört.
Der Zynismus solcher Meldungen war nicht mehr zu überbieten.
Doch!
Mehr denn je wurde die enge Freundschaft mit der Sowjetarmee propagiert. Mehr denn je wurde auf das Volk mit Parolen eingehämmert, optisch und akustisch. Bis keiner mehr aufmuckte.
Im anderen Teil Deutschlands aber wurde der 17. Juni als »Tag der Geschichte« zum Feiertag erklärt.
Franziska brachte die Bücher zurück in die Staatsbiblio-

thek, legte den Lodenmantel ab, räumte die Aktentasche beiseite und verzichtete künftig darauf, die Versammlungen des Schriftstellerverbandes zu besuchen.
Das Erich-Weinert-Programm blieb ungeschrieben.

Panoptikum

Von Gaston waren Briefe gekommen, Kartengrüße und auch Blumen. Es gab kein Telefon bei den Göttlichs.
Zwar hatte Franziska ihm von unterwegs geschrieben, ihn auch einige Male kurz angerufen, doch er zeigte sich entweder eisig kalt oder angriffslustig. Da verlor sie die Lust zu weiteren Kontakten.
Zur Zeit trat er auf in »Tagesgeschäften«, die meist am Abend stattfanden. Auf Tournee, schrieb er, wolle er nicht mehr gehen.
Während ihrer Abwesenheit hatte er sogar die Göttlichs besucht, um mit ihnen über Franziska zu reden.
»Der wollte uns nur aushorchen«, behauptete die Göttliche. »Der wollte nur wissen, ob du mit Jan zusammen bist.«
Franziska lächelte mühsam. Mit Jan zusammen –!
Jan war weggegangen von der Konzert- und Gastspieldirektion. Er hatte einen Preis für sein Lessing-Programm bekommen und danach sofort gekündigt. Für starke Abgänge war er berühmt. Nun führte er Regie am Metropoltheater. Das befand sich zur Zeit in der Schönhauser Allee, gar nicht weit entfernt von Weißensee, doch Franziska erschien es weiter als der Mond.
Er war nun geschieden von Irina Weber, hatte den gemeinsamen Vorsatz, ein neues Leben zu beginnen, wahr

gemacht. Eine zufällige Begegnung war weder zu erhoffen noch zu befürchten.
Und da wollte Gaston wissen, ob sie und Jan ...
»Ich habe gesagt: nein«, schwor die Göttliche, »aber der glaubt das nicht!«
Vati brummelte: »Dieser Gaston könnte dein Vater sein, Mädel! Fast dein Großvater. Da kannst du ja gleich was mit mir anfangen.«
»Und Sabines Stiefmutter werden«, warf Franziska ein.
Doch dann redete die Göttliche ihr zu: sie solle doch mal nach Gaston sehen. Der könnte einem leid tun, wirklich, der sei am Ende. Bloß mal nachsehen. Dann ungeduldig: »Mein Jott, nu jeh doch ma hin, det is doch nich so schlimm, ma nach 'm olle Jaston zu kieken!«
Wenn die Göttliche sich aufregte, berlinerte sie.
Also fuhr Franziska nach Blankenburg, aber ohne schon von weitem nach ihm zu rufen. Sie wollte ihn nicht erschrecken. Im Garten keine Spur von ihm, obwohl ein wundervoller Sommertag über der Stadt lag. Lerchen in der Luft, die Linden dufteten.
Gaston lag auf dem Sofa, umgeben von Büchern und Flaschen. Im Trainingsanzug. Er döste.
»Grüß dich, Gaston!«
Er fuhr auf wie von der Tarantel gestochen und starrte sie an.
»Sei ruhig«, Franziska schubste ihn sanft aufs Sofa zurück, »du hast einen Schwips.«
»Ich bin blau«, gestand er in rührender Offenheit.
Doch dann kam Leben in ihn. Er wollte unbedingt etwas kochen, ihr Leckeres anbieten oder ihr sonst etwas »Liebes tun«, doch sie wollte höchstens ein Bier. Er brachte es, stellte es mit zitternden Fingern auf den Tisch, schlang plötzlich die Arme um sie, es war wie eine Umklammerung vor dem Ertrinken. Franziska blieb fast die Luft weg und sie dachte: ›Meine Güte, wie komme ich da nur wie-

der heraus?!‹ Wobei sie weniger an das kleine, schäbige Zimmer dachte, mehr an die Beziehung, die sie belastete. Sie hatte gehofft, durch die längere Trennung würde er sich ein wenig abkühlen. Sein übermäßiges Gefühl prallte auf sie wie ein Steinschlag und nahm ihr den Atem.

Sie versuchte, freundlich mit ihm zu reden, doch das schien sinnlos zu sein. Er behauptete: er könne es nicht ändern. Er sei – und er drückte sich tatsächlich so aus! – eifersüchtig, selbst auf den kleinsten Windhauch, der ihr Haar berühre, und der Mann, dem sie sich zuwende, egal, wer immer es sein mochte, wäre sein Feind. »Kaltblütig töten« wolle er ihn. Und eines solle sie sich bis an ihr Lebensende merken: Kein Mann, kein Mensch überhaupt, würde sie jemals so lieben wie er.

Es war wie die Liebeserklärung eines entflammten, altmodischen Gymnasiasten.

»Wir sprechen nochmals darüber, wenn du nüchtern bist«, schlug sie vor. Doch darauf ließ er sich nicht ein.

Für den nächsten Tag sei er eingeladen bei einem Kollegen: King R., dem berühmten Jongleur; der wohne in Pankow und wollte seine Freunde aus früherer Zeit sehen. Auch sie war eingeladen.

»Gaston, wir proben ein neues Programm, wie du weißt.«

»Aber am Abend hast du doch nichts zu tun, oder?«

»Dann bin ich müde, zum Umfallen. Ein andermal, ja?«

Das ließ er nicht gelten! Er lief inzwischen auf Hochtouren, versprach, eine Taxe zu organisieren, sie abzuholen und wieder heimzubringen. Sie werde sehen: eine ganz, ganz große Sache!

Schweren Herzens stimmte sie zu. Die Veteranen des alten, glanzvollen Varietés interessierten sie nur wenig. Doch sie konnte, sie wollte ihn nicht enttäuschen.

Am nächsten Abend kam er tatsächlich mit der Taxe. Als er ausstieg, um sie an der Haustür zu empfangen, sah er aus wie auf den alten, vergilbten Fotos: Elegant, mit lack-

schwarzem, zurückgekämmtem Haar, dichten, dunklen Augenbrauen, das Cäsarenantlitz vor Erwartung gerötet, am Hals eine Fliege.
Erst beim näheren Hinsehen war leichte Schäbigkeit zu bemerken: stellenweise speckiger Glanz an Anzug und Fliege, die Ecken des Hemdkragens aufgeribbelt.
Franziska nahm sich vor, nachsichtig und tolerant zu sein, was ihr nicht leicht fiel. Meist war sie ungeduldig und von übermäßiger Kritiklust. Dies hier, sagte sie sich, ist ein hartgesottener Junggeselle; er liebt dich und er will dir gefallen. Er möchte dir seine Freunde von früher vorstellen. Also benimm dich gefälligst. Es ist eine andere Welt, in die du da gehst, nur für wenige Stunden, du bist schon in ganz anderen Umgebungen gewesen und hast es überlebt. Er will ein wenig angeben mit dir, sei nett zu ihm. Und höre auf, immerzu an Jan zu denken, das ist fast schon eine Psychose.
Sie lehnte sich in der Taxe an ihn. Er legte den Arm um ihre Schulter, genoß seine Stärke, die körperliche Überlegenheit, doch sie wußte, daß sie ihn mit einem Wort dazu bringen konnte, in sich zusammenzufallen. Darum schwieg sie.
Das Haus des einst berühmten Jongleurs King R. stand am Rande von Pankow, in seinen besten Zeiten hatte er es gebaut, und im Krieg war es verschont geblieben. Es roch so, wie es aussah: leicht angestaubt, und es war vollgestellt mit großen schweren Möbeln, die sich »altdeutsch« nannten. Breite Polstersessel gruppierten sich um einen Eichentisch, auf dem eine Kalte Platte stand und Wein. Der Kronleuchter an der Decke hätte in einen Salon des Schlosses Sanssouci gepaßt.
King R. war ein hagerer Mann mit hohlen Wangen und auffallend glänzenden Augen. Er trug einen weißen Rollkragenpullover, eine rote Strickweste und sah durchaus nicht aus wie siebzig. Als er Gaston empfing, stieß er

einen Ruf aus, der wie ein mißglückter Jubelschrei klang. Sie klopften sich gegenseitig auf die Schulter, es wurde viel und laut gelacht. Für Minuten vergaß Gaston seine Begleiterin, doch war alles, was er tat, eine Vorstellung für sie, mit der er ihr beweisen wollte, daß er geachtet und anerkannt war. Immer fühlte er sich von Franziska unterschätzt, und er wußte nicht, daß er mit Übertreibung in ihren Augen nur noch mehr verlor. Doch Franziska spielte ausnahmsweise mit und setzte eine strahlende, interessierte Miene auf.

King R.s Frau war eine weißhaarige Matrone mit einer dicken Brille, seit Ewigkeiten mit ihm verheiratet; sie musterte Franziska wie einen Eindringling, doch auch sie schien gute Vorsätze zu haben und zeigte sich von ihrer besten Seite.

Die Sängerin J. König – welch eine adelige Gesellschaft, zumindest dem Namen nach! – ähnelte einem Kobold: klein, lebhaft, mit grauen Wuschellöckchen. Sie erfaßte Franziska mit einem geübt schnellen Blick, bildete sich ihre Meinung, machte sich wohl den Altersunterschied bewußt und ging dazu über, sich selbst darzustellen: Sie stieß kleine, spitze Verzückungsschreie aus, packte Gaston mit roten, langen Krallennägeln an den Aufschlägen seines Jacketts und rief immer wieder: »Mein Schöner, mein Schöner«, worauf Gaston aufblühte und Franziska befürchtete, er würde gleich Schwingen bekommen und davonfliegen.

Etwas später erschienen James und Charly. Natürlich hießen sie anders, doch alle nannten sie bei ihrem Künstlernamen. Beide waren sie groß und schlank, nur hatte James eine leuchtende Glatze und Charly ein schwarzes Lockengewirr, das wie eine Pelzmütze aussah.

Franziska fühlte sich wie eine Zuschauerin, die durch ein Schlüsselloch in eine längst vergangene Zeit sehen konnte. Das Stück, das vor ihren Augen ablief, hatte zwei

Titel: »Das gab's nur einmal« und »Hurra, wir leben noch!«
Während sie aßen und tranken, sprachen sie von den »großen Häusern«, den Varietés und exklusiven Nachtbars, in denen sie aufgetreten waren, *Wintergarten* und *Scala* wurden immer wieder genannt. Sie zeigten sich Fotos und zerfledderte Programmhefte, steckten die Köpfe zusammen, kicherten und juchzten. Es war wie zu einem Kindergeburtstag.
Auf einem Foto zwei wundervoll aussehende Männer in weißen Smokings und Zylindern: Steptänzer-Pose. James und Charly.
»Augenblick«, Franziska griff nach dem Bild, betrachtete es eingehend. »Könnte es sein, daß ich Sie in der *Scala* gesehen habe, noch im Krieg –?«
»Aber ja, aber ja«, die beiden waren stolz vor Glück.
»Ich bin mit meinen Eltern dagewesen. Es war mein allererster Tag in Berlin«, sie fuhr mit dem Zeigefinger über die Figuren auf dem Foto, »zwei Steptänzer traten da auf und die haben mir am besten vom ganzen Programm gefallen«, sie lachte, als sie sich erinnerte. »In der Nacht habe ich von Ihnen geträumt.«
»He«, rief James und schlug sich auf die Schenkel, »da saß doch ein kleines Mädchen mit Zöpfen in der ersten Reihe. Erinnerst du dich, Charly?«
Der stimmte übertrieben heftig zu.
»Ich war schon fast erwachsen«, wehrte Franziska ab und ging auf ihren Ton ein. »Zöpfe hatte ich keine mehr, und in der ersten Reihe haben wir auch nicht gesessen.«
»Ist sie nicht ein Engel?« Gaston spielte sich auf, zeigte Besitzerstolz und wollte beweisen, daß er noch der alte Draufgänger war. »Macht doch mal Musik, Kinder!«
Eine Platte wurde aufgelegt, ein Tango. Charly tanzte mit der Sängerin J. König, sie schäkerten, tuschelten und taten, als schmusten sie. James hielt die Frau des Jongleurs

im Arm und Gaston wollte unbedingt mit Franziska tanzen.
Und *wie* er tanzte!
Mit starkem Arm umfaßte er ihre Taille, bog sie weit zurück, beugte sich über sie und blickte sie zwingend an (ja: »zwingend«, das war das rechte Wort!), wie er es wohl seinerzeit mit all den »Mädis« und »Mausis« gemacht haben mochte, mit all den bubikopfigen Damen in ihren Charlestonkleidern und spitzen Schnallenschuhen.
»*Tango,* Gaston«, erinnerte Franziska, »keine Gymnastik!«
»So *tanzt* man Tango«, erklärte er, »mit Erotik und Feuer!«
Zuerst hielt sie es für einen Scherz, wie das unter Kollegen üblich war, doch Gaston meinte es ernst. Er tanzte mit fast fanatischer Entschlossenheit, als wollte er die vergangene Zeit heraufbeschwören und Franziska zwingen, daran teilzunehmen.
Zum Glück ging ihm bald die Luft aus und er mußte pausieren. Franziska stand an der Balkontür und sah sich aus der Entfernung die bunte Gesellschaft an, alles einst berühmte gefeierte Leute und nun wie Figuren eines Panoptikums. Das Los aller Entertainer? Wie werde *ich* sein, in ihrem Alter? Vergilbte Fotos auf den Tisch legen, zerfledderte Programmhefte, Relikte einer vergangenen Zeit, die man die »gute, alte« nannte, auf eines der Bilder zeigen, auf eine reizende Gestalt, und sagen: »Seht mal, das war ich!«? Nun aussehen wie ein Gnom, hohlwangig oder fett, auf jeden Fall verwelkt und nach sterbenden Rosen riechend?
Sie trat auf den Balkon, brauchte Luft, dachte daran, daß Altwerden doch etwas Normales ist, aber so zu altern, wie die da drin, das muß schrecklich sein. Als säße die Verzweiflung hinter den lachenden Gesichtern. Sie klammerten sich ans Leben, an *ihr* Leben, wie es früher gewesen

war und längst nicht mehr sein konnte. Warum wollten sie das nicht wahrhaben?
Gaston trat neben sie, etwas außer Atem, erhitzt und beschwipst, und er fragte: »Woran denkst du?«
Wieder die Eifersucht in seiner Stimme.
»An gar nichts, ich muß nur mal tief durchatmen.«
Etwas später trat Ruhe ein, wie bei müdegetollten Kindern. Nachdenklichkeit kam auf, Niedergeschlagenheit, schließlich Erbitterung.
»Kinder, das ist doch alles großer Mist«, die Sängerin J. König sprach es als erste aus, was die anderen dachten. »Seht euch doch nur an, was aus unserer Branche geworden ist! Die große Zeit des Varietés, die gibt es längst nicht mehr.«
Zustimmung von allen Seiten.
Franziska sagte: »Der Krieg hat alles verändert.«
Sie wechselten Blicke, an denen zu erkennen war, wie sie Franziskas Bemerkung einschätzten. Eine verschworene Gemeinschaft, zu der auch Gaston gehörte. Feindseligkeit lag in der Luft.
»Wir haben den ersten Weltkrieg überstanden«, meinte James, »und danach ging es erst richtig los. Wir haben Charleston getanzt und Black Bottom.« Er schnippte mit den Fingern, stand auf, und seine Beine tanzten ein paar Schritte, doch die anderen machten nicht mit. Sie gaben sich ihrer Wehmut hin und ihrem Selbstmitleid.
»Aber sehr lange konntet ihr doch wohl nicht tanzen«, wandte Franziska ein. »Bald wurde wieder marschiert und gejubelt und ein neuer Krieg vorbereitet.«
»Aber das Varieté –« Charly hob den Finger, als setze er zu einer Predigt an, »und überhaupt die Kunst, die hatten Hochkonjunktur. Da ist es aufwärtsgegangen: Film, Bühne, Kabarett.«
»Und dann sind Bücher verbrannt worden«, sagte Franziska, »Unter den Linden haben sie Bücher verbrannt von

Schriftstellern, die nicht in ihr politisches Konzept paßten. Und ich mußte erst zwanzig Jahre alt werden, um Erich Kästner kennenzulernen und Kurt Tucholsky und die anderen. Ich durfte am Klavier nicht spielen, wozu ich Lust hatte. Einmal habe ich Volkslieder gespielt und gesungen, einfach so, für mich. Auch die ›Loreley‹. Da kam mein Vater ins Zimmer und sagte: Ich solle sofort aufhören damit, der Text sei von einem Juden.« Sie sah Gaston an: »Von Heinrich Heine nämlich, von deinem über alles geliebten Heine, den hatten sie damals auch verboten. Das waren die großen Zeiten der deutschen Kultur.«

Sie hatte sich gegen ihren Willen in Rage geredet, was sie eigentlich gar nicht wollte. Sie wußte, es war ohnehin zwecklos. Die alten »Kinder« vor ihr hatten die Zeit niemals begriffen, weder damals noch heute. Ihre Mienen waren nun weniger feindselig, nur verständnislos. Ihre Welt endete an der Rampe, sie war begrenzt. Ihre Aufmerksamkeit richtete sich lediglich auf das, was sie auf der Bühne taten, auf die Lacher, die sie bekamen, auf den Applaus, auf den Erfolg. Es war nicht das Schlechteste, zugegeben, Menschen wie sie machten keine Kriege, doch sie verhinderten sie auch nicht, sie versuchten es nicht einmal. Sie stellten sich auch jetzt nicht dem Gespräch, sie waren viel zu sehr mit sich selbst beschäftigt.

Die Sängerin J. König nahm den Faden an der Stelle wieder auf, wo er vorübergehend unterbrochen worden war. »Was ist nur aus uns geworden«, sagte sie, und um ihre dunkelumrandeten Augen verlief die Wimperntusche, »wir tingeln, um zu überleben. Wo sind sie hin, die großen Manager, die internationalen Agenturen, in denen unsere Bilder gehangen haben?«

»In Westdeutschland«, warf King R. traurig ein, »da gibt es sie wieder, aber wir sitzen hier.«

»Bei der Konzert- und Gastspieldirektion«, die König

stieß einen Lacher aus, als sänge sie eine Oktave. Ihre Freunde stimmten hohnvoll ein. »Ein staatliches Unternehmen, in dem die Parteifritzen das Sagen haben, ohne eine Ahnung von unserem Beruf.«
»Alles Idioten«, sagte James mit Todesverachtung.
»Nicht alle«, widersprach Franziska. »Einige kommen von der Bühne und verstehen etwas davon.«
Kaum hatte sie es ausgesprochen, bereute sie es schon. Nun hatte sie das Stichwort geliefert, auf das Gaston den ganzen Abend lang lauerte.
»Wenn du den Kupelius meinst ...«
»Ich meinte zum Beispiel den Jochen Großmann«, sie versuchte schnell abzulenken, »und die ...«
Zu spät. Gaston biß sich an dem Namen fest und schaute sich triumphierend um. Beifälliges Gelächter, Gezeter: Der Kupelius mit seinen literarischen Programmen! Keine Ahnung von Artistik und Entertainern. Sollten sie etwa den Hamlet spielen oder die Jungfrau von Orleans, was, vielleicht noch eine Akrobatiknummer einbauen ...
»King, du könntest in der ›Jungfrau‹ jonglieren, das wär doch was?!«
Sie ließen kein gutes Haar an Jan, er war der Sündenbock, an dem sie ihren Unmut abreagierten. Franziska unterbrach das Gewieher und sagte laut: »Es hat keinen Zweck, daß ihr über Kupelius herzieht. Er hat die Gastspieldirektion verlassen.«
Doch sie waren zu sehr in Schwung, um aufzuhören, außerdem heizte Gaston sie auch noch an. Ihm ging es längst nicht mehr um den Beruf. Nur noch um die Rivalität zwischen ihm und Jan.
»Sie nimmt ihn in Schutz, weil sie ihn liebt«, dröhnte er, als spiele er in einer griechischen Tragödie. Er plusterte sich wieder auf, die »Ballonneurose«, wie Franziska es nannte, brach aus. Und sie hatte nicht wie sonst eine verbale Nadel, um hineinzustechen, nicht vor seinen treuen

Anhängern, die ihn anbeteten, als sei er die Verkörperung ihrer vergangenen Glanzzeit. Dann nahm Gaston seinen arrogant-näselnden Ton an, den er nur in Augenblicken tödlicher Verachtung hören ließ: »Nun sagt doch selber mal, Kinder – so ein Nichts von einem Mann, so eine graue, unscheinbare Maus ...«

Franziska stand auf und ging hinaus. Die Haustür war verschlossen, nirgendwo ein Schlüssel. Sie stieg die halbe Treppe hinauf ins Bad, schloß sich ein und ging mit sich ins Gericht: Das habe ich ja fein gemacht! Vor falschem Mitleid werde ich weich und gehe mit hierher, wohin ich gar nicht will. So was wird mir nie wieder passieren, nie wieder!

Sie saß auf dem Wannenrand und kämpfte gegen die Übelkeit. So verlassen fühlte sie sich, so verloren, wie damals auf dem Lastwagen zwischen den Säcken ungemahlenen Kakaos, völlig entwurzelt und nur auf sich selbst angewiesen.

Es klopfte. Gaston. Betrunken. Wütend. Dann bettelnd, dann jammernd.

Sie riß die Tür auf und sagte: »Bring mir den Mantel!«

Mit Energie bekam sie ihn meist in den Griff, es schien, als ließe er sich das Herumkommandieren gern gefallen, nur von ihr. (»So hat noch keiner mit mir gesprochen!«) Er ging die Treppe hinab, sie ließ ihn wieder heraufkommen und sich in den Mantel helfen. Er war sehr zerknirscht.

»Geh nicht«, bat er, »geh nicht, es war doch nur ...«

»Schließ' die Haustür auf«, sagte sie mit kalter Wut.

King R. hörte es, schloß zögernd auf und sagte: »Jetzt fährt doch keine Straßenbahn. Und eine Taxe kriegen wir auch nicht. Bleiben Sie doch, versöhnen sie sich mit Gaston, der dreht uns noch völlig durch.«

»Gute Nacht und vielen Dank«, sie verließ das Haus wie ein gefangener Löwe den Käfig und lief durch die trost-

lose Nacht. Es war weit bis nach Weißensee. Doch zum Glück kam eine Taxe die Straße entlang. Franziska winkte, der Wagen hielt, sie stieg ein.
»Ich wollte ooch endlich nach Hause«, berlinerte der Fahrer. »Wat machen Sie denn so spät janz alleene uff der Straße – oder sollte ma lieber sajen: so früh?«
Wenige Minuten später stieg sie in der Baumallee aus. Auf Zehenspitzen schlich sie sich in die Wohnung, zog sich aus, duschte kalt, warmes Wasser gab es nicht, dazu mußte der Badeofen geheizt werden, erfrischt legte sie sich endlich ins Bett, streckte sich aus und genoß das Gefühl, einem Alptraum entronnen zu sein.
Zu Ende war er noch nicht, dieser Alptraum. Zwei Tage später kam ein Telegramm von Gastons Nachbarin: »Sofort kommen stop Herr Lommer in Gefahr stop.«
Franziska fuhr nach Blankenburg, die Nachbarin empfing sie.
»Er hat wie verrückt getobt«, berichtete sie, »hat alles demoliert, wir konnten ihn gar nicht beruhigen. Was ist denn bloß los mit dem netten Herrn Lommer? Der war doch immer so fröhlich und gut aufgelegt. Wissen Sie, was er gesagt hat? Er nimmt sich das Leben, hat er gesagt, er will nicht mehr, er macht Schluß.«
»Wird schon nicht so wild sein«, tröstete Franziska, doch sie zitterte vor Aufregung. »Ist er zu Hause?«
Er sei weggegangen, in seinem schlimmen Zustand.
»Und was soll ich jetzt machen?«
»Warten Sie auf ihn, sprechen sie mit ihm, Sie können das.«
Im Häuschen sah alles verwüstet aus. Zerbrochenes Geschirr, die Bücher aus den Regalen gefegt, Bilder von der Wand gerissen, der Spiegel in der Küche zerschlagen. Franziska versuchte, etwas aufzuräumen, verlor aber bald die Lust, wollte gehen – da kam er. Sein Anzug war lehmig und zerrissen, sein Gesicht, sonst lebensfroh gerötet,

fahl und eingefallen. Wie ein Fürst der Früh-Renaissance sah er nicht mehr aus.
Er starrte sie an, als käme sie aus der Geisterwelt.
»Setz dich«, sagte sie, »sei ruhig und laß uns reden.«
Doch er schüttelte den Kopf und sagte immer wieder: »Ich werde damit nicht fertig, ich werde damit nicht fertig ...«
»Womit?«
Er antwortete nicht, fiel mit einem Aufseufzen in den Sessel. Nun sah er so alt aus, wie er war. Franziska betrachtete ihn und versuchte, sich in seine Lage zu versetzen. Daß sie ihn nicht liebte, das konnte es nicht sein, nicht das allein. Da war mehr. Plötzlich wurde ihr klar, was sich in ihm abspielen mochte, wovor er sich fürchtete: Vor der Einsamkeit. Sie, Franziska, war seine letzte Chance gewesen. Er hatte Angst vor dem Alter. Wenn sie ging, mußte er durch das Tor. Wenn sie blieb, wäre das nur eine Verzögerung. Sie konnte ihr Leben nicht auch noch zerstören lassen. Sie war am Anfang. Er am Ende.
»Du bist besser dran ohne mich«, sagte sie. »Es gibt viele Frauen, die mit dir leben wollen.«
»Ich pfeife auf sie«, er tat, als spucke er aus. »Laß mich allein.«
Sie konnte ihn nicht in dieser Trostlosigkeit zurücklassen, sie hockte sich vor ihm hin, stützte die Arme auf seine kräftigen Knie und fragte: »Kein Gedicht zum Abschied?«
Sein Blick ging an ihr vorbei, er wandte sich ab, wollte allein sein, um in Ruhe leiden zu können.
Sie seufzte, sagte »adieu, Gaston«, stand auf und ging. Mehr konnte sie nicht für ihn tun.

Feuerprobe

»Warum schreibst du dir nicht ein paar gute Texte und wirst Conférenciere?« fragte Jochi so ganz nebenbei, als erkundige er sich nach ihrer Schuhgröße. Sie saßen im *Kleinen Café* Unter den Linden, eigentlich saßen sie *davor*, man hatte Tische und Stühle auf den Gehsteig gestellt und spielte »Westen«. Alles hier wirkte ein wenig bemüht, bis auf das Gesicht der Serviererin: das war ebenso unlustig wie ihre Antworten, wenn einer der Gäste ganz bescheiden sich nach dem Verbleib seiner Bestellung erkundigte. »Ich hab' ja nur zwei Hände!« und »Da müssen Sie eben noch warten!«

Irgend etwas wurde in diesem angeblich sozialistischen Staat immer verlangt: Warten, Schlange stehen, ideologisch sein, mitmarschieren, jubeln, Mund halten.

Dennoch futterte Jochi mit Hingabe die dritte Portion Apfelkuchen mit Schlagsahne. Er wurde langsam fett und war gerade erst dreißig.

»Schmeckt nach Seife«, stellte er fest und schüttelte sich. »Kannst du mir sagen, weshalb die Schlagsahne nach Seife schmeckt?«

»Das liegt vielleicht an dem Pulver, mit dem sie das Zeug strecken«, vermutete Franziska. »Warum ißt du auch so viel davon?«

»Och ...«

Die Unterhaltung plänkelte eher müde hin und her.

Mit jedem Löffel Sahne wuchs Jochis Ärger. Er schimpfte: »Diese Armleuchter! Kein Clopapier, keine echte Sahne, aber jede Menge Parolen! Zum Kotzen. Koste mal.« Er hielt ihr den Löffel entgegen.

Franziska machte sich nichts aus süßen Sachen und schon gar nichts aus dieser pappig-seifigen Ersatzmasse.

»Warum willst du dich an mir rächen?« Sie schob seinen

Arm zurück. »Keiner zwingt dich, das Zeug in dich hineinzustopfen. Wirklich, du gehst ganz schön in die Breite.«
Er grinste und ließ sich nicht stören. Vom Gesicht her war er noch immer der Mephisto-Typ mit den blauen, verschlagenen Augen, den abenteuerlich geschwungenen Brauen und der kräftigen Hakennase. Aber, wie gesagt: er wurde fett.
Die Art, wie er die undefinierbare Masse in sich hineinschob, ging ihr auf die Nerven. Sie wollte sticheln und ihm den Appetit verderben.
»Außerdem wirst du immer phlegmatischer«, sagte sie provozierend.
Er legte den Löffel hin und zog eine sächsische Labbe: So nannte er das, wenn er »die Gusche einfach hängen ließ«, er betrachtete das als sein gutes Recht, da er doch aus Dresden stammte, ein Dresdener Junge mit einer großen Liebe zum böhmischen Nachbarland, in dem Franziska geboren war. Vielleicht war das auch der Grund ihrer langjährigen, beiderseitigen Freundschaft, obwohl er sonst alles andere als beständig war.
»Laß mich doch dick werden«, er blinzelte in die Sonne wie ein fetter Kater. »Ich kann's mir leisten.«
Franziska wußte, worauf er anspielte: Jochi hatte geheiratet! Eine Kollegin, mit der Franziska längere Zeit auf Tournee gewesen war, eine Berlinerin namens Gretl, und nun wurde Jochi Papa.
»Man könnte denken, *du* kriegst das Kind«, sagte Franziska und warf einen anzüglichen Blick auf seinen Bauch.
»Was hattest du mich gefragt?«
»Warum du keine Texte schreibst und Conférenciere wirst.«
»Das fehlte noch. Ich weiß ja nicht mal wie man das Wort richtig schreibt.«
»Kann man lernen«, spöttelte Jochi.

»Mich vors Mikro stellen, Witze erzählen, die Lacher ängstlich registrieren – das ist nichts für mich.«
»Vielleicht doch«, er machte ein Schlitzohrgesicht wie immer, bevor er die Kaninchen aus dem Zylinder holte. »Männer haben wir genug in dem Beruf. Aber keine Frauen. Doch ja: eine aus Westberlin, die ist ziemlich abgetakelt. Eine junge Conférenciere haben wir nicht.« Er faltete die Hände auf seinen Bauch und blickte sie schläfrig an. »Witze mußt du ja nicht erzählen. Schreib dir Texte, ein Repertoire, ein gutes.«
Sie nippte an ihrem Tee mit Rum, ihr Leib- und Magengetränk, dachte nach und sagte: »Ich bin gelernte Schauspielerin. Aber Con – Conférenciere? Allein schon das Wort mißfällt mir. Was ist das überhaupt?«
»Das ist eine Mischung von Ansagerin und Moderatorin. Eine Conférenciere zeigt sich bei bunten Abenden, Veranstaltungen mit Sängern, Artisten, Tänzern und Humoristen ...«
Er sprach dozierend, als rede er über ein seltenes Raubtier. »Sie führt durchs Programm, leichthin plaudernd, mit eigenen Texten, sorgt für Stimmung und bleibt trotzdem eine Lady. Ganz einfach.«
»Du bist gut«, sagte sie sarkastisch.
»Bin ich immer, Tleene! Wenn du das machst, guck mal, dann kannst du doch beides: schreiben und interpretieren. Ist doch genau das, was du willst. Da kannst du deine Talente koppeln. Zweispurig fahren. Denk mal darüber nach.«
»Jetzt gleich?«
Er nickte, wurde wieder müde, gähnte, schloß die Augen, als gedenke er, wie Hamlet, einen langen Schlaf zu tun. Und er sagte: »Eher steh' ich nicht auf. Weck mich, wenn's soweit ist.«
Das war glatte Erpressung.
Franziska zwang sich, nachzudenken, doch ihre Gedan-

ken irrten ab. Ihr fiel ein, daß sie vor Jahren mit ihren Eltern hier gesessen hatte, in diesem Kleinen Café, im noch unzerstörten Berlin. ›Hol mal ein paar Ansichtskarten‹, hatte der Vater gesagt. Sie war um die Ecke gelaufen, in die Friedrichstraße, atemlos vor Erregung, damals sah sie den Passanten etwas neidvoll ins Gesicht und bewunderte sie, weil sie in der Hauptstadt wohnen durften. Hier war das Zentrum des Ostens gewesen. Und nun? Alles wie ausgestorben. Die einst so üppigen Linden, die der Straße den Namen gegeben hatten, waren durch mickrige Bäumchen ersetzt worden, die noch tüchtig wachsen mußten, um kräftig zu werden, was ihnen offensichtlich nicht leichtfiel in dieser tristen Umgebung. Schräg gegenüber baute man die Staatsoper wieder auf: Kräne, Gerüste, Gehämmer, Motorenlärm.
»Repertoire schreiben«, murmelte Franziska, »wie macht man das?« Gegen ihren Willen überschlugen sich die Gedanken. Jeder neue Anfang weckte ihren Ehrgeiz. Im Grunde war sie längst bereit dazu. Trotzdem zögerte sie noch.
Jochi blinzelte. »Dir wird schon was einfallen«, sagte er, nun wieder hellwach. »In fünf Tagen ist die nächste Abnahme. Das ist deine Chance. Aber der Text muß morgen früh vorliegen – um zehn. Ich sorge dafür, daß er genehmigt wird. Also geh und mach' dich an die Arbeit.«
»Jetzt gleich?« fragte sie nochmals.
»Na klar. Geh schon, ich zahl' die Rechnung.«
»Übernimm dich bloß nicht«, sagte sie, denn sie hatte nur einen Tee mit Rum gehabt. »Grüß Gretl. Falls wir uns nie mehr wiedersehen: Alles Gute für das Baby.«
Er winkte ab, rief nach der Serviererin, die ihn finster ansah. Er machte eine Bemerkung, da mußte sie lachen und blieb länger an dem Tisch stehen als sonst.
Franziska sah aus der Entfernung zu und schüttelte den Kopf. Er arbeitete mit Tricks, und die funktionierten.

Einer davon war sein zur Schau gestelltes Phlegma. Er verschanzte sich dahinter wie andere Leute hinter der Sonnenbrille. So sah er alles, ohne selbst erkannt zu werden.
»Intrigant«, brummte Franziska und ärgerte sich, daß sie ihm auf den Leim gegangen war.
In der Straßenbahn schwirrte ihr der Kopf von Bonmots, witzigen Aussprüchen, Versen und Kalauern. Nichts Brauchbares darunter. Und, wie alle, die sich ernsthaft mit der heiteren Muse beschäftigen, wurde sie tieftraurig. Vergnügte Humoristen, das wußte sie aus Erfahrung, die gab es nicht.
Schöne Aussichten.
Zu Hause wuchtete sie die vorsintflutliche Adler-Schreibmaschine auf den Wohnzimmertisch und begann zu schreiben. Heitere Plaudereien, amüsante Wortspiele. Eine Tragödie zu dichten, war möglicherweise zu schaffen. Aber ein Text, der leicht war wie eine Seifenblase, leicht *wirkte,* das bedeutete Schwerstarbeit.
Zuerst brauchte sie eine Begrüßungsconférence. Die sollte, die *mußte* anders sein, als die der üblichen Conférenciers, die sie gesehen hatte, einschließlich Gaston. Nicht das übliche Trallala, dieses gewollt fröhliche »Guten Abend, meine sehr verehrten Damen und Herren!«, nein, so nicht. Möglichst anders. Aber wie? Locker sollte es sich anhören, wie aus dem Stegreif, doch Improvisation mußte gekonnt serviert werden, so widersprüchlich das auch klang.
Sie schrieb, probierte Texte aus, befeuerte die Standuhr und das biedere Bufett mit übernächtigtem Charme, als handle es sich um das vor ihr sitzende Publikum. Es hörte sich gut an, fand sie. Danach bastelte sie sich eine Conférence über den idealen Mann mit anschließendem Gedicht und noch einiges mehr. Es ging ihr flott von der Hand. Nie zuvor hatte sie einen Text so schnell geschrie-

ben. Sie tippte und probte und redete die ganze Nacht. Sie steigerte sich hinein, wurde lauter, hörte imaginären Beifall, verbeugte sich, improvisierte Zugaben und kam erst wieder zu sich, als die Nachbarn an die Wände klopften und empört »Ruuuuhe!« forderten.

Als die Sonne aufging, hatte sie vier verschiedene Conférencen von je zehn Minuten Dauer.

Punkt zehn Uhr vormittags überreichte sie Jochi die Texte. Er las sie aufmerksam durch, verzog keine Miene, hob den Kopf und sagte:

»Also dann – am Freitag zur Abnahme. Und wehe, du bestehst sie nicht!«

Der große Tag fand in einem Kino in der Schönhauser Allee statt. Vor Publikum.

Auf alles war Franziska vorbereitet, nur nicht darauf: es wimmelte von Artisten, Tänzerinnen, Magiern, Sängern und Instrumentaltrios, die wie Pilze aus der Erde schossen. Außerdem gab es Musicalclowns und Jongleure. Insgesamt sechsunddreißig Darbietungen – und die sollte sie alle ansagen! »Mit verbindlichen, humorvollen Worten«, wie ihr der Genosse Dienststellenleiter ausrichten ließ. Damit schlug er zwei Fliegen mit einer Klappe. Franziska konnte ihre Feuerprobe ablegen, und der Gastspieldirektion blieb die Gage für einen Profi-Ansager erspart. Die Veranstaltung durfte nichts kosten – außer den Mitwirkenden die letzten Nerven.

Kein Wunder, daß alle sehr aufgeregt waren, denn es ging um ihre Existenz. Wer durchfiel, war draußen. Der mußte sich einen anderen Beruf suchen, das galt für alte Artisten mit abgeklapperten Darbietungen ebenso wie für die Anfänger in dieser Branche. Man wollte eben dem werktätigen Publikum nur das Beste bieten. Wer durchkam, konnte sich freuen. Auf den warteten gute Verträge, ansehnliche Gagen und viele Veranstaltungen.

An diesem Morgen bekam Franziska einen Vorgeschmack

von den Leiden eines Conférenciers, einer Conférenciere. Die Ansager – welch untertriebene Bezeichnung! – sind wohl die Prügelknaben des Programms, das hatte ihr Gaston in einer ehrlichen Stunde verraten, in der er nicht in heiterem Größenwahn von seinen Erfolgen schwärmte, sondern kleinlaut von der Härte dieses Berufs berichtete. Der Conférencier ist das Rückgrat, das alles zusammenhält, die wichtigste und gleichzeitig unwichtigste Person für einen Bunten Abend, hatte er ihr verraten. Fällt ein Programm durch, lag es natürlich nur am Conférencier, der es nicht verstand, das Publikum in Stimmung zu versetzen, dann »geigt« ihm der unzufriedene Veranstalter schonungslos die Meinung, während die Kollegen so tun, als hörten sie nicht hin. Ist das Programm aber ein Erfolg, liegt das selbstverständlich an der Qualität der Darbietungen. Die Artisten werden gelobt, den anderen Mitwirkenden die Hände geschüttelt, die Fans stehen Schlange, um sich von dem singenden Show-Wunder Autogramme geben zu lassen.
Nur einer packt unbeachtet seine Siebensachen: der Conférencier. Keiner nimmt Notiz von ihm, allenfalls bekommt er ein flüchtiges Kopfnicken als Dank. Er ist (Zitat Gaston!) wie die »Naht am Kleid«. Man bewundert das Modell, aber wer, bitte schön, gerät über eine Naht in Verzückung?
Was für ein Beruf!
Keiner der aufgeregten Prüflinge aller Altersstufen wußte, daß Franziska eine Leidensgenossin war. Sie bestürmten sie mit Fragen, Forderungen und Wünschen, großspurig vorgebracht, bescheiden oder arrogant.
»Wenn Sie uns ansagen, weisen Sie darauf hin, daß wir eine internationale Nummer sind!« Oder: »Vergessen Sie bloß nicht zu erwähnen, daß ich früher im *Wintergarten* aufgetreten bin, und zwar als Schlußnummer.«
Sie versprach ihnen alles, was sie von ihr verlangten. Im

Gewimmel tauchte plötzlich Jochis breit grinsendes Gesicht auf.
»Wie soll ich das denn alles ansagen?!« rief sie ihm zu. »Ich kenne die Nummern nicht. Was soll ich zwischen den Darbietungen reden?«
»Improvisiere«, antwortete er kurz. »Zerpflück' dein Repertoire. Du machst das schon irgendwie.«
Er verschwand und ließ sie ratlos zurück: mit sechsunddreißig Nummern und vier noch nicht ausprobierten Conférencen!
Zum Auftakt wurde ein Paso doble gespielt. Tusch – Ansagerin ans Mikrofon! Scheinwerferkegel.
»Meine sehr verehrten Damen und Herren ...« Also doch, es fiel ihr kein besserer Anfang ein, nicht im Augenblick. Sie sprach ihre eigenen Texte, hörte sich selbst zu, dachte: ›Warum klingt meine Stimme so laut? Ach ja, das Mikrofon! Es scheppert! Warum winkt der Techniker mir zu, aus der Seitengasse, er fuchtelt mit beiden Armen – was will er bloß?!‹
»Zurücktreten!« rief er ihr mit gedämpfter Stimme zu. »Einen halben Meter Abstand – und tieferschrauben!«
Was denn tieferschrauben – die Stimme oder das Mikrofon? Sie versuchte es mit beidem. Das mit der Stimme funktionierte. Das mit dem Mikrofon nicht. Es rutschte vom Ständer und pfiff durchdringend. Der Techniker stürzte auf die Bühne, machte eine verlegene ›Ich-kann-nichts-dafür‹-Geste und brachte das Mikro wieder in Ordnung.
Franziska tat, als sehe sie belustigt zu.
»Zählen Sie mal«, sagte der Techniker.
»Einundzwanzig, zweiundzwanzig, dreiund ...« Das gehörte nicht zu ihrem Repertoire.
»Gut so«, der Mann ging ab, Franziska schickte ihm eine dankbar-lustige Bemerkung hinterher und alles klappte nun wie am Schnürchen.

Begrüßungsconférence. Diesmal nicht vor dem anheimelnden Buffet in ihrem Zimmer, sondern vor einem vollbesetzten Saal mit Zuschauern, die unterhalten werden wollten.
Da – der erste Lacher!
Ein heißes Glücksgefühl stieg in Franziska auf. So mußte eine Mutter beim ersten Schrei ihres Kindes empfinden. Wie sehr hatte sie Gaston aufgezogen, wenn er seine »Lacher« zählte, sie hatte verächtliche Bemerkungen gemacht und gesagt: Wenn die Anzahl der Lacher den guten Conférencier ausmacht, dann sei es traurig bestellt um diesen Beruf.
Es waren nicht nur die Lacher. Es war mehr: eine Art Dressurakt. Ganz allein da oben zu stehen, Auge in Auge mit dem vielköpfigen Ungeheuer Publikum. Sich bewähren, die Fäden in der Hand zu halten, nicht nachzulassen in der Kraft, die ausgestrahlt werden mußte – darauf kommt es an. Es war schwerer als Theaterspielen. Kein Partner zur Unterstützung, keine Requisiten, kein Bühnenbild, kein Regisseur, nichts und niemand, dem man die Schuld geben konnte, wenn es schiefging.
Man war ganz allein.
Hat da einer gehustet? Mit Papier geraschelt? Und was, zum Kuckuck, flüstern die da unten in der dritten Reihe? Einer fährt mit der Hand durch die Luft, nervös und hektisch – kopiert er mich? Franziska beobachtete sich, während sie sprach, genau: Warum schreist du so ins Mikrofon? Du bist zu laut, du drückst die Knie durch, du bist nicht locker, so, jetzt ist es besser, nun die nächste Pointe – wie am Theater bei einer Szene: Stimmlichen Anlauf nehmen, Kunstpause machen, o weh, das ging daneben! Warum lachen die Leute nicht? Die Pointe muß sitzen! Und jetzt ist auf einmal der Text weg! Das Gehirn läuft auf Hochtouren, bleibt aber absolut leer. Ein Vakuum. Sekunden dehnen sich zur Ewigkeit. Wie komme ich

von der Bühne? Panik, Vorsicht! Nicht geschwätzig werden, denke daran, was Jochi dir geraten hat: Das Publikum unterhalten, ohne sich etwas zu vergeben.
Im letzten Augenblick fiel ihr der Text wieder ein. Sie besann sich auf den Namen der Darbietung, knüpfte eine humorig-kesse Bemerkung daran und sagte schließlich: »Bühne frei für die Mirandolino-Sisters.«
Das Mikrofon kreischte hämisch hinter ihr her. Sie hätte es zur Seite stellen müssen, damit die Artisten nicht über das Kabel stolperten. Der Techniker holte das Versäumte nach.
»Hepp!« tönte es von der Bühne. Immer wieder »hepp!« Dazwischen Applaus. – Die nächste Nummer, bitte schön. So ging das mehrere Stunden hintereinander. Franziska hatte schon »Fransen am Mund«, wie der Berliner bildhaft zu sagen pflegt, und ihr Hals war total ausgetrocknet.
Als ein völlig unbegabter Tenor ein forsches »Valenziaaa ...« schmetterte, konstant einen halben Ton zu hoch sang, amüsierten sich die Zuschauer zunächst noch taktvoll zurückhaltend. Danach trat Franziska vor den Vorhang, applaudierte dem unerschrockenen Mann und sang den beliebten Schlager: »Bravo, bravo, beinah wie Caruso ...«, nur die erste Zeile. Damit war das Eis endgültig gebrochen. Heller Jubel im Zuschauerraum. Der Sänger bezog die Begeisterung auf sich und ging nach unzähligen Verbeugungen strahlend ab.
Nach dem Programm gab es Glückwünsche für Franziska, auch der Direktor kam und schüttelte ihr beide Hände.
Jochi stand etwas abseits, als hätte er kein anderes Resultat erwartet. Als sich der Trubel um sie ein wenig gelegt hatte, sagte er zu ihr: »Gratuliere, Tleene, jetzt bis du Conférenciere!«
Das Spiel konnte beginnen.

Salto mortale

»Zeig mal«, die Göttliche griff nach dem Vertrag und las ihn immer wieder. »Toll«, staunte sie und meinte die Gage, die alle Erwartungen übertraf. Nie zuvor hatten sie eine solche Summe gesehen. »Da können wir am Theater einpacken«, seufzte sie.
»Mach' das mal«, sagte Papa Göttlich und stellte eine Flasche Wodka auf den Tisch, zur Feier des Tages. »Bleib man zu Hause, dann bin ich nicht so allein, wenn die untreue Tomate so lange auf Tournee unterwegs ist.«
Mit der ›untreuen Tomate‹ meinte er Franziska, doch das sagte er nur, weil er stolz auf sie war. Sie hatte es geschafft. Und er war es gewesen, der ihr ständig zugeredet hatte »wie einem lahmen Gaul«.
»Ich bleib' sowieso vorläufig da«, antwortete Sabine. Ihre Brauenbögen senkten sich leidvoll nach unten und sie sah traurig aus. Franziska kannte den Grund: Hartwig heiratete wieder mal. Für die nächsten Monate, vielleicht sogar Jahre, war mit keinem Gastspiel zu rechnen. »Höchste Zeit, daß ich meine Stimme wieder aufpoliere!«
»Ach, Töchting, deine Stimme«, Vati seufzte, goß ein und gab die erste Runde frei. »Also prost, Mädels, auf die deutsch-sowjetische Freundschaft!«
Sie tranken leicht angewidert. Doch Wodka war das einzige alkoholische Getränk, das man überall und jederzeit bekam. Es schmeckte ebensowenig, wie Göttlichs spöttischer Trinkspruch. »Du solltest dir eine Arbeit suchen«, sagte er, »hier, in Berlin, irgendwas mit Kultur, es muß ja nicht unbedingt das Theater sein.«
»Ich bin nun mal Sängerin«, wandte die Göttliche bockig ein.
»Aber du hast kein Engagement. Die Franzi hat doch auch was Neues angefangen.«

»Ich könnte ja mal mit Jochi reden«, schlug Franziska vor. »Wie wäre das: du machst bei der nächsten Abnahme mit?«
»Nee«, antwortete die Göttliche. Darin war sie konsequent und dabei blieb es.
»Na, denn prost«, die zweite Runde schmeckte schon etwas besser, bei der dritten hörten sie dann auf. Allzuviel dieser Art von deutsch-sowjetischer Freundschaft schlug auf den Magen.

Die frischgebackene Conférenciere übernahm auch die Reiseleitung. Zehn Mark pro Tag nebenbei! Noch wichtiger aber war: Sie bekam Gelegenheit, ihr mangelndes Organisationstalent zu schulen.
Das Programm bestand aus artistischen Darbietungen, untermalt von einem Unterhaltungsorchester. Der Chef hieß Max Reichelt.
Von der Zentrale der DKGD erfuhr Franziska die Reiseroute und die Listen der Hotels, in denen sie übernachteten, sie verteilte die Quartiere, ließ sich von den diversen Veranstaltern in Naumburg, Dresden, Schwerin oder wo immer sie auch auftraten, Beurteilungen geben, diskutierte nach den Vorstellungen mit den Funktionären, während die Kollegen längst beim wohlverdienten Glas Bier saßen. Sie bekam die Gagen überwiesen, zahlte Vorschüsse, zog sie nachher wieder ab, und das bei ihrem katastrophalen Rechentalent! Papierkram ohne Ende. Sie legte allen Ehrgeiz hinein, ihn zu bewältigen.
»Mensch«, sagte Orchesterleiter Max zu ihr, »wat Sie so allet im Kopp haben müssen! Det wär nischt für mich. Da sieht mans ebent: det jeborene Orjanisationsgenie.«
So siehst du aus, dachte Franziska, doch sie widersprach nicht. Conférencier war ein hauptsächlich von Männern ausgeübter Beruf. Keiner konnte erklären, weshalb. Es hatte wohl mit Vorurteilen zu tun. Wenn einer der Partei-

fritzen in die Garderobe kam und fragte: »Wo ist der Conférencier?« zuckte er zurück. »Was, Sie?« Danach schloß sich unmittelbar die Frage nach dem Reiseleiter an. »Auch Sie?« Franziska ließ sich auf den Kampf gegen Vorurteile ein. Sie wollte keine Vorteile, nur weil sie eine Frau war. Nachteile wollte sie allerdings auch keine haben. Sie stand ihren Mann, nein: ihre Frau. Das funktionierte sehr gut. Nur einer schoß quer: der Vater einer tschechischen Artistenfamilie, die sich »Die fünf Addys« nannte. Sie bestand aus den Eltern und drei hübschen, temperamentvollen Töchtern. Vater Addy nörgelte unentwegt, beschwerte sich bei allen, nur nicht bei ihr: über unzulängliche Unterbringung, zu kleine Bühnen oder zu spät erfolgte Gagenzahlung. Einen Grund zu meckern fand er immer. Das wurde ihr schließlich zu dumm.
»Wenn Ihnen etwas mißfällt«, sagte Franziska eines Morgens beim Frühstück, »dann sagen Sie es bitte mir, nur mir.«
Er schaute sie fassungslos an. »Ich soll einer Dame meine Wünsche aufbürden?« Die gewählte Ausdrucksweise sollte ein Beweis seiner guten Erziehung sein, gleichzeitig wollte er sich damit gegen den zu erwartenden Widerspruch absichern.
»Sie wissen genau, daß ich für die Reiseleitung bezahlt werde!«
Vergebens. Seine vornehme Rücksichtnahme ging so weit, daß er sich hinter ihrem Rücken mit der Zentrale in Verbindung setzte und die Verantwortlichen aufforderte, einen männlichen Reiseleiter zu bestimmen. Er stünde übrigens jederzeit zur Verfügung.
Dies war Franziskas erste negative Erfahrung auf diesem Gebiet. Vielleicht lag es daran, daß der arme Mann von vier rechthaberischen Frauen umgeben war. Er brauchte einen Sündenbock. Wen? Den weiblichen Conférencier und Reiseleiter. Zum Glück hatte er sein Ziel nicht erreicht.

Nach einigen Wochen mußten die Addys zu einem längeren Gastspiel nach Prag. Eine neue Darbietung kam: *Die Fellerboys.* Drei junge Artisten unter der strengen Aufsicht des alten Feller, einem ehemals bekannten Seiltänzer. Ein Leben lang war er hart zu sich selbst gewesen, hatte sich das Äußerste abverlangt und nun, da die verbrauchten Knochen nicht mehr mitmachen wollten, übertrug er die Unerbittlichkeit auf seine Schüler. Er schliff sie wie ein ehrgeiziger Unteroffizier seine Soldaten. Keiner muckte auf.
Mehrere Wochen ging alles gut. Der gefürchtete Tourneekoller blieb aus. Sonst stellte er sich unweigerlich ein, nämlich dann, wenn keiner die Gesichter der anderen länger ertragen konnte, weil er ihnen überall begegnete: auf der Straße, in Geschäften, im Bus und in der Garderobe, ja, selbst im Hotelgang, auf dem Weg zur Toilette, unausgeschlafen, mit Bademantel und Pantoffeln. »He, auch schon wach?!«
Entsetzlich.
Nein, so war es nicht diesmal, wirklich nicht. Aber etwas anderes passierte. »Rhythmus der Freude« hieß das Programm. Es gastierte in der Kongreßhalle in Leipzig: eine großaufgemachte Veranstaltung mit Presse und Fernsehen. Ausgerechnet an diesem Abend wurde Gino krank und konnte nicht auftreten.
Gino war der Jongleur. Ein ›altes Zirkuspferd‹, immer einsatzbereit, doch diesmal hatte er Fieber und mußte das Bett hüten. Was nun? Es sollte – es *mußte!* – eine Zweistunden-Veranstaltung sein. Ohne Gino fehlten zwanzig Minuten.
»Wir müssen alle irgendwie verlängern«, schlug Franziska vor. »Das Orchester könnte ein zweites Solo bringen.«
»Die Mambo-Schau im Ultralicht«, rief Max Reichelt und ging sofort ans Notenverteilen.
Franziska wollte eine neugeschriebene Conférence aus-

probieren. »Hoffentlich wird es keine Pleite«, stöhnte sie, zitternd vor Lampenfieber. »Und ihr?«
»Wir arbeiten natürlich auch länger als sonst«, versicherte Gerhard, der Star der Fellerboys. »Ehrensache.«
Gerhard war ein zäher Brocken. Er schaffte den doppelten Salto auf dem Seil wie kein zweiter. Wenn er während des Trommelwirbels zum Sprung ansetzte, hielten alle den Atem an. Unmöglich, dachten die Zuschauer, einfach so, aus dem Stand heraus, den Salto mortale – unmöglich. Auch die Kollegen hinter der Bühne zitterten für ihn. Doch bis jetzt war es immer gutgegangen.
»Hoffentlich haltet ihr das durch«, wandte Franziska ein.
»Keine Angst! Du wirst dich wundern, was wir draufhaben.«
Die Vorstellung verlief reibungslos, zunächst wenigstens. Die erste Stunde war um, es gab stürmischen Applaus, Blitzlichter flammten auf, die Fernsehkameras surrten. Nach der Pause, in der zweiten Stunde, in der Gino auftreten sollte, mußten die zwanzig Minuten ausgefüllt werden.
Franziska machte die Ansage für die Fellerboys.
Das Drahtseil spannte sich über die ganze Bühne. Die Nummer rollte in perfekter Routine ab bis zum Höhepunkt: dem Salto mortale. Gerhard machte sich bereit, federte in den Knien, der Schlagzeuger ließ die Stöcke auf der Trommel wirbeln – allez hopp! – Gerhard schleuderte durch die Luft, verfehlte mit den Füßen das Seil und landete mit voller Wucht auf dem Boden. Eisige Stille. Als gehöre es zum Programm, erhob er sich, lief zur Leiter, stieg hinauf, schnippte mit dem Finger, der Schlagzeuger trommelte – hopp! – abermals verfehlt! Beim Sturz hatte Gerhard mit dem Mund das Seil gestreift und sich die Lippen aufgerissen. Sie bluteten.
»Hör auf«, rief ihm Franziska zu. »Nicht noch mal!«

Der alte Feller, leichenblaß und verstört, murmelte: »Mach Schluß, Junge, das wird nichts mehr!«

Doch Gerhard dachte nicht daran. Er war, wie gesagt, ein zäher Brocken. Er wollte die Pechsträhne, die jeder Artist kennt, nicht akzeptieren, wollte sein Glück erzwingen.

Höchste Spannung im Saal. Die Leute glaubten wohl noch immer an einen Trick, wie es meist üblich ist. Jongleure lassen gern zunächst Tassen oder Teller fallen, um zu demonstrieren, wie schwer es ist, sie aufzufangen. Oder die Artisten tun so, als hätten sie sich die Nase eingerammt, das Trapez beinahe verfehlt, die Balance verloren, alles nur, um die Dramatik zu erhöhen.

Gerhard brauchte keine solchen Tricks. Er kämpfte um den Salto mortale mit eiserner Verbissenheit, die fast an Fanatismus grenzte. Er versuchte es nochmals. Als seine Kollegen Hilfestellung geben wollten, scheuchte er sie weg. Es ging wieder schief! Endlich schaffte er es, blutend an Stirn und Händen. Der Beifall tobte. Gerhard kam von der Bühne, lachte Franziska aus blutverschmiertem Gesicht an und sagte: »Na, hatte ich dir nicht versprochen, daß wir unsere Nummer verlängern?«

»Aber doch nicht so«, rief sie ihm kopfschüttelnd nach.

Durch sein Mißgeschick hatten sie sieben Minuten aufgeholt, sieben Minuten, auf die sie lieber verzichtet hätte. Statt der vorgesehenen Kurzansage für die Mambo-Schau wollte Franziska ihr brandneues Solo starten: »Die Maus in der Bowle«.

Die Zuschauer waren unaufmerksam. Der aufregende Vorfall auf dem Seil beschäftigte sie noch immer. Franziska bekam sie nicht in den Griff. Hinter ihr hatte sich der Vorhang geschlossen, damit sich das Orchester zum Solo rüsten konnte: mit großen Hüten, Rasseln und – Ultralicht.

Inzwischen hatte sie die Plauderei um die Bowle und deren Nachwirkungen beendet, segelte mit Volldampf in das Gedicht:

»Wer hat um alles in der Welt
die Bowle offen hingestellt?
Ja, hat der Mensch, der dies gemacht,
nicht an die Haustiere gedacht ...«

Die Schlußpointe brachte Höflichkeitslacher, mehr nicht. Unmöglich, während dieser flauen Stimmung abzugehen, das ließ ihr Stolz nicht zu! Sie kämpfte um die Gunst des Publikums wie Gerhard zuvor um seinen Salto. Diese Leute sollten das Mißgeschick vergessen, sollten lachen, applaudieren, doch das taten sie nicht. Franziska redete, erzählte, agierte und pointierte – nichts! Noch immer lag eine Art Erstarrung über dem großen Saal.

Da gab sie auf. Sie leitete über zur Ansage und beschloß, die Bühne mit gespielter Selbstsicherheit zu verlassen. Doch der tückische Vorhang machte ihr einen Strich durch die Rechnung. Er war in der Mitte geteilt, sie fand den Durchgang nicht, wühlte verzweifelt in den tiefen, schweren Falten, der Stoff schlug ihr um die Ohren. Nun aber kam das Publikum langsam zu sich. Amüsiertes Gemurmel, Kichern. Mit letzter Beherrschung riß sie das Stoffmonstrum auseinander, lief vom grellen Licht geblendet über die Bühne, dachte nicht an die Orchesternummer, stolperte und lag in der Pauke. Es gab einen dumpfen Knall, der durch das Mikrofon wie ein Donnerschlag klang. Aus dem Saal kam lautes Lachen und Klatschen – zu spät, an der falschen Stelle.

»Du versuchst es mit allen Mitteln«, Gerhard, ein Handtuch um den Hals, empfing sie mit aufgehaltenen Armen.

Da mußte sie gegen ihren Willen lachen und sagte: »Jeder hat eben seinen Salto mortale!«

Stürmischer Beifall zum Finale. Gerhard wurde mit erleichtertem »Aaaah!« begrüßt und bekam Sonderapplaus, viel heftiger, als für einen auf Anhieb gelungenen Salto.

Achtzehn Minuten hatten sie aufgeholt. Die restlichen zwei schenkten sie sich.
Als die Fernsehsendung über den Bildschirm flimmerte, sah alles recht perfekt aus. Gekürzt war sie sowieso. Die Pannen hatten sie herausgeschnitten. Von der Zentrale in Berlin kam ein lobender Brief.
»Wir sind die Größten«, prahlte Gerhard und war wieder obenauf. Der Salto mortale klappte einwandfrei.
Und Franziska fiel nie mehr in die Pauke.

Kinder des Olymp

Les enfants du paradies – was für ein Film!
Kein Film schlechthin: eine Darstellung des Pariser Theaterlebens im zwanzigsten Jahrhundert, zur Zeit der Restauration. Die Geschichte des berühmten Mimen Jean-Baptiste Deburau, des Pierrots der Bühne; die Geschichte seiner unerfüllten Liebe, seiner Leiden, und im Hintergrund das Volk, die Menge, die fast pausenlos die Leinwand bevölkerte. Sie füllte die Straßen, die Theatersäle und die Gasthäuser, in denen gegessen, getanzt und gesungen wurde.
In der Hauptrolle Jean-Louis Barrault: so sanft, so zärtlich, so verzweifelt.
Seit Wochen lief dieser Film am Kurfürstendamm. Ina hatte ihn schon zweimal gesehen. Sie war außer sich vor Begeisterung und ruhte nicht eher, bis Franziska sie beim dritten Mal begleitete.
Hinterher gingen sie, wie meist, in eines der Boulevard-Cafés, setzten sich in eine gemütliche Nische, um ungestört plaudern zu können. Ina bestellte einen Campari mit Eis, Franziska Tee mit Rum. Sie atmeten die Atmosphäre

des Westens ein wie einen lang entbehrten Duft. Viel gab es zu erzählen und immer neue Diskussionen. Nur selten waren sie einer Meinung.

»Wir gehören auch zur Narrenzunft«, sagte Ina, »die Narren, heißt es, sagen die Wahrheit, aber die ›vernünftigen‹ Leute glauben sie nicht und mokieren sich.« Ihr Lachen mißglückte ein wenig. »Die dreschen ihre Parolen oder reden von Moral, aber die hat einen doppelten Boden. Glaubst du, daß sie moralischer sind als wir?«

»Dazu müßten wir den Begriff Moral erst mal definieren. Aber eines weiß ich: *Die* stellen sich am wenigsten zur Schau, die es auf der Bühne tun.«

»Wie wahr«, stimmte Ina, der Widerspruchsgeist, ausnahmsweise zu. »Sieh sie dir an!« Sie betrachteten die Leute im Café, meist ältere Frauen mit dicken Ringen an den molligen Fingern und Hüte wie Töpfe auf dem Kopf. Am Nachbartisch ein Nerzcape über verwelkten Schultern und die Krokodilledertasche über der Stuhllehne am Henkel. »Sie verfuttern die Pension ihrer Ehemänner und sie denken, ihre Vergnügungssucht ist Lebensfreude.«

»*Ist* sie ja eigentlich auch«, wandte Franziska ein. Der trostlose Anblick stimmte sie traurig. »Wenn sie nicht hier sitzen, füttern sie Enten oder spielen Bridge. Sie würden weinen, wenn sie sich mit den Augen ihrer Jugendzeit sehen könnten. Ob es uns auch mal so geht?«

»Ich weiß nicht«, antwortete Ina. »Die echten Freuden sind so selten. Oft kann ich es gar nicht unterscheiden.«

»Was denn?«

»Das Leben auf der Bühne und die Realität. Auf der Bühne bin ich glücklich, ganz da, aber im wirklichen Leben geht es mir wie dem armen Baptiste. Immer nur Niederlagen.«

»Es geht mir ähnlich«, sagte Franziska leise. Sie schwiegen und überdachten die augenblickliche Situation. Fran-

ziska lebte nur für ihre Arbeit, und es kam vor, daß sie sich sehr einsam fühlte. Nun war sie achtundzwanzig. Ihre kleinen Freuden holte sie sich auf den Spritztouren nach Westberlin. Mit Ina. Kino, Theater, Parfümerie. »Da gibt's ein neues Make-up, einen festen Puderstein mit Schwämmchen, feucht aufzutragen, das macht die Haut wunderschön glatt und leuchtend!« Ina, immer bestens informiert über alles Neue, schleppte Franziska in den Laden am Ku'damm. Sie ließen sich ein neues Gesicht machen, wie sie es nannten, Kosmetikerinnen probierten es an ihnen aus, und natürlich kauften sie den Puderstein mit Schwämmchen. Hin und wieder leisteten sie sich eine Bluse, ein Paar Nylonstrümpfe oder auch Schuhe. Für alles mußten sie das Vier- oder Fünffache bezahlen, je nachdem, wie der Währungskurs stand: mal höher, mal niedriger. Eine Bluse im KADEWE für vierzig Mark kostete für sie ungefähr zweihundert Mark. Aber die Bluse war eben »aus dem Westen«, und jeder merkte es. So werteten sie ihr Selbstgefühl auf, was dringend nötig war, denn wer in diesem Staat drüben leben mußte, galt hier als Mensch zweiter Klasse.
Vieles lief schief, für Franziska ebenso wie für Ina. Beide waren sie hübsch, jung und begabt, »Kinder des Olymp«, doch sie steckten in einer Krise. Franziska hatte noch immer nicht völlig begriffen, daß sie ohne Jan leben mußte, oft überkam sie die Sehnsucht nach ihm mit einer Gewalt, vor der sie erschrak und die sie doppelt einsam machte. Kein Mann würde ihr je wieder so nahestehen. Ihr Reservoir an Liebe schien erschöpft.
Ina hatte diese Art von überwältigendem Gefühl nicht kennengelernt: immer nur Flirt oder Schwärmerei oder eben ein gewisses Arrangement, wie ihre Ehe mit Tristan. Inzwischen hatte sie das Engagement gewechselt, sie war von Brandenburg nach Cottbus gegangen, zusammen mit Tristan. Doch der betrog sie mit einem Homosexuellen,

der in einer anderen Stadt lebte und den er oft besuchte. Auch das Morphium veränderte ihn mehr und mehr, er belog Ina mit einer bewußt durchschaubaren Dreistigkeit, gegen die sie machtlos war. Sooft es der Spielplan erlaubte, fuhr sie nach Berlin, um ihre Eltern zu besuchen oder Franziska zu treffen. Dann herrschte für einige Stunden Hochstimmung. Wenn sie sich trennten, zählten sie die Tage bis zum Wiedersehen: »In drei Wochen dann, in drei Wochen!« Unterhaltsame Briefe wurden gewechselt, dazu bestimmt, die Freundin aufzuheitern.
Ihre Freundschaft war eine Bastion gegen die Unfreundlichkeiten, mit denen sie sich ständig auseinandersetzen mußten.
Und dann kam dieser Eilbrief. Aus Westberlin.
»Ich muß dich sehen, bin weg von Cottbus, über Nacht, wohne in Charlottenburg, bei Waßler. Telegrafiere, wann wir uns treffen können!« Und dann noch: »Dies ist ein SOS-Ruf. Deine Ina.«
»Merkwürdig«, Franziska zeigte Vati Göttlich das Schreiben. »Warum kommt sie nicht einfach her?«
»Tja nun«, Vati Göttlich strich sich über das silberne Stoppelhaar, »sie wird nicht können.«
»Wie meinst du das?«
»Wenn Sie über Nacht da weg ist, wird sie vertragsbrüchig geworden sein«, er überlegte und sprach langsam, mit steiler Stirnfalte, »sie wird gar nicht mehr zurück können nach dem Osten. Vielleicht wird sie gesucht.«
»Ina und gesucht?« Kaum denkbar. Zum Glück hatte Franziska einige Tage frei. Weder Proben, noch Tournee. Also telegrafierte sie.
Ina erwartete sie am Bahnhof Zoo. Sie stand am Fuße der Treppe der S-Bahn und sah hoch. Ihre Augen wirkten verschwollen. Kein freudiger Ausruf wie sonst, nur ein hastiges Umarmen.
»Kommst du mit nach Charlottenburg?« stieß Ina aufge-

regt hervor. »Eigentlich wollte ich dich da 'raushalten, aber du mußt mit Tristan sprechen, du mußt! Du kannst es, vielleicht hört er auf dich.«

»Würdest du mir bitte erklären ...«

Ina brauchte eine Weile, um sich alles von der Seele zu reden: Eines Nachts sei Tristan spät nach Hause gekommen, völlig erledigt, ja, in Cottbus natürlich, wo sonst? Er werde verfolgt, behauptete er. Die Stasi, also der Staatssicherheitsdienst, sei hinter ihm her. Warum? Nun – er hatte den geheimen Auftrag bekommen, einen Kollegen zu bespitzeln, doch dazu wollte er sich nicht hergeben. Sie verfolgten ihn, drohten mit Prügel und Gefängnis. Aber er sei ihnen entkommen. Und jetzt müßten sie beide schleunigst untertauchen, weg von hier, auf der Stelle, denn auch Ina, als seine Frau, sei in Gefahr. Also reisten sie Hals über Kopf ab.

Eine abenteuerliche Geschichte.

»Glaubst du ihm das?«

»Natürlich«, antwortete Ina, entrüstet über Franziskas Zweifel. »Wir kennen doch die Stasi, oder nicht?«

»Eben«, sagte Franziska. »Glaubst du, die lassen einen laufen, wenn sie hinter ihm her sind?!«

»Wir haben es eben geschickt angefangen.«

»Ina«, sie blieben stehen, mitten auf dem Kurfürstendamm, um sie her brauste der Verkehr, die Leute eilten vorbei und stießen sie an. Es war Feierabend. »Die Geschichte stimmt hinten und vorne nicht! Tristan macht sich zum Märtyrer. Wenn er gesucht wird, dann deshalb, weil er Morphinist ist. Jemand hat ihn verraten.«

Doch Ina, gutgläubig und wie immer ohne Mißtrauen, vor allem, wenn es um einen Mann ging, widersprach heftig. Sie stritten fast.

»Sprich mit ihm«, schlug Ina vor. »Bilde dir deine eigene Meinung.« Und dann bittend: »Komm mit, laß mich nicht allein!«

Die Wohnung in Charlottenburg gehörte Eugen Waßler, ehemals Tenor in Greifswald. Franziska erinnerte sich nur flüchtig an ihn. Da er im Westen wohnte, zog er es vor, Arbeitslosenunterstützung zu beziehen und einige Zimmer seiner großen Wohnung zu vermieten, als weiterhin an einem Theater »im Osten« zu singen.
Er war ein großer Mann mittleren Alters, mit Stirnglatze und freundlichem Gesicht, begrüßte Franziska herzlich und bat sie in den Wohnraum. Im Wohnzimmer saß ein Pärchen eng nebeneinander. Ein junger Karikaturist namens Ferencz, er stammte, wie der Name verriet, aus Ungarn und war so feueräugig und schwarzhaarig und blaßgesichtig und hohlwangig wie der Bleiche Mann aus dem Fliegenden Holländer. Da er auch ebenso lang und dünn war wie Tristan, sah er aus wie dessen Schatten. Seine Freundin, eine etwas ältere, farblose Person, machte einen teilnahmslosen Eindruck neben ihm, nur ab und zu warf sie einen wachsamen Blick auf Ina. Es sah aus, als sei sie eifersüchtig.
»Wo ist Tristan?« fragte Franziska.
Tristan war fortgegangen: etwas besorgen. Die Anwesenden sahen sie bedeutungsvoll an. Der Abend war vorangeschritten, die Geschäfte hatten geschlossen. Alle schienen sie eingeweiht.
Eine unbehagliche Atmosphäre. Sie warteten, nichts Gutes ahnend.
»Wenn es spät wird, kannst du hier übernachten«, sagte Ina. »Geht das?«
»Von mir aus schon«, antwortete Franziska. »Habt ihr ein Bett für mich?«
Hatten sie, natürlich. – Die Stunden vergingen. Waßler legte eine Platte von Louis Armstrong auf. Er trompetete sich durch die Oktaven und sang mit heiserer Stimme dazu, die Franziska auf die Nerven ging. Dieser Ferencz sah Ina an und Ina den Ferencz. Wellen der Anziehungskraft gingen zwischen ihnen hin und her.

Endlich erschien Tristan, absolvierte einen hinreißenden Auftritt, wie er ihn auf der Bühne niemals fertigbrachte. Das Zimmer war erfüllt von seiner strahlenden Laune. Die kleine, lederne Tasche hielt er fest unter dem Arm.
»Franzi, nein, so was«, er tat, als träfe er eine heißersehnte große Liebe. »Ich wußte, daß heute abend noch etwas Wundervolles geschehen wird.«
Zunächst ging Franziska auf seinen lockeren Ton ein, dann, ermuntert durch Inas beschwörende Blicke, sagte sie: »Ich möchte ganz gern mal mit dir sprechen, Tristan.«
Sie gingen in das gemietete Zimmer. Es war gemütlich, mit Matratzen auf dem Boden, Bildern an den weißgetünchten Wänden und einigen weichen Sitzkissen. Ringsum verstreut Bücher und Zeitungen, ein typisches Quartier für Bohemiens.
»Ach, ich freue ich so sehr, daß du hier bist«, rief Tristan mit übertriebener Begeisterung. »Wie geht es Jan?«
Als hätte sich überhaupt nichts verändert, seit der glücklichen Zeit, in der sie alle vier zusammen waren, verliebt und voller Zukunftspläne.
»Könntest du dich mal hinsetzen und mir einen Augenblick zuhören?« Franziska eignete sich nur wenig für diese Art von Seelenwäsche, doch sie gab sich Mühe, die Angelegenheit für Ina zu klären, soweit sie dazu imstande war. »Was ist eigentlich in Cottbus passiert?«
Tristan lümmelte sich auf einem der Sitzkissen, hob erstaunt die Brauen und fragte mit kindlicher Unschuld: »Hat sie dir das denn nicht erzählt?«
»Ina hat es mir erzählt, aber ich glaube die Geschichte nicht so recht.« Sie versuchte, so zartfühlend wie möglich mit ihm umzugehen, doch das war nicht leicht, wenn das Kind beim Namen genannt werden mußte. »Sie suchen dich drüben wegen deines Morphiumkonsums, stimmt's? Sag mir bitte die Wahrheit.«
Er log wie gedruckt, nach wie vor. Morphium – wie

komme sie bloß darauf?! O Gott, welch üble Verleumdung! Er sei ein Opfer der Ost-West-Konflikte, alles andere seien Verdächtigungen, und er nehme nicht an, daß Franziska auch nur ein einziges Wort davon glaube.

»Darf ich dich etwas fragen?«

»Was immer du willst.«

»Wo bist du eben gewesen?« Er schwieg. »Ina hat sich Sorgen gemacht und wir anderen auch.«

»Wo ich gewesen bin – Herrgott, was für eine Frage!« Er tat, als sei er der einzig Normale unter lauter Verrückten. »Ich habe ein Bier getrunken, alte Bekannte getroffen, ist das so schlimm?« Er betrachtete sie kopfschüttelnd. »Das fragst *du* mich, ausgerechnet *du*? Ich dachte, du plädierst immer für absolute persönliche Freiheit. Und *du* fragst mich aus?«

Etwas Böses lag in seinem Gesicht: Abwehr, Feindseligkeit, Lauern.

»Vergiß es«, sagte sie. »Ich hatte gehofft, wir könnten als Freunde über einiges reden.« Und dann: »Liebst du Ina?«

»Liebt sie mich?« Plötzlich war Spott in seiner Stimme. Franziska schwieg irritiert.

»Siehst du, darauf weißt du keine Antwort«, fuhr er fort. »Weil Ina jeden liebt, aber nicht mich.«

»Weshalb habt ihr dann geheiratet?«

»Weil wir gut zueinander paßten«, erwiderte er, »rein äußerlich gesehen.«

»Und wieso –«, Franziska konnte vor Empörung kaum reden, »wieso hast du darauf bestanden, daß sie mit dir kommt, von Cottbus weggeht, wo sie doch großen Erfolg hatte – wieso?«

Er zuckte die Achseln, von merklicher Unruhe getrieben. »Sie ist meine Frau. Ich habe keine Lust, die Sache allein durchzustehen.« Mit einem Schwung erhob er sich, tat, als küsse er sie hingebungsvoll und sagte: »Entschuldige mich bei den anderen, ich muß weg.«

Das war das letzte, was sie von ihm hörte. In dieser Nacht kam Tristan nicht mehr zurück. Franziska hatte das bedrückende Gefühl, versagt zu haben.
Wie sie vermutet hatte, war Tristan in dieser Nacht unterwegs, um sich Morphium zu beschaffen. Doch die Apotheker in Westberlin gaben ihm nichts, sein Name stand schon auf der Liste der Abhängigen. In diesem Punkt funktionierte die Zusammenarbeit zwischen Ost und West, womit Tristan aber nicht gerechnet hatte. In seiner Verzweiflung lief er nach Ostberlin, kreuzte in einer Apotheke auf, spielte den Schwerkranken, der unter der Last unerträglicher Schmerzen fast zusammenbrach, doch der Apotheker fiel nicht darauf herein und verständigte die Volkspolizei.
Nun saß Tristan im Gefängnis hinter dem Alexanderplatz im Ostteil der Stadt.
Ina konnte ihn nicht besuchen, auch sie wäre sofort festgenommen worden. Also sprang Franziska ein. Sie brachte Briefe und Pakete ins Gefängnis, bat wiederholt um Besuchserlaubnis, doch die bekam sie nicht. »Nur Verwandte«, hieß es. Und so durfte sie Tristan nicht sehen.
Silvester feierte sie in Westberlin. Ina wohnte nach wie vor bei Waßler, nur hatte sich da einiges geändert. Sie lebte nun mit Ferencz zusammen. Seine ältliche Freundin war ebenfalls anwesend; Ferencz hatte nur das Zimmer gewechselt. Da sie einander ständig begegneten und Ina mit seiner enttäuschten Ex-Freundin immer wieder konfrontiert wurde, blieben die Spannungen nicht aus.
»Ich lasse mich von Tristan scheiden«, sagte Ina zu Franziska.
»Du läßt ihn im Stich?«
»Das nicht. Wenn er mich braucht, werde ich ihm helfen. Aber die vielen Lügen und das ganze Elend – damit muß endlich Schluß sein.«
Aus der beruflichen Bahn geworfen war sie sowieso.

Nach und nach kam heraus, was Tristan alles angestellt hatte, um zu Geld zu kommen: Gelogen, gestohlen, betrogen.
»Man muß wohl erst einen weiten Weg durch die Hölle gehen, um zu sich selbst zu finden«, sagte Franziska. »Und oft wünsche ich mir, es gäbe eine Abkürzung.«
Draußen tobte die Silvesternacht mit Raketen und Böllerschüssen. Einige, die mitgefeiert hatten, waren auf den Balkon gegangen, um sich das Feuerwerk anzusehen. Ferencz stand hochaufgerichtet neben seiner ehemaligen Freundin. Die hatte sich einen Ersatzmann angelacht, mit dem sie betont auffällig schäkerte. Ferencz tat, als merke er nichts. Seine hageren Züge blieben hart, die Augen kalt.
»Ich hoffe, du wirst glücklich«, Franziska war mit Ina im Zimmer geblieben, sie saßen eng nebeneinander, als suchten sie Zuflucht beieinander. Vor ihnen auf dem Tisch standen die Reste von Speisen und Getränken. Die heruntergebrannten Kerzen machten einen trübseligen Eindruck.
»Ich hoffe, du auch«, Ina betrachtete die Freundin wehmütig und seufzte. Dann lächelte sie und zitierte den Schluß eines Gedichtes, das sie beide liebten:

»Der Mond bläst liebestoll das Saxophon.
Der Ton vertropft. Pierrot trägt sein Herz
auf einer Wolke hin, die in der Nachtluft blutet.«

Sie umarmten sich und so blieben sie, bis die anderen ins Zimmer zurückkamen.
Ein kalter, grauer Neujahrsmorgen. Franziska stieg aus der Straßenbahn und ging in die leere Wohnung in Weißensee. Die Göttliche übernachtete bei ihrer Gesangslehrerin und Vati Göttlich hatte Dienst, auch in dieser Nacht. Die Einsamkeit überfiel sie so heftig, daß sie fröstelte, obwohl der Kachelofen wohlige Wärme ausstrahlte.
Franziska schaltete das Radio ein und ließ sich aufs Sofa fallen. Sie spielten die »Moldau« von Smetana, ihre

Schicksalsmusik. Wenn sie erklang, änderte sich Franziskas Leben. Bisher war das so gewesen.
Doch der Olymp hatte sich in Nebel gehüllt. Seine Kinder waren heimatlos. Die Götter hatten anderes zu tun, als sich um sie zu kümmern.
Und Pierrot war fort. Für immer.

Ein Königreich für einen Partner

»Es ist ein schönes Kind«, stellte Franziska fest und betrachtete das Baby, das im Kinderwagen lag und sie mit großen, ungewöhnlich blauen Augen ansah. Eigentlich hatte Franziska ein etwas gespanntes Verhältnis zu Babys. Sie wußte nichts mit ihnen anzufangen; dauernd waren sie beschäftigt mit Essen und Schlafen oder In-die-Windeln-machen. So sehr sie phantasievolle Kinder mochte, die mit ihrer Kreativität etwas anzufangen wußten, so sehr distanzierte sie sich von Babys. Doch dieses Kind war unglaublich hübsch und appetitlich anzusehen, es war überhaupt das schönste Baby von der Welt.
Gretl, Jochis Frau, stand stolz daneben. »Es gefällt dir, wie?«
»Sehr gut«, zwar ließ Franziska sich nicht dazu hinreißen, in eine albern infantile Babysprache zu verfallen, mit dem Zeigefinger vor dem Kind herumzuwedeln und »du-du-du« zu machen, aber das Baby gefiel ihr wirklich. Es war einige Monate alt und blickte mit verständigen blauen Augen in die Welt. Mit Augen, wie Jochi sie hatte.
Maxi hieß das Kind.
Die Gretl, nach wie vor besessen von der Bühne, probte wieder tüchtig mit für ein neues Programm, in dem eine Modenschau mit eingeplant war. Die volkseigenen Be-

triebe stellten zunehmend Damenmoden her, und Franziska sagte die Modelle an. Freilich gab es merkwürdige »Auswüchse« bei der sozialistischen Kollektion.

Während Maxi in der Garderobe schlief oder die Umgebung betrachtete, führte die Mama Kleider für Mollige vor. Auch ein Abendkleid aus schwerem Atlas, dessen Rücken mit langen, schwarz-gelben Bahnen verziert war, die in einer Schleppe ausliefen. Es war schlichtweg scheußlich.

Franziska ließ sich hinreißen und verkündete dem gespannten Publikum: »Hier sehen Sie ein Abendkleid für besondere Gelegenheiten. Beachten Sie bitte die Rückendrapierung in *Kartoffelkäferform.*«

Der Saal juchzte. Kartoffelkäfer waren zur Zeit ein großes Übel. Diese kleinen Schädlinge mit ihren strohgelben Flügeldecken und den schwarzen Längsstreifen fraßen sich scharenweise durch die Felder und gefährdeten die Ernte. Kolonnen von Freiwilligen machten Jagd auf sie, vor allem wurden die Schüler darauf angesetzt. Natürlich war diese Plage ein Sabotageakt des kapitalistischen Systems. Das wurde dem Volk allen Ernstes eingeredet. Nur glaubte es keiner. Darum auch die Heiterkeit bei Franziskas Ansage.

Gretl drehte sich schleunigst um, versuchte, den Lachanfall zu verbergen, aber ihr Körper zuckte, und so kam die eindrucksvolle schwarzgelbe Rückenpartie noch mehr zur Geltung.

Daß keiner die nächsten Modelle mehr ernst nahm, war zu erwarten. Franziska bedachte jedes einzelne mit einer besonderen Bezeichnung: Da war das graue Jerseykleid à la *»Ascheneimer«* und das Wollkleid von einer freudlos blauen Farbe: *»Himmel über Leuna«*. Denn der war, das wußte jeder, meist von dickem Industriequalm verhangen.

Natürlich mußte die Sache schiefgehen, sofort kam einer der Funktionäre hinter die Bühne und machte ein

Mordstheater. Dies sei eine Verunglimpfung der Produkte volkseigener Betriebe, die bestrebt waren, Damenmode mit Weltniveau herzustellen. Da die Vorstellung in Berlin stattfand, war der Skandal um so schlimmer, denn nun schaltete sich auch noch die Zentrale ein. Franziska mußte Rechenschaft geben. Sie tat es mit heimlicher Schadenfreude und nach außen gezeigter reuiger Miene. Diese Wellen von Empörung der zuständigen Genossen waren ein Zeichen ihrer Unsicherheit.
»Laß es in Zukunft«, sagte Jochi. »Ich hab' die Nase voll von diesen Idioten.«
Er hatte leicht reden. Schließlich wohnte er jetzt in Westberlin, wo Gretl zu Hause war. Beide planten sie ein Gastspielunternehmen zu gründen, eine Art Tourneetheater, und darum stand Jochi – wie er sich ausdrückte – nur noch mit einem Bein in Ostberlin. »Maxi soll hier nicht aufwachsen«, sagte er, und bald schon gab es einen traurigen Abschied, als zöge er in einen entfernten Erdteil und nicht in einen anderen Stadtbezirk.
Ein Glück, daß Hans Worz an Jochis Stelle rückte. Ein Fachmann, der – wie konnte es anders sein?! – kein Genosse war. Er sah in Franziska eine besondere Hoffnung für das Unternehmen.
»Auflockerung«, sagte er während einer Versammlung, bei der auch Franziska anwesend war. »Was wir brauchen, ist Auflockerung. Sonst laufen uns die Zuschauer davon.«
Die kulturelle Situation hatte sich tatsächlich etwas entkrampft. Der Dichter Johannes R. Becher war Kulturminister geworden. Er legte die Zügel weniger straff an. Und Ilja Ehrenburg hatte den Roman »Tauwetter« geschrieben, in dem er sich kritisch mit dem Stalinismus auseinandersetzte. Als das Buch erschien, kam Freude auf: Haben wir das Schlimmste überstanden?
Doch offensichtlich nicht. Noch immer waren Ringelsocken, Schuhe mit Kreppsohlen und »Auseinandertan-

zen« verpönt – als Ausdruck amerikanischer Unkultur. Doch zum erstes Mal durfte offiziell Blues gespielt werden.
»Tanzt Lipsi«, hieß es in den Medien, »Lipsi ist der neue Modetanz!« Er kam aus Leipzig und war langweilig wie die Wasserstandsmeldungen.
Hans Worz verstand sein Handwerk: er wickelte die Genossen um den kleinen – parteilosen – Finger. »Wir sollten eine neue Form für unsere Programme finden«, sagte er. »Eine Kombination von Darbietungen und Handlung.«
Darunter konnte sich keiner etwas vorstellen, auch Franziska nicht. Sie saß Worz gegenüber und blickte ihn fragend an.
»Ich denke an ein Programm mit Rahmenhandlung«, ergänzte er.
»Was soll denn das sein?« erkundigte sich der Direktor skeptisch.
»Genau das, was es ausdrückt«, erwiderte Worz. Er ähnelte einem übergroßen Fragezeichen, doch hinter allem, was er sagte, stand ein dickes Ausrufezeichen. »Die Darbietungen werden wie sonst vorgeführt, nur eben innerhalb eines Stückes. Die Ansagen erfolgen ganz locker, aus der Situation.«
Argwöhnisches Schweigen.
»Auch die Artisten müßten als Darsteller agieren. Viele werden umdenken müssen.« Er holte tief Luft und schleuderte den Genossen kämpferisch entgegen: »Laßt uns Neues wagen: Programme mit *Rahmenhandlung!*«
Eine heiße Diskussion brach aus, ein zermürbendes Hin und Her, nach Stunden erst kamen sie überein, ein solches Programm zu starten. Ein Autor wurde bestimmt, ein Komponist und als Hauptdarstellerin – Franziska Buresch. Die Versammlung war zu Ende.
»Gratuliere, Franzi!« Zwei mollige Arme legten sich um sie, zwei Küsse knallten auf ihre Wangen. »Hast du

mich denn nicht bemerkt? Ich habe dir ein paarmal zugewinkt – ach, deine Kurzsichtigkeit!«

Alice stand vor ihr, wie immer gutgelaunt, strotzend vor Lebensfreude.

»Was für ein Lichtblick«, rief Franziska. »Nein, ich habe dich nicht gesehen.«

Der Saal war längst leer, da standen sie noch beisammen und redeten. Die Erinnerung kam wieder, sie sprachen von ihrer gemeinsamen Tournee, der ersten, in die Franziska eingestiegen war. Ach ja: Der Hexentanz auf dem Brocken, das hellhörige Hotel, in dem sie alle akustisch an Franziskas Liebesnacht mit Gaston teilgenommen hatten, die Veilchen am nächsten Morgen.

»Ich habe eine kleine Tochter«, verkündete Alice strahlend. »Von Fritz, stell' dir vor. Er wohnt in Westberlin, hat keine Ahnung, daß er Vater geworden ist, wir sind völlig auseinander. Ich bin glücklich mit Jennifer – so heißt sie nämlich.«

Mutter Alice schien rundum zufrieden: Keinen Mann, aber ein Kind! Viel Arbeit und eine Menge Energie.

»Vielleicht ist das die beste Lösung«, meinte Franziska. »Wohin du siehst, gehen die Verbindungen auseinander. Alles ist so kurzlebig geworden, und der Alltag steht oft im Widerspruch zu den Gefühlen.«

Alice nickte bekümmert, dann, nach einer Pause sagte sie: »Neulich habe ich Gaston getroffen.«

»Wie geht es ihm?« Franziska fühlte sich unbehaglich. Schnee von gestern! »Was macht er denn so?«

»Gott, er tingelt«, antwortete Alice. »Er ist älter geworden, als hätte er Jahre übersprungen. Wenn man aber berücksichtigt, daß er früher viel jünger aussah, als er war, kommt das gerade hin.«

»Ist er noch allein?«

»Klar, was denkst *du* denn? Nach dir kommt nichts mehr.«

»Na fabelhaft«, sagte Franziska sarkastisch, »so sehr habe ich ihm die Liebe abgewöhnt?«
»Scheint so, aber anders, als du glaubst. Er leidet.«
»Hat er das gesagt?«
»Nicht direkt. Ich habe ihn nach dir gefragt.«
»Und?«
»›Was macht Franziska?‹, habe ich gefragt. Und er: ›Welche Franziska?‹ Und ich: ›Na, die Buresch.‹ Darauf er: ›Ich kenne keine Franziska Buresch, nie gehört.‹«
Sie lachten.
»Das Schlimme ist«, sagte Franziska nach einer Weile, »daß er sich nicht abfinden konnte.«
Alice verstand. »Wegen Jan?«
Der Name verursachte Aufruhr, Franziskas Herz kam in Bewegung: ein Schmerz in der Magengegend, weiche Knie, innerer Schüttelfrost. Es wurde nicht besser. Nicht einmal nach so vielen Jahren!
»Jan habe ich auch getroffen«, fuhr Alice fort. »Im Metropoltheater. Dort hat er den Zigeunerbaron inszeniert. Riesenerfolg. Hast du vielleicht gehört.«
Die Göttliche hatte Franziska den Artikel gezeigt und sogar vorgelesen. Alle Welt schien eifrig bemüht, sie über Jans Leben zu informieren.
»Er geht nach Dresden«, fuhr Alice fort, »ans Operettentheater. Er möchte raus aus Berlin, hat er gesagt. Ich kapiere ja nicht, was der Junge an der guten, alten Operette gefressen hat, das ist ein richtiger Tick von ihm. Er will sie modernisieren! Das kommt mir so vor, als verpasse man einer alten Oma einen Bikini.«
»Es ist eben *seine* Art, sich in eine Traumwelt zu flüchten«, Franziska lächelte schwach. »So wie ich gerne Märchen lese oder erzähle. Wenn man es mit der Arbeit verbinden kann, um so besser.«
Das verstand Alice nicht, ihr Sinn für Realität lehnte derartige *Zeitverschwendungen* ab.

»Daß er geschieden ist, weißt du ja wohl schon?«
»Ja«, Franziska wollte das Thema wechseln, aber dann fragte sie doch: »Hat er – habt ihr über mich gesprochen?«
»Andeutungsweise.«
»Was heißt das?«
»Er hat ein paarmal vor deinem Haus gestanden, ist aber nie hinein gegangen. Er meint : das schaffe er nicht. Alles sei total verfahren. Deshalb müsse er schleunigst weg von hier.«
»Ich war auch mal auf der Flucht«, sagte Franziska. »Aber jetzt laufe ich seinetwegen nicht mehr ins Ungewisse.«
»Ins Ungewisse geht er ja nicht«, erklärte Alice. »Er bekommt einen phantastischen Vertrag in Dresden.«
»Schön für ihn«, Franziska gab sich einen Ruck. »Und weißt du was? Es interessiert mich nicht mehr.«
Alice meinte kopfschüttelnd: »Ihr seid hart geworden, alle beide. Sogar eure Gesichtszüge haben sich verändert. Der Till-Eulenspiegel-Jan und die lustige Franziska – wo sind sie geblieben?«
»Auf der Strecke der unausgelebten Gefühle«, spöttelte Franziska. Sie umarmte Alice spontan und wünschte ihr Glück: »Für dich und Jennifer!«
Dann ging sie schnell davon, ehe Alice merkte, daß ihr Lächeln immer dünner wurde.
Das Programm sollte »Getrennte Kasse« heißen. Ein Autor hatte es geschrieben, ein Komponist eine gefällige Musik dazu gemacht, und Franziska sollte die Hauptrolle spielen: Eine junge Schauspielerin, die ihren Urlaub auf der Insel Hiddensee verbringt, Verwirrung stiftet und schließlich den richtigen Partner findet.
»Aber den haben wir leider nicht«, seufzte Hans Worz. »Wen sollen wir nehmen? Ein Conférencier kann keine überzeugenden Dialoge sprechen, ein Schauspieler nicht conférieren. Außerdem sollte der Junge etwas singen und tanzen können.«

Sie suchten lange, fanden nicht, um ein Haar scheiterte das Unternehmen. Es wurde vorerst auf Eis gelegt.
Die Göttliche war wieder in Berlin. Sie studierte »Gräfin Mariza« ein, und Franziska stellte sich als Korrepetitorin zur Verfügung. Sie übernahm sogar die Partie des Tenors, um ihr die Arbeit zu erleichtern. Das rief bei der Göttlichen Lachstürme hervor, am allermeisten beim Liebesduett.
Am Sonnabend ließen sie die Arbeit ruhen und hörten Radio. Aus dem Friedrichstadtpalast wurde eine beliebte Sendung übertragen. Sie hieß »Da lacht der Bär«. Ein Conférencier plauderte angenehm, mit auffallend wohlklingenden Vokalen: *»Hören Sie nun die Original-Grigoris ...«*
»Gute Aussprache«, lobte die Göttliche. Von Vokalen verstand sie allerhand. »Schon dieses *»Original Grigori!* Klingt wie ein Lied.«
»Du sagst es«, stimmte Franziska ihr zu. »Wie heißt der Mann?«
Er hieß Gunnar Hill.
Die Sache mit dem Musical zog sich hin. Franziska stieg wieder in ein Tourneeprogramm ein, es vergingen etliche Monate. Dann sollte das Programm vor sowjetischen Soldaten gespielt werden. Das brachte Franziska in Verlegenheit, denn sie konnte kein Wort Russisch. Ein Kollege sprang für sie ein. Was für ein merkwürdiges Gefühl, als die anderen nach Bernau zur Vorstellung fuhren, ihr Ensemble, und sie saß zu Hause und drehte Däumchen! Eifersüchtig erkundigte sie sich am nächsten Tag, wie der Abend verlaufen sei und wer für sie angesagt hatte.
»Gunnar Hill«, bekam sie zur Antwort
»Ach der«, sagte sie. »Kann er Russisch?«
»Er hat es recht gut gemacht.«
Als sie von der Tournee zurückkam, eröffnete ihr Hans Worz freudestrahlend, daß ein Partner endlich gefunden

sei: »Der Junge ist Kabarettist, kann conférieren und sogar spielen.«
»Wie steht es mit Singen und Tanzen?«
»Kann er nicht. Aber da verlassen wir uns auf Sie, den werden Sie schon mitreißen.«
»Wer ist es denn?«fragte sie vorsichtig, auf alles gefaßt. Möglicherweise handelte es sich um einen blutjungen Anfänger oder um einen ausrangierten Mimen, alles das hatte sie schon als Partner akzeptieren müssen in dieser verrückten, männerarmen Zeit.
»Er heißt Gunnar Hill«, antwortete Hans Worz schlicht. Zum dritten Mal hörte Franziska diesen Namen. Sie war gespannt, den künftigen Partner endlich kennenzulernen. Als sie der Göttlichen erzählte, daß sie mit *Mister Grigori* auftreten würde, staunte diese sehr und steckte sich aus Versehen zwei Zigaretten auf einmal an.
»Toll«, freute sie sich, »hoffentlich sieht er einigermaßen aus!«
»Und hoffentlich will er mir die Reiseleitung nicht wegnehmen«, sagte Franziska. Allein schon der Gedanke daran brachte sie auf. »Ich muß mir gleich beim ersten Treff Respekt verschaffen!«
Mit diesem Vorsatz ging sie zum *Haus der Deutsch-Sowjetischen Freundschaft* in der Schönhauser Allee, wo die Probe stattfinden sollte. Es war drei Uhr nachmittags, und sie hatte noch nichts gegessen. Der Magen rebellierte. Sie kam an einer Bäckerei vorbei, da gab es nichts anderes als Buttercremetorte, die sie haßte, aber ausnahmsweise kaufte sie sich doch ein Stück zum Sattwerden, das sie während der Probe irgendwann essen wollte. Sie balancierte den üppig-süßen Matsch in der vorgestreckten Hand, unter dem anderen Arm hielt sie die Mappe fest, in der sich das Textbuch befand. So marschierte sie in den Probesaal.
An der Tür empfing sie ein fremdes Gesicht. Mit Voll-

dampf rannte sie gegen den dazugehörigen Körper. Das Tortenstück fiel aus der Hand und platschte samt Papier auf den Boden. Der fremde Mann ging in die Hocke, kratzte die undefinierbare Masse mühsam zusammen, erhob sich mit feuerroten Ohren und stellte sich vor.
Es war Gunnar Hill, die Hände voller Tortencreme. Mit dem respektgebietenden Auftritt war es nichts geworden.
»Er sieht nicht schlecht aus«, berichtete Franziska der Göttlichen. »Gunnar Hill ist groß, hat graugrüne Augen, volle Lippen und eine sympathische Ausstrahlung. Natürlich will er die Reiseleitung! Es gab bereits ein erstes Streitgespräch. Aber ich gebe nicht nach. Zwei Conférenciers in einem Programm – das kann nicht gutgehen!«
»Wenn er doch aber so nett ist«, wandte die Göttliche ein, »dann kriegst du ihn sicher 'rum.«
Die Entscheidung fällte die Zentrale, zugunsten Franziskas. Das war ihr erster Sieg über den neuen Partner.
Gunnar Hill war verheiratet und hatte zwei Kinder. Er lebte in Scheidung. Seine Frau betrog ihn mit seinem Bruder Kai, immer dann, wenn Gunnar unterwegs war, um Geld zu verdienen. Und das war er meist. Sie selbst hatte ihm die Wahrheit provozierend ins Gesicht gesagt und behauptet, er könne seinem Bruder nicht das Wasser reichen. – Kai war das, was man einen Tunichtgut nennt: Keine feste Arbeit, keine eigene Wohnung, ständig wechselnde Weibergeschichten. Das Gegenteil von seinem Bruder Gunnar, der ihn bei sich wohnen ließ, vertrauensvoll und stets zum Nachgeben bereit.
Doch diesmal entschloß er sich zu handeln. Er reichte die Scheidung ein, womit keiner gerechnet hatte, am wenigsten die Ehefrau. Auch seine Mutter, schon sehr alt, war bestürzt. Sie lebte ebenfalls bei ihm. Es wurde eng in der

Dreizimmerwohnung in Pankow, Florastraße. Unmittelbar an der Grenze zu Westberlin.
»Der Unterschied zwischen uns ist«, sagte er eines Tages zu Franziska, »daß Sie privat zu sehr allein sind und ich zu viele Leute um mich habe.«
»Trotzdem möchte ich nicht mit Ihnen tauschen«, Franziska bedauerte den netten Kollegen, der hilfsbereit und freundlich war, in seiner bedächtigen Art alles aufsammelte, was Franziska vergaß oder liegen ließ.
Auf der Bühne paßten sie gut zusammen. Er war sechs Jahre älter und ein Stück größer. Unter anderem hatten sie ein lustiges Duett zu singen, es klappte sehr gut, doch dann passierte eine Panne: Drei Genossen kamen, um sich zu überzeugen, ob das Programm den sozialistischen Ansprüchen standhielt.
»Grüß Gott, tritt ein und bring mir das Glück herein ...«, so lautete der Refrain.
Aber das *Grüß Gott* erregte Anstoß. Wenn schon heitere Muse im sozialistischen Staat, dann ohne diesen kirchlich-kapitalistischen Spruch. So drückten sie sich tatsächlich aus.
Auch Gunnar Hill war Genosse, doch ohne besonderen Gebrauch davon zu machen. Er zog die anderen gern auf und freute sich, wenn sie es in ihrer Einfalt nicht bemerkten.
»Wir könnten statt ›Grüß Gott‹ vielleicht ›Freundschaft‹ singen«, meinte er mit todernster Miene. »Sollen wir es mal vorspielen?«
Er faßte Franziska bei den Händen. Sie standen einander gegenüber wie beim Volkstanz, ein verstecktes Lächeln um die Mundwinkel, und dann sangen sie den Refrain: »Freundschaft, tritt ein und bring mir das Glück herein ...«
Das Komische an den zuständigen Funktionären war, daß sie sich total verunsichert fühlten, sowie es darum ging,

eine Entscheidung zu treffen. Ohne Befehle und Zustimmung der Partei waren sie absolut überfordert. Das Groteske der Situation wurde ihnen gar nicht bewußt.
Hans Worz hielt sich heraus. Er schüttelte nur den Kopf und schwieg, die Arme vor der Brust verschränkt.
Die drei Männer erörterten allen Ernstes Gunnars Vorschlag. Sie diskutierten, als gälte es, eine Entscheidung von weltweiter Bedeutung zu treffen.
Gunnar und Franziska hockten auf dem Souffleurkasten und warteten ab. Die Männer im Zuschauerraum wurden sich nicht einig. Der Autor stand dabei, wußte keinen Alternativvorschlag und hatte fast Tränen in den Augen.
Franziska sah Hill von der Seite an. Er war bieder gekleidet, trug ein scheußlich blau-weiß gestreiftes Hemd und an der Jacke das Abzeichen.
»Wie können Sie nur einer Partei angehören, die solche Vertreter hat?« fragte sie und tippte auf den Bonbon an seinem Revers.
»Das wird sich ändern«, antwortete er, »wenn die richtigen Persönlichkeiten an der Reihe sind.«
»Wo stecken sie denn, Ihre Persönlichkeiten?« erkundigte sie sich und versuchte, ihre Spottlust zu dämpfen.
»In der Entwicklung«, gab er zurück.
Sie lachte und kippte fast vom Souffleurkasten, doch Gunnar hielt sie fest. Auch er mußte lachen.
»Weshalb sind Sie eigentlich in der Partei?« fragte sie.
Er wurde ernst und sagte: »Ich glaube daran. Trotz der Idioten da unten.«
Franziska mochte ihn. Seine Ausstrahlung tat ihr gut, auch wenn sie seinen Gedankengängen nicht immer folgen konnte. Er wirkte ehrlich und zuverlässig, zeigte oft eine fast naive Vertrauensseligkeit: ein Parsifal der Neuzeit, mit einem unaufdringlichen Berliner Humor.
»Wir werden die da unten überführen«, sagte sie, stand auf und trat an die Rampe. »Hallo«, rief sie den Genossen

zu. Sie wandten die Köpfe, machten verständnislose Gesichter. »Wie wäre es mit ›Hallo tritt ein, ich bring dir das Glück‹ – na, und so weiter!«
»Hallo?« fragte ein Genosse befremdet.
»Warum nicht? Da ist doch kein Lieber Gott darin – oder?«
Sie machte Hill ein Zeichen, der verstand sofort und dann sangen und tanzten sie zu dem »gesäuberten« Refrain.
Die Genossen sahen einander fragend an. Hans Worz grinste, wie Jochi gegrinst hätte.
»*Hallo* ginge«, entschied einer der Bonbonmänner nach reiflichem Überlegen.
»Klingt aber so amerikanisch«, wandte ein anderer ein.
Da sagte Gunnar Hill jäh entschlossen in seiner Funktion als Hauptdarsteller und Auch-Genosse: »Hallo bleibt! Und jetzt proben wir endlich weiter.«
Das gefiel Franziska. Er setzte sich durch, wenn es darauf ankam.
Seine Langmut ging tatsächlich nur bis zu einer gewissen Grenze.
»Ihr zwei seid richtig«, sagte Hans Worz zu ihnen, nachdem die Genossen abgezogen waren, in dem stolzen Bewußtsein, der Partei einen wichtigen Dienst erwiesen zu haben. »Ihr ergänzt euch großartig, und ihr schafft auch noch den Rest der Welt.«
»Fangen wir mit dem nächstliegenden an!« Gunnar Hill legte seinen Arm unternehmungslustig um Franziskas Schultern und sah ihr tief in die Augen. »Ich spreche von der Probe«, fügte er schleunigst hinzu, als er merkte, daß sie in die Reserve ging.
»Was denn sonst?!« Sie wollte seinen Arm abschütteln. Doch er hatte ihre Schulter bereits losgelassen. ›Sieh mal an‹, dachte sie amüsiert, ›dieser Parsifal hat es hinter den Ohren!‹
Franziska und Gunnar waren nun das Paar, das entspre-

chend gefeiert wurde. Auf der Bühne ergänzten sie sich. Privat blieben sie auf Distanz.
Es gab vieles an ihm, das sie nicht verstand. Wenn sie sich auf Tournee befanden, sie ihm als Reiseleiterin Lebensmittelmarken und Gage aushändigte, schickte er beides der Familie nach Berlin. Meist stand er mit leeren Händen da und wartete darauf, daß Franziska für ihn bezahlte.
Sie tat es nicht. Schließlich hieß das Programm »Getrennte Kasse«.
»Sie leben in Scheidung und opfern alles der Familie«, sagte sie eines Tages. »Warum arbeitet Ihre Frau nicht?«
»Die Kinder ...«
»Wohnt Ihre Mutter nicht bei Ihnen?«
»Schon, aber ...«
Nach und nach begann er einiges mit anderen Augen zu betrachten, durch Franziskas Fragen darauf gebracht. Er kam sich ausgenutzt vor. Zwar litten die Kinder Marietta und Bernd unter der bevorstehenden Scheidung, für sie und auch für die Mutter opferte er alles, was er besaß. Seine Frau profitierte davon. Bruder Kai wollte mit der Sache nichts mehr zu tun haben. Er war ausgezogen und lebte nun bei einer flotten Witwe in Westberlin.
Gunnar Hill dachte nach: über sich, die Partei und sein verfahrenes Privatleben.

Nächtliches Telefongespräch

Das Ensemble wohnte in Dresden, in einem modernen, sehr angenehmen Hotel, was eigentlich sehr selten vorkam. In der Nacht klingelte das Telefon in Franziskas Zimmer.
Gunnar!

»Sicher schlafen Sie schon«, sagte er.
»Jetzt nicht mehr. Was ist denn?«
»Ich wollte nur mal reden«, er hörte sich recht verzweifelt an.
»Am Telefon?«
»Nun ja ...«
»Von mir aus, reden Sie nur, wenn es Sie erleichtert.« Franziska ahnte, daß dies ein längeres Gespräch werden würde »Hoffentlich hört keiner mit.«
»Ist mir egal«, Trotz klang in seinen Worten und eine gewisse Aufsässigkeit. Und dann wußte er nicht, womit er anfangen wollte. Sie ließ ihm Zeit. Stockend begann er zu berichten, aus seinem Leben: Sieben Geschwister hatte er. Sechs Schwestern und den Bruder Kai. Er, Gunnar, war der Jüngste. Um die Mutter kümmerte er sich allein. Keiner sonst, nur er. Seine beiden Kinder waren brave FDJler. An Staatsfeiertagen marschierten sie mit ihrer Mama in der Masse, in blauen Blusen und einer roten Nelke im Knopfloch. Sie marschierten vorbei an der Ehrentribüne, wo der Spitzbart mit den Genossen stand, im Takt mit dem Kopf nickte und dabei in die Hände klatschte: »Freund-schaft, Freund-schaft!«
»Ich gehe nur selten mit«, gestand er zögernd. »Ich mag diese kollektive Begeisterung nicht.«
Es entstand eine Pause.
»Irgendwie passen Sie überhaupt nicht in diese Partei«, sagte Franziska. Er schwieg. Möglicherweise kam ihm diese Erkenntnis zum ersten Mal. »Erzählen Sie nur weiter«, bat Franziska leise.
Er war aufgewachsen am *Roten Wedding*, da wohnte die Familie Hill in einer Mietskaserne. Nur zwei kleine Zimmer. Der Vater arbeitslos. Die Mutter ging in die Fabrik. Er, der »Kleene«, wurde von allen verwöhnt, vor allem von der ältesten Schwester Hella. Hunger hatten sie zwar keinen gehabt, sparen mußten sie – das ja: Hering, Pell-

kartoffeln und Stippe, das war bereits eine Festmahlzeit. Sie wohnten im Hinterhaus, teilten sich die Betten und verstanden sich recht gut. Nur Kai, das war ein ganz Wilder! Immer Freiheitslieder gesungen und die »Internationale«, in Versammlungen die Faust gehoben und »Nieder mit ...« gerufen. Tja, und jetzt?
»Jetzt trägt er schicke Anzüge, geht nie ohne Schlips und wohnt in Westberlin«, schloß Gunnar.
»Und er schläft mit Ihrer Frau«, ergänzte Franziska.
Sie hörte Gunnars Atem, es klang, als unterdrücke er ein Weinen.
»Und Ihre Schwestern?« fragte sie schnell. »Was ist mit denen?«
»Alle in der Partei. Ihre Männer auch. Überzeugte Genossen.«
»Und Sie – sind Sie auch ein – überzeugter Genosse?«
War er nicht. Doch aus der Partei austreten, das konnte er auch nicht.
»Warum denn nicht?«
»Da gibt es strenge Verfahren. Ich fürchte, dem bin ich nicht gewachsen. Auch möchte ich kein Berufsverbot bekommen.«
»Bloß nicht«, Franziska lachte. »Dann hätte ich ja wieder keinen Partner!« Er ging auf ihren heiteren Ton nicht ein. Da fragte sie: »Und wie sind Sie an Ihre Frau gekommen?«
Seine Frau hatte er kennengelernt, als er in Eberswalde stationiert war. Als Soldat. Sie arbeitete in einem Lebensmittelgeschäft als Verkäuferin. Immer hatte sie ihm ein wenig mehr gegeben, als ihm zustand, unter dem Ladentisch. Bevor er an die Front mußte, fragte er sie, ob sie ihn heiraten wollte, nur um jemanden zu haben, der ihm Briefe schrieb und auf ihn wartete.
Wie diese Geschichten sich doch glichen! Auch Jan hatte damals aus dem gleichen Grund geheiratet. Erst als die

Männer zurückkehrten, stellte sich heraus, daß die Ehe gar keine war. Zwei Fremde versuchten miteinander zu leben und scheiterten, einige früher, andere später. Und die Kinder, die blieben auf der Strecke.

»Die Kinder«, Gunnar seufzte, »nach der Scheidung bleiben sie bei meiner Frau. Aber ich möchte sie regelmäßig sehen.« Nach einer Pause: »Das also ist meine Lage.«

Nachdem er sich ausgesprochen hatte, »von Freund zu Freund«, entschuldigte er sich für die Störung, bedankte sich fürs Zuhören und sagte noch: »Darüber habe ich mit keinem bisher geredet, mit keinem! Bitte, verzeihen Sie.«

»Sie brauchen sich nicht unentwegt zu entschuldigen«, sie wollte ihm gern etwas Tröstliches sagen, »zeitweilig landen wir alle in einem Tief. Es ist nur die Frage, wie schnell wir wieder herauskommen.«

»Aber Sie waren nicht verheiratet?« erkundigte er sich zögernd. »Oder doch?«

»Das nicht, aber ich habe ...« Sie sprach nicht weiter. Was ging ihn ihre Lebensgeschichte an! Sie wünschte ihm Gute Nacht und legte den Hörer auf.

Gunnar Hill ging ihr nicht aus dem Kopf. Am nächsten Morgen klopfte es an ihre Tür, sie war noch im Bad und sah aus wie eine nasse Maus. Vor der Tür stand Gunnar mit dem Frühstückstablett. Er lachte. Von der nächtlichen Verzweiflung war ihm nichts mehr anzumerken.

»Das Frühstück«, meldete er und zog das Üüüü in die Länge, daß es wie eine Fanfare klang. Er stellte das Tablett auf den Tisch und wollte gleich wieder gehen.

»Bleiben Sie, bitte«, Franziska wickelte den Bademantel fester um sich und zeigte auf einen Stuhl. Doch er setzte sich nicht, er goß ihr Kaffee ein, schnitt das Brötchen auf.

»Keine Marmelade«, rief sie entsetzt, »nur Käse.«

Doch den gab es nicht. Also fuhr er mit dem Fahrstuhl nach unten und kam gleich darauf mit einem Teller Käse zurück. »Sieht aus wie Gummi«, meinte er entschuldigend, »aber immerhin Käse –« mit leicht ironischer Feierlichkeit – »aus der volkseigenen Molkerei in Kleinposemuckel.«

Er setzte sich nicht mit an den Tisch, wollte nicht aufdringlich erscheinen, stand am Fenster und versuchte, ihr beim Essen nicht zuzusehen. Er war sehr taktvoll und hatte gute Manieren. Franziska genoß seine Fürsorge. Sie fühlte sich zu ihm hingezogen, zu seiner Zuverlässigkeit, die in jedem Wort zu spüren war, in jeder Geste. Ihr Herz erwärmte sich in seiner Gegenwart auf ungewohnte Weise, ohne schneller zu schlagen. Ein angenehmes Gefühl – als lege sich bei Eiseskälte ein wärmender Mantel um die Schultern.

Dann mußte er sich aber doch zu ihr setzen. Diesmal war *sie* es, die *ihm* Kaffee eingoß, obwohl er sich dagegen wehrte. Sie bot ihm ein Brötchen an, das sie mit Käse belegte. Er stellte amüsiert fest, daß beides ausgezeichnet zusammenpasse, Brötchen und Käse, vor allem, was den Geschmack nach Gummi betraf. Sie unterhielten sich und kamen dahinter, daß sie die gleichen Bücher liebten und ähnliche Musik. Franziska erzählte ihm von ihrer verlorenen Heimat, von den kleinen geduckten Dörfern im Erzgebirge, den blühenden Bäumen im Elbtal, den Himmelschlüsselwiesen, der Kurstadt zu Füßen des vielbedichteten Schloßberges, in der sie geboren und aufgewachsen war. Sie schilderte die bezaubernde Landschaft, von der Heinrich von Kleist behauptet hatte: »Eine herrliche Gegend, besonders vom nahegelegenen Schloßberg aus, wo das ganze Land aussieht wie ein bewegtes Meer von Erde, die Berge wie kolossale Pyramiden, in den schönsten Linien geformt, als hätten die Engel im Sande gespielt.«

Das langunterdrückte Heimweh brach aus, am liebsten wäre sie auf der Stelle davongelaufen, mit diesem sympathischen Kumpel, der ihr als Partner zugeteilt worden war.

Er hörte aufmerksam zu, etwas staunend, als er von dem Elend der deutschen Bevölkerung in Böhmen erfuhr und von der Vertreibung aus ihrer Heimat, in der sie fast tausend Jahre zuhause gewesen war. So hatte er es noch nie gesehen, immer nur die verfälschte Wahrheit gehört. Das Problem der Heimatvertriebenen war unbequem in Ost und West, man war froh, den Krieg überlebt zu haben und da zu sitzen, wo man saß, also überging man die Verzweiflung der Vertriebenen, amüsierte sich höchstens darüber, Witze machten die Runde, so entledigte man sich einer unbequemen Angelegenheit. Man hatte andere Sorgen.
»Wir wollen aber nicht zu traurig werden«, Franziska wechselte schleunigst das Thema, als sie merkte, wie sehr es ihm naheging. Ihr fiel ein, daß sie noch immer ›Sie‹ zueinander sagten, was unter Kollegen nur selten vorkam. Eine gewisse Scheu hielt sie beide davon ab, zu schnell miteinander vertraut zu werden. Doch jetzt bot sie ihm das ›Du‹ an. Und er nahm es freudig entgegen.
»Eine Bitte noch«, sagte sie, als er schon an der Tür stand. »Das nächste Mal –« sie tippte auf das Abzeichen – »vielleicht ohne Bonbon?«
Er nestelte daran herum, nahm es aber nicht ab, noch nicht. Sie wollte ihn nicht drängen. Und dann wurde sie auch noch etwas anderes los:
»Dein Hemd ...«
»Was ist damit?«
»Es ist ein bißchen scheußlich.«
»Im Ernst?«
»Ehrenwort. Diese blau-weißen Streifen erinnern mich an – an ...«
»An einen Sträfling?«
»Genau«, rief sie erleichtert. »Wo hast du dieses Modell bloß her?«
Er lachte verlegen. »Meine Frau hat es für mich anfertigen lassen. Das war schon zu Weihnachten. Zwei Stück, jedes

anders. Ich werde das andere anziehen«, versprach er, nahm Abschied mit einem sehr lieben Blick und ging.
Eine Stunde später trafen sie sich zur Abfahrt im Autobus. Er hatte tatsächlich das Hemd gewechselt. Keine schrillen blau-weißen Blockstreifen mehr, sondern rotweiße. Noch schlimmer.
In dem Stück »Getrennte Kasse« kam ein Streit zwischen zwei Rivalen vor. Gunnar Hill und Bruno, ein junger Windhund, privat und in der Rolle, kämpften um die Schauspielerin, die sich für keinen entscheiden konnte. Franziska stand abseits und sah, laut Textbuch, zu. Drohend ging Bruno auf Gunnar los, schwang einen Stuhl und rief provozierend: »Sagen Sie das nochmal!« Hill sagte es nochmal – irgendwas Beleidigendes –, worauf Bruno die Stuhlbeine wie gezückte Schwerter vorschnellen ließ. Das hatten sie oft geprobt. Mit fast mathematischer Genauigkeit wußte Bruno, wann er bremsen mußte. Doch an diesem Abend ging es schief. Vielleicht hatte er den Stuhl zu weit vorgestoßen, vielleicht aber auch war Hills Kopf zu nahe herangekommen, ein Stuhlbein stieß gegen die Brille, das zersplitterte Glas zerschnitt ihm das Fleisch zwischen Augenlid und Braue. Es blutete heftig. Weil das Publikum aber nichts merken sollte, drehte er sich schnell um, zog sein Taschentuch heraus und hielt es vor das verwundete Auge. So spielte er den Akt zu Ende und tat so, als gehöre das zum Stück.
Irgendwer hatte einen Alaunstift. Er brannte wie Feuer, brachte aber das Blut zum Stillstand. Die Wunde sah gefährlich aus. Den dritten Akt spielte Hill mit der Sonnenbrille.
Nach der Vorstellung rief Franziska, als Reiseleiterin für alles verantwortlich, einen Arzt an, was nicht einfach war – so spät am Abend und in einer fremden Stadt. Die Wunde mußte genäht werden. Und das bei vollem Bewußtsein. Unmittelbar über dem Auge! Sie hielt

Gunnars Hand, und er zeigte sich sehr tapfer. Die Gelegenheit, ihm in einer Notsituation beistehen zu können, brachte sie ihm sehr nahe.
Auf der Rückfahrt machte sie ihm ein großmütiges Angebot: »Wenn du die Reiseleitung übernehmen willst, kannst du sie haben.«
Doch er wollte nicht mehr.
Einmal fiel der Bus aus, er war nicht mehr das jüngste Modell und hatte seine Mucken, vor allem im dritten Gang. Eine Reparaturwerkstatt in Stralsund kümmerte sich darum, das Ensemble fuhr mit dem Zug über den Rügendamm nach Saßnitz. Das Gepäck, in großen Koffern verstaut, in den Netzen.
Alle fühlten sich erschöpft, denn die Tournee war ziemlich anstrengend. Nur Bruno alberte herum. Er wollte Aufmerksamkeit erregen, vor allem die von Franziska. Auf den Knien hatte sie eine Mappe mit Abrechnungspapieren, der Gagenzahltag stand bevor. Sie brütete über Zahlen und hatte keine Zeit für Brunos Albereien. – Einige Tage zuvor hatte er ihr eine Liebeserklärung gemacht, die sie nicht besonders ernst nahm. Im Grunde war er ein feiner Junge, reifer als er sich gab, sogar liebenswert, wenn er sich nicht aufspielte. Er wollte, im Gegensatz zu Gunnar Hill, imponieren. Zum Beispiel in Quedlinburg, als sie alle zwischen den Vorstellungen einen Spaziergang machten. Bruno entdeckte einen Zaun, setzte sich in den Kopf darüberzuspringen, nahm Anlauf, um dem Vorsatz die Tat folgen zu lassen. Es war ein ungewöhnlich hoher Zaun. »Ob ich das schaffe?« Er sah Franziska herausfordernd an. – »Tun Sie's lieber nicht«, warnte Gunnar Hill. »Das könnte in die Hose gehen.«
Nun fühlte Bruno sich erst recht herausgefordert. Er nahm Anlauf und sprang. Ratsch! Eine Latte hatte sich im Hosenbein verfangen und riß es bis zum Knie auf. Alle

lachten um die Wette, was sich noch steigerte, als Brunos kühne Verwegenheit in kindische Wut umschlug und er Franziska anzischte: »Das war meine Bühnenhose! Die müssen Sie mir flicken!«

»Ich denke nicht daran«, antwortete sie. »Können Sie denn nicht nähen?«

Er konnte nicht, denn er fand: dies sei Frauensache.

»Ich mach' es Ihnen«, erklärte Gunnar Hill seelenruhig. In der Garderobe holte er ein Etui mit allerlei Sorten von Garn und Nadeln aus der Tasche, ließ Bruno die Hose ausziehen und nähte den Riß geschickt zu. Der Sieger war keineswegs Bruno.

Und dann hatte er eben eine Liebeserklärung gemacht. Am selben Abend stand auf Franziskas Garderobentisch eine rote Rose. So ging das einige Tage. Franziska war einigermaßen gerührt und zog in Erwägung, sich auf einen Flirt mit Bruno einzulassen.

Bis zu der Fahrt über den Rügendamm.

Während sie also mit dem Papierkram in der Ecke saß, gegenüber von Bruno und Gunnar Hill, blieb der Zug stehen. Mitten auf dem Damm. Ringsum funkelte das Wasser in der Sonne. Über dem Abteil lag Trägheit.

Plötzlich gab es einen Ruck, so heftig, daß sie nach vorn von den Sitzen fielen und die schweren Koffer aus den Netzen purzelten. Eine gefährliche Situation! Einige Passagiere riefen um Hilfe, manche schienen ernstlich verletzt zu sein, stöhnten und wimmerten. Ein Zug war mit Volldampf gegen die Lok gerast. Zum Glück gab es, wie sich herausstellte, keine lebensgefährlichen Verletzungen, dafür aber einen großen Schock.

Minuten vergingen. Als Franziska aufsah, hockten sie alle auf der Erde, die Arme schützend über den Kopf gehoben. Gunnar Hill aber hatte sich über sie geworfen, um die herunterfallenden Gepäckstücke aufzufangen.

Am Abend stand wieder eine rote Rose vor Franziskas Spiegel. Sie nahm sie, legte sie auf Brunos Schminktisch und sagte: »Das ist sehr lieb von Ihnen, aber ab heute bitte keine Rosen mehr.«
»Wie kommen Sie darauf?« fragte er verblüfft. »Ich habe Ihnen doch keine Rosen geschickt.«
Gunnar Hill aber zog eine auffallend gleichmütige Miene und pfiff vor sich hin.
Am Abend kam er in ihr Zimmer, um eine Paprikaschote zum gemeinsamen Abendbrot beizusteuern. Um zu sparen, improvisierten sie nach der Vorstellung einen Imbiß und legten zusammen, was die HO hergab. Sie tranken Tee aus Pappbechern oder Wein aus den Mundspülgläsern. Dabei ging es meist sehr fröhlich zu. Tourneeleben.
An diesem Abend aber war etwas anders. Franziska bemerkte es nicht sofort, obwohl er sich vor ihr in Positur stellte.
Endlich entdeckte sie es: Kein Bonbon auf dem Revers!
»Du hast ...«
»Abgelegt, ja«, er lächelte befangen.
Nach dem Imbiß blieb er, zum ersten Mal. Franziska stand vor ihm, zunächst noch unentschlossen, da nahm er ihre Arme und legte sie um seinen Hals. Ein schönes Gefühl, ihm so nahe zu sein. Sie küßten sich – und sie staunte, wie gut er es konnte. Vertrautheit ging von ihm aus und sehr viel Wärme.
›Ich bin nach Hause gekommen‹, dachte Franziska. ›Es war ein langer Weg, und ich möchte mich ein wenig ausruhen, ehe ich weiterlaufe und wieder den Atem verliere.‹

Sie lag an seiner Schulter. Er war eingeschlafen. Vorsichtig richtete sie sich auf, stützte sich auf den Ellenbogen und betrachtete ihn. Sein Gesicht war heiter und entspannt. Mit dem Zeigefinger strich sie über seine Lippen, beugte sich über ihn und küßte ihn auf die Nasenspitze. Da öffnete er die Augen, sah sie an, ganz wach und klar, und er fragte: »Woran denkst du?«

»An so vieles«, antwortete sie. »Zum Beispiel daran, daß das Jahr zu Ende geht und daß ich am ersten Tag, nach der Silvesternacht, in die leere Wohnung gekommen bin.«

»Und?«

»Ich habe das Radio angedreht. Sie spielten die *Moldau* von Smetana. Da wußte ich, daß sich etwas ändern würde in meinem Leben, noch in diesem Jahr.«

»Was denn?« Er legte die Hände um ihr Gesicht, streichelte zärtlich ihre Schultern. »Was hat sich denn geändert?«

»*Du* bist in meinem Bett«, sie lachte leise, »und das gefällt mir.«

Er ließ sie los, ein wenig enttäuscht. Hatte er mehr erwartet?

»Sei nicht gleich eingeschnappt«, sagte sie ihm ins Ohr. »Ich kann beleidigte Leberwürste nicht leiden.«

»Ich bin nicht beleidigt«, er legte den Arm um sie und hielt sie fest, aber nicht zu sehr. Er ließ ihr genügend Freiraum, um tief durchzuatmen und sich nicht umklammert zu fühlen. »Es ist nur so – weißt du ...« Er suchte nach Worten. Franziska ließ ihm Zeit. »Auch für mich ist etwas Neues eingetreten, ich kann nicht sagen was. Vielleicht ist es – Liebe? Was meinst du?«

Sie antwortete nicht. Sein Herz schlug laut, und das rührte sie.

Dann schliefen sie ein.

Hochzeit in Pankow

Sie heirateten am Frühlingsanfang. Zwischen zwei Gastspielreisen. Ganz schnell und ohne Zeitverlust. Seit einem Jahr lebten sie auf Probe zusammen, und das ging gut.

Der Abschied von den Göttlichs war nicht leicht gefallen, immerhin hatten sie sechs Jahre zusammengelebt. Und nur eine Nacht wollte Franziska bei ihnen bleiben, damals, als sie nach Berlin gekommen war, ohne Geld und ohne Zuhause. Bei ihnen hatte sie eines gefunden.

Gunnar Hills Scheidung war endlich ausgesprochen worden. In einer alten, baufälligen Villa hatten sie zwei Kellerräume bezogen, nur zwei Straßen weiter von seiner ehemaligen Wohnung. Eine riesige, im Winter eiskalte Küche schloß sich an, mit einem Essensaufzug, der längst nicht mehr funktionierte. Hier war früher für die Herrschaften gekocht worden, im großen Stil. Nun stand in einer Ecke der elektrische Kocher mit zwei Platten, auf denen sie ihr Essen zubereiteten.

Zwei winzige Kammern im Keller waren nun die Wohnung des Paares Buresch-Hill. Gitter vor den Fenstern und ein Kanonenöfchen, das Gunnar am Morgen mit Kohlen heizte, noch ehe Franziska aus dem Bett kroch. Immerhin – eine eigene Wohnung.

Eine verschrobene Frau Kommerzienrätin (angeheiratete Titel, doch sie bestand darauf, so genannt zu werden!) war die Besitzerin der morschen Villa in der Görschstraße. Eine, wie sie gern betonte, vornehme Dame, klein und windschief wie ein dünner Baum im Nordwind.

Die Hochzeit sollte um elf Uhr stattfinden, im Rathaus Pankow.

Hans Worz und seine Frau waren als Trauzeugen eingeladen, denn immerhin war *er* es gewesen, der sie als Partner füreinander ausgesucht hatte, allerdings ohne zu ahnen, daß er damit eine künftige Ehe stiftete.

Auch eine Schwester Gunnars erschien, Emmi aus Westberlin, eine gutmütige, bescheidene Person, die ledig geblieben war und bei der U-Bahn arbeitete. Sie brachte Mutti Hill mit. Beide Frauen ähnelten einander, hatten die gleichen warmen Augen wie Gunnar und schlossen Franziska in ihr Herz.

Die älteste Schwester Hella und ihr Mann hielten sich fern. Sie billigten weder die Scheidung noch diese schnelle Hochzeit, sie lehnten Franziska ab, obwohl sie sie gar nicht kannten; alle Bemühungen Gunnars, die beiden mit seiner künftigen Frau bekannt zu machen, waren fehlgeschlagen.

Aber Vati Göttlich war gekommen, mit stolzgeschwellter Brust und in bester Laune, als sei er der Brautvater persönlich.

Sabine blieb fern. Sie hatte wieder mal – Gesangsstunde.

Der große Augenblick rückte näher. Franziska stand bereit, im zartgrünen Frühjahrskostüm, Gunnar im hellen Anzug mit silberner Krawatte.

»Wo ist der Strauß für die Braut?« erkundigte sich Hans Worz.

Allmächtiger, daran hatte keiner gedacht! Auch Franziska nicht.

Also lief Gunnar zum nächsten Blumengeschäft und kam wieder mit einem Strauß Narzissen, die er der Händlerin abgeschwatzt hatte und die nur als Dekoration gedacht waren. Denn Blumen gab es nicht jederzeit im sozialistischen Staat.

Das Brautpaar stieß ein letztes Mal mit den Gästen an, um sich Mut zu machen, etwas zu schwungvoll, denn der Rotwein schwappte über Franziskas Kostümrock. Gunnar, mit feuerroten Ohren, wie bei ihrer ersten

Begegnung, als er die Buttercremetorte vom Fußboden kratzte, holte Wasser und Lappen. Es lang ihm, den Fleck zu entfernen. Als sie zum Standesamt aufbrachen, schlabberte der feuchte Rock um Franziskas Knie.
Das Rathaus Pankow lag in der Nähe, nur fünf Minuten Fußmarsch. Die Passanten schauten der kleinen Gruppe staunend nach.
An der Ecke stand ein Mann. Er sah aus wie O.W. Fischer in seiner besten Zeit. Kritisch nahm er Franziska in Augenschein, grinste anerkennend, sah Gunnar in die Augen und hob den Daumen als Zeichen der Bewunderung.
»Was ist denn mit dem los?« fragte Franziska.
»Mein Bruder Kai«, Gunnar lachte. »Der wollte dich unbedingt sehen. Du gefällst ihm. Aber er traute sich nicht, an der Hochzeit teilzunehmen, solange die Stimmung in der Familie gegen ihn ist.«
»Schade«, bedauerte Franziska. »Schließlich hat er doch den Stein ins Rollen gebracht. Oder –?«
Sie drehte sich nach ihm um, doch Mutti Hill, die hinter ihr ging, gab ihr einen Wink. Das bedeutete: Beachte ihn nicht, den Lümmel!
Dann betraten sie das Standesamt.
Ein kahler Raum. An der Wand ein Bild Walter Ulbrichts. Das störte. Franziska bemühte sich, es sich wegzudenken.
Dann nahmen sie Platz, alle sieben. Das Brautpaar in der ersten Reihe.
Hinter dem Schreibtisch eine Standesbeamtin mit Brille und Parteiabzeichen. Sie machte ein feierliches Gesicht und begann ihr Referat. Sie redete vom Sozialismus, vom Arbeiter- und Bauernstaat und der unverbrüchlichen Treue zu ihm. Es klang, als sollten sie mit der Partei verheiratet werden.
Franziskas Gedanken schweiften ab. Sie verabscheute

Theorien. Für sie zählte nur die Realität, das war nicht immer so gewesen. Sie hatte lange dazu gebraucht, um endlich mit beiden Beinen auf der Erde zu stehen. Jetzt akzeptierte sie das Leben, wie es war, mit allen Kompromissen. – Seit einem halben Jahr lebte sie nun mit Gunnar in dem feuchten Keller, den sie sich gemütlich eingerichtet hatten. Sie schliefen auf dem schmalen Sofa, auf dem sie lagen wie Sardinen in der Büchse: Kopf bei Fuß, Fuß bei Kopf. Und sie heirateten, um eine zumutbare Wohnung zu bekommen, denn der angeblich so fortschrittliche Staat legte Wert auf einen Trauschein, im Gegensatz zu Gunnar und Franziska. Von ihnen aus hätte die Hochzeit nicht sein müssen. Daß sie beieinander bleiben wollten, war beschlossene Sache, dazu brauchten sie keinen Trauschein.

Nun sollten die Ringe angesteckt werden. Doch sie hatten keine, gar nicht daran gedacht. Aber die Heiratsurkunde unterschreiben – das mußten sie. Sie traten an den Schreibtisch, wollten die Angelegenheit schleunigst hinter sich bringen, doch als Franziska sich über die Urkunde beugte, ertönte Musik. Eine feierlich-getragene Melodie. In dem Augenblick erst wurde ihr der Ernst der Lage klar: sie heiratete! Ihre Hand begann so heftig zu zittern, daß sie nicht imstande war, ihren neuen Namen auf das Papier zu setzen. Da legte Gunnar seine Finger beruhigend auf ihre flatternde Hand. Sie faßte sich, holte tief Luft und unterschrieb: *Franziska Buresch-Hill.*

Nun waren sie also verheiratet.

Alle hatten sie Tränen in den Augen. Nur Vati Göttlich stand glücklich in seiner vollen Größe da, legte Franziska die Hände auf die Schultern und sagte: »Sei tapfer, Mädel!«

Am Abend gingen sie mit ihren Gästen in die Staatsoper. Unter den Linden. Die war nun endlich wiederaufgebaut. »Gajanee«, ein Ballett von Chatschaturjan.

Alles wie ein Traum, die Realität verflüchtigte sich. Franziska, noch immer virbrierend von den Aufregungen des ungewöhnlichen Tages, spürte Gunnars vertraute Nähe. Während der Musik lehnte er leicht seinen Arm gegen den ihren, wandte den Kopf, um sie anzusehen, fast ungläubig, als könne er nicht fassen, daß sie nun ein Ehepaar waren. Sie gab den Druck seines Armes zurück und lächelte ihm zu.
So vieles ging ihr durch den Kopf: Lieber Himmel, nun bin ich verheiratet! Das da, neben mir, ist mein Mann. Ich mag ihn, ich habe ihn gern, er beruhigt mein ständig aufgeregtes Herz. Er ist nicht wie Jan, nein, das nicht, doch was macht das schon? Er empfindet die Musik nicht mit der gleichen Hingabe wie Jan, er redet nicht mit dessen Brillanz ...
Nein, ich will, ich darf nicht vergleichen! Gunnar ist nun der Mann an meiner Seite. Wir arbeiten zusammen, das geht gut. Ich habe die Ideen, er garniert sie mit Pointen. Wir sind ein Team, ein Moderatorenpaar, eine »Doppelconférence«, meine Güte, was für ein komisches Wort! Mein Ehrgeiz und seine Gelassenheit, das müßte gutgehen. Keine Machtkämpfe mehr, keine Reibung. Kein Hochgefühl, aber auch kein tiefer Fall. Nur eines: Gemeinsam! Darauf kam es an.
Ein neuer Lebensabschnitt begann. Vieles war geschehen, vieles lag noch vor ihnen. Franziska war nun zweiunddreißig Jahre alt. Längst hatte sie sich damit abgefunden, in der benachteiligten Hälfte des Landes zu leben.

Es war das Jahr des Sputniks. Die Russen hatten den ersten Satelliten ins All geschossen: für die Bevölkerung der DDR ein willkommener Anlaß, ihr strapaziertes Selbstbewußtsein gegenüber dem Westen aufzubessern.
Die Kluft wurde immer breiter, spürbar schon im nächsten Verwandten- und Freundeskreis. Zum Beispiel – Ina.

Ina lebte in Friedenau, mit diesem Ferencz, einer unangenehmen Mischung aus Eis und Feuer, die er prahlerisch hätschelte. Franziska mochte ihn ebensowenig wie er sie. Doch sie arrangierten sich. Er zeichnete, nicht einmal schlecht, Karikaturen für eine Zeitung. Ina war ohne Engagement, bezog Arbeitslosenunterstützung, von der sie ganz gut leben konnte und sie tat nichts, um wieder in ihren Beruf zurückzukehren. Sie lebte in den Tag hinein. Oft gab es Streit zwischen den beiden, immer wieder mußten sie das Zimmer wechseln. So lebten sie wie Bohemiens, aber ohne Zuneigung füreinander.
Tristan war aus dem Gefängnis entlassen worden und in Westdeutschland untergetaucht, irgendwo. Er hatte noch tüchtig Schulden gemacht, für die Ina aufkommen sollte, doch nun waren sie geschieden.
Wenn Franziska Zeit hatte, besuchte sie Ina und Ferencz. Und dann, eines Tages, kam sie mit Gunnar, um die Freunde miteinander bekanntzumachen. Auch er arrangierte sich geschickt mit dem eigenwilligen, launenhaften Ferencz, versuchte, gemeinsame Interessen zu finden, was nicht einfach war, denn Ferencz dachte in Klischees, übte uraltes Rollenverhalten, wofür Gunnar keinerlei Verständnis hatte, schon gar nicht, seit er Franziska kannte.
»Er ist nett, dein Gunnar«, stellte Ina kritisch fest, »aber so gar nicht komödiantisch, wie du es doch liebst. Wird das gutgehen?«
»Es geht ja schon gut, seit einer ganzen Weile.«
»Und was ist mit der Partei – mischt die sich ein?«
Doch, sie hatte sich eingemischt. Gunnar wurde vor ein Tribunal befohlen und mußte vor den Genossen sein intimstes Privatleben ausbreiten.
»Und danach –« berichtete Franziska, »haben uns die Parteileute zu einem Ball eingeladen. Die wollten mich wohl testen, ob ich eines Genossen würdig bin. Einer der Bonzen tanzte mit mir, gab sich etwas zu bemüht char-

mant und fragte mich aus. Ich spielte ›leicht beschwipst‹ und tat, als flirtete ich mit ihm. Dann brachte er mich an den Tisch zurück und gratulierte Gunnar.«

»Da seid ihr aber diesmal gut davongekommen«, meinte Ina. »Die sind so tückisch, aber auf die alten Tricks fallen sie noch immer herein.« Dann griff sie nach Franziskas Brieftasche, die aus unerfindlichen Gründen auf dem Tisch lag, begutachtete sie kritisch, rümpfte die Nase und sagte verächtlich: »So ein Ramsch! Typisch Osten.«

Franziska brauchte eine Weile, um diese Taktlosigkeit zu verdauen. Die Brieftasche war nicht aus Leder, natürlich nicht, drüben gab es ja nur Kunststoff. In jenem Augenblick empfand sie ganz stark den tiefen Riß zwischen den beiden Welten, in denen sie lebten. Inas Bemerkung hatte es ihr klargemacht. Wir sind eben Menschen zweiter Klasse, dachte sie bestürzt. Wir haben die falsche Währung. Ganz egal, wieviel wir arbeiten, wieviel Erfolg wir haben – für die Leute im Westen sind wir ein Nichts.

Seitdem kam sie stets mit einem unerklärlichen Minderwertigkeitskomplex zu Ina. Er wuchs, je mehr die Freundin auftafelte: Obst, das wie gemalt aussah, frisches Gemüse, wie sie es nicht kannten, bunte Cocktails und Salate mit schwarzen Oliven. Ein *Siphon* wurde vorgeführt. »Was – ihr wißt nicht, was ein Siphon ist?! Wie kann man denn ohne Siphon ...« Ein Siphon war »in«. Er gehörte zur Zivilisation. Wer keinen Siphon besaß, war ein armer Schlucker. Womit sollte man schließlich die Kohlensäure in die »Longdrinks« einfließen lassen?

Longdrinks. Sets. Partys. Cocktails. »Was, ihr habt noch nie Campari mit Eis getrunken, keinen Whisky – ja, wo lebt ihr denn?«

Sie lebten in Pankow, nur wenige Kilometer entfernt.

Eines Morgens war Franziska mit Gunnar durch die Krausenstraße gegangen, wo sich die Gastspieldirektion befand. Leider besaßen sie noch kein Auto, das mußte

bestellt werden und es dauerte Jahre, ehe es geliefert wurde. Da fuhr ein Nobelschlitten an ihnen vorbei, ein amerikanisches Modell. Der Fahrer ließ eine Hupe ertönen, die klang, als sei sie von Furtwängler gestimmt worden. Hinter der Scheibe feixte ein bekanntes Gesicht.
»He, Jochi!« Franziska rannte auf ihn zu. Und er? Er winkte lässig mit der Hand, gab Gas und bog um die Ecke.
»Wer war denn das?« fragte Gunnar.
»Ein alter Freund«, sie lehnte sich gegen die Mauer der Hausruine, weil sie sich vor Enttäuschung schlapp fühlte. »Jochen Großmann, du müßtest ihn kennen.«
»Flüchtig«, erwiderte Gunnar. »Was erschüttert dich so?«
»Er ist mit seinem Amiwagen vorbeigefahren, hat nur herablassend gewinkt, wie ein Monarch seinen Untertanen!«
Derartige Vorkommnisse nahmen zu. Die Westkollegen zeigten sich gönnerhaft, nicht alle, aber doch sehr viele. Dennoch arbeiteten sie gern »im Osten«; das Geld, auch wenn es eine schwache Währung war, brauchten sie. Die Engagements in Westberlin waren nicht üppig gesät. Im Osten aber – da gab es den Künstlerdienst und eine Anzahl guter, wirklich guter Varietés: Den *Friedrichstadtpalast.* Den *Lindenhof* in Zwickau. Den *Kristallpalast* in Magdeburg. Das *Steintor* in Halle.
Morgen früh fuhren sie dorthin, nach Halle, ins berühmt-beliebte *Steintor.* Mit einer selbstgeschriebenen Revue. Dieser Gedanke brachte Franziska wieder zurück in die Gegenwart.
Auf der Bühne tanzten sie den »Säbeltanz«. Was für eine dahinstürmende Musik – eine rhythmische Orgie! Gunnars Körper zuckte verhalten mit, sonst war er eigentlich nicht so schnell zu begeistern, doch diese armenische Melodik, die orientalische Pracht dieses Balletts überwältigte ihn doch.
Zum Schluß applaudierten sie anhaltend, es war ein wunderschöner, ein ganz besonderer Abend, und sie gingen

zum Ausgang, wo sie ihre Hochzeitsgäste trafen, denn die Platzkarten waren nur als »Streublümchen« zu haben gewesen. Als sie die Oper verließen, zischten bunte Raketen in den Himmel, etwas wurde gefeiert, und das junge Brautpaar blieb auf der Treppe stehen und sah dem Feuerwerk fasziniert zu.

»Das wäre doch aber nicht nötig gewesen«, Gunnar lachte und tat, als gälte das bunte Fest ihm und Franziska. Menschen drängten sich Unter den Linden und jubelten dem Feuerwerk zu.

Franziska spielte mit, beide nickten sie nach allen Richtungen.

»Wat is denn«, motzte ein ungeduldiger Drängler, »jehts denn nich weita oder wollta hier Wurzln schlajen!«

Da legte Gunnar seinen Arm um Franziska und verkündete mit ungewohntem Überschwang: »Wir sind seit genau zwölf Stunden verheiratet!«

»Wir sprechen uns in dreißig Jahren wieda«, der Mann schob sich an ihnen vorbei und winkte einer dicken Dame mit dem Kopf. »Komm, Irma!«

Es war ein Sketch, Überschrift: »Berliner Skizzen«.

Das Licht ging aus im Kellerraum der alten Villa, der sich mit vornehmer Zurückhaltung »Souterrain« nannte. Durch das erhöht liegende, kleine vergitterte Fenster fiel fahles Mondlicht. Auf der Straße verklangen eilige Schritte, jemand lief irgendwohin, dann blieb es still.

Auf dem kleinen Tisch brannte eine Rosenduftkerze und verströmte sanft-süßen Honiggeruch.

Franziska lag auf dem schmalen Sofa, neben ihrem Kopf prangten Gunnars Füße, so nutzten sie, mit fast mathematischer Genauigkeit, den Platz besser aus. Eisern widerstand sie der Versuchung, ihn zu kitzeln, wie das allabendlich der Fall war. Er schlummerte längst – und ihre Zurückhaltung in Sachen »kitzeln« sollte ihr Hochzeitsgeschenk sein.

Die Kerze brannte ruhig, mit bewegungsloser, gelblichblauer Flamme. Ihr Schein beleuchtete Gunnars Gesicht, das Franziska nachdenklich betrachtete, nicht zum ersten Male, aber doch so, als wollte sie sich jeden Zug genau einprägen, wie von ihrem eigenen Gesicht. Es gehörte ab jetzt in ihr Leben. Die auffallend hohe Stirn – von jeher hatte Franziska eine Schwäche für Männer mit hoher Stirn gehabt! –, der Ansatz der dichten, brünetten Haare, die in leichten Wellen wuchsen und die er immer wieder versuchte, glatt nach hinten zu striegeln, was Franziska bedauerte; dann seine vollen, sehr sinnlich wirkenden Lippen, um die meist ein herzliches Lächeln lag, vor allem dann, wenn er Franziska ansah, das alles war ihr sehr nahe, sehr vertraut. Seiner Sinnlichkeit begegnete sie mit etwas kühler Distanz, was wiederum *er* bedauerte, doch er fügte sich. Franziska war nicht sein Schönheitsideal, das wußte sie. Er mochte Frauen mit großen Brüsten und starker, erotischer Ausstrahlung. Deshalb wunderte sie sich, weshalb er ausgerechnet sie liebte.

Liebte er sie – oder was mochte es sein, das ihn an ihr fesselte, so sehr, daß er, fast bis zur Selbstaufgabe, sich immer wieder zurücknahm. Was sah er in ihr, was mochte er an ihr? Sie waren grundverschieden. Was hielt sie zusammen? Keine intellektuelle Verbindung, wie sie sie mit Jan gehabt hatte, kein körperliches Ineinander-verschmelzen: ›Du bist mein zweites Ich‹, die Ergänzung, die Liebe, die nicht aufhören konnte und die es ihnen doch unmöglich gemacht hatte, miteinander zu leben. Dies war es nicht. Was dann?

›Deine Energie‹, hatte Gunnar gesagt, dem es widerstrebte, darüber zu reden, ›dein Humor, von Anfang an hat mich das fasziniert, hat mich nicht mehr losgelassen. Du bist stark.‹

Stark war sie nicht, jedenfalls fühlte sie sich nicht so. Immer wieder mußte sie sich neu aufbauen, ankämpfen gegen ihre

Ungeduld, die Ruhelosigkeit und das Gefühl, viel erreichen zu wollen, und das möglichst perfekt. Für einen Menschen, der in gewisser Weise als Chaot geboren war, eine harte Aufgabe und nur zu meistern durch den ständigen Einsatz von Selbstdisziplin, die aber immer wieder zusammensackte und neu mobilisiert werden mußte. Möglicherweise wirkte das auf manche wie Stärke.
Gunnar nahm sie bei der Hand und ließ sich von ihr führen. Wird das gutgehen, ein Leben lang? Sie wollte mit ihm alt werden, sehr alt.
»Du«, sagte sie plötzlich laut, »ich habe meinen Eltern gar nichts von der Hochzeit geschrieben!« Mit schlechtem Gewissen: »Eigentlich habe ich dich nur mal kurz erwähnt.«
»Wird nachgeholt«, murmelte er. »Wenn du willst, fahren wir im Sommer zu ihnen. Wo ist das doch gleich?«
»Freiburg.«
»Au ja, kenne ich gar nicht, muß schön sein dort. Oder?« Er seufzte wohlig auf und brummelte: »Gute Nacht, Frau Hill. Ich glaube, ich liebe Sie.«
»Buresch-Hill«, berichtigte sie, um ihn aufzuziehen. »Nur damit das klar ist, Herr Kollege.«
Sie blies die Kerze aus und umarmte, der Bequemlichkeit halber, seine Füße. Was für eine Hochzeitsnacht! Doch noch lange lag der süße Duft nach Honig in dem winzigen Zimmer.

Zwischenspiel

»Komm, er steht draußen!«
Gunnar hatte während Franziskas Auftritt den Saal verlassen, so eilig, als habe er soeben erfahren, daß ein

Brand ausgebrochen sei. Ein Mann hatte ihn zu sprechen gewünscht und ihn weggeholt. Recht ungewöhnlich, denn die Vorstellung lief noch. Es war Nachmittag. Das Publikum saß an kleinen Tischen, trank Kaffee, aß Kuchen und war in bester Stimmung. Große Show im Zeughaus. Unter den Linden. Seit einer Woche schon, jeden Nachmittag.

Franziska brachte ihr Solo, eine Conférence um den »idealen Mann«, die mit einem Chanson endete (Marke Eigenbau). Gunnar wartete auf das Solo mit Ungeduld, weil er sich dabei immer amüsierte, und sie nutzte die Gelegenheit, sich nach Herzenslust »freizuspielen«. Wenn er zusah, heizte sie das an. Und nun war er ausgerechnet an dieser Stelle weggelaufen, um bald darauf zurückzukehren, mit allen Zeichen höchster Erregung. Er winkte sie vom Künstlertisch neben der Bühne weg, während die Musik zu einer Tanzshow spielte.

»Was, um Himmelswillen, ist denn los?!«

»Winnetou ist da, komm schnell und sieh ihn dir an!« Der sonst so ausgeglichene Gunnar hatte rote Flecke auf den Wangen, wie ein Fieberkranker.

Sie liefen auf die Straße, es war ein heller Sommertag. Die einstige Prachtstraße lag leer vor ihnen, und der Asphalt glänzte in der Sonne mit all seinen Schlaglöchern.

Am Straßenrand gegenüber stand ein funkelnagelneues Auto: ein schwarzweißer *Wartburg*, Luxusausführung, wundervoll anzusehen. Der Mann, der ihn gebracht hatte, stand stolz daneben und winkte mit den Autoschlüsseln.

»Herzliche Gratulation«, sagte er leicht sächselnd, »da haben Sie aber wirklich Glück gehabt!«

Das erste, was Franziska dachte: O Gott, der Preis! Sechzehntausend Mark! Wie oft hatten sie diesen Wagen betrachtet, ihn sehnsüchtig angeseufzt und dann längst abgeschrieben. Er stand im Schaufenster eines Autohauses, das sich ebenfalls Unter den Linden befand, ein

Stück weiter oben, kurz vorm Brandenburger Tor. Nun waren Autohäuser im Osten nicht dazu da, um Autos zu verkaufen. Allenfalls bestellen konnte man eines. Am besten für den noch nicht geborenen Familienzuwachs. Dann konnte man den lieben Kinderchen den frisch gelieferten Wagen zum achtzehnten Geburtstag überreichen.

»Was sagst du dazu?« drängte Gunnar.

Sie sah zuerst das Auto, dann ihn fassungslos an: »Woher sollen wir ...«

»Alles längst geregelt«, er strahlte und öffnete die Tür. »Setz dich mal rein.«

Franziska saß Probe. Sie berührte das Steuerrad, als hätte sie Angst, sich daran zu verbrennen.

»Ja dann – dann muß ich ja wohl meinen Führerschein machen!«

»Aber schnellstens«, rief der Verkäufer – oder wer er immer war, »wir haben die Sache beschleunigt, weil Sie das Auto doch brauchen, als Dienstfahrzeug, nicht wahr? Es ist ja wie für Sie gemacht.«

Nun hatten sie also ein Auto.

»Wie kommst du auf den Namen *Winnetou*?«

»Weiß ich auch nicht«, erwiderte Gunnar. »Er hat so was Indianisches, findest du nicht?«

Sie konnte seinen phantasievollen Höhenflügen nicht ganz folgen. Aber *Winnetou* klang recht gut. In zärtlichen Stunden konnte man das neue Familienmitglied auch »Winnie« nennen.

Wenn Gunnar etwas organisierte, funktionierte es. Monatelang war er hinter dem Wagen hergewesen, hatte Eingaben gemacht, Erklärungen abgegeben, Fragebogen ausgefüllt, immer wieder verschiedene Amtsstellen aufgesucht und schließlich erreicht, was er wollte.

Auch eine neue Wohnung hatten sie bekommen. Berliner Straße in Pankow. Große, weiträumige, ehemals hochherrschaftliche Wohnung, in der sich ihre zierlichen, modernen Hellerauer Möbel etwas verloren ausnahmen. Kachelöfen in den Zimmern machten sie gemütlich. An die Küche grenzte ein winziger Raum, der war mal die Dienstmädchenkammer, kein Fenster darin, so hatten die feinen Herrschaften ihr Personal untergebracht. Franziska betrat diesen Raum mit Schaudern und ihr soziales Gerechtigkeitsgefühl tobte sich aus: »Da saßen die schnurrbärtigen Männer mit ihren Matronen im Salon, zu Weihnachten holten sie sich ein paar Waisenkinder ins Haus, beschenkten sie und schickten sie schleunigst wieder fort, und das Dienstmädchen durfte den Dreck wegräumen und sich dann, wie eine Ratte, in dieses Loch verziehen. Mir wird übel, wenn ich nur daran denke!«

Gunnar sah die Sache mehr von der praktischen Seite. Er richtete sich dieses kleine Loch als Dunkelkammer ein. Und dafür war es ideal.

Gleich um die Ecke, in der ruhigeren Hallandstraße, stand »Winnie« Wache und wartete darauf, gefahren zu werden.

Draußen tobte der Verkehr. Lastwagen und Straßenbahnen fuhren vorbei, die Haltestelle befand sich ausgerechnet vor dem Haus, am frühen Morgen versammelten sich da Schulklassen, und nachts grölten Betrunkene aus der Eckkneipe.

Es kam vor, daß Franziska sich zurücksehnte in den stillen Keller der alten Villa: wenn der Kanonenofen glühte, das Holz darin knisterte und duftete, und Gunnar in aller Frühe, Mantel über Schlafanzug, vor der Tür Schnee schippte. Himmlisches Gefühl der Geborgenheit!

»Wir haben fast alles, was wir wollen«, sagte sie, »gute Verträge und ein Auto, aber wir haben auch die lauteste Wohnung der Welt.«

Immer schon war sie von Ruhe abhängig gewesen, als Kind bereits brachte sie Lärm aus der Fassung. Sie mochte die Wohnung nicht. Sie konnte nicht schlafen. Und sie war froh, wenn sie endlich wieder auf Tournee fuhren.

Überall hin, auch auf die Insel Hiddensee, wo sie auftraten und gleichzeitig Ferien machten, denn sie hatten von der Gewerkschaft zwei Plätze bekommen. Das war eine besondere Ehre. Die Insel Hiddensee blieb reserviert für »Kulturschaffende«. Ein winziges Zimmer mit Waschbecken, doch es reichte ihnen. Franziska ließ ihre meist kurzgeschnittenen Haare in diesem Sommer wachsen, ein Mini-Pferdeschwanz entstand, den Gunnar jeden Morgen striegelte und festband. Sie hatten viel Spaß dabei, liefen Hand in Hand barfuß über den steinigen Strand, besichtigten Gerhard Hauptmanns Haus in Kloster, spazierten um Endrikats ehemaliges Feriendomizil, erinnerten sich an ihr erstes gemeinsames Stück »Getrennte Kasse«, in dem sie ein Pärchen spielten, das sich auf Hiddensee kennenlernte; noch immer pfiffen sie die Melodie ihres Duetts als Erkennungspfiff, wenn sie einander suchten:

»Das gibt es nicht am Rhein,
das gibt's nicht an der Spree,
das gibt es nur allein
auf der Insel Hiddensee.«

Sie traten auf in Greifswald, wo Franziska jedes Haus, jede Straße kannte, sie wanderten am Bodden entlang, vorbei an der Ruine Eldena, wo sie so oft mit Jan spaziert war – aber sie wollte nicht mehr daran denken, das war damals eine ganz andere Franziska gewesen: der Wind strich ihr wie Federn um die Ohren, sie hatte das Gefühl, als schwebe sie auf Wolken – immer nur Jan entgegen.

Gunnar hingegen filmte sie pausenlos. Seit einigen Tagen war er stolzer Besitzer einer Schmalfilmkamera. So wurden Greifswald und die Umgebung erste Opfer seiner Filmleidenschaft. Als Hauptdarstellerin natürlich immer wieder Franziska.

Nach Freiburg, zu den Eltern, kamen sie nicht. Das schoben sie auf: »Nächstes Jahr, nächstes Jahr!«
»Es ist typisch für Dich, daß Du Deinen Eltern kein Wort davon gesagt hast, daß Du heiraten willst.« Es kamen Briefe voller Vorwürfe, *»wer hetzt Dich eigentlich so gegen uns auf? Früher ...«*
Die ersten versteckt-feindseligen Angriffe gegen Gunnar, den sie noch gar nicht kannten, aber doch schon ablehnten, einfach deshalb, weil er für Franziska wichtig geworden war. Wer immer in ihr Leben trat, wurde von Maria Buresch attackiert: ob es sich in ganz jungen Jahren, noch in Teplitz, um die geliebte Freundin Gerti handelte oder um Freund Julian, die Mutter zwang Franziska, mit ihnen »Schluß zu machen« und lieferte dafür fadenscheinige Gründe, denen das junge Mädchen blindlings vertraute. Auch gegen Jan hatte Maria versucht, Stimmung zu machen, doch inzwischen war Franziska erwachsen geworden. Diesen Kampf stand sie allein durch, ohne andere Einflüsse für oder gegen Jan. Die Mutter war erbittert. Sie wollte nicht wahrhaben, daß Franziska sich längst ihrem Einfluß entzogen hatte, also gab sie anderen die Schuld. »Er hetzt dich gegen uns auf!«
Immer Vorwürfe. Als wäre Franziska noch das unselbständige Kind und nicht ein Mensch, der sich allein hochgerappelt hatte, oft umgefallen und wieder aufgestanden, ohne Hilfe, weil sie andere nicht mit ihren Problemen belasten wollte, am allerwenigsten die Eltern. Sie wären ihr ohnehin kein Beistand gewesen, weder bei Gefühlskatastrophen noch bei beruflichen Krisen. – Nur Tante Vicky hatte sie immer verstanden, als Kind schon und später als junges Mädchen; Tante Vicky und der geliebte Onkel Georg, der »Lulatschonkel«, die beiden liebte sie, bei ihnen konnte sie sich ausweinen. Auch sie lebten nun in Freiburg.
»Wenn Du kommst, verbiete ich Dir, mit den Segals Kon-

takt aufzunehmen«, schrieb Maria Buresch. Die »Segals«, das waren Tante Vicky und Onkel Georg, die von Maria meistgehaßten Menschen auf der Welt, vor allem, was Vicky betraf, die jüngste und einzige Schwester ihres Mannes, der außer Vicky nur noch Brüder hatte. Schon in der Schule mochten sich die beiden Mädchen nicht, und keiner hatte geahnt, daß sie Schwägerinnen werden sollten.

Vorwürfe und Verbote, das erwartete Franziska in Freiburg. So gesehen, kam es ihr gelegen, daß sie die Reise immer wieder verschieben mußten. Sie vertraute Gunnars stabilem Naturell, ihn konnte nichts erschüttern, ganz sicher auch nicht Maria Buresch mit ihren unberechenbaren Launen. Oft »vergaß« die Mutter in ihren Briefen den Schwiegersohn zu grüßen, sie überging ihn einfach. Gunnar zuckte lachend die Achseln, auf alles vorbereitet und sagte seinen Spruch: »Das kriegen wir schon hin!«

Nun, noch war es nicht soweit. Sie hatten viel zu tun. Und alle vier Wochen conférierten sie den »Musikalischen Frühschoppen« von Radio DDR, in Berlin oder in Leipzig. Das bedeutete, nachts aufzustehen, in aller Frühe loszufahren, harte Probenarbeit und die Sendung erfolgreich hinter sich zu bringen. Oft auch noch eine Vorstellung nachmittags oder am Abend.

Wenn sie in der Leipziger Kongreßhalle auftraten, da, wo Gerhard Feller immer wieder den Salto mortale auf dem Drahtseil probiert und sich dabei blutig geschlagen hatte, dann saß Franziska in der wirklich schönen Garderobe und entspannte sich zwischen den Auftritten. Der Zoo lag gleich dahinter. Man konnte die Löwen brüllen hören und die Hyänen lachen, als nähmen sie teil an der Veranstaltung.

In der Kongreßhalle stand eine riesige Orgel. Vor Jahren war Franziska mit Jan hierhergefahren, um ein Konzert zu hören. »Mazeppa« von Franz Liszt. Und ein Orgelkonzert von Händel. Wie verzaubert hatten sie dagesessen, die Musik in sich aufgenommen und lange Zeit geschwiegen, was bei ihnen nur selten vorkam. »Es ist wundervoll, mit dir Musik zu hören«, hatte Jan gesagt, als sie die Halle verließen. »Ich habe noch nie einen Menschen erlebt, der dabei so voller Begeisterung ist; der sich mit Tönen auflädt und an ein kostbares Gefäß erinnert: an einen Becher, der bis zum Rand gefüllt ist – mit Liebe.« Seine Vergleiche!

Nun, das war aus einem anderen Leben. Jetzt stand sie auf der Bühne, mit Gunnar. Sie spielten einen Sketch, eine griechische Parodie: Sokrates und Xanthippe. Die wallenden Umhänge mit den typischen Ornamenten hatte er selbst genäht, auch den goldenen Lorbeerkranz mit der rosaroten Stoffglatze. Der Saal jubelte.

Die Orgel schwieg.

Eines Tages traf sie in der Friedrichstraße den dünnen Christian. Er war inzwischen ein DEFA-Star geworden, der »Junker Bleichenwang« von Ostberlin.

»He, Franzi, ich hab' dich im Radio gehört, unverkennbar deine Stimme, sie hat mich am Sonntagmorgen aus meinen unkeuschen Träumen geweckt.«

»Da kannst du mal sehen, wie schwer andere Leute arbeiten, während du noch schläfst.«

Sie gingen in ein Café und unterhielten sich. Viel gab es zu erzählen. Plötzlich fragte er: »Kommst du auch?«

»Wohin?«

»Zu Jans Premiere im Metropoltheater. Er hat eine Operette geschrieben, wirst du ja wohl wissen. Am Sonnabend ist Premiere. Habt ihr denn gar keine Verbindung mehr?«

»Keine.«

»Schade. Ich stehe mit meinen Verflossenen in gutem Kontakt. Allerdings muß ich zugeben, daß ich sie nie sonderlich geliebt habe. Sie mich übrigens auch nicht. Dann klappt das nämlich mit der ewigen Freundschaft

hinterher. – Sieh mal!« Er hielt ihr zwei Karten entgegen.
»Was ist das?«
»Für die Premiere. Ich habe sechs Stück gekauft, aber zwei Freunde können nicht, die haben Nachtaufnahme in Babelsberg.« Sein Adamsapfel hüpfte vor Schadenfreude, als er Franziska verstört vor sich sah. »Kannst sie haben. Ich schenk' sie dir. Bring' deinen Mann mit, dann lern' ich den gleich kennen.«
Am Sonnabend hatten sie frei, sie mußten erst Sonntag früh in Leipzig sein.
»Nimm sie schon«, drängte er, »die sind kostbar. Für Jan ist das eine große Sache. Ihr sitzt in der zehnten Reihe, immerhin. Nach der Premiere feiern wir dann: die alte Greifswalder Sippschaft – oder was von ihr noch übriggeblieben ist.«
Gunnar freute sich über die Karten. »Wenn du nicht hingehst, käme mir das etwas merkwürdig vor«, sagte er. »Es gibt keinen Grund dafür. Die Kupelius-Operette ist viel im Gespräch. Schon der Titel: *In Frisco ist der Teufel los*, das macht neugierig. Die beste Möglichkeit, der befohlenen Ideologie aus dem Weg zu gehen, ist: Amerika durch den Kakao zu ziehen. Ich nehme an, daß es darauf hinauslaufen wird.«
Es gab tatsächlich keinen vernünftigen Grund, *nicht* hinzugehen. Obwohl Gunnar Bescheid wußte. Er kannte Franziska zu gut, auch wenn sie nicht darüber sprach, konnte sie nicht verheimlichen, wie sehr sie den Verfassers des Librettos noch immer liebte. Es kam vor, daß sie nachts laut schrie, dann – sie schliefen jetzt in getrennten Zimmern – lief er an ihr Bett, um sie festzuhalten, zu umarmen. Wenn sie schrie, träumte sie von Jan. Auch das wußte er, obgleich sie es nicht zugab. Vor kurzem hatte Gunnar ihr Tagebuch gefunden, sie hatte es wieder mal herumliegen lassen, und er konnte nicht widerstehen,

darin zu lesen: *Immer der gleiche Traum. Ein Flugplatz oder ein Bahnhof. Einer von uns reist ab, Jan oder ich. Wir rufen uns etwas zu, können nichts verstehen. Ich winke ihm nach und merke, daß ich ganz oben auf einem schmalen Sims stehe und ich kann mich nicht festhalten und stürze ab. Dann schreie ich und bin schweißgebadet.*

Gunnar drängte sich nicht in die gescheiterte Liebe der beiden. Für ihn war nur eines wichtig: mit Franziska zu leben.

Das Metropoltheater war an seinen angestammten Platz zurückgekehrt: Friedrichstraße, gegenüber der S-Bahn, mitten im Zentrum. Jahrelang hatte es sich in der Schönhauser Allee befunden und mußte der Staatsoper Platz machen, solange das im Krieg zerstörte Haus Unter den Linden wieder aufgebaut wurde. In der Schönhauser Allee war das Metropoltheater klein gewesen, untergebracht in einem ehemaligen Kino. Böse Zungen spöttelten: Dies sei das einzige Fernsehtheater der Welt. Denn dort könne man sehen, wie in Kleinposemuckel gespielt würde.

So schlimm aber war es nicht gewesen. Es hatte viele gute Aufführungen gegeben, sie konnten sich durchaus mit denen in Westberliner Theatern messen.

Hier also die Premiere von Jan Kupelius' Operette. Der erste Akt war äußerst schwungvoll. Feurige Melodien, temperamentvolle Musik. Cowboys kamen vor, Afrikaner, Seemänner, Gangster und Bardamen. Es wurde viel getanzt und viel parodiert: Amerika total.

Zwei Reihen vor ihnen saß der dünne Christian, winkte ihnen in der Pause zu. Es gab ein musikalisches Zwischenspiel.

»Sieh mal in die Loge«, sagte Gunnar. Franziska wandte den Kopf. In der Intendantenloge saß ein weißhaariger Mann, vielleicht der Komponist; und neben ihm, stehend, mit schmalem Kopf und blitzender Brille – *Jan.*

Im Saal herrschte gedämpftes Licht, doch hell genug, Gesichter zu erkennen.
Jan sah zum Orchester hinab. Plötzlich, wie auf Zuruf, wandte er den Kopf mit einer hastigen Bewegung und blickte genau in Franziskas Richtung. Er mußte sie wohl entdeckt haben, denn er beugte sich vor, stützte die Hände auf die Logenbrüstung und stand wie erstarrt. Franziska machte Anstalten aufzustehen, doch sie blieb wie angewurzelt sitzen. Sie sahen sich an, sekundenlang und fast erschrocken. Er hob die Hand, als wolle er winken, hielt auf halbem Weg inne und stützte sich wieder auf.
Franziska spürte eine Hitze im Gesicht, ein Brennen in der Magengegend, sie unterdrückte ein Zittern und konnte doch nicht verhindern, daß ihr das Programmheft samt Tasche von den Knien rutschte.
Gunnar tauchte hinab, um es aufzuheben, reichte ihr beides mit einem etwas prüfenden, doch sehr nachsichtigen Blick.
Das Zwischenspiel war beendet, Applaus, es wurde wieder dunkel.
Plötzlich fühlte sie sich so müde, als sei sie innerhalb von Sekunden Jahrzehnte älter geworden. Das Herz hörte nicht auf zu flattern. Ein Rückfall in gewohntes Leiden? Es würde vorbeigehen, doch immer wiederkommen: wie die Alpträume, die Gedanken und die Erinnerung. Irgendwo noch eine törichte winzige Hoffnung. Worauf? Wunden, die nie verheilen.
Als das Licht im Saal wieder anging, war die Loge leer.
Der dünne Christian kam in der Pause auf sie zu und fragte: »Kommst du mit, zu Jan? Er wartet hinter der Bühne auf uns.«
»Geh doch«, sagte Gunnar.
»Nein«, Franziska hatte nicht die Kraft, Jan gegenüberzutreten, in der altgewohnten Unbekümmertheit, die sie sich zugelegt hatten, wenn sie fast verzweifelten,

mit den falschen heiteren Tönen, das konnte sie nicht mehr.
»Warum gehst du nicht zu ihm?« drängte Gunnar. Sein Gesicht war arglos, doch Franziska wußte längst, daß er es faustdick hinter den Ohren hatte. Es war keineswegs Verzicht, wie man hätte annehmen können, kein Edelmut oder gar naives Vertrauen. Es war seine Taktik. Er kannte Franziska, er wußte wohl, daß sie meist das Gegenteil von dem tat, was der andere wollte.
War es so?
Es wäre ihr lieber gewesen, Gunnar hätte ihr eine Szene gemacht. Seine realistische Betrachtungsweise, seine trocken-vernünftige Art nahm der Liebe zu Jan den Höhenflug.
Zum Schluß verließen sie das Theater, ehe der stürmische Applaus zu Ende gegangen war. Sie wollte dem dünnen Christian nicht mehr begegnen, keine Berichte über Jans Verfassung hören. Auch von der anschließenden gemeinsamen Premierenfeier wollte sie nichts wissen, was Gunnar bedauerte. Er kannte Jan Kupelius nicht persönlich, nur von einem Foto, das im Künstlerclub »Die Möwe« hing, wohin sie ab und zu gingen.
Zu Hause, in ihrer großen Wohnung, saßen sie in der gemütlichen Ecke am Kachelofen bei Kerzenlicht. Sie sprachen über die Premiere, über den Erfolg, das Libretto, die Musik, auch über Jan. Eigentlich redete Franziska hauptsächlich allein, wieder mal außer Atem, wieder mal mit dem Gefühl, viel zu schnell gelaufen zu sein.
Gunnar schenkte Wein ein und hörte aufmerksam zu.
Über dem Sofa, wo Franziska schlief, hing Canalettos berühmtes Bild: Dresden. Die Elbe, die Hofkirche, die Brücke, über die Franziska mit dem Rucksack auf dem Rücken gegangen war, durch Trümmer und Ruinen, in ein unbekanntes, neues Leben. – Auf der anderen Seite der Wand, sorgfältig gerahmt und aufgereiht, die Stiche vom

alten Berlin, die Jan ihr vor Jahren geschenkt hatte. Sie wollte sie eigentlich vergessen. Doch Gunnar nahm sich ihrer an, und da hingen sie nun.
Und als sie schließlich zu Ende geredet hatte: über Jan, über sich, über alles, was sie bewegte, lächelte Gunnar ihr zu, wie er es immer tat, mit viel Vertrauen, als könne nichts ihre Gemeinschaft erschüttern.
Da fiel die Unruhe von ihr ab, sie kam von ihrem erregten Gedankenflug zurück auf den Dielenboden des großen Zimmers, vor dessen Fenster der Straßenlärm tobte, auch jetzt noch, in der Nacht. Die Koffer standen gepackt im endlos langen, dunklen Flur, der unvermeidliche Kleidersack mit der Bühnengarderobe hing an einem Haken. In wenigen Stunden brachen sie auf nach Leipzig. Ein letztes Mal nahmen sie ihre Texte durch, übten die Pointen auf Tonband, hörten sich ab, stritten ein wenig, dann endlich, endlich gingen sie zu Bett.
»Schlaf gut«, Franziska umarmte ihn und wühlte ihre Nase in sein dichtes Haar. Es roch nach frischgebackenem Brot und ein wenig nach Herbstwald, wie Jans Haar. Aber sie mochte diesen Duft. Ihr Herz schlug ruhig. Sie war wieder zu Hause.

Der Geburtstag

Wenn Franziska an die Geburtstage ihres Lebens zurückdachte, erinnerte sie sich an eine Kette von Katastrophen. Der 30. August! Immer war etwas los, das total danebenging. In der Kindheit fing zu diesem Termin die Schule an. Einmal bekam sie die Masern. Ein andermal Keuchhusten. Mit fünfzehn machte sie die Aufnahmeprüfung für die Theaterschule in Aussig und fiel durch.

Nach der Reifeprüfung im Jahr 1944 ging sie nach Wien, ihr erstes Engagement, probte vierzehn glückliche Tage lang und dann, am 30. August, wurde der »totale Krieg« verkündet. Die Theater schlossen ihre Pforten, die Schauspieler und Sänger, überhaupt alle am Theater engagierten Leute, mußten zurück nach Hause, in die Fabriken, zum Kriegseinsatz. Das letzte Kapitel hatte begonnen.
Am 30. August 1945 verließ Franziska ihre Heimat mit dem Rucksack auf dem Rücken, ihr ganzer Besitz, den man ihr gelassen hatte. Mit dem Planwagen fuhr sie von Teplitz nach Zinnwald, von dort mit dem Zug nach Dresden in ein neues, zunächst noch kaputtes Leben. An diesem zwanzigsten Geburtstag war ihre Jugend zu Ende gegangen.
Einige Jahre später, als sie mit der Mutter schwarz über die Grenze ging, von Ost nach West, saßen sie in der schäbigen Wartehalle eines kleinen Bahnhofs, um auf den ersten Zug zu warten, der Franziska in eine ungewisse Zukunft bringen sollte. An welchem Tag? Nicht schwer zu erraten.
Doch diesmal sollte es friedlich zugehen. Weit und breit zeichnete sich keine Katastrophe ab. Sie traten im neuen Schwimmstadion in Leipzig auf, einem riesigen Gelände. Viertausend Zuschauer saßen auf den schräg aufsteigenden Rängen, blickten gespannt auf die vom Flutlicht beleuchtete Bühne, auf der ein bekanntes Unterhaltungsorchester spielte. Artisten waren dabei, das Opernballett und Lou van Burg als Star aus dem Westen.
Als Garderobe dienten die Umkleidekabinen der Schwimmer. Es war heiß wie in einer Sauna. Auf einer der Bänke – Tische gab es keine! – stand ein Strauß roter Rosen. Gunnar ließ den Sektkorken knallen, schenkte zwei Pappbecher voll und stieß auf das neue Lebensjahr an.
»Prost, Geburtstagskind!«

»Prost, Partner!«
Ein Geburtstag so recht nach Franziskas Herzen: ein milder Augustabend mit einer Luft wie Seide. Dazu ein prächtiges Publikum, begeisterungsfähig, lachbereit und applaudierfreudig. So verging eine Stunde. Lou van Burg hatte seine Lieder gesungen: »Ich küsse Ihre Hand, Madame« und »Reich mir zum Abschied noch einmal die Hände ...«, o süßes Säuseln im Sommerwind! Das Publikum bejubelte ihn stürmisch, wollte ihn nicht von der Bühne lassen, und er mußte einen zweiten Auftritt versprechen. Doch zuvor sollte etwas ganz Verrücktes kommen.
Ungefähr zwanzig junge Schwimmer standen bereit. Sie hatten sich quergestreifte, knielange Badeanzüge übergezogen und sollten in schneller Folge von sämtlichen Sprungbrettern ins Wasser springen. Nach der Ansage marschierten sie ein: im steif-würdevollen Stil einer Akrobatengruppe der Jahrhundertwende federten sie heran, kletterten in gespielter Umständlichkeit, bärtezwirblend, auf die Sprungbretter und ließen sich unter den seltsamsten Verrenkungen ins Wasser plumpsen. Ein umwerfend komischer Anblick! Die Leute schrien vor Vergnügen und trampelten begeistert.
Danach sollte das Orchester einen Musiktitel spielen, den das Sprecherpaar schon angesagt hatte: »Nacht über Mexiko«. Als der letzte Schwimmer aus dem Wasser geklettert war, setzte die Kapelle feurig ein.
Franziska ging mit Gunnar in den Umkleideraum, um schnell noch einen Schluck auf das neue Lebensjahr zu trinken. Es ging laut zu. Die Schwimmer trockneten sich unter Jux und Albereien ab, sie lachten laut, daß die Bänke wackelten, doch nach und nach verstummte die Fröhlichkeit. Eine Art Betroffenheit breitete sich aus. Das Musikstück ging zu Ende.
»Wir müssen zur Bühne«, Franziska stellte den Becher ab,

Gunnar verschloß die Flasche, sie wollten starten, doch der Trainer versperrte ihnen den Weg. Er war blaß und stammelte: »Sie müssen abbrechen lassen, sofort ...«
Was war geschehen? Einer der jungen Sportler fehlte. Er war zwar mit abgesprungen, doch nicht wieder aufgetaucht. Ein Junge, ebenso bleich und verstört wie der Trainer, sagte: »Ich bin einem anderen auf den Kopf gesprungen, aber ich dachte doch nicht, daß ...«
Während das Publikum dem Orchester zujubelte, holten sie den Verunglückten heraus. Er war tot. Und nicht älter als siebzehn Jahre. Noch hatten die Zuschauer nichts bemerkt. In dem weitläufigen Stadion war an allen Ecken und Enden etwas los, der Schauplatz der Darbietungen wechselte, ein Kinderballett hatte auf der Wiese Aufstellung genommen, verkleidet als Pinguine, und damit die Aufmerksamkeit auf sich gelenkt.
»Sagen Sie den Leuten, daß die Vorstellung zu Ende ist«, bat der Trainer. Er sah Gunnar flehentlich an, wandte sich an Franziska: »Bitte«, sagte er, »tun Sie's gleich!«
»Gleich?« fragte sie fassungslos. Auf die Bühne gehen, mit dieser Hiobsbotschaft – in diesen Jubel hinein? Das schaffte sie nicht. Was sollte sie sagen? Und vor allem: *Wie* sollte sie es sagen? »Ich kann das nicht«, murmelte sie, den Tränen nahe. Sie war wie gelähmt.
Gunnar faßte sich einigermaßen und übernahm das schwere Amt. Er ging auf die Bühne. Die Leute empfingen ihn lachend und applaudierend. Sie machten sich auf eine heitere Szene gefaßt. Sogar sein ernstes Gesicht hielten sie für einen Auftakt zu einem närrischen Ulk. Er sprach leise, doch seine Stimme schallte weit über das Stadion. Er sagte: »Nacht über Mexiko hieß der Musiktitel, den Sie soeben hörten. Nacht ist auch über uns gekommen ...« Das Lachen und Klatschen verebbte, ahnungsvolle Stille breitete sich aus. Lange Pause. Dann wieder Gunnars Worte, fast nur ins Mikrofon gehaucht:

»Einer unserer jungen Schwimmer ist tödlich verunglückt.« Er forderte das Publikum auf, sich zu erheben und lautlos das Stadion zu verlassen.
Der unvermittelte Übergang von lebenssprühender Freude zu entsetztem Schweigen wirkte gespenstisch. Das Stadion leerte sich, das Flutlicht erlosch. Das Fest war aus.
»Mein Geburtstag«, sagte Franziska.

Grüner Schnittlauch – rotes Herz

Das Familientreffen fand in Breseckes Laube statt. Breseckes – das waren Gunnars älteste Schwester Hella und ihr Mann Willi. Sie hatten es sich überlegt und wollten großmütig verzeihen. Was? Nun, daß Kai, der in die Jahre gekommene Tunichtgut, mit Gunnars Frau geschlafen hatte. So was tut man nicht. Was noch? Daß Gunnar gleich darauf die Konsequenzen zog und eine neue Ehe einging, noch dazu mit einer politisch nicht akzeptablen Frau, die aus ihm, der auf dem besten Wege war, ein brauchbarer Genosse zu werden, einen Abtrünnigen gemacht hatte. Das war wohl nur ihrem Einfluß zu verdanken. Daß sie noch dazu Heimatvertriebene war, eine aus dem Sudetenland, »aus der Tschechei«, ein »Böhmackel« also, das machte die Sache nicht besser.
»Weißt du was?« sagte Gunnar, ehe sie zum familiären Laubenpiepertreffen aufbrachen, »du läßt dich einfach auf keine Diskussion ein. Sie haben ihr festgefahrenes Weltbild, und davon lassen sie nicht ab. So sind sie eben. Hella ist gar nicht mal so übel. Willi auch nicht. Sie waren wie meine Zweiteltern. Wir sind zu dritt gewandert, haben Radtouren gemacht und sind zusammen irgendwohin gefahren. Das war immer sehr schön. Eigene Kin-

der haben sie nicht, da war *ich* eben *ihr Kleener.* Jetzt sind sie halt enttäuscht, daß ich mich ihrem Einfluß entzogen habe.«

»Das ist ähnlich wie bei meiner Mutter«, warf Franziska ein. »Die verzeihen einem nie, daß man ein selbständiger Mensch wird und plötzlich anders denkt, als sie es uns eingetrichtert haben.«

Beide waren sie nun über dreißig, kamen aus völlig verschiedenen Ecken und fühlten sich wie halberwachsene Kinder, die dabei waren, die Nabelschnur zu durchtrennen.

»Hoffentlich ist dir dieses Treffen nicht allzu lästig«, sagte Gunnar.

»Bestimmt nicht«, Franziska nahm die Angelegenheit nicht so ernst, sie hatte schon ganz andere Situationen überstanden. »Was Hella und Willi betrifft«, sie musterte Gunnar amüsiert, »so haben sie schließlich einen recht passablen Jungen aus dir gemacht.«

»Sag es ihnen«, freute sich Gunnar, »dann hast du einen guten Start.«

Franziska war nicht unbedingt an einem »guten Start« interessiert. Sie hoffte nur, daß die Begegnung vernünftig verlaufen würde, ohne Vorurteile und Verwandtschaftsgetue. Darauf ließ sie sich nicht ein, auf keinen Fall. Keine Konzessionen, nur um sich beliebt zu machen, das hätte weder ihr noch Gunnar genutzt. Aber zusammen sein und versuchen, sich zu verstehen, das wäre eine gute Voraussetzung für weitere, wenn auch distanzierte Kontakte.

Winnetou heulte durch Berlin, bog ein in die Auffahrt der Laubenkolonie und hielt hinter einem feuerroten Wagen mit Westnummer. Neben dem blitzblanken Auto stand ein ebensolcher Mann, ganz in Weiß, mit verwegen dreinblickenden Augen. Er war groß und sah sehr gut aus. Bruder Kai.

»Hallo, Keule!«

»Grüß dich, Keule!«
›Keule‹ ist Berlinerisch und heißt ›Bruder‹. So viel hatte Franziska schon gelernt. Gunnar nannte Kai immer nur ›Keule‹, und das nicht ohne eine gewisse Zärtlichkeit. Sie begrüßten einander sehr lieb, es gab kein übliches Schulterklopfen und »Ha-ha« und »Ho-hooo«, wie es die Art von Männern ist, die Franziska zutiefst verabscheute. Männer, die Bier aus der Flasche trinken und Fußball sehen und ständig darüber reden, bis ihr Gehirn selbst zu einem Fußball wird. Kai war wie Gunnar ein sanfter Mann, wenn auch ständig bemüht um eine gewisse Taugenichts-Ausstrahlung, was ihm mit den Jahren immer schwerer zu fallen schien. Franziska mochte ihn auf Anhieb, allerdings hielt sie ihn nicht für den gefährlichen Mann, der er doch so gerne gewesen wäre. Kai war lieb. Er lispelte und berlinerte auf disziplinierte Weise.
»Ich habe auf euch gewartet«, er zog seine Hosen am Bund hoch, auf die gleiche Weise, wie Gunnar es zu tun pflegte. »Es wird Zeit, daß ich meine Schwägerin kennenlerne.«
»Nicht nur im Vorübergehen«, spielte Franziska auf den Hochzeitstag an. »Hoffentlich bist du nicht enttäuscht.«
War er nicht, im Gegenteil. Das Du ging ihnen leicht von den Lippen. Dann kam Hildchen an. Hildchen war die dralle, lustige Witwe, mit der Kai zur Zeit zusammenlebte. Sie begrüßte Gunnar und Franziska, tänzelte kokett um Kai herum, wischte hier ein imaginäres Stäubchen ab, zog dort etwas an seinem Anzug zurecht. Er ließ es sich gern gefallen, blinzelte Gunnar zu, als wollte er sagen: ›Siehste, wie gut es mir geht!‹
Der kleine Garten war geschmückt mit Lampions und Lämpchen. Auf der Holzveranda ging es bereits lustig zu.
Mutti Hill hatte ihr Alter vergessen, eigentlich dachte sie nie daran, stillsitzen war nicht ihre Sache, und nun

schleppte sie zwei Gießkannen durch den Garten, um das Schnittlauchbeet zu begießen. Als sie aber ihren Jüngsten sah und Franziska, stellte sie die Kannen sofort ab, ging ihnen strahlend entgegen, um sie zu umarmen.
»Wie schön, daß ihr endlich da seid, wie schön, wie schön!« rief sie.
Wirklich, sie verstanden sich sehr gut. Ab und zu kam Mutti Hill zu ihnen, und dann kochte Franziska, denn sie kochte leidenschaftlich gern: »Ich bin halt eine böhmische Köchin«, sagte sie dann lachend. Es gab Sauerbraten »in Schmetten«, in Berlin nannten sie es »saure Sahne«, oder es gab Krustenbraten mit Rotkraut und echten Semmelknödeln. Und wehe, einer nannte die Knödel »Klöße«, das brachte Franziska auf, das war eine Diskriminierung. Mutti Hill hatte es einmal getan und nie wieder. Franziskas Küche war eine gelungene Abwechslung in der eintönigen kulinarischen Serie von Eisbein mit Erbspüree und Sauerkraut oder Matjes auf grünen Bohnen mit Pellkartoffeln. Ihr Ruf als Köchin hatte sich nicht nur im Kollegenkreis herumgesprochen, auch in Gunnars Familie wurde er anerkannt. Ab und zu kamen die Kinder Marietta und Bernd, doch es schien unmöglich, deren Lieblingsspeise zu erfahren. Sie redeten kaum, sie blieben stumm, saßen nur da und ›guckten‹. Darüber vergaßen sie das Essen. »Was ihr alles so habt«, staunte Marietta und fixierte die neue Musiktruhe mit Radio und Tonbandgerät, auf der eine Rosenduftkerze prangte. Franziska wollte ihr die Kerze schenken, doch Marietta schüttelte ablehnend den Kopf. Sie war, wie ihr jüngerer Bruder, ein blondes, äußerst gehemmtes Kind mit verwaschenen blauen Augen, in denen sich keinerlei Regung zeigte. Einmal besuchten sie mit den Kindern das »Theater der Jugend«. Sie sahen das Märchen »Die Schneekönigin«, ausgezeichnet inszeniert und gespielt. »Gefällt's euch?« Nichts –. Ein andermal fuhren sie mit ihnen und Mutti Hill zum Müggelsee,

machten Picknick, schwammen und spielten Federball. »Schön, ja?« Nichts.
»Was ist mit ihnen?« Franziska machte sich Sorgen. »Ob die Scheidung daran schuld ist?«
»Sie sind schon immer so gewesen«, meinte Gunnar. »Man kann sie nicht motivieren. Sie sind wie – wie die Mutter.«
An dem Tag war ihr klar geworden, weshalb Gunnar sie von Anfang an mochte, liebte – oder was immer. Nach all den Jahren stoischer Ruhe und Interessenlosigkeit empfand er ihre Aktivitäten offensichtlich als angenehm, nahm sogar ihre heftige Ungeduld in Kauf, die andere ganz schön nervte.
Die Kinder Marietta und Bernd jedenfalls, die bekam sie nicht in Schwung. Bei ihrem letzten Besuch war Franziska in die Küche gegangen und hatte Gunnar mit den Kindern absichtlich allein gelassen, in der Hoffnung, daß sie einander näher kämen. Doch bald schon tauchte er auf, ziemlich ratlos und verstört. Er bat: »Komm doch bitte! Wir wissen nicht, was wir miteinander reden sollen!«
Oft kam sich Franziska wie ein Pausenclown vor. »Ich bin hier wohl der Alleinunterhalter?!« fragte sie lachend, aber die Kinder lachten nicht mit.
Da war gar nichts.
Mutti Hill stand zwischen den Fronten, denn sie wohnte noch immer bei der »Geschiedenen«.
»Marietta und Bernd wollten gern mitkommen zum Familienfest«, sagte sie zu Franziska. Sie senkte die Stimme, als verrate sie ein Geheimnis: »Sie mögen dich nämlich. Aber die Mutter will das nicht. Die Kinder wissen ja nichts von der Geschichte mit ihr und Onkel Kai. Ihnen wird gesagt: *Du* bist der Eindringling, *du* hast ihnen den Vater weggenommen.«
»Dann soll es auch so bleiben«, versprach Franziska. Sie nahm die Gießkannen und begoß den Schnittlauch.

Hella Bresecke sah kritisch zu, bemühte sich um ein wohlwollendes Gesicht, sagte dann aber doch: »Laß das jetzt, es ist gut. Die Sülze ist fertig.«
Die Sülze war eine Gemeinschaftsarbeit der Familien Hill–Bresecke: frisch, säuerlich und kühl, das richtige für einen warmen Sommertag. Franziska genoß das ihr bisher unbekannte Gefühl, einer größeren Familie anzugehören. Da war etwas wie Geborgenheit und Nestwärme, sehr angenehm. Harmonie, Vogelgezwitscher und zirpende Grillen.
Gunnar, meist etwas reserviert, taute auf. Zwar suchte er stets Franziskas Nähe wie einen rettenden Anker, doch als Kai und Hildchen mit der Ananasbowle kamen, half er beim Verteilen, war wieder der geliebte »Kleene«, holte schließlich eine Mundharmonika aus der Tasche und spielte. Sie sangen alle dazu und fühlten sich wohl.
Nachbarn standen an Zäunen und Hecken, hörten zu, sangen mit.
Berliner Laubenpieperglück.
Es wurde Abend, die Dämmerung kam. Kai hatte einen Plattenspieler mitgebracht und ließ Ernst Busch singen: Lieder der Arbeiterklasse. Wie einst am Roten Wedding. Nach und nach zogen sich die zuhörenden Nachbarn zurück, die Sache wurde ihnen zu kämpferisch: »Vorwärts, Bolschewik«, schmetterte der Freiheitsliedersänger, und dann kam die »Dolchstoßlegende«. Also friedlich hörte sich das nicht gerade an. Fast alle Familienmitglieder sangen mit. Sie warfen sich begeisterte Blicke zu, ihre Augen leuchteten. Dies also war das Band, das sie zusammenhielt! Und wehe dem, der kein Glied dieser Kette sein wollte!
Gunnar spielte die Rolle des Beobachters, er fotografierte mit Blitzlicht, das wirkte ungeheuer professionell und gab ihm Gelegenheit, sich vor dem kollektiven Marschgesang zu drücken.

Franziska schwieg, sie kannte diese Lieder überhaupt nicht. Besonders laut sang Willi Bresecke. Dabei sah er Franziska auffordernd an und nickte im Rhythmus mit dem Kopf, wie es Lehrer tun, wenn sie Kinder zum Mitsingen bringen wollen. Sie hielt seinem Blick stand. Provozieren ließ sie sich nicht. Manipulieren ebensowenig.
Gunnar packte den Fotoapparat in seine kleine, schwarze Umhängetasche und setzte sich neben seine Frau, wie zur Verstärkung. Die Stimmung begann peinlich zu werden. Es gab nun zwei Parteien. Die schöne Harmonie war beim Teufel.
Überschrift: Familienleben!
Als die Platte zu Ende war, verkündete Kai salbungsvoll: »Jetzt Lieder vom spanischen Bürgerkrieg!«
Doch Franziska kam ihm zuvor. »Hast du nichts Flotteres – zum Tanzen?«
»Ja, schon«, Kai stand ratlos da. Einesteils wollte er der Familie imponieren, schließlich hatte er einiges gutzumachen, andererseits war ihm Tanzmusik lieber als das Lied von der Thälmann-Kolonne. Gern hätte er Witwe Hildchen herumgeschwenkt, vielleicht auch einen Tanz mit der neuen Schwägerin riskiert. Hella und Willi saßen abwartend da, etwas steif und lauernd, sie galten wohl als die Häupter der Familie. Mutti Hill setzte ein unparteiisches Gesicht auf und lächelte – entweder aus Arglosigkeit oder aus Taktik.
»Jawohl, laßt uns tanzen«, schaltete Gunnar sich ein, er, der ein Tanzmuffel war! Jeder wußte das.
Hella saß wie auf dem Sprung, als hätte sie diesen Augenblick längst erwartet. »Was ist eigentlich mit deinem Abzeichen?« fragte sie und starrte auf Gunnars helles Sommerjackett, dessen Aufschläge sich ohne die parteiische Zier präsentierten. »Trägst du es nicht mehr?«
Kai rief dazwischen: »Wie wär's mit ›In Rixdorf ist Musi-

ke‹ und ›Im Grunewald, im Grunewald ist Holzauktion‹, wie findet ihr das?«
»Das finden wir ganz fein, Junge«, antwortete Mutti Hill. Und dann: »Laß doch Hella, das ist nicht so wichtig, jetzt.«
Hella hörte nicht, ihr Mann Willi schaltete sich ein: »Bist du etwa ausgetreten, Gunnar, raus aus der Partei?« In seinem Ton lag Angriffslust und Aufsässigkeit, die sture Beharrlichkeit aller Fanatiker. Ein Leben lang Sozialdemokrat gewesen, geglaubt an einen Sieg der Arbeiterpartei und der Verwirklichung eines Staates unter sowjetischer Obhut, geglaubt an Bebel und Friedrich Engels und Karl Marx. Dafür hatte er gekämpft, der sonst so friedliche Willi Bresecke, gekämpft wie jeder anständige Genosse. Und jetzt, da sich der Traum endlich erfüllt hatte, wurde alles untergraben, in der eigenen Familie, wurde morsch durch die Agitation des Klassenfeindes, angeheizt durch diesen Adenauer, den er, Willi Bresecke, als seinen »persönlichen Feind« bezeichnete.
Die gemütliche Gartenidylle wurde mehr und mehr zu einem Ort eines peinlichen Verhörs, dem sich Gunnar jedoch nicht stellte. Er behielt seinen lockeren Ton bei.
»Aber Willi«, sagte er versöhnlich, »was für eine Frage! Man kann aus der Partei nicht austreten wie aus der Kirche. Das weißt du. Und was das Abzeichen betrifft – ich muß meine Überzeugung nicht auf der Brust herumtragen wie einen Orden.«
»Im Herzen hast du sie aber auch nicht mehr, deine Überzeugung«, warf Hella vorwurfsvoll ein. Sie war eine kleine, energische Person mit Habichtsaugen, denen nichts entging. »Ich sehe doch, was los ist.« Ein Blick streifte Franziska.
»Seit ihr verheiratet seid«, Willi kam endlich zur Sache, es war, als öffnete sich ein Ventil lang unterdrückten Grolls, »hat sich manches verändert. Das ist sehr schade.« Er sah

sich um, Gunnars Geschwister und was noch an Verwandtschaft anwesend war, nickte zustimmend. »Du warst auf dem besten Weg, ein guter Genosse zu werden. Und jetzt – das!«
»Mit Franzi hat das überhaupt nichts zu tun«, Gunnars Stimme klang nun schärfer, als man es von ihm kannte.
»Womit dann?« fragte Hella wie eine Inquisitorin.
Gunnar zuckte die Achseln. »Die Praxis stimmt nicht. Hat nichts zu tun mit den Idealen der alten Genossen, die für den Sozialismus gekämpft haben. Du fragst nach meiner Überzeugung, Hella. Ja, wo ist sie geblieben?« Er machte eine Pause, suchte nach Worten, meinte schließlich: »Sie ist gestorben im Vaterland der Werktätigen.«
»Das mußt du uns erklären«, beharrte Willi.
»Was gibt es da zu erklären?« fuhr Gunnar fort. »Seht ihr es nicht selbst? Der Bürger wird entmündigt, belehrt, von wem? Von Leuten, die machtgierig sind und zutiefst verhärtet. Die niemanden frei atmen lassen.«
Es hagelte Proteste. Nicht frei atmen?
»Sitzen wir hier nicht beisammen, ganz locker, ohne Einschränkungen? Verdient ihr nicht Geld genug, geht's euch nicht gut, was wollt ihr eigentlich? Den Kapitalismus, Adenauer oder was?!«
»Den Kapitalismus will ich auch nicht«, antwortete Gunnar. »Ich gebe zu: Die DDR wäre eine gute Alternative zur Bundesrepublik. Aber die Erfahrung zeigt, daß sie es nicht ist.«
»Dazwischen gibt's nichts«, erklärte Willi. »Nur Entweder – Oder!«
Franziska konnte vor Empörung kaum atmen. Sie wollte sich nicht beteiligen an dieser Diskussion, das hätte Gunnar noch mehr hineingerissen. Sie empfand die gleiche ohnmächtige Wut wie damals, in dem anderen mörderischen System, in dem man sie zwingen wollte, der Hitlerjugend anzugehören: im Namen des Führers, den sie ver-

abscheute, bedrängt von Leuten, die sich als Stellvertreter einer verhaßten Partei aufspielten und einem ihre Meinung aufzwingen wollten. Die großen Ideen von heute sind die Irrtümer von morgen. So ist es doch. Vielleicht kommt eines Tages die Zeit, in der sich diese linientreuen Genossen genau so rechtfertigen müssen wie seinerzeit die Nazis.

Die Debatte steigerte sich, die Stimmen wurden lauter, Franziska machte dem noch immer unentschlossen dastehenden Kai ein Zeichen, er verstand und legte endlich eine Platte auf: Tanzmusik. Sie ging ins Blut. Doch keiner rührte sich. Außer Kai. Als Westberliner war er aus der Schußlinie, ihn griff keiner an, und doch war er der kämpferischste von allen gewesen. *Er* hatte schließlich »den Kleenen« mitgeschleppt und ihm alles beigebracht. Kai war clever. Damit wollte er nichts zu tun haben. Er bemerkte aber Franziskas Blick, ahnte wohl, was sie dachte, Vorwurf lag darin und Verächtlichkeit, er lachte die aufkommende Unsicherheit weg, faßte das wartende Hildchen um die Taille und walzte mit ihr über den Rasen.

Die Lampions schaukelten sanft im Abendwind. Eine Szene wie aus einem Berliner Volksstück.

Franziska stand auf, ging auf Willi Bresecke zu, mimte eine Verbeugung und fragte: »Tanzt du mit mir?« Zu Hella – ohne eine Spur von Ironie: »Er darf doch?«

Willi, zunächst noch widerwillig, tanzte mit der neuen Schwägerin. Er war lang und hager, mit tiefen Falten zwischen Nase und Mund. Er machte einen langen Hals und drehte den Kopf nach oben, als wollte er den Sternenhimmel betrachten.

»Mach' dich nicht so groß«, Franziska stellte sich auf die Fußsitzen, »ich seh' nur deine Nasenlöcher.«

Da antwortete er so, als sei es nur ein Spaß: »Wer in unserer Republik lebt, der darf die Nase hochtragen.«

»Er muß nur aufpassen, daß er nicht ins Stolpern gerät«,

sagte Franziska ebenso leichthin. Doch er hatte verstanden, wie sie ihn auch.

Was allerdings dem Redegefecht die Wirkung nahm, war, daß Willi Bresecke tatsächlich über die Rabatte stolperte, sich nicht halten konnte und hinterrücks ins Schnittlauchbeet fiel.

»Himmel«, Hella sprang erschrocken auf. Alle lachten, auch Mutti Hill, es war ja nichts passiert, doch Hella starrte Franziska wütend an: »Hast du ihn denn nicht halten können?«

»Es ging so schnell«, Franziska wollte ihm behilflich sein, doch er wehrte sich, er nahm ihre Hand nicht. »Er hat ziemlich lange Beine und den Überblick verloren.«

»Das passiert ihm eigentlich nie«, gab Hella spitz zurück. Franziska wußte: Sie hatte nun zwei Feinde. Was immer sie tun würde, nichts konnte die Breseckes davon abhalten, sie abzulehnen.

Dennoch versuchte sie es ein letztes Mal. Als sie sich verabschiedeten, hielt sie ihnen die Hand hin. Sie übersahen sie.

»Für Hella und Willi bin ich ein Klassenfeind«, sagte Franziska, als sie zurück nach Pankow fuhren. »Die Partei hat sie gelehrt, sich Feindbilder zu schaffen. Da gibt es nur schwarz oder weiß.« Sie sah Gunnar an. Er saß am Steuer, rauchte seine Pfeife und zuckte die Achseln. Ziemlich verzweifelt fragte Franziska: »Wie soll ein ganzes Land zusammenhalten, wenn eine Familie es nicht mal schafft?«

Gunnar nahm die Hand vom Steuerrad und legte sie auf Franziskas Knie. Ganz behutsam. Ruhe ging von ihm aus, wie immer. Das war wunderschön.

Aber eine Antwort war es leider nicht. Vielleicht gab es auch keine.

Afrika läßt grüßen

Das Angebot kam überraschend. Die *Völkerfreundschaft* wollte ein Sprecherpaar engagieren, ein ganz bestimmtes, für mindestens ein halbes Jahr. Zwei Moderatoren, Spielleiter, Rezitatoren und Conférenciers. Alles in einem, um die Passagiere während der langen Reisen zu unterhalten, den Werktätigen Kulturelles zu bieten, vor allem bei »Seegang«, wie der freundliche Kulturoffizier mitteilte. »Wenn wir durch die Biskaya fahren, schaukelt es meist sehr stark. Oft kriegen wir Windstärke neun. Damit die Leute abgelenkt werden und nicht dauernd zur Tüte greifen müssen, starten wir dann gleich einen bunten Abend.«

Die *Völkerfreundschaft* war ein 12500-BRT-Touristenschiff, ausgestattet mit allem erdenklichen Luxus, dessen sich vom Staat ausgezeichnete Aktivisten erfreuen durften.

Alles hatte der Kulturoffizier Hans-Dieter G. vorausgeplant, nur eines nicht: daß auch die Mitwirkenden seekrank werden könnten.

Franziska gehörte zu den ersten Opfern, die es grausam erwischte, sobald das Schiff den kleinsten Schaukler tat. Ein Gefühl, als hebe sich die Schädeldecke ab, während die Beine mit Bleigewichten nach unten gezogen wurden. Der Magen rotierte. Verzweifelt verkroch sich Franziska in die Kajüte, ringelte sich auf der Koje zusammen und wünschte, sie wäre zu Hause geblieben. Mitleidige Seelen standen um sie herum, gaben ebenso gute wie nutzlose Ratschläge, genossen triumphierend die eigene Seefestigkeit, schleppten die Ärmste an Deck. »Frische Luft hilft immer!« Es wurde noch schlimmer. Einziger Vorteil: Zur Reling waren es nur wenige Schritte.

»In zwei Stunden geht die Vorstellung los«, sagte Gunnar

und wußte nicht, wie er Franzi auf die Beine bringen sollte. »Ob ich mal mit der Ärztin rede?«
Die Bordärztin kam, gab der Seekranken Anti-Seekrankheitspillen, die doppelte Menge, sie halfen nicht. Unmittelbar vor der Vorstellung verpaßte sie ihre eine Betäubungsspritze, die alles lahmlegte: Denkvermögen, Zungenbewegung, Schmerzempfinden, Seh- und Hörkraft, nur eines nicht: die Seekrankheit.
Wenn Franziska lag, ging es einigermaßen. Darum schminkte sie sich in der Horizontalen. Doch sowie sie sich aufrichtete, war es aus. Was sollte sie tun? Sie konnte doch unmöglich mit der Tüte auf die Bühne gehen und, wenn es soweit war, mit verbindlichem Lächeln erklären: »Wenn Sie mich bitte kurz entschuldigen wollen …«
Ausgeschlossen! Die Bordärztin kam ein zweites Mal. Wieder zückte sie die Spritze, diesmal mit einem besonders starken amerikanischen Medikament aus den Restbeständen der Bordapotheke, sie stammten aus der Zeit, als die *Völkerfreundschaft* noch *Stockholm* hieß und ein schwedisches Touristenschiff war. Diese Restbestände wurden wie ein Augapfel gehütet und nur im Notfall angerührt. Franziska war so ein Notfall. Die Bordärztin beteuerte, daß die Spritzen schon den namhaftesten Persönlichkeiten geholfen hätten. Bei Franziska taten sie es leider nicht. Vielleicht war sie noch nicht namhaft genug.
Sigismund, ein junger Bariton, Schwarm der Frauen, bereicherte das Bordprogramm auf vielfältige Weise, nur war er keine große Hilfe, denn auch er wurde seekrank. In der winzigen Garderobe hinter der Bühne belagerte er abwechselnd mit Franziska das Waschbecken.
Hasso, ein Virtuose auf der Elektronenorgel, bestritt mit Gunnar das Programm fast allein. Doch sowie es Sigi und Franzi besser ging, schleppten sie sich auf die Bühne, um einen Beitrag zu leisten.
Als Sigi mit seiner schönen Baritonstimme das Lied vom

Floh sang: »Es war einmal ein König, der hatte einen großen Floh – hoho-hoho ...« oder die Spiegelarie aus »Hoffmanns Erzählungen«, entströmte seinem dämonisch verzogenen Mund eine beachtliche Baldrianfahne und bewehte die lauschenden Zuhörerinnen der ersten Reihen.

Sie hatten den Baldrian tassenweise zu sich genommen, der Bariton und die Conférenciere, doch die Seekrankheit hielt an. Zu ihrer beider Ehrenrettung muß allerdings gesagt werden: die Zuschauer haben nie bemerkt, wie elend ihnen zumute war. Nur der Baldrianduft irritierte das Publikum zeitweilig. Sie schwindelten und behaupteten, daraufhin angesprochen, sie hätten einen nervösen Magen.

Und noch eines: Als Franziska am nächsten Morgen nach all den Spritzen und Tabletten aufwachte, das Meer spiegelglatt in der Sonne liegen sah, erkundigte sie sich, wie die Vorstellung verlaufen sei. Keine Erinnerung daran, daß sie aufgetreten war, ganz routinemäßig, wie ein Zirkuspferd, das lostrabt, wenn es die Peitsche knallen hört. Sie schwor bei Neptun und seinen sämtlichen Nixen, daß sie künftig alles ertragen wolle, sogar Windstärke 16, falls es die überhaupt gab, aber nie, nie wieder eine Spritze.

Bald schon hatte sie Gelegenheit, die Ernsthaftigkeit ihres Schwurs unter Beweis zu stellen. Das Unheil kam buchstäblich aus heiterem Himmel. Sie fuhren durch den Atlantischen Ozean, der sich friedlich gab wie ein Dorfteich, vorbei an den Kanarischen Inseln – wundervoll! Glitzerndes Wasser, springende Delphine, exotische Bäume. Gunnar sprach wie jeden Tag die Nachrichten, seine Stimme schallte über das Schiff, Franziska stand an Deck und hörte zu. Sie hatte ein Kopftuch umgebunden und ließ sich den Seewind um die Nase wehen, fest davon überzeugt, das Schlimmste überstanden zu haben. Über-

haupt war sie rundum glücklich: das Berufliche und das Private hatte sich in schönster Harmonie zusammengefügt, ganz nach ihrem Herzen. Täglich starteten sie an Bord verschiedenartige Programme. Besonderen Anklang bei Kennern und solchen, die es werden wollten, fand ein Tucholsky-Kästner-Nachmittag, dessen Texte sie mit viel Liebe und Mühe zusammengestellt hatten.
Oft arbeiteten sie auch getrennt: Während Gunnar im Bordcafé mit den Gästen Bingo spielte, hielt Franziska im Kinosaal eine Rezitationsstunde ab, um die Passagiere auf das jeweilige Land, das sie anreisten, einzustimmen. Vor Piräus zum Beispiel las sie Sagen aus der griechischen Mythologie vor, zitierte Plato und Homer, brachte einen Monolog aus Grillparzers »Sappho«. Hans-Dieter, der Kulturoffizier, war begeistert. Er liebte das Theater und die Dichtkunst, er mochte Gunnar und Franziska, sie wurden Freunde.
Nach der Vorstellung lud er die vier Mitwirkenden zu einer Sonderschwimmstunde im Hallenband ein.
Es war Mitternacht. Sie schwammen, plantschten und waren übermütig. Plötzlich wurde Hans-Dieter zum Kapitän gerufen, etwas war los. Als er zurückkam, sah er bekümmert aus, warf einen besorgten Blick auf Sigi und Franziska, die sorglos ihre Runden schwammen, tuschelte mit Gunnar und Hasso. Dann blickten sie alle drei auf die nichtsahnenden Kollegen.
Franziska griff nach der Haltestange und paddelte mit den Beinen.
»Was habt ihr?«
»Nichts, schwimmt nur weiter!«
Ihr fiel das etwas unnatürliche Lächeln auf, vor allem bei Gunnar, der sich nur schlecht verstellen konnte.
Nun wurde auch Sigi aufmerksam und gesellte sich zu Franziska. Sie ahnten, was auf sie zukam.
Ein Sturmtief – es war nicht länger geheimzuhalten!

Mit einem Satz sprang Franziska aus dem Wasser, Sigi hinter ihr her, beide waren sie in Panik. Doch Hans-Dieter hielt sie lachend zurück und versicherte, hohen Wellengang und heftiges Schaukeln überstünde man am besten im Wasser. Obwohl sie ihm nicht glaubten, tauchten sie wieder ins Schwimmbecken, doch kaum waren sie drin, neigte es sich langsam nach rechts, dann nach links. Das Wasser schwappte mit.
Hasso brach in Begeisterungsrufe aus, er liebte den Seegang, je höher desto besser, er plantschte in wilder Freude und ähnelte einem angeschwipsten Walroß.
Franziska und Sigi aber versuchten es schleunigst mit einer kalten Dusche, und, als es da noch schlimmer wurde mit der Übelkeit, verdrückten sie sich, um eine Erfahrung reicher: Wer für die Seekrankheit anfällig ist, dem ist nicht zu helfen! Weder mit frischer Luft noch mit Medikamenten und schon gar nicht durch Schwimmen oder Fasten.
In Guinea gingen sie an Land. Sie freuten sich auf Afrika. Die Männer hatten Fotoapparate und Kameras umgehängt, sie filmten, sie knipsten, sie blitzten.
»Ihr seid völlig verrückt«, Franziska lachte sie aus, lief im Trägerkleid und einem Sonnenhut die Gangway hinab, konnte es nicht erwarten, afrikanischen Boden zu betreten.
Conakry!
Eine ebenholzfarbene Frau in einem phantasievollen, farbenprächtigen Flattergewand empfing sie feierlich: Die Außenministerin von Guinea. Um sie herum standen dunkle Herren mit ernsten Gesichtern und sahen den Passagieren erwartungsvoll entgegen. Der Hafen wimmelte von halbnackten Kindern, von Frauen und Mädchen mit bunten Röcken und eng um den Kopf gebundenen Tüchern, von Katzen und Hunden.
Unerträglich war nur die tropische Hitze, jede Faser

klebte am Körper, die Frisur löste sich in der Feuchtigkeit auf, die Sonne brannte erbarmungslos. Die meisten Passagiere filmten wie besessen, ohne sich zu vergegenwärtigen, wo sie waren. Wenn sie etwas aufnahmen, dann nicht mit Augen und Herzen, nur mit der Linse ihrer Kamera. Sigi und Hasso gehörten dazu. Sie waren überhaupt nicht ansprechbar. (Als sie einige Monate später gemeinsam ihre Fotos, Filme und Dias betrachteten, riefen sie immer wieder: »Das habe ich ja gar nicht gesehen! Wo war denn das?«)
Die Linse der Kamera ersetzt eben nicht das eigene Auge. Die unmittelbaren Eindrücke an Ort und Stelle sind weitaus nachhaltiger als Foto und Film, das sah Gunnar endlich ein. Darum packte er seine Kameras ein und hatte nun Zeit, sich umzusehen, ohne hektisch Motive einfangen zu wollen.
Am Straßenrand saßen ganze Familien. Sie hatten Bananen und Mangofrüchte vor sich ausgebreitet. Gunnar kaufte, auf Franziskas Wunsch, von beidem. Er zahlte, und sie gingen langsam weiter. Plötzlich keuchte jemand hinter ihnen her. Ein junger Mann rief ihnen etwas zu und übergab Gunnar einige Sous, die er zuviel gezahlt hatte.
»Unglaublich«, staunte Franziska, »wo findet man heute noch eine solche Ehrlichkeit? Und das bei dieser Armut.«
»Vielleicht gerade deshalb«, in Gunnar regte sich der Sozialist. »Die Geldgier hat den Charakter noch nicht verdorben.«
Moderne Hochhäuser neben armseligen, weißen Hütten. Ein Friseur mitten auf der Straße, nur mit einem Sonnendach über dem Ein-Mann-Salon.
Eine halbnackte Schönheit, die einzige übrigens, balancierte mit stolzem Gang und wiegenden Hüften einen Korb mit Früchten auf dem Kopf. Als Hasso die Kamera zückte, verschränkte sie erschrocken die Arme vor der

Brust und lief davon. Vom Apfel der Erkenntnis brauchten die Einwohner Conakrys nicht zu essen, um sich ihrer Nacktheit bewußt zu werden. Statt dessen gab es Touristen und ihre Kameras.
Am Abend wurden die Passagiere von der Ministerin zu einer Veranstaltung eingeladen: in eine riesige Halle am Meer, ohne Wände, nur mit Säulen, auf denen das Dach ruhte. Ein afrikanisches Tanz- und Unterhaltungsensemble sollte auftreten. Auf langen, unbequemen Bänken drängten sich Touristen und Einheimische in bunter Folge. Nichts geschah. Es verging eine halbe Stunde. Die Zuschauer wurden unruhig. Schließlich ließ die Ministerin »die Künstler der Völkerfreundschaft« durch einen Dolmetscher bitten, eine Kostprobe aus dem Kulturprogramm zu geben. Das brachte alle in große Verlegenheit. Hassos Orgel stand auf dem Schiff, Sigi konnte ohne Begleitung nicht singen, und die deutsche Sprache wurde von den Einheimischen nicht verstanden. Was nun? Die Ministerin bestand auf ihrer Bitte: Nur einen kleinen Sketch, irgend etwas.
Franziska und Gunnar schauten sich ratlos an. Was sollten sie bringen? Vielleicht – ja, das war eine Möglichkeit. Seit Tagen bereiteten sie eine Parodie auf die Angewohnheiten gewisser Passagiere vor: Männergruppen, die wie festgenagelt auf ihren Stühlen saßen und Skat spielten. Ganz gleich, was es zu sehen gab, sie hockten beisammen wie in ihrer Eckkneipe und knallten die Karten auf den Tisch. Oder die anderen, die sich unentwegt Filme ansahen und denen es gleichgültig war, ob sie durch das Mittelmeer segelten oder durch den Atlantischen Ozean. Dann natürlich die ewigen Filmer und Fotografierer. Oder auch Leute, die in griechischen, tunesischen oder afrikanischen Gaststätten lauthals nach Pilsner Bier und Thüringer Würstchen verlangten.

Das Sprecherpaar improvisierte, gestikulierte, machte Pantomime, stand vor dem Mikrofon genau wie in Halle, Dresden oder Berlin. Nur war es eben Afrika.
Sie arbeiteten mit »Black outs«. Das bedeutete, daß nach jeder Pointe das Licht ausging. Doch die Abendsonne fiel in die mauerlose Halle, keiner konnte sie wie einen Scheinwerfer ausschalten. So gaben sie eben durch ihre Mimik zu verstehen, wann der Sketch zu Ende war.
Das ging sehr gut. Alle amüsierten sich, sie lachten und applaudierten. Franziska und Gunnar verbeugten sich glücklich. Kaum zu fassen! Da standen sie auf der Bühne in Guinea, bei 32 Grad im Schatten, atmeten den Geruch von verbranntem Holz und hörten das Rauschen des Meeres. Nur eines war wie immer: das Mikrofon, vor dem sie standen. Das gute, unentbehrliche Mikrofon.
Kaum hatten sie ihre Plätze eingenommen, stürmte das afrikanische Ensemble auf die Bühne: Eine Schar Tänzer in phantastisch-bunten Kostümen – stampfend, trommelnd, im wilden Rhythmus wirbelnd. Furchterregende Masken, getanzte Sagen, zärtliches Spiel von Liebe und Tod, erregend, faszinierend. Die brauchten nun wirklich keine Worte, um sich verständlich zu machen.
Vom Meer wehte eine frische Brise heran, brachte Erleichterung in die fremdartige, schwüle Hitze.
Sigi saß leichenblaß da, hatte die Hand aufs Herz gepreßt und japste im milden Dresdnerisch: »Das ist doch ein Traum, o Gott, ein Traum – Kinder, mir tut das Herz richtsch weh!«
Dann gingen sie zurück zum Schiff. Die Ministerin und ihr Stab verabschiedeten sich. Ihr prächtiges Schleiergewand wehte im Wind.
Als die Passagiere an der Reling standen, winkten sie den Gastgebern zu. Die Ministerin rief etwas, der Dolmetscher übersetzte:

»Grüßen Sie alle Menschen in Ihrem Land!«
»Wirklich alle?« fragte Franziska leise. »Auch die im Westen?«
»Alle«, wiederholte Gunnar, »du hast es doch gehört.«
»Na schön«, Franziska seufzte, »aber erst mal wieder zurückfahren. Lieber Neptun, mach', daß die See ruhig bleibt!«
Doch wenn sie mitfuhr, blieb das Meer niemals ruhig. Das fiel auch den anderen auf, sogar dem Kapitän. Die jäh ausbrechende Übelkeit hielt lange an, oft wußte Franziska nicht: ist das noch die alte oder schon die neue Seekrankheit?
Sie stand auf der Akropolis und dachte verzweifelt: Meine Güte, die Rückreise! Sie fuhren mit dem Bus durch Marokko, spazierten durch Rumäniens Hafenstadt Konstanza, sahen sich tief beeindruckt in Karthago um, ranken Tee in Sidi Bou Said, schlenderten in Leningrad am Newa-Ufer entlang oder überquerten den Osloer Fjord; was immer sie erlebten, Franziska dachte nur an eines: Die Rückfahrt, Allmächtiger, die Rückfahrt! Nach Monaten, mit kurzen Zwischenstationen in Berlin, ähnelte sie, blaß, abgemagert, mit tiefen Ringen unter den Augen, dem Gespenst von Canterville nach einer turbulent durchspukten Nacht. Zum ersten Mal konnte Gunnar, der doch sonst alles ins Gleichgewicht brachte, nicht helfen. Sie mußte aufhören.
Franziskas Abschied von der »Völkerfreundschaft«, die das Schaukeln nicht lassen konnte, hinterließ Trauer.
Gunnar aber hielt durch, er bestritt das Programm mit Sigi und Hasso allein, und er hatte viel zu erzählen, als er nach Hause zurückkehrte.
»Und du«, fragte er, »was hast du die ganze Zeit ohne mich gemacht?«
Sie strahlte und antwortete: »Meinen Führerschein!«

Treptow in Flammen

Alljährlich fand in Treptow ein Volksfest statt, mit zahlreichen Veranstaltungen im Park und in den Vergnügungslokalen. Eines davon war *Zenner. »Hier können Familien Kaffee kochen«*, war das Motto einst in diesem Gartenlokal, als die Berliner an sonnigen Tagen scharenweise anmarschiert kamen, ihre Stullenpakete auspackten und es sich unter dem schattigen Blätterdach der alten Bäume bequem machten.

Noch immer standen die Bäume, noch immer Tische und Stühle, nur gab es jetzt eine Freilichtbühne mit Mikrofonen, Lautsprechern und Scheinwerfern. Von früh bis spät liefen hier Programme: für Kinder, für Erwachsene, für Tanzlustige, für Modebeflissene, für Freunde guter Artistik. Die Mitwirkenden lösten einander ab, auch die Zuschauer kamen und gingen, manche aber blieben wie festgewachsen sitzen und ließen nichts aus.

Das große Fest endete mit einem Feuerwerk, das war Tradition, daher der Name *Treptow in Flammen.*

Das Moderatorenpaar Franziska Buresch und Gunnar Hill trat am Abend bei *Zenner* auf, mit einem Musik- und Artistenprogramm, auch Sänger und Tänzer der Staatsoper waren dabei –, man hätte denken können, ganz Berlin sei auf den Beinen.

Ina war mitgekommen – und sogar die Göttliche.

Ina kam jetzt öfter. Zwar galt sie als ›republikflüchtig‹, doch war sie nicht registriert, wie Gunnar herausgefunden hatte. Oft übernachtete sie bei den Hills. Dann »schmalfilmten« sie, was sehr vergnüglich war. Sie schrieben die Drehbücher selbst, spielten die Hauptrollen, arbeiteten die ganze Nacht bis zum frühen Morgen. Gunnar betätigte den Selbstauslöser, wenn er mit in der Szene war, was Franziskas Ungeduld auf eine harte Probe stellte, denn es dauerte

seine Zeit, bis er alles fachmännisch effektvoll ausgeleuchtet hatte. Meist spielten sie Krimis. Es wurde eifrig gemordet und viel geschossen (mit der Knallpistole vom Kinderfasching), und einmal gab sich Ina in Großaufnahme den »Goldenen Schuß«, mit der Tortenspritze, auf der in riesigen Buchstaben *Morphium* stand. In Großaufnahme machte sich das besonders gut.
Die Stunden mit Ina waren immer unterhaltsam. Sie sprühte vor Temperament und verrückten Einfällen, wenn sich nicht gerade ein Mann in der Nähe befand, dem sie unbedingt gefallen wollte. Denn dann wurde sie unnatürlich und glaubte, sich »sexy« geben zu müssen, was oft wie eine Parodie ihrer selbst wirkte, auch auf die jeweiligen männlichen »Opfer«, die sich darüber nur amüsierten und sie bald verließen.
Doch mit Gunnar verstand sie sich sehr gut, da gab es keine Probleme, was Franziska sehr glücklich machte, denn im Falle einer gegenseitigen Abneigung oder gar Feindschaft hätte sie nicht gewußt, für wen sie sich entscheiden sollte. Sie liebte beide. Sie gehörten in ihr Leben.
Ina hatte sich von Ferencz getrennt, nach vielen zermürbenden Szenen. Er trank zuviel, war herrisch und unberechenbar, redete sich auf seine »ungarische Mentalität« heraus, doch er war nur ein von sich besessener Narziß, der sich und den, der mit ihm lebte, zerstörte. Ina hatte den Absprung im rechten Augenblick geschafft, wenn auch mit blauen Flecken an Körper und Seele.
Als sie eines Nachts vor dem betrunkenen Ferencz flüchtete und die Hills auf Reisen waren, fuhr sie kurzerhand zu Gaston, den sie durch Franziska kennengelernt hatte. Dort blieb sie einige Tage, erholte sich, sie munterten sich gegenseitig auf und wurden Freunde. Über Franziska durfte allerdings nicht gesprochen werden. Diese Bedingung stellte er aber erst, nachdem er Ina tüchtig ausgefragt hatte.

Auch die Göttliche litt zur Zeit. Hartwig Kork war gestorben! Völlig unerwartet. Er saß im Auto, fuhr auf der Landstraße, neben ihm der Kapellmeister von Weißenfels – oder Güstrow? –, jedenfalls wurde ihm plötzlich übel. Er fuhr an den Straßenrand, hielt ordnungsgemäß an, fiel übers Steuer und war tot. Viele Frauen beweinten ihn. Eine davon war Sabine Göttlich, doch ließ sie sich weder Trauer noch Tränen anmerken. Oft zweifelte Franziska an Sabines Leidensfähigkeit. Sie war das Gegenteil von der im Gefühlsüberschwang lebenden Ina.

Nun saßen beide in Zenners Gartenrestaurant, an einem Tisch unmittelbar neben der Bühne, wo die Lautsprecher angebracht waren, denn schließlich sollte ja ganz Treptow mithören. So bekamen sie nicht nur das Programm, sondern auch die volle Lautstärke des Blasorchesters mit.

Nach Franziskas Solo, als die Kapelle wieder lautstark einsetzte, verließen Ina und die Göttliche ihre Plätze, um durch den Park zu spazieren und anderen Veranstaltungen zuzusehen.

In der Pause kamen sie zurück, gleich in die Garderobe, wo sich die Mitwirkenden ausruhten. Gunnar goß soeben Kaffee aus der Thermosflasche in den Becher und reichte ihn Franziska. »Was ist denn los«, fragte er, denn Ina sah aus wie ein Extrablatt.

»Wißt ihr, wer dort drüben, am See, auf der anderen Bühne steht? Gaston Lommer!« verkündete sie atemlos.

»Na bravo«, rief Franziska, »dann ist dic Mannschaft ja komplett.«

Sie hatte keine besondere Lust, mit Gaston zusammenzutreffen, seit er sich damals wie ein Selbstmordkandidat aufgeführt hatte. Dramatische Szenen waren ihr zuwider.

»Wir haben mit ihm gesprochen«, Ina wechselte einen verschwörerischen Blick mit der Göttlichen, dann platzte sie heraus: »Er kommt nachher.«

»Wer?«

»Gaston. Er will dich begrüßen und deinen Mann kennenlernen.«
»Meine Güte, sag mal …« Franziska war wütend, »ich bin viel zu ausgelaugt, um mich mit Gastons Seelenkrise zu beschäftigen.«
»Laß ihn doch«, schaltete Gunnar sich ein, der Gaston nur vom Sehen kannte, »warum sollen wir uns nicht treffen?«
»Klar«, meinte die Göttliche distanziert, »er wird dich ja nicht gleich umbringen.«
»Mich nicht«, Franziska mußte auf die Bühne, das Programm ging weiter, »aber behaltet Gunnar im Auge – für alle Fälle.«
»Mich?« staunte Gunnar. »Weshalb denn mich?«
»Weil Gaston gedroht hat, alle umzubringen, die – ich zitierte wörtlich – es wagen, seine Nachfolge anzutreten.« Sie enteilte, um sich in Ruhe über die Bestürzung der anderen amüsieren zu können.
Nach Ende der Vorstellung »schwoften« die Berliner. Auf deutsch: Sie tanzten.
Gunnar packte den Kleidersack mit den Bühnenklamotten, Franziska schminkte sich ab, beeilte sich, in der Hoffnung, Gaston zu entkommen. Vor dem Eingang, in der Platanenallee vor Zenner, stand »Winnetou« und glänzte im Licht der Straßenlaterne. Gunnar belud das Auto, Franziska wollte helfen, er ließ sie aber nicht, wie immer, er wollte, daß sie ihre Nerven »in Ruhe auszappeln« ließ. Leicht gesagt, unter diesen Umständen. Wo war Ina mit der Göttlichen, wo?
Da kamen sie aus dem Park, in ihrer Mitte schritt Gaston, der Renaissance-Fürst, hocherhobenen Hauptes, als käme er zu einer Siegerehrung.
Er blieb stehen. Franziska machte sich auf eine spitze Bemerkung gefaßt oder auf eine übertriebene Reaktion. Doch er rief nur ihren Namen. Sie gaben sich die Hand. Sie fragten nach dem werten Wohlergehen, wie zwei

flüchtige Bekannte, die sich zufällig trafen. Sie gingen zurück zur Theke und tranken einen Wodka. Ina und die Göttliche umrahmten sie.
»Da kommt Gunnar!« verkündete Ina triumphierend.
Gaston zuckte kurz zusammen, stellte das Glas ab, es fiel um, klirrte und rollte vom Tisch, dann wandte er sich etwas zu schwungvoll dem Ankommenden zu, um ihn mit überschwenglicher Freude zu begrüßen. Nun machte er Theater. Ganz eindeutig.
Gunnars herzliche Art brachte Entspannung. Er begrüßte Gaston ganz selbstverständlich und lud ihn mit nach Hause ein, um das Treffen gebührend zu feiern. Gaston suchte nach Ausflüchten: *so* stark war er nun wieder nicht. Aber er ließ sich überreden.
»Ich muß nach Hause«, warf die Göttliche ein, »ich habe morgen früh nämlich ...«
»Gesangsstunde«, ergänzte Franziska.
»Nee, ein Vorstellungsgespräch«, berlinerte die Göttliche bewußt übertrieben. »Ick soll da was übernehmen, so 'ne Kulturstelle in Weißensee, tolles Angebot, aber erst mal sehn, ob die mir wollen und icke sie och.«
»Dann bringen wir dich erst mal um die Ecke«, schlug Gunnar vor.
Ina wollte die Szene, die sie inszeniert hatte, bis zum Ende genießen und erklärte sich bereit, bei ihnen zu übernachten. Sie gingen zum Auto.
Gaston aber blieb stehen, hielt Franziska zurück und bat: »Einen Augenblick nur, bitte!« Da stand er nun: groß, mächtig, gutaussehend, nichts mehr an ihm erinnerte an den verzweifelten Liebeskranken, den sie in Blankenburg verlassen hatte. Er sah Franziska an und sie ihn.
Und plötzlich ging das Feuerwerk los. Raketen zischten zum Himmel, erleuchteten das Spreeufer und den Park, Feuerräder drehten sich über Dächern, Bäumen und Wasser, bunte Kugeln zerplatzten, und Funken regneten

herab. Ringsum begeisterte Aaaah- und Ooooh-Rufe. Was für ein Anblick! Treptow, schien es, stand tatsächlich in Flammen.
Aus dem Lichtschein tauchte immer wieder Gastons Cäsarengesicht auf. Er legte die Arme um Franziska und hielt sie fest, einfach nur so, wie beim erstenmal auf dem Brocken, bevor der Hexentanz begann.
»Keiner«, sagte er, drückte sie ganz fest und mußte sich räuspern, weil ihm die Stimme wegblieb, »kein Mensch wird dich jemals so lieben wie ich, keiner, keiner!«
Es klang pathetisch, aber nicht komisch, so gern Franziska der Einfachheit halber darüber gelacht hätte.
»Du darfst das nie vergessen«, er ließ sie los, hielt ihr die Hand hin, seine große Pranke, »versprich mir, daß du es nie vergißt, nie!«
»Gut, wenn du möchtest.«
»Nicht so, nicht in diesem gleichgültigen Ton. Versprich mir, daß du immer daran denken wirst«, drängte er, »immer, immer.«
»Ich verspreche es«, sie hätte ihm nun etwas Nettes sagen müssen, etwas Tröstliches, sie machte einen schwachen Versuch, doch er winkte ab, wollte nichts hören, hätte es ohnehin nicht geglaubt.
Eine grell-silberne Sonne raste über sie hinweg, blieb einige Sekunden stehen, wieder sah sie Gastons Gesicht. ›Mein Gott, er weint!‹, dachte sie erschrocken.
Dann erlosch das Feuerwerk, ebenso jäh, wie es begonnen hatte, der Spuk war vorbei, und Gunnar rief nach ihnen.
Als Gaston ins Auto stieg, war er übermütig, sprühend vor Witz und Esprit, er saß vorn neben Gunnar und die beiden Männer lachten um die Wette.
Franziska saß auf dem Rücksitz zwischen den Freundinnen und hatte eine steile Falte auf der Stirn. Es ärgerte sie, daß die beiden so vergnügt waren, immerhin war *sie* doch die Brücke zwischen ihnen, nicht wahr, einer könnte sich

doch mal umdrehen oder wenigstens kummervoll dreinsehen, aber nein –!
»Fahr vorsichtig, Gunnar«, ermahnte sie ihn im Ton einer altgedienten Ehefrau von der Sorte, wie sie sie nicht mochte. »Du redest zuviel.«
»Ach –?« Gaston wandte sich halb um und streifte sie mit einem erstaunten Blick, als sähe er eine neue, unbekannte Franziska.
»Es ist ja nur wegen der Sicherheit«, fügte sie schnell hinzu.
Eine peinliche Stille trat ein. Da lachte Ina lauthals los. Auch die Göttliche wurde sich der Situation bewußt und lachte mit, dann Gunnar und schließlich Gaston, der Franziska doch bis zum Lebensende lieben wollte.
»Albernes Volk«, brummte Franziska, stieß den Freundinnen die Ellenbogen gegen die Rippen und preßte bockig die Lippen zusammen, um nicht mitzulachen.
»Was hat er gesagt?« fragte Franziska gespannt.
Gunnar kam in die Küche, half mit, die Gläser zusammenzustellen und schüttelte, noch immer belustigt, den Kopf. Er hatte Gaston nach Hause gefahren – und nun ging schon die Sonne auf.
»Er wirkte sehr gelöst«, antwortete er nach einer Weile. »Wie von einem langen Druck befreit. Bevor er ausstieg, hat er mir die Hand gedrückt und gesagt: ›Ich beneide dich, du verrückter Kerl! Ich bewundere, und ich beneide dich. Man braucht Mut, um mit Franzi zusammenzuleben! Aber ich beneide dich eben auch.‹ Das hat er gesagt.«
Franziska runzelte die Stirn. Sie mußte darüber nachdenken, ob Gastons Bemerkung positiv einzuordnen war oder als Beleidigung. »Und er hat nicht den Versuch gemacht, dich umzubringen?« fragte sie fast enttäuscht. »Nicht mal ein bißchen?«
»Höchstens bei der Umarmung zum Abschied«, erwider-

te Gunnar. »Die war ziemlich heftig, mir ist fast die Luft weggeblieben.«
»Na, vielleicht liebt er *dich*«, Franziska tat empört. »Da sieht man's wieder mal: Du schnappst mir alle Männer weg!«
»Schon möglich«, gab Gunnar geschmeichelt zu, »aber ich lasse mich seinetwegen bestimmt nicht scheiden.«
»Was für ein Glück für mich.«
Ina kam in die Küche und brachte das restliche Geschirr, denn sie hatten noch ausgiebig gegessen und getrunken. Sie hörte der Plänkelei eine Weile zu, betrachtete Gunnar eingehend und sagte: »Du siehst so anders aus. Was hast du denn auf der Nase?«
Eine imposante Hornbrille zierte sein Gesicht.
»Ach herje!« rief Gunnar. »Die gehört Gaston. Wir haben aus Jux die Brillen getauscht und festgestellt, daß es sich bei uns um die gleiche Sehstärke handelt. Nur hätten wir sie wieder zurücktauschen müssen.«
»Ihr habt nicht nur die gleiche Sehstärke, sondern auch den gleichen Geschmack«, stellte Ina anzüglich fest, wobei sie Franziska bedeutungsvoll ansah. Dann zitierte sie Heine, etwas spöttisch:

»Kannst du nicht mehr Geliebte sein,
sei Freundin mir sodann!
Hat man die Liebe durchgelebt,
fängt man die Freundschaft an!«

»Du sagst es«, stimmte Gunnar zu und gähnte. »Und jetzt ab ins Bett. Freundschaft kann sehr anstrengend sein. Vor allem dann, wenn sie so überraschend ausbricht.«

Hänsel und Gretel – und der böse Wolf

Es gingen so viele Leute weg. Einfach weg aus der DDR. Wilhelm Pieck, der Präsident, war gestorben. Eigentlich war er gar nicht so unbeliebt gewesen; er hatte sich zurückhaltend gegeben, nicht so fanatisch wie die anderen, er schien auch etwas gebildeter zu sein. Nun war er tot. Der »Spitzbart« Ulbricht wurde sein Nachfolger. Die Bevölkerung hatte nichts zu lachen, weniger denn je. Die von ihm eingeführte DDR-Flagge (Hammer, Zirkel und Ährenkranz) wehte überall. Nur Fahnen.

Franziskas Abneigung gegen jede Art von Fahnen verstärkte sich, falls das überhaupt noch möglich war.

Und dann, in der »befreundeten Sowjetunion«, dieser Chrustschow! Wenn er sich mit seinem Vasallen Ulbricht traf, wurde die Situation unerträglich. Schon vom optischen Standpunkt: Zwei mühsam verklemmt grinsende Staatsoberhäupter, die sich ständig gegenseitig applaudierten.

Auch ein Wandel in Ton und Sprache trat ein. Der Spitzbart vertauschte die Rolle des Scharfmachers mit der des Familienvaters, der seinen Schäfchen das richtige Herdenverhalten beibringen wollte. Diese penetrant-primitive Verlogenheit wirkte ebenso grausam wie vorher der gewalttätige Stalinismus, den sie nun abzubauen versuchten.

»Personenkult ist falsch«, erklärte Ulbricht. »Wir wollen diesen Fehler nie wieder begehen.«

Doch mit seiner Macht wuchs auch der Kult um seine Person.

In Dresden das »Café Prag«. Es befand sich auf dem Altmarkt, im ersten Stock. Gepflegte Atmosphäre. Auf der Breitseite die Bühne. Vor den Fenstern die häßlichen Bauten der sozialistischen Einschüchterungsarchitektur: Weiße, kalte Wohnblöcke.

Im Frühjahr traten Franziska und Gunnar im *Café Prag*

auf, vier Wochen lang. Sie hatten ihre Texte verschärft, machten Anspielungen auf die miserable Versorgungslage: es gab kaum Fleisch, noch immer kein Klopapier, Obst und Gemüse ganz selten, und wenn, roch es verfault, lag welk und verschmutzt in den Säcken, genau wie die Kartoffeln, an denen Lehmklumpen hingen, oft größer als die Knolle selbst. Es gab keine Schuhe und Strümpfe, trotz der Wirkwarenfabriken in Sachsen. Dort wurden Waren für den Export hergestellt.

Die Bevölkerung war verärgert.

Kein Wunder, daß die Zuschauer die Glossen des Moderatorenpaares bejubelten. Da war zum Beispiel der Sketch »Hänsel und Gretel«. Gunnar mit kurzen Hosen und einem Hütchen auf, Franziska mit Schürzchen und Zöpfen: »Guck mal, Hänsel, das Häuschen da, mit Rosinen und Pfefferkuchen und den vielen Mandeln!«

»Wo denn?«

»Na dort – drüben.«

»Jaaaa – *drüben*!«

»Drüben«, das war Westdeutschland. Das verstanden alle. Immer Applaus und Lachen. Die Zuschauer kamen, um das Sprecherpaar zu sehen. *Das* war Kabarett, da konnte man die Ventile öffnen.

Das mißfiel den Genossen. Sie bestellten das Moderatorenpaar eines Tages vor der Nachmittagsvorstellung ins Rathaus.

Das Rathaus in Dresden! Wieder aufgebaut und innen von steriler Kälte. Wie aus einem Alptraum.

»Welches Zimmer?« Franziska ertappte sich dabei, daß sie am liebsten auf Zehenspitzen geschlichen wäre.

»Rathaussaal«, erwiderte Gunnar, ebenso kleinlaut.

»Im Saal?!«

Von außen kannte Franziska das eindrucksvolle Rathaus, vor allem als Ruine. Oft genug hatte sie davor auf die Straßenbahn warten müssen, an eisigen Wintertagen, der

Krieg war ja erst seit ein paar Monaten zu Ende gegangen, nun mußte sie dahin oder dorthin fahren, zu einer Behörde oder zu dem Ort, wo das Ensemble spielte. Straßenbahnen fielen aus, es verging eine halbe Stunde oder eine ganze, ehe endlich ein Wagen kam, zuckelnd, quietschend und total überfüllt.
Die Rathausruine war ihr bekannt. Während des langen Wartens hatten sie oft genug die Fensterhöhlen gezählt und die Figur betrachtet, die auf dem ausgebrannten Turm stand, als einzige übrig geblieben von all den vielen, vergoldeten Figuren: den Arm hoch erhoben, wie zum Hohn, über den Ruinen dieser einst so wundervollen Stadt.
Nun hatten sie das Rathaus wieder aufgebaut, und die Genossen regierten darin.
»Seid ihr Buresch-Hill?« fragte ein Mann, der im Gang auf sie zu warten schien.
Sie nickten und folgten ihm in den riesigen Sitzungssaal. Ein endlos langer Tisch. Sie nahmen an der Schmalseite Platz, Schulter an Schulter, wie die Sünder vor der Inquisition. Dann ließ man sie erst mal warten, das war nicht neu, das gehörte zur Taktik.
Endlich erschienen drei äußerst ernst dreinblickende Genossen. Sie grüßten nicht, stellten sich auf der gegenüberliegenden Schmalseite auf.
Franziska, wie immer auf Höflichkeit bedacht, grüßte. Es kam keine Antwort.
»Laß es lieber«, flüsterte Gunnar, der ebenfalls blaß aussah. Er kannte diese Angstmacher vom Dienst.
Dann kam der Obergenosse. Fein angezogen, doch ja, nicht wie sonst die Leute seiner Partei, mit offenem Hemdkragen und Schlabberhose. Er trug sogar eine Krawatte.
»Kollegen«, er blieb stehen, zwischen ihnen lag die Unendlichkeit, »uns ist da einiges zu Ohren gekommen. Das Programm, wie ihr das macht, so geht das nicht.«

»Was machen wir denn?« erkundigte Gunnar sich unschuldsvoll.
»Ihr wiegelt die Leute auf«, der Mann sprach ein einwandfreies Hochdeutsch, wirkte glatt und anmaßend. Auch die anderen blieben stehen. Auf eine Diskussion ließen sie sich gar nicht erst ein.
Gunnar wurde als »Genosse Hill« angesprochen, von Franziska nahmen sie keine Notiz. Sie zitterte vor Wut, aber sie beherrschte sich. Diese Ohnmacht! Dieses Ausgeliefertsein. Wieder mal saß sie vor einem Tribunal von Fanatikern, die glaubten, eine Ordnung nach ihrer Idee aufbauen zu müssen, auf Kosten aller Menschen, die sie sich untertan machen wollten.
Hörte das nie auf?
Der Haß über diese ungeheure Überheblichkeit nahm ihr den Atem.
»Was habt ihr zu eurer Rechtfertigung zu sagen?«
Die Mienen der »Inquisitoren« bewiesen, daß jede Antwort von vornherein vergeblich sein würde.
»Nun«, Gunnar antwortete überlegt und beherrscht, »es kann doch nicht verboten sein, Kritik zu üben?!«
»Keineswegs«, sagte Genosse Unbekannt, »aber es muß eine positive Kritik sein.«
»Und wo fängt die positive Kritik an?« Nun konnte Franziska nicht länger mehr den Mund halten. Doch sie legte freundliches Interesse in ihre Frage, was sie Mühe kostete, denn ihre Empörung brachte sie fast um.
»Das müßte euch bekannt sein«, erwiderte der Mann mit Schärfe. »Sie richtet sich gegen alles, was wir abstellen und ändern können. Zum Beispiel persönliches Versagen, wodurch der Allgemeinheit Schaden zugefügt wird oder wenn sich einer unseren Zielen entgegenstellt und den Fortschritt verhindert, das muß angeprangert werden, weil es im Interesse unserer Werktätigen liegt.«
Wenn sie sprachen, diese Leute, ging die Sprache auf

Stelzen, wie es ihnen eben eingehämmert wurde. Gegen diesen »Parolenton« klang Gunnars Stimme fast erschreckend natürlich.
»Und ihr meint, ein paar Szenen auf der Kabarettbühne könnten den Staat ins Wanken bringen?«
»Das ist der Anfang«, sagte der Obergenosse. Die anderen nickten dazu, wie sich das gehörte. »Wir wissen, wie es bei dem Volksaufstand in Ungarn war. Da haben die Intellektuellen die böse Saat gesät, Leute wie ihr, das ist gefährlich.«
Als Franziska hörte, welche Macht sie angeblich besaßen, versickerte ihre Wut. Spottlust kam auf, und sie mußte sich sehr zusammennehmen, daß sie nicht lachte oder wenigstens grinste. Ihr Sketch »Hänsel und Gretel« als zündender Funke eines Volksaufstands!
Es folgte eine Litanei von Belehrungen, die sie an ihrem Ohr vorbeiziehen ließ. Nach einem besorgten Blick auf die Armbanduhr meldete sie sich schließlich zu Wort.
»Was ist, Kollegin?«
»Unsere Nachmittagsvorstellung! Sie fängt in dreißig Minuten an. Sollen wir etwa das Publikum warten lassen?«
»Ihr könnt gehen«, sagte der Obergenosse im herablassenden Ton eines Monarchen, der einen Gefangenen laufen ließ. »Aber keine aufwieglerischen Bemerkungen mehr.«
»Haben Sie unser Programm gesehen?« erkundigte sich Franziska. Sie spürte, wie sich Gunnars Knie mahnend gegen das ihre drückte.
Der Mann hatte es nicht nötig zu antworten.
»Ihr kriegt Ärger, wenn auch nur noch ein Wort ...«
»Tja dann«, sagte Gunnar und erhob sich, »dann können wir uns leider nur noch aufs Witze erzählen beschränken. Das ist aber genau das, was ein Conférencier nicht sollte. Es ist eine Niveaufrage, nicht?«

Der Obergenosse zuckte die Achseln. »Dann erzählt eben Witze«, sagte er. Und wieder nickten die anderen, von denen keiner ein Wort von sich gegeben hatte.
Sie waren entlassen.
»Es ist vorbei mit Hänsel und Gretel«, meinte Franziska, auf dem Weg zurück zum Altmarkt, der in der Nähe lag.
»Sieht ganz so aus«, Gunnar zog ihren Arm durch den seinen und drückte ihn an sich. Er verbarg seine Niedergeschlagenheit hinter Galgenhumor. »Der böse Wolf hat sie verschlungen.«
»Wie das Rotkäppchen«, sagte Franziska. »Der Wolf ist sehr gefräßig. Er verschlingt alles. Und wenn wir nicht aufpassen – auch uns.«
Sie paßten auf, zunächst. Die Vorstellungen waren flau, und das Publikum zeigte sich enttäuscht. Eine Zeitung schrieb: *»Das Sprecherpaar Buresch-Hill hält nicht das, was man sich von ihm versprochen hat. Ihr Repertoire ist kalter Kaffee.«*
Sie probten, noch in Dresden, neue Texte, um die Lücken zu füllen. Nächtelang saßen sie in der Pension beisammen. Sie schrieben und übten, sie verwarfen und stritten sich sogar. Aufbrausend war immer nur Franziska. Je intensiver sie proben wollte, um so mehr ging Gunnar in die Reserve. Sie geriet in Panik.
»Du drehst nicht genügend auf«, warf sie ihm vor. »Deine stoische Ruhe bringt uns nicht weiter.«
Sie war gewöhnt, hart zu proben, ohne Rücksicht auf Müdigkeit oder aufkommende Unlust.
Doch Gunnar machte da nicht mit.
Inas Verdacht, er könne nicht »komödiantisch« sein, fiel ihr wieder ein. Er war fleißig und geschickt, ein guter Sprecher, aber kein Komödiant.
»Du bist eben kein Schauspieler«, fuhr sie ihn ungeduldig an. Sein Gleichmut ärgerte sie.

»Nie gewesen«, gab er achselzuckend zurück. »Aber das hast du doch gewußt.«
»Was wir jetzt machen, *zusammen* machen, hat mit der Bühne zu tun«, rief sie ihm empört zu. »Das bedeutet harte Arbeit auch hinter den Kulissen. Also laß es uns weiter versuchen.«
Doch von ihm kam nichts mehr, er wollte nicht.
»Du hast keinen Ehrgeiz«, stellte sie anklagend fest.
Nun aber lachte er, sein gutes, nachsichtiges Lachen.
»Franzi«, sagte er sehr lieb, »auch wenn ich ihn hätte wie du: wozu? Hier – in der DDR? Stell dir vor, ich hätte als Genosse Ehrgeiz gehabt. Wäre dir das recht gewesen?«
»Das ist wieder ein ganz anderes Thema«, stellte sie unzufrieden fest. Der Schwung war ihr genommen. »Wenn wir drüben wären«, überlegte sie, »im Westen – würde das etwas ändern, hättest du dann Ehrgeiz?«
Darauf antwortete er nicht. Dieser Gedanke war Utopie.
Zwar wollten sie im Sommer zu den Eltern nach Freiburg fahren. Den Paß hatten sie bereits beantragt, das mußte einige Monate vorher geschehen und keiner, der das tat, wußte, ob er die Genehmigung zu einer Reise in die Bundesrepublik überhaupt bekommen würde. Bei ihnen sah es nicht so aus. Gunnar als Genosse! Außerdem waren sie beide zu bekannt. Zu viele Leute aus Wirtschaft und Kultur hatten sich schon nach dem Westen abgesetzt. Die Regierung zog die Zügel an. Auch Bundesbürger durften nur noch mit Genehmigungspflicht nach Ostberlin. Weshalb? Weil es unter ihnen zu viele »Menschenhändler« gab, die DDR-Bürger zur Flucht »anstifteten«. So lautete die Erklärung.
Nun, die Hills hatten nicht die Absicht, im Westen zu bleiben. Verträge für die nächsten Jahre waren abgeschlossen, auch für Funk und Fernsehen, und der Kontakt zu Westberlin blieb erhalten. Man konnte sich arrangie-

ren, irgendwie. Daß sie zur »schaffenden Intelligenz« gehörten, war allerdings ebenso ein Vorteil wie auch ein Nachteil. Es gab Privilegien. Aber wenn sie auf der schwarzen Liste standen wie jetzt, behielt man sie scharf im Auge.

Sie setzten die neuen Texte ein, aktuell zwar, aber nicht politisch (beides war schwer auseinanderzuhalten!), langsam stieg wieder ihre Beliebtheit an, und wie vorher war das *Café Prag* vollbesetzt.

Und dann kam es zu einer interessanten Begegnung, über die sie sich noch lange angeregt unterhielten.

Lukas Rilke war Operndirektor am Staatstheater geworden. Auf den Plakaten stand sein Name, ganz oben.

»Warum rufst du ihn nicht an?« fragte Gunnar. »Ich möchte ihn gern kennenlernen.«

Franziska verschob den Anruf und kam zu dem Entschluß, sich lieber nicht zu melden. Zwar hatte es noch vor Gunnars Zeit Kontakte zwischen ihnen gegeben. Wenn er in Berlin war, besuchte er sie, das war noch in der Wohnung der Göttlichs: Eines Tages stand er vor der Tür. Und sie söhnten sich aus. Nun, da sie mit Jan nicht mehr zusammen war, gab es für Lukas keinen Grund mehr, sie anzufeinden. Die alte Anziehungskraft zwischen ihnen war allerdings noch vorhanden. Sehr stark sogar. Sie hatte ihn auch in Görlitz besucht, wo er einige Zeit Intendant gewesen war. Doch ihre Beziehung intensivieren, das wollte sie nicht. Er war schwierig, ganz auf sich und seine Arbeit bezogen – und er glaubte an den Sieg des Sozialismus: aus tiefstem Herzen, mit der festen Überzeugung von einem besseren Leben. Er war ein Idealist. Franziska hatte ihn hineinwachsen sehen in diese Idee, hatte erlebt, wie sein Glaube daran sich festigte und er seinen Weg ging, steil bergauf.

Lukas, der Dämon von einst.

Und dann kam dieser Nachmittag im *Café Prag*.

»Heute haben wir eine Konferenz bei uns«, verkündete der Ober Manni, der den Mitwirkenden Getränke und den Imbiß in die Garderobe zu bringen pflegte. »Die Leiter der Staatstheater tagen im Kabinett nebenan.«
Franziska lachte. »Haben die keinen Sitzungsraum im Theater?«
»Hier ist es gemütlicher«, antwortete Manni. »Mit Bewirtung.« Er grinste vielsagend.
Erst als Gunnar einwarf: »Dann wird ja Lukas Rilke auch dabei sein«, da erst dachte Franziska daran.
»Aber ja«, der Augenbrauenstift in ihrer Hand zitterte. Was war los? Schlug ihr Herz schneller? Holte die Vergangenheit sie ein? Lukas bedeutete auch Jan. Plötzlich war alles, alles wieder da.
Sie stand auf der Bühne. Das Tageslicht fiel durch die Fenster hinter ihrem Rücken, und sie vergaß zunächst die bevorstehende Begegnung. Das Solo: »Der ideale Mann«. Das hatte sie wieder hervorgeholt aus der Ablage, es war unverfänglich und unpolitisch und kam immer gut an. Als sie den Applaus entgegennahm, öffnete sich die Tür und einige Leute erschienen. Sie schlichen auf Zehenspitzen, um nicht zu stören, zogen die Köpfe ein, wußten wohl alle, wie es ist, während einer Vorstellung hereinzuplatzen. Kein Zweifel: Die Staatsopernmänner! (Wieso eigentlich nur Männer?!) Franziska stand da und sah sie an. Trotz ihrer Kurzsichtigkeit erkannte sie Lukas. Sie spürte seine Gegenwart mehr als daß sie ihn sah.
»Ach, die Herren vom Staatstheater«, sagte sie lachend und verneigte sich in gespielter Ehrfurcht.
»Aaaaa«, das Publikum applaudierte. Die Männer waren verlegen, sie wollten schleunigst in den Konferenzraum, wozu sie aber das Café durchqueren mußten.
»Ganz besonders herzlich begrüßen wir den Herrn Operndirektor, der sich heute vom Gipfel des Olymp in

unsere bescheidene Region begeben hat«, sie sprach mit ironischem Pathos, wie sie es früher gern getan hatten, alle drei, als sie noch Freunde waren, Lukas, Jan und sie, als sie über die gleichen Dinge lachen und spotten konnten, sich gegenseitig beflügelten und sich einer eigenen verrückt-albernen Sprache bedienten.
Lukas blieb stehen, blickte zur Bühne, lächelte und warf ihr eine Kußhand zu. Seine Miene zeigte weder Überraschung noch Wiedersehensfreude. Dann verschwand er mit den anderen im Konferenzraum.
Die Vorstellung ging zu Ende. Der Ober Manni räumte das Geschirr in der Künstlergarderobe zusammen.
»Jetzt müssen sie aber mit ihrer Sitzung bald fertig sein«, Gunnar vertauschte sein Bühnenjackett mit seiner hellen, leichten Frühlingsjacke, warf einen prüfenden Blick in den Spiegel und sah kurz auf die Armbanduhr. »Wo bleibt dein Lukas?«
Manni stand an der Tür, das Tablett in den Händen. Er sagte: »Wenn Sie die Leute vom Staatstheater meinen – die sind weg.«
»Was?« Franziska feuerte den Abschminklappen auf den Tisch. »Das gibt's doch nicht!« Jetzt erst merkte sie, wie sehr sie der Wiederbegegnung entgegengefiebert hatte.
Am nächsten Morgen rief sie ihn dann doch an. Es war nicht leicht, ihn ans Telefon zu bekommen, immer wieder nannte sie ihren Namen. Dann, endlich, Lukas!
»*Wer* ist da – Franzi, *du* – im Ernst? Wo bist du denn, von wo rufst du an – Himmel, was tust du denn in Dresden?«
»Ich trete auf, im Café Prag. Ich habe dich sogar von der Bühne offiziell begrüßt. Und du hast der Conférenciere eine Kußhand zugeworfen.«
»Duuu?« Eine lange Pause. »Das warst *du*?«
»Was hast du denn gedacht?«
»Eine zauberhafte junge Frau im dreiviertellangen, grü-

nen Kleid, die mich begrüßte. Der habe ich eben ...«
Hingesehen hatte er jedenfalls genau, sogar das »dreiviertellange grüne Kleid« war ihm aufgefallen. Doch erkannt hatte er sie nicht.
»Du wirfst fremden Damen Kußhände zu, also weißt du – habe ich mich denn so verändert – großer Gott!«
»So schlank, so zart – nichts, was mich an dich erinnerte!«
»Selbst nicht meine unnachahmliche, markante Stimme?« spöttelte sie.
»Nichts, kein Gedanke. Wie sollte ich auch ahnen ...«
»Mein Name steht groß auf den Plakaten, vor allem neben dem Eingang.«
»Hab' nicht hingesehen, verzeih.«
Typisch für ihn, daß er nichts von seiner Umgebung wahrnahm, nur sich – und seine Mission.
»Franzi –« er ließ den Namen förmlich auf der Zunge zergehen, »können wir uns treffen – und wo?«
Ihre Termine waren nicht leicht aufeinander abzustimmen. Sie hatte täglich nachmittags und abends Vorstellung. Er – Proben, Konferenzen. Dann klappte es aber doch: Am nächsten Tag mußte er zu einer Sitzung in den »Luisenhof«, oben, auf dem *Weißen Hirschen.* Zwei Stunden Zeit! Das paßte auch ihr, also verabredeten sie sich.
»Ich würde ja vorschlagen, daß du zum Theater kommst, um mit mir zum *Hirschen* zu fahren. Aber mein Auto ist in Reparatur. Wir könnten höchstens mit der Taxe ...«
»Ich hole dich mit meinem Wagen ab«, sagte sie großartig.
Am nächsten Tag fuhr Gunnar sie zum Staatstheater, in dem sich auch die Oper befand.
»In zwei Stunden, auf die Minute, komme ich zum *Luisenhof*«, versprach er und überließ ihr das Steuer. »Ihr habt euch sicher viel zu erzählen.«
»Willst du nicht gleich mit uns ...«
Gunnar wollte nicht, aus Taktgefühl.

»Was soll ich dem Lukas sagen, wenn mein Mann plötzlich auftaucht, ohne an unserem Treffen teilgenommen zu haben?«
Gunnar grinste. »Sag ihm, ich hätte noch was zu erledigen!« Er gab ihr einen Kuß und verschwand.
Franziska saß im Auto vor dem Staatstheater. Minuten vergingen. Sie sah zum Eingang. Hier hatte sie den »Faust« gesehen, kaum fünfzehn Jahre alt! Hatte um eine Eintrittskarte gekämpft, während die Mutter mit Dascha, ihrem Freund aus der Tanzstunde, im Hotel »Annenhof« auf sie wartete. Gleich hinter dem Postplatz. Ganz in der Nähe. Als sie aus diesem Eingang gekommen war, verwirrt, verzaubert und erregt, stand ihr Entschluß fest: Ich werde Schauspielerin! Die wenigen Minuten, die sie vom Theater zum Hotel gegangen war, an einem wundervollen, lauen Pfingstabend, würde sie nie vergessen, nie. Hier war die Entscheidung gefallen, an dieser Stelle. ›Ach neige, du Schmerzenreiche, dein Antlitz gnädig meiner Not ...‹ Das Gretchen, ja, irgendwann würde sie es spielen, vielleicht sogar an diesem Theater.
Und dann wurde das Haus hier ebenso zerstört wie ihre Träume, ihre Hoffnungen. Und beide hatten sie neu angefangen: das Theater und sie. Aus den Träumen war Realität geworden. Die freilich sah anders aus. Aber es ist wohl so: der Zauber des Lebens liegt nicht in dem, was es bietet, sondern in dem, was einer daraus macht. Das hatte Franziska gelernt.
»Hallo, Dame am Steuer, wovon träumst du?«
Lukas sah durchs Fenster, etwas älter geworden, natürlich, seine Haare waren grau, er wirkte noch wuchtiger und düsterer als früher, mit ernsten Augen, die niemals so lachten wie sein Mund.
»Ich träume von den ausgeträumten Träumen«, antwortete Franziska und lächelte Lukas zu. »Aber das ist eine längere Geschichte. Komm, steig ein.«

Sie begrüßten sich ohne die kollegiale Umarmung, die bei solchen Wiederbegegnungen üblich ist. Nach wie vor hielt eine gewisse Scheu sie zurück. Das würde wohl immer so bleiben.

»Wo ist dein Mann?«

»Woher weißt du –?«

»In Theaterkreisen spricht sich alles schnell herum.«

»Das ist wahr.«

Auch er hatte geheiratet, das wußte sie längst: eine Sängerin, die ihren Beruf an den Nagel gehängt hatte, weil es ihr genügte »Frau Rilke« zu sein. Genau das, was Lukas brauchte. Er war ein Mann mit kühlem Kopf und verhaltener Leidenschaft, er war klug und auf düster-ernsthafte Weise humorig, ein faszinierender Liebhaber, aber kein Mann zum Heiraten. Nicht für Franziska.

Und doch – oder gerade deshalb – war sie von seiner Ausstrahlung gefangen, von seiner leicht mit Heiserkeit belegten Stimme, den unsteten Augen, mit denen er sie nun doch ausgiebig betrachtete. Dann atmete er tief ein, wandte den Kopf, sah hinüber zum Zwinger, der im Sonnenlicht lag, von Baugerüsten umgeben. Für einige Augenblicke überfiel sie Ratlosigkeit, wie immer, wenn sie sich trafen. Vielleicht empfanden sie es beide. Es war, als säße Jan mit im Auto und gäbe seine spöttischen Kommentare von sich. Immer waren sie zu dritt gewesen.

»Willst du nicht endlich fahren?« fragte Lukas amüsiert.

Franziska schaute sich um: viel Verkehr. Sie fuhr zwar gern, aber nur, wenn sie sich hundertprozentig konzentrieren konnte. Und das konnte sie jetzt nicht.

»Ich – ich ...«

So stolz war sie gewesen, so selbstsicher (»Ich hole dich mit meinem Wagen ab!«), auch *sie* war schließlich etwas geworden, auch *ihr* Weg führte nach oben; sie war längst nicht mehr »die kleine Buresch«, die er an dem Theater

der kleinen sächsischen Stadt kennengelernt hatte. Das wollte sie ihm beweisen.
»Ich habe auch einen Wartburg«, Lukas erkannte die Situation. Er schmunzelte belustigt aber diskret. »Wenn du willst, fahre ich.«
»Ja, gern«, so schnell hatte sie noch nie einen Platz geräumt.
Als sie über die Elbbrücke fuhren, stand jemand mit dem Rücken an das Geländer gelehnt und lachte ihnen entgegen. Gunnar! Er hatte den heimlichen Beobachter gespielt und alles, alles mitbekommen.
Wenig später saßen sie auf der Terrasse des »Luisenhofes« und waren verlegen. Sie musterten sich mit verstohlener Neugier, als wollten sie das Fieber begreifen, das sie damals einander in die Arme getrieben hatte. Das Gespräch kam nur schwer in Gang. Sie bekamen das bestellte Essen, doch keiner aß. Sie nippten am Glas und wichen gegenseitig ihren Blicken aus.
Unter ihnen lag ausgebreitet die Stadt. Noch immer gab es Ruinen, viel zu viele, dazwischen die scheußlichen Hochhäuser der sozialistischen Architektur.
»Weißt du, daß Jan ebenfalls geheiratet hat?« erkundigte sich Lukas unvermittelt, nicht ohne Anflug von Schadenfreude.
»Nein«, antwortete sie so beiläufig wie möglich, »aber ich hätte es mir denken können.«
»Eine Soubrette«, fuhr Lukas mitteilsam fort. Er entspannte sich allmählich, ohne sie aus den Augen zu lassen. »Sie heißt Ilona. Ich war zur Hochzeit eingeladen, sie fand in Leipzig statt. Ilona ist dir sehr ähnlich. Auffallend sogar. Er wollte dein Ebenbild, das hat er mir gesagt. Eine neu erschaffene Franziska.«
»Na fein«, sie hob das Glas und prostete ihm zu. »Dann sind wir ja alle im Hafen der Ehe gelandet.«
»Hoffentlich glücklich«, er stieß mit ihr an, trank und

setzte hinzu: »Leider ist meine Frau ziemlich eifersüchtig. Wenn sie wüßte, daß ich mit dir hier sitze ...«
»Mit mir – was weiß sie denn von mir?«
»Allerhand«, er senkte den Kopf auf eine für ihn typische Weise, preßte das Kinn an die Brust und schmunzelte. »Sie weiß – daß ...«
»Was denn – zwischen uns war doch nichts Besonderes?« Sie provozierte ihn, nun sollte er endlich Farbe bekennen, da er selbst davon angefangen hatte.
Und dann sagte er, der sich sonst niemals romantisch oder gar pathetisch ausdrückte, eher kühl-sachlich formulierte, mit ernstem Gesicht, und dabei sah er ihr kerzengerade in die Augen: »Unter den vielen Kurzgeschichten meines Lebens bist du ...« Es ging ihm wohl doch nicht so leicht über die Lippen.
»Na, was denn?« half sie nach. »Die Unterhaltungsbeilage?«
»Der große Roman«, gestand er nach kurzem Zögern. Sein Gesicht war still und ohne Lächeln. Sogar die steile Falte auf seiner Stirn schien sich geglättet zu haben. Er war traurig. »Das weiß meine Frau.« Er griff über den Tisch und nahm ihre Hand. »Und dein Mann?« fragte er. »Was weiß der?«
»Alles. Auch daß ich Jan geliebt habe und ...«
»Noch immer liebst?«
Sie zog ihre Hand zurück und meinte achselzuckend: »Was spielt das für eine Rolle! Ich lebe mit ihm, und ich arbeite mit ihm. Daran wird sich nichts ändern. Ich habe eine gute Wahl getroffen. Einen besseren und zuverlässigeren Menschen als ihn, den gibt es nicht.«
»Das gleiche behauptet auch Jan von seiner Frau«, sagte Lukas. »Auch sie hat sich damit abgefunden.« Dann ergänzte er leise, fast widerwillig: »Er bekennt sich dazu.«
»Wozu?«
»Zu seinem Gefühl für dich.« Er vermied das Wort *Liebe.*

Plötzlich mußte Franziska lachen, so laut und herzlich, daß er sie irritiert ansah.
»Was ist daran so komisch?«
»Daß wir –« sie brauchte eine Weile, ehe sie sprechen konnte und tupfte sich die Lachtränen aus den Augen, »daß wir drei unseren Lebensgefährten gegenüber so rücksichtslos ehrlich sind. Ich frage mich, ob wir das aus Edelmut tun oder aus Egoismus.«
Er schien nachzudenken. Sie hörte auf zu lachen und beide wechselten einen schuldbewußten Blick.
Ein feines Dreigestirn waren sie gewesen! Versponnen in ein Netz von diffusen Gefühlen und Katastrophen. Sie hatten sich geliebt, gehaßt, betrogen, verraten und verlassen. Was vor Jahren geschehen war, warf noch immer Schatten auf ihr Leben und auf jene, die es mit ihnen teilten.
Es wurde Zeit, in die Gegenwart zurückzufinden. Franziska wechselte die Tonart, riß Lukas aus seinen Gedanken und begann über ihre Arbeit zu sprechen und von den Schwierigkeiten mit den Parteileuten.
Auch Lukas verwandelte sich, er wurde wieder das, was er war. Er warnte sie.
»Stellt euch dem Fortschritt nicht entgegen«, sagte er. »Ihr habt eine Aufgabe, könnt Impulse vermitteln, mit Humor den rechten Weg weisen.«
»Ach, Lukas!«
»Ihr könnt den humanistischen Gedanken unserer Idee auf eure Art den Leuten klarmachen, könnt der sozialistischen Entwicklung von Nutzen sein, vor allem in der Kunst …«
»Hör auf«, unterbrach sie ihn ärgerlich, »mir wird übel. Du redest wie die anderen. Ich kann es nicht mehr hören!«
»Ihr werdet es hören müssen«, sagte er, »weil ihr in diesem Land hier lebt. Ausweichen kann keiner. Es ist ein Lernprozeß. Jeder muß sich fügen.«

»Nein, fügen nicht«, widersprach sie. »Fügen heißt: sich bevormunden lassen. Ich verabscheue das System.«
»Ja, dann«, er sah sie mit tiefem Bedauern an, »dann könnt ihr euch gleich einen Strick nehmen und aufhängen.«
Franziska lachte wieder, was er nicht erwartet hatte. Er hob die Brauen und blickte sie verständnislos an.
»Genau das hast du Jan und mir vor zehn Jahren schon geraten – aber wir haben es vorgezogen, uns zu arrangieren.«
»Ein Leben lang sich arrangieren«, rief er verächtlich und schüttelte den Kopf. »Dann ist der Strick ehrlicher.«
»Es gibt noch eine dritte Möglichkeit«, Franziska setzte die Sonnenbrille auf, weil das grelle Licht des Frühlingstages sie blendete.
»Und zwar?«
»Nach dem Westen gehen – und dort bleiben.«
Doch daran glaubte sie selbst nicht. Es war viel zu spät, einen Start zu finden in einem Land, in dem das »Wirtschaftswunder« bereits in vollem Gange war.
Sie wechselten das Thema. Lukas warf einen Blick auf die Uhr. Gleich zwei.
»Meine Sitzung fängt bald an. Aber ich möchte dich hier nicht allein zurücklassen.«
»In spätestens fünf Minuten wird mein Mann hier sein, um mich abzuholen«, tröstete sie ihn.
»Und wenn er sich verspätetet?«
»Er verspätet sich nicht.«
In dem Augenblick erschien Gunnar, gutgelaunt und schon von weitem winkend.
Franziska machte die beiden miteinander bekannt. Sie unterhielten sich, ganz locker und heiter, dann mußten sie sich verabschieden, auch die Nachmittagsvorstellung stand bevor.
»Sie müssen uns besuchen, wenn Sie mal in Berlin sind«, schlug Gunnar vor. Er mochte Lukas, man

konnte es ihm ansehen. »Sie können auch bei uns übernachten.«
»Ich komme bestimmt«, versprach Lukas – und dann gab es doch noch eine Umarmung.
Franziska blickte Lukas nach, wie er im Restaurant verschwand, mit hochgezogenen Schultern und etwas vorgerecktem Kopf, immer in sich versunken und doch in Eile, ein wenig an Beethoven erinnernd, in tiefen Gedanken, als komponiere er die »Missa solemnis«.
»Eine starke Persönlichkeit«, stellte Gunnar bewundernd fest, »Donnerwetter.«
»Das ist er«, stimmte Franziska zu und schickte Lukas einen Seufzer nach. Ihr war traurig zumute, sie wußte nicht warum, aber vielleicht war eine Ahnung in ihr, daß sie Lukas niemals wiedersehen würde.
Niemals mehr.
Denn alles kam ganz anders, als sie es geplant hatten.

Ein verpaßtes Finale

Der Sommer kam. Die Zeit der Reise nach Freiburg rückte näher. Aber zuvor gab es noch zwei Engagements zu absolvieren: vierzehn Tage Kabarett in Rostock. Vierzehn Tage »Völkerfreundschaft«, nur eine kleine Reise: Norwegen und Finnland. Viel Seegang konnte da ja wohl nicht sein. Franziska beschloß, mitzufahren.
Sie mochten Rostock, die gute, alte, wenn auch sehr zerstörte Stadt, sie mochten das Kabarett, das sehr beliebt war und stets gut besucht, und sie freuten sich auf die Ferien in Westdeutschland.
Das machte sie mutiger – oder besser: leichtsinniger. Erneut schossen sie auf der Bühne ihre verbalen Giftpfeile

ab. Zunächst noch recht harmlos, eine der Pointen aus Dresden (»Ja, drüben –!«), das war der Anfang, dann schwere Geschütze: ein Sketch über den gestelzt-pathetischen Parteijargon, ohne nähere Kenntnis der Sprache, wobei dieser betulich-primitive Tonfall zustande kam, hinter dem die gefährliche Macht lauerte. Durch das Lächerlichmachen dieser Abscheulichkeiten, mit denen sie alle Tag für Tag leben mußten, versuchten Buresch-Hill die Bedrückung zu mildern, es tat ihnen allen gut.
Nichts geschah. Sie wiegten sich in Sicherheit. Und dann, am letzten Abend ...
Tornado war ein Bauchredner. In der Pause kam er in die Garderobe und verkündete: »Du, Gunnar, da vorn, an der Bar, da sind ein paar Genossen, die wollen dich sprechen.«
»Jetzt?« Gunnar zog sich gerade um, schlüpfte in die Hose des Smokings. »Sag' ihnen: nach der Vorstellung.«
Er sollte, er *mußte* aber *gleich* antreten.
»Bin sofort wieder zurück«, er gab, wie immer, Franziska einen Kuß zum Abschied. »Mach' mal einstweilen dein Solo, ja?«
Sie machte ihr Solo. Danach noch ein Solo. Sie sagte an, sie sagte ab, sie sang ein Chanson und noch ein Chanson, das sie mit der Band gar nicht geprobt hatte, doch es ging recht gut.
Wo blieb Gunnar?!
Keine Zeit, nach ihm zu sehen. Die Bar lag abseits, sie hätte erst durch den Zuschauerraum gehen müssen, das war unmöglich.
Das Finale kam. Sie nannte alle Mitwirkenden, die kamen und verbeugten sich, ihr Herz schlug bis zum Hals, sie ahnte nichts Gutes, die Band spielte die Schlußmusik, es war kurz vor Mitternacht.
Tornado, der als erster zur Bar ging, um sich dort zu stärken, kam total verstört in die Garderobe.

»Du«, sagte er atemlos, »komm schnell an die Bar. Die machen den Gunnar fertig.«
»Wer?«
»Na, die Genossen. Die reden auf ihn ein. Und er trinkt und trinkt, und weiß nicht mehr, was er sagt.«
»Gunnar trinkt?« Franziska wollte sich wenigstens das durchgeschwitzte Cocktailkleid ausziehen, doch sie ließ es bleiben und folgte Tornado.
Die Bar war gedämpft beleuchtet, in tiefes, schummriges Rot getaucht und fast leer. Auf einem Hocker saß Gunnar. Umgeben von vier Männern.
Franziska trat zu ihnen und sagte »Guten Abend«. Sie beachteten sie nicht. Sogleich schoß die Wut in ihr hoch, diese Masche haßte sie.
»Worum geht es?« fragte sie scharf.
Gunnar, total benebelt, erblickte sie, strahlte, machte eine weit ausladende Armbewegung, um die Genossen zurückzudrängen und rief mit schwerer Zunge: »Genug jetzt! Ich muß raus – zum Finale.«
»Das Finale ist soeben gelaufen«, sagte Franziska. Die Männer, die Gunnar bedrängten, nahmen noch immer keine Notiz von ihr. Sie explodierte: »Verdammt noch mal«, fuhr sie die Genossen mit den schlechten Manieren an, »ich bin der andere Teil der Doppelconférence! Wenn es um unsere Texte geht, bin ich ebenso dafür zuständig.« Sie schob die ihr zugewandte Rückenkette auseinander und stellte sich in die Mitte. »Also –?!«
Der Leiter der Rostocker Gastspieldirektion schaltete sich vermittelnd ein. Er gehörte zwar auch der Partei an, war aber ein Genosse der milderen Sorte. Auch mochte er Franziska und Gunnar.
»Ihr habt wieder die unerwünschten Texte gebracht«, erklärte er halblaut, fast mit schlechtem Gewissen, daß er sich so weit herabließ. »Obwohl man euch in Dresden gewarnt hatte. Gunnar soll dazu Stellung nehmen. Aber

das tut er nicht.« Dann leise in ihr Ohr: »Bring' ihn weg, er redet sich um Kopf und Kragen!«
Gunnar hatte seinen Namen gehört, kippte einen Wodka und lallte:
»Hört zu, ihr Armleuchter! Denkt ihr wirklich, daß ihr *so* einen Staat regieren könnt – mit Verboten und Drohungen ...«
»Nimm doch Vernunft an, Genosse Hill!«
»Komm jetzt«, Franziska hängte sich bei Gunnar ein, »ab ins Hotel!«
»Ich muß doch erst noch das Finale ansagen.«
»Das ist längst vorbei. Komm endlich.«
Doch Gunnar, der stets höfliche, hilfsbereite, sanfte, wehrte sich, sogar gegen Franziska. Er wollte sein Finale haben. Und er sagte: er habe die Nase voll von der Schietpartei, und er fahre sowieso nach dem Westen, zu seinen Schwiegereltern, jawohl, und wenn sie ihn nicht in Ruhe ließen, dann komme er eben gar nicht wieder – so sähe das aus.
»Genug«, sagte einer der Parteifritzen und faßte Gunnar an. »Wir müssen dich bitten ...«
Franziska schlug dem Mann auf die Hand.
»Lassen Sie ihn los! Sie merken doch, daß er nicht mehr nüchtern ist und dummes Zeug redet. Also, wenn Sie etwas wollen, müssen Sie schon mit mir vorlieb nehmen!«
»Na schön«, einer der Wichtigtuer richtete sich auf und geruhte, sich Franziska zuzuwenden. »Morgen früh, um zehn, erwarten wir euch im ...«
»Morgen früh sind wir bereits auf der *Völkerfreundschaft*«, fiel sie ihm ins Wort, »und wir kommen erst in zwei Wochen zurück«, auch sie richtete sich auf und hielt dem Blick stand. »Und jetzt möchte ich meinen Mann ins Hotel bringen.«
Tornado drängte sich heran und rief: »Ich fahre euch, wir alle bringen euch ins Hotel.«

Die Kollegen standen da wie aufgereiht. Sie machten Zeichen der Schadenfreude, weil Franziska die Herren von der Partei derart abservierte.

»*Ich fahre*«, entschied sie. »Aber ihr könnt uns ja begleiten.«

Gunnar hing am Tresen, wie keiner ihn je gesehen hatte. Und wieder lallte er: »Laßt mich raus – zum Finale!«

Die Straßen waren meist leer um diese Zeit. Darum werden sich viele Rostocker Bürger in dieser Nacht gewundert haben, was da wohl für eine Autokolonne an ihren Häusern vorbeifuhr. Vorneweg ein schwarz-weißer Wartburg. Sie hupten einander zu, immer wieder.

Nächtliche Ruhestörung?

Ein Zeichen von Solidarität in einer schweren Zeit.

Die Leute von der Bühne sind treu, die meisten jedenfalls. Sie halten zusammen. Wer etwas anderes denkt, der kennt sie nicht. Franziska wischte sich schnell eine Träne der Rührung aus den Augen und bog in die letzte Kurve ein.

»Die Sache wird ein Nachspiel haben«, Franziska versuchte Gunnar wachzurütteln, sie hatte nur wenige Stunden geschlafen. Sie mußten schleunigst zum Hafen, mit allem Gepäck, das zum Teil noch im Kabarett lag. Der sonst so gewissenhafte Gunnar hätte es längst gepackt und ins Auto verladen. Aber jetzt lag er da, eingehüllt in eine Schnapsfahne, und schlief seinen Rausch aus. »Hörst du, Gunnar – ist dir klar, was gestern passiert ist? He, wach auf, das Schiff wartet nicht!«

Sie gab auf, ging hinab und bezahlte die Rechnung. Dabei sah sie sich um, sie fühlte sich unbehaglich. Einige Leute saßen da und frühstückten. Einer von ihnen behielt sie sicher im Auge – aber wer? Jemand beobachtete sie und hatte sie auch denunziert, das war klar. Wie sonst wären die Parteileute dahintergekommen, daß sie wieder die heiklen Texte brachten?

Da schaute jemand um die Ecke – und lachte.

»Die Stimme kenne ich doch«, rief ein Mann freudig aus, so daß ihr ein Stein vom Herzen fiel: der dünne Christian stand vor ihr!
Als sie ihn sah, blond und schmal wie ein Besenstiel, eine Gestalt aus längst vergangener Zeit, fiel sie in seine Arme und heulte sich ein bißchen aus. Sie berichtete, was vorgefallen war.
»Halb so wild«, der gute »Junker Bleichenwang« zog sie an einen Tisch und spendierte ihr einen superstarken Mokka. »Ihr werdet sehen, es folgt nichts nach – wenn ihr euch an die Regeln haltet! Ich kenne die Taktik dieser Leute. Sie beobachten erst mal 'ne ganze Weile, ehe sie zuschlagen. Ich war in einer ähnlichen Situation, nein, in der Partei bin ich nicht, aber auf der Bühne habe ich mal extemporiert, das hat Ärger gegeben! Ich hab' da was gesagt, was für Parteifritzen angeblich ›aufwieglerisch‹ geklungen haben soll. Es gab Drohungen und Vorladungen. Und dann, als ich genug gezittert hatte, luden die mich nochmal vor. ›Jetzt isses aus‹, dachte ich. Und weißt du, was sie mir angeboten haben? Eine Super-Filmrolle! So erziehen die sich die Leute. Bestechlich sind wir alle. Sie versuchen's halt erst mal so.«
»Meine Güte«, staunte Franziska etwas erleichtert, »wenn das so ist, wird Gunnar demnächst der Star der DEFA!« Sie konnte wieder lachen, ein wenig zumindest. »Aber sag' mir bitte, wie kriege ich ihn wach?«
Christian half ihr dabei; sie legten nasse, kalte Tücher auf ihn, bis er schaudernd aufsprang. Als er den dünnen Christian sah, wurde er sofort munter. Es war ihm peinlich. Doch schließlich löste sich alles in Lachen auf.
Trotzdem blieb die Stimmung zwischen Franziska und Gunnar gespannt. Sie nahm ihm übel, daß er die Kontrolle über sich verloren und sich betrunken hatte.
»Du hast alles in Frage gestellt«, immer wieder legte sie los, auch als sie längst auf dem Schiff waren. »Was ist,

wenn wir Berufsverbot kriegen und du ein Parteiverfahren – und das Visum können wir auch vergessen. Du erzählst denen triumphierend, daß wir nach Westdeutschland fahren!«
Gunnar war todunglücklich, ausgeliefert ihren Vorwürfen. Er konnte sich nicht verteidigen, fühlte sich schuldig.
Bei einem Landgang schlenderten sie durch Helsinki. Überall Stände mit Pommes frites. Der unangenehme Geruch nach ranzigem Öl. Breite Straßen, riesige Gebäude, kahl und unpersönlich, protzige Denkmäler. Scheußlich –! Oder empfanden sie nur so, weil ihnen der Abend in Rostock noch immer wie ein Alptraum im Gedächtnis saß und sie ein Nachspiel befürchteten?
»Da, sieh mal«, Gunnar blieb vor einer Buchhandlung stehen und zeigte ins Schaufenster. Franziska konnte nichts Besonderes entdecken. »In der Mitte, das Buch!«
Ein Buch über Jacques Offenbach. Na und? Dann erst las sie den Namen des Autors: *Jan Kupelius.*
Mitten in Helsinki.
Franziska lachte und sagte: »Dir entgeht wohl überhaupt nichts, was?«
Gunnar war sehr stolz. »Nichts«, antwortete er und pfiff, wie immer, wenn er zutiefst zufrieden war, leise vor sich hin.
Sie schlenderten weiter im Touristenstrom. Überall Passagiere der »Völkerfreundschaft«, die sie grüßten, anlächelten, ein Stück mit ihnen gehen wollten. Auf dem Schiff wurde unter Franziskas und Gunnars Regie meist Bingo gespielt und »Schaffelbord« oder sie starteten einen Rezitationsnachmittag. Nur selten mal ein Bunter Abend, aber dann – unverfängliche Texte. Daran hielten sie sich nun. Ganz sicher war irgendwer mit an Bord, der sie im Auge behielt. Aber wer – wer? Der dicke Mann mit der Brille, der ihnen schon die ganze Zeit hinter-

herlief? Oder die beiden Frauen, die dauernd die Köpfe zusammensteckten, sie ansahen und tuschelten? Eine Atmosphäre von Unfreiheit und das beklemmende Gefühl von Bespitzelung, selbst hier, in dieser fremden, großen Stadt.
»Er hat sich, genau wie ich es sagte, also doch arrangiert«, bemerkte Franziska nach einer Weile.
»Wer?«
»Jan. Er schreibt Bücher, die unverfänglich sind.«
»Wann hast du das gesagt?« wollte Gunnar wissen.
Sie antwortete nicht. Ihr Herz war warm geworden, seit sie den Namen gelesen hatte: kein Schrecken mehr, kein Schmerz, nur eine herzliche Anteilnahme wie – für einen Leidensgenossen.
»Auch wir werden uns arrangieren«, sie faßte, zum ersten Mal auf dieser Reise, neuen Mut, hängte sich bei Gunnar ein und ging mit ihm im Gleichschritt. »Wir schaffen es, paß auf, alles wird sich einpendeln.«
Er schaute sie verwundert an. »Natürlich schaffen wir es«, sagte er und drückte freudig ihren Arm. »Was hast *du* denn gedacht?«
Als das Schiff wieder im Hafen von Rostock einfuhr, spielte die Bordkapelle: »Muß i denn, muß i denn zum Städtele hinaus …« Das kannten sie ja nun schon, doch es rührte sie immer aufs neue.
Auf dem Parkplatz stand der treue »Winnie«, nicht ganz blitzblank, denn es hatte geregnet.
Sie wollten, nein, sie *mußten* zur Gastspieldirektion, um abzurechnen und danach sofort nach Berlin zurück.
Aber Genosse Kaltbecher, der Leiter, erwartete sie in seinem Büro und wünschte sie dringend zu sprechen.
Er saß hinter seinem Schreibtisch und sah bekümmert aus.
»Schieß los«, forderte Gunnar ihn auf. Er war auf alles gefaßt.
»Wenn es um die unerwünschten Texte geht«, beugte

Franziska vor, »also die haben wir auf dem Schiff nicht gebracht«, und sie fügte mit einer Prise Ironie hinzu: »wie Sie vielleicht schon erfahren haben.«
»Darum geht es nicht,« Genosse Kaltbecher, der ein »ganz Lieber« war, unterdrückte ein Schmunzeln. Dann sagte er: »Es ist so: Ihr müßt morgen abend auftreten. Im Rathaussaal.«
»Dann können wir also nicht gleich nach Hause fahren!« rief Franziska fassungslos. Sie dachte an den Paß, den sie abholen sollten. Gunnar dachte ebenfalls daran, doch er wartete ab.
»Nee«, Genosse Kaltbecher feixte. »Mit Nach-Hause-Fahren wird's nischt. Morgen früh habt ihr Probe. Um 21 Uhr Vorstellung. Er freut sich schon auf euch.«
»Wer?«
»Genosse Walter Ulbricht«, antwortete Kaltbecher schlicht.
Es war also genau so, wie es der dünne Christian prophezeit hatte: Zuerst wurde tüchtig eingeschüchtert und gedroht, danach kam Funkstille, um die Angst, die Unsicherheit, die Beklemmung anzuheizen – und schließlich der »ehrenvolle Auftrag« – oder was sie dafür hielten: ›Hier habt ihr eure letzte Chance. Bewährt euch. Aber wehe, wenn ...‹ Ein Tanz auf dem Drahtseil über dem Abgrund. Bloß nicht die Balance verlieren!
Der Rathaussaal war hell erleuchtet und eindrucksvoll geschmückt. Nach der Sitzung standen die Genossen locker in Grüppchen beieinander, ein Sektglas in der Hand, wie es auch die »Kapitalisten« bei derartigen Gelegenheiten zu tun pflegten.
Der Genosse Staatsratsvorsitzende stand vor einem dichten, zugezogenen Vorhang am Fenster und unterhielt sich. Das Kalte Buffet mit kulinarischen Seltenheiten, wie sie die Bürger des sozialistischen Staates noch nie gesehen hatten, wurde ständig umlagert. »Lakaien« in weißen

Kellnerjacken balancierten Wein und Champagner auf silbernen Tabletts.
»Hast du schon mal Hummer gegessen?« fragte Franziska und schauderte.
»Nein«, erwiderte Gunnar. »Ich glaube nicht, daß ich so was mag.«
»Schade«, Franziska seufzte und zeigte auf all die Scheußlichkeiten, die »auserwählte Leute« glaubten, essen zu müssen. »Hier hättest du Gelegenheit dazu gehabt. Austern gibt's auch.«
Sie ließen sich eine Weißweinschorle bringen und zogen sich in die Garderobe zurück, um sich für die Vorstellung fertig zu machen.
In der ersten Reihe saß der Spitzbart. Er lachte, er applaudierte. Verfänglich war nichts an den Texten des Sprecherpaars. Ab und zu klatschte sich der Staatsratsvorsitzende sogar vor Lachen auf die prallen Schenkel.
Nachher ließ er sich die Künstler vorstellen, drückte ihnen die Hand und sagte in seinem erbarmunglosen Sächsisch: »Nu, Gollächen, das hat mir gut gefallen. Ich hab' so lachen missen! Also dann – weiter so!«
Franziska und Gunnar lächelten dankbar, tranken noch ein Glas mit ihm und verabschiedeten sich. Erst als sie im Hotel waren, sahen sie sich an und bekamen, zur gleichen Zeit, einen Lachanfall.
»Wir sind vor Ulbricht aufgetreten«, meinte Gunnar kopfschüttelnd. »*Wir!* Hättest du das gedacht – nach dieser Szene im Kabarett?«
»Alles, nur nicht das!«
»Immer die gleiche Taktik: Zuckerbrot und Peitsche.«
»Na«, Franziska wiegte den Kopf, »wenn *das* Zuckerbrot gewesen sein soll, dann weiß ich, weshalb ich nichts Süßes mag!«
Die Peitsche blieb aus, wie es schien.
Nichts geschah, auch nicht, als sie nach Berlin zurück-

kehrten. Kein verdächtiger Brief, kein Anruf, nichts. Unheimliche Stille von seiten der Partei.
»Also denn«, Franziska nahm allen Mut zusammen, »auf zur Polizei – den Paß abholen!«
»Wenn das klappt, haben die etwas verschlampt oder sie wollen uns testen«, meinte Gunnar.
»Es ist Urlaubszeit«, warf Franziska ein und schloß das Fenster, um den Lärm zu dämpfen. »Die Genossen ruhen sich von uns aus.«
»Die Partei macht keinen Urlaub«, sagte Gunnar sarkastisch. »Bist du bereit?«
»Immer bereit«, antwortete sie mit dem wackeren FDJ-Ruf und nahm Haltung an.
Es war reinster Galgenhumor, den sie praktizierten. Jahrelang hatte ihnen nichts an der Reise nach Freiburg gelegen. Nun aber wollten sie es wissen.

Das Polizeirevier lag in der Nähe, ein paar Häuser weiter, auf der anderen Straßenseite. Im Flur eine lange Warteschlange. Sie stellten sich an. Jeder, der aus der Tür kam, wurde gespannt angestarrt: »Hat's geklappt?«
»Abgelehnt.«
Immer wieder »abgelehnt«. Hängende Köpfe, Tränen. Der Traum von der Reise nach Westdeutschland war ausgeträumt.
Nur einer kam heraus und wedelte glückselig mit dem Paß: »Genehmigt, genehmigt!« Neidvoll sahen ihm die Wartenden nach.
Endlich kamen die Hills an die Reihe. Eine Beamtin in Uniform wühlte in der Kartei. Nein, da war nichts.
»Die Anträge sind da«, stellte sie fest, »aber kein Paß.«
Franziska bekam weiche Knie, Gunnar hielt sich tapfer, doch er war etwas blaß. Sie hielten sich an den Händen, drückten sich die Finger wund.
»Moment mal«, sagte die Beamtin, »da ist ein Vermerk.«

Sie las, runzelte die Stirn, und es verstrichen bange Sekunden. »Sie wollen mit dem Auto fahren, stimmt's? Da gibt's eine Sondergenehmigung. Augenblick.«
Sie ging ins andere Zimmer, kam bald wieder, in der Hand – den Paß!
Die Hills unterschrieben einige Papiere, dann verließen sie die Amtsstube und machten, ohne sich abgesprochen zu haben, enttäuschte Gesichter.
»Was ist, was ist?« wollten die Leute in der Schlange wissen.
»Abgelehnt«, antworteten beide, um keinen Neid zu erregen. Betrübt gingen sie die Treppe hinab. Erst auf der Straße blieben sie stehen, sahen sich ungläubig an, fielen sich um den Hals und rannten, wie kleine Kinder, Hand in Hand nach Hause.
»Übermorgen«, sagten sie aufatmend, »übermorgen geht's also nach Freiburg.«
Am nächsten Tag entfalteten die Hills eine rege Geschäftigkeit: Sie ordneten die Papiere, brachten die Wohnung auf Hochglanz, Gunnar sortierte sämtliche Fotos, Dias und Schmalfilme, Franziska schloß ihre geliebten Tagebücher in der großen Kassette ein. Seit ihrem zwölften Lebensjahr führte sie die Tagebücher, da stand alles drin, und im Laufe ihres Lebens war irgendwer immer auf der Suche danach gewesen. Früher: die Mutter. Sie hatte das Tagebuch zwischen den Klaviernoten gefunden. Später: Jan. Es lag zwischen ihrer Wäsche, wo er nichts zu suchen hatte, außer natürlich – das Tagebuch. Sogar Gunnar konnte es nicht lassen! Er stöberte und fand: Auf dem Kachelofen im dritten Zimmer, das sie nur als Abstellraum benutzten. Ein ideales Versteck – und dennoch! Er hatte Ina davon erzählt, und Ina berichtete es brühwarm Franziska. – Ständig gab es Ärger wegen der Tagebücher. Schon in der Schule waren sie von Mitschülerinnen gestohlen worden, und es kam zu dramatischen Zwi-

schenfällen. Irgendwie landeten sie schließlich bei den Lehrern, und so erfuhren diese, was Franziska über sie dachte.

Inzwischen waren es sieben dicke Bücher geworden, die sie in einer grünen Blechkassette aufbewahrte und auf Reisen mitschleppte. Aber diesmal wollte sie den sorgfältig gehüteten Schatz lieber zu Hause lassen, damit es an der Grenze keine Schwierigkeiten gab.

Sie verschloß die Kassette, packte sie in einen Koffer und stellte den Koffer in die Ecke des dritten Zimmers.

»Hoffentlich finden sie sie nicht«, sagte sie zu Gunnar, der im Wohnzimmer saß und das Kofferradio reparierte.

»Wer?«

»Hella und Willi«, Franziska traute ihnen nicht. Die Breseckes hatten den Wohnungsschlüssel, für alle Fälle. »Wenn die meine Tagebücher in die Hände bekämen – lieber Himmel!«

»Die haben andere Sorgen, als nach deinen Tagebüchern zu suchen«, tröstete Gunnar.

»Ich weiß«, Franziska ließ sich in einen Sessel fallen und versuchte sich zu entspannen, was ihr aber nicht gelang. »Sie können sich nicht damit abfinden, daß wir ins ›kapitalistische Ausland‹ fahren.« Sie sprach es so aus, wie Walter Ulbricht sich auszudrücken pflegte. »Das verzeihen sie uns nie.«

»Aber sie werden sich bestimmt über die Westschokolade freuen, die wir ihnen mitbringen, über den Westkaffee und für Willi die Westzigaretten«, wandte Gunnar ein. Er kannte seine Leute. Die Ideologie hatte Grenzen. Sie war bestechlich.

»Jedenfalls – aufgeräumt haben wir«, Franziska sah sich um. »Alles tip-top.«

Am nächsten Morgen verluden sie den Koffer und eine Reisetasche, stiegen ins Auto und verließen Berlin.

An der Grenze das übliche Theater. »Aussteigen – und

machen Sie mal den Kofferraum auf!« Befehlston und ruppige Manieren. Die *Vopos* (Volkspolizisten) gaben sich wichtigtuerisch.
Nach übergründlicher Kontrolle öffnete sich der Schlagbaum. Sie fuhren weiter – in den Westen.

Scheinwerfer – aus!

Der verträumte Ort lag in einem Schwarzwaldtal. Ringsum die Berge und gar nicht weit die schöne Stadt Freiburg.
Franziska stapfte durch das hohe Gras der Wiese auf dem Hang.
»Wir haben uns verlaufen«, stellte Franziska fest. »Der Weg ins Dorf geht da oben lang. Aber da kommen wir nicht hin.«
»Wir müssen über den Hügel«, Gunnar war kaum wiederzuerkennen. Die Berliner Luft, in der er aufgewachsen war, vermißte er nicht. Die Natur nahm ihn total gefangen. Er pflückte Blumen, weiße Margeriten, die er so liebte, oder er fand Walderdbeeren, kam angerannt, in der hohlen Hand den duftenden, dunkelroten Schatz: »Hier, nimm, für dich!«
»Aber du mußt auch ...«
»Später, das jedenfalls ist für dich.«
Alles für Franziska. Die hatte keine Lust, nach Walderdbeeren zu suchen oder Blumen zu pflücken. Als Kind war sie mit ihren Eltern in die Wälder des Erzgebirges gewandert, um Pilze zu suchen oder Blaubeeren zu sammeln. Meist vertrödelte sie sich dabei. Sie träumte in die rauschenden Baumkronen oder – später dann –, stellte sie sich auf einen Stein und rezitierte die »Jungfrau«, die sie

gerade studierte: »Lebt wohl, ihr Berge, ihr geliebten Triften, ihr traulich stillen Täler lebet wohl ...«

»Sie studiert – die Jungfrau«, der Vater lachte sie meist aus. »Keine sehr ergiebige Beschäftigung!«

Nun sprach sie keine Jungfrau; aber stillstehen und dem Rauschen der Bäume lauschen, dem Gezwitscher der Vögel, dem Zirpen der Grillen – das tat sie noch immer gern.

Gunnar war nicht wie der Vater. Er ließ sie, er freute sich, wenn sie sich einer Stimmung hingab, er wußte: sie brauchte das. Sie lud ihre Energie auf, selten genug, da sie immerzu auf Hochtouren lief. Er jedenfalls pflückte lieber Blumen. Wie ein Junge, der die Natur entdeckt, kam er immer wieder zu ihr: »Schau dir das an: diese zarten, blauen Sterne. So ein winziges Blümchen und *diese* Sterne ...« Daran war sie achtlos vorbeigegangen. *Sie* brauchte den Himmel, die Wolken, die echten Sterne zum Träumen. *Er* sah das Nächstliegende, die Liebe zum Detail machte ihn glücklich. Vielleicht war diese Verschiedenheit ihrer Gefühle und Charaktere das Fundament ihrer Gemeinschaft.

Maria Buresch hatte den Schwiegersohn skeptisch empfangen. Von Anfang an war sie nicht bereit, sich mit ihm anzufreunden, obwohl Gunnar es ihr leicht machte. Und Viktor Buresch hatte Franziska als erstes unter vier Augen blinzelnd gefragt: »Wer von euch hat die Hosen an?«

»Wir beide«, antwortete sie lachend. »Siehst du das nicht?«

Nach wenigen Tagen schon waren sie dann in den kleinen Ort gefahren, um sich zu erholen. Nur eine Woche wollten sie hierbleiben. Der Vater hatte das Quartier bestellt, im ersten Stock des Gasthofes zwei kleine Zimmer mit einer hellen, freundlichen Glasveranda. Dort erholten sich gern seine Kollegen von der Sparkasse

übers Wochenende, es war ruhig und preiswert. Genau das, was die Hills dringend brauchten, nach all den Aufregungen der letzten Wochen.
Franziska, ungeduldig wie meist, haderte mit Gunnar, der sie durch den »Urwald« führte und nicht genug davon bekommen konnte, anstatt einen bequemeren Weg ins Dorf zu suchen.
Irgendwie fanden sie dann aber doch zurück, müdegelaufen und von der Luft angenehm durchgepustet. Danach gutes, Schwarzwälder Essen im Gasthof, vor allem geräucherten Schinken und dazu ein Kirschwasser!
»Ich merke, daß ich mich erhole«, stellte Franziska am zweiten Tag ihres Aufenthalts strahlend fest. »Ist es zu fassen?! Keine Sorgen, nur ausschlafen und herumspazieren und auf einer Bank sitzen wie ein altes Ehepaar vorm Haus.«
Auch Gunnar war froh und aufgeschlossen wie noch nie zuvor.
Am nächsten Tag machten sie, bereits um neun, einen ausgedehnten Spaziergang. Gunnar filmte! Motive gab es genügend, außer der wundervollen Landschaft: eine Katze in der grünen Wiese mit den hohen Gräsern und den gelben Blumen war äußerst fotogen, auch Franziska in ihrer schwarzweißen Karohose und der ärmellosen Bluse. Wieder baumelte ein winziger Pferdeschwanz im Nacken, wie seinerzeit auf Hiddensee. »Ferienfrisur« nannte sie es, und Gunnar bürstete morgens ihr Haar und umwickelte es sorgfältig mit einem Gummiband.
Nach dem Mittagessen äußerte Gunnar, fast etwas verlegen, den Wunsch, sich »aufs Ohr« legen zu dürfen, falls sie nichts dagegen hätte.
Franziska hatte nichts dagegen. Während er im Zimmer schlief, saß sie auf der gläsernen Veranda und schaute hinüber zu den Bergen. Sie besaß kein Talent, sich zu erholen. Sie mußte sich dazu zwingen, und dieser Zwang

strengte sie an. Immer saß das Gefühl in ihr: sie müsse etwas tun. An diesem Nachmittag schrieb sie. Glücklicherweise hatte sie ihre alte, etwas abgestoßene Adler-Schreibmaschine mitgenommen, von der sie sich ebenso ungern trennen wollte wie von ihren Tagebüchern. Sie schrieb eine Art »Naturbetrachtung«, mußte ihre Gedanken ordnen und die Eindrücke festhalten. Das kleine Kofferradio, ihr ständiger Begleiter, spielte.

Fred Bertelsmann sang das Lied vom »Lachenden Vagabunden«. Es war angenehm, den Westsender zu hören, einfach nur Musik, ohne die ständigen Belehrungen zwischendurch, die im gönnerhaften Ton vorgebrachten Bevormundungen.

Dieser dreizehnte August – ein glücklicher Tag mit Sonnenschein und viel Ruhe! Eine Fliege summte am Fenster, Franziska ließ sie ins Freie. Dann schrieb sie weiter. Schläfriger Friede ringsum.

Die Sendung wurde plötzlich unterbrochen. Eine Stimme sagte: »... und so hat sich die sozialistische Regierung entschlossen, die Grenzen abzuriegeln und eine Mauer um die DDR zu bauen. Ab sofort gelangt kein Bürger mehr in die Bundesrepublik oder ins westliche Ausland ...«

Franziska hörte nur halb hin, irgend etwas wurde da zitiert oder hochgespielt.

Die Stimme im Radio klang erregt, doch das war nichts Neues: »Heute morgen sagte Erich Honecker in seiner Rede: *Wir werden eine Mauer bauen um unser Land, und diese Mauer wird hundert Jahre stehen und unsere Republik schützen!*«

Danach ging die Musik weiter.

Franziska, an Hiobsbotschaften gewöhnt, und abgesichert durch die Schutzbehauptung »es wird nichts so heiß gegessen, wie es gekocht wird«, vergaß die Nachricht oder verdrängte sie; es handelte sich wohl wieder mal um den üblichen Austausch von Drohungen.

Gunnar war aufgewacht und kam in die Veranda, rosig und ausgeschlafen.

»Hör dir an, was ich geschrieben habe«, Franziska las vor. Er fand es, wie alles, was sie schrieb, großartig, wenn sich allerdings mal ein taktischer Fehler eingeschlichen hatte, berichtigte er ihn.

»Wenn wir wieder *drüben* sind«, sagte er, »machen wir daraus einen Sketch: Zwei Berliner im Schwarzwald.«

»Ach ja, übrigens –«, sie ordnete die Papiere, deckte die Maschine zu, das schwarze Monstrum, und erklärte ganz nebenbei: »Die haben da soeben im Radio was gesagt von Abriegelung der Grenzen und von einer Mauer ..., der Ulbricht und der Honecker sollen wieder was ausgeheckt haben.«

»Nichts als Einschüchterungsversuche«, Gunnar winkte ab, öffnete weit das Fenster und filmte. »Imponiergehabe, wie es alle haben, wenn sie sich unterlegen fühlen. Eine Mauer bauen!« Er lachte auf. »So viele Steine haben die doch gar nicht.«

In der Gastwirtschaft tranken sie einen Kaffee und machten sich wieder auf den Weg ins Grüne.

Alles Beklemmende war weit, weit weg, daß sie glaubten, es existiere überhaupt nicht. Die Bauern, die auf den Wiesen das Heu zusammenharkten, die Kühe auf der Weide mit ihren bimmelnden Glocken um den Hals, das reife, wogende Getreide, durch das der Wind strich – was für ein friedlicher Anblick. Und sie, Franziska und Gunnar, waren ein Teil dieses himmlischen Friedens. Sie legten die Arme umeinander und spazierten in Richtung Hügelkette.

Abends dann, als sie in der Gaststube ihren Schwarzwälder Schinken mit Roggenbrot aßen, dazu ihr Kirschwasser tranken, das den Magen so angenehm erwärmte, hörten sie die Gespräche, die mit ungewohnt lauten Stimmen geführt wurden. Das ältere Ehepaar vom Nebentisch

wandte sich ihnen zu: »Das ist doch kaum zu glauben, nicht wahr?« Sie machten ernstbesorgte Gesichter, aber so, als sähen sie einem Schauspiel zu, an dem sie nicht beteiligt waren.
»Was denn?« fragte Franziska.
»Was die da im Osten machen – die Grenzen schließen! Keiner darf mehr raus und keiner rein. Die wollen die Leute einmauern wie in einem Zuchthaus.«
Auch andere beteiligten sich an dem Gespräch, in der Gaststube herrschte Aufruhr.
»Was denn ...« Franziska erinnerte sich wieder an die Meldung, sie wollte nicht, daß das Unheil sie plötzlich erreichte, hier, wo sie für wenige Tage Gast sein durften in einem Paradies, sie wollte es sich und Gunnar erhalten. Eine Gnadenfrist wenigstens.
Der Wirt drehte das Radio lauter. Auch im Rundfunk hatte sich die Erregung gesteigert. Eine Stimmung, als sei ein Krieg ausgebrochen.
»Was haben wir für ein Glück, daß wir hier sind«, sagte die Frau vom Nebentisch. Ruhe kehrte ein, als sei gar nichts passiert. Die Gäste aßen weiter. Sie waren ja sicher. Bundesbürger. Ihre Autos standen vor dem Gasthaus.
Der Wirt war ein netter, dicker Mann. Er trat an den Tisch, sah die Hills an und sagte mit falscher Anteilnahme: »Ihnen gehört doch der *Wartburg* da draußen, stimmt's? Sie kommen also aus der Zone.«
Die »Zone« war die DDR.
Franziska und Gunnar nickten. Es war ihnen nicht sehr angenehm, daß sie zu den allgemein bedauerten »Ostlern« gehörten. Alle richteten ihren Blick auf sie. Der Wirt fragte sie aus. Die Situation war peinlich.
»Was machen Sie jetzt?« erkundigte sich der Wirt. »Sie müssen doch wohl gleich zurück – was?«
»Sieht so aus«, Gunnar wechselte einen Blick mit Franziska. Es war merkwürdig: Die teilnahmsvollen Gesichter

wurden nach und nach unpersönlich, wandten sich ab, nachdem die erste Neugier gestillt war. So mußte einem Schwerkranken zumute sein, der zwar bedauert, aber doch aufgegeben wird.
Isoliert – das war es. Plötzlich waren sie keine Gäste wie die anderen, sondern Leute aus der »Sowjetzone«. Als ob das ansteckend wäre, kümmerten sich die anderen nicht mehr um sie.
»Wir sind denen fremder als Lebewesen vom anderen Stern«, sagte Franziska oben im Zimmer.
»Sie verstehen es eben nicht besser«, Gunnar, nachsichtig wie immer, zuckte die Achseln. »Was wissen sie schon von unseren Problemen! Sie wollen hier ein paar Tage ausspannen, Ferien machen, sonst nichts.«
»Wie wir auch«, wandte Franziska ein. »Wieso dürfen die – und wir nicht?«
Sie fuhren ab, am dritten Tag, zurück nach Freiburg. Mit der Erholung war es dann nichts mehr geworden.
»Mein Gott, was macht ihr denn jetzt?« Maria Buresch verlor die Nerven, ratlos, wie es ihre Art war, nervös und verunsichert. Der Vater besprach sich mit den Kollegen im Büro, die sagten alle: Es sei Wahnsinn, in das Gefängnis zurückzukehren, das für ein ganzes Volk – »nein, für ein halbes!«, berichtigte Franziska – gebaut wurde.
»Es ist nur so«, fügte Viktor Buresch bekümmert hinzu, »daß wir euch natürlich nicht helfen können. Ihr wißt, ich verdiene nicht viel.«
Das stimmte, denn als Beamter, der er einst gewesen war, wurde er hier nicht mehr beschäftigt. Nur als Angestellter mit kleinem Gehalt. Es reichte für ihn und seine Frau; sie wohnten in einer hübschen Zweizimmerwohnung mit Balkon, ab und zu fuhren sie mal in die Schweiz oder für einige Tage nach Italien. Auch nach Wien waren sie gereist, um Karl zu besuchen, den Bruder, und nach Regensburg, zu Bruder Franz und seiner Familie. Mit

Vicky und Schwager Georg war er – wie konnte es anders sein? – verfeindet. Sie wohnten auch in Freiburg, im Vorort St. Georgen, wo Georg die kleine Filiale der Sparkasse leitete.

Viktor liebte seine einzige Schwester, aber Maria war voller Haß gegen die Segals, daß er es vorzog, den Kontakt zu ihnen abzubrechen. Er trug sein Kreuz mit unverwüstlichem Humor. Auch seine Tochter durfte er nur so viel lieben, wie Maria es ihm gestattete. Und ihr Herz war eng.

»Wenn wir nicht mehr zurückgehen«, sagte Gunnar, »dann bedeutet das, daß wir alles zurücklassen müssen.«

»Vielleicht könnt ihr euch dies oder jenes noch schicken lassen«, schlug der Vater vor. »Am wichtigsten sind die Papiere für eure künftige Rente.«

»Und meine Tagebücher«, warf Franziska ein.

Der 30. August kam, ihr Geburtstag. Um einen klaren Gedanken fassen zu können, machte sie mit Gunnar einen Spaziergang durch den Stadtgarten. Kinder spielten und fuhren Karussell. Rosa Flamingos stolzierten über unglaublich grünen, gepflegten Rasen. Alles schien froh und in Urlaubsstimmung zu sein, jeder schien irgendwo zu Hause zu sein.

»Wir haben also die Wahl«, faßte Franziska zusammen, nach langer Debatte, »zurück in die Diktatur – oder hierbleiben, im Westen, ohne Wohnung, ohne Arbeit, ohne Freunde« – ›ohne Tagebücher‹ verschluckte sie lieber.

Sie fuhren zu Tante Vicky und Onkel Georg. Weinend lagen sie sich in den Armen. Und Gunnar – den schlossen die beiden sofort in ihr Herz.

»Was sollen wir tun?«

»Entscheiden müßt *ihr*«, meinte Tante Vicky. »Aber eines solltet ihr wissen: Wer hier tüchtig ist, der bringt es auch zu etwas. Es muß ja nicht gleich in eurem Beruf sein.«

Immer, wenn die Politik Turbulenzen in ihr Leben brachte, sollte Franziska »in einem anderen Beruf« arbeiten! Das Schicksal schlug zu und gebärdete sich wie der Engel im Paradies: es zeigte in eine andere Richtung und sagte: »Raus!« Kaum hatte sie sich aufgerappelt und etwas geschaffen: »Raus!« Erst war Krieg: »Raus!« Dann zwischen den Ruinen: »Raus!« Jetzt zerfiel das Land endgültig in zwei Teile. Sie saßen in dem einen und waren in dem anderen zu Hause. Wieder »raus« aus dem Beruf? Wieviel Kraft hatte sie aufbringen müssen, um sich durchzusetzen. Ihre heiße, große Liebe, die Bühne, wollte ständig neu erkämpft werden. Auch wenn die Bedingungen oft unerträglich gewesen waren: sie blieb standhaft. Und jetzt?

»Und jetzt?« dachte sie laut. »Unsere Verträge, die Wohnung ...« wieder verschluckte sie »meine Tagebücher«, denn das hätte sogar Tante Vicky nicht verstanden. Was sind schon Tagebücher gegen ein menschenwürdiges Dasein?

Sie drückten ihr einige Geldscheine in die Hand: »Für den Übergang«, die wollte sie nicht nehmen, sie hatte seit ihrem neunzehnten Lebensjahr kein Geld mehr genommen, sie wollte sich jede Mark selbst verdienen. Doch Tante Vicky bestand darauf.

Gunnar steckte das Geld ein und sagte: »Wir bleiben!«

Am Abend schrieb Franziska zwei Briefe. Einen an die Göttliche. Sabine war inzwischen Kulturreferentin in Weißensee geworden, hatte sich gut eingearbeitet und eine ihrer ersten Amtshandlungen war ein Vertrag für Gunnar und Franziska – für eine große Freilichtveranstaltung.

»Liebe Sabine«, schrieb Franziska, »es sieht so aus, als kämen wir nicht mehr zurück. Gehe bitte sofort in unsere Wohnung. Wir schicken Dir hiermit den Schlüssel. Hole unsere Bühnenkleider heraus, die Papiere, sie liegen im Schreibtisch, mittleres Fach, und die Kassette mit meinen Tagebüchern.«

Der zweite Brief ging an Gunnars Mutter: »Liebe Mutti, wir haben uns entschlossen, hier zu bleiben. Allerdings hoffen wir, daß die Absperrung nicht so endgültig sein wird, wie es sich anhört und wir uns bald wiedersehen.«
Noch am gleichen Abend schickte sie die Briefe ab und ahnte nicht, daß sie einen der größten Fehler ihres Lebens gemacht hatte. Doch das erfuhr sie erst einige Wochen später.
Heute war ihr Geburtstag. Der Vater öffnete eine Flasche Wein, um das zu tun, woran keiner in der Aufregung gedacht hatte: auf Franziskas neues Lebensjahr anzustoßen. Sechsunddreißig Jahre war sie nun alt.
An einem sonnigen, sehr warmen Tag im September luden sie ihr Gepäck ins Auto, verabschiedeten sich von den Eltern und fuhren los. Um Mitternacht lief ihr Paß ab. Noch konnten sie zurück, noch war keine endgültige Entscheidung gefallen.
»Also ich weiß nicht«, Gunnar begann an seinem Entschluß zu zweifeln. »Haben wir wirklich den Mut, neu anzufangen, ganz von vorn? Hier kennt uns keiner. Von ›drüben‹ zu kommen ist wie ein Makel. Sie denken, wir seien Menschen zweiter Klasse, das haben wir ja schon gespürt, wenn wir bei Ina waren oder den Ku'damm entlanggebummelt sind. Man *riecht* uns den Osten an, irgendwie.«
»Das ändert sich, wenn wir erst länger hier sind«, Franziska wollte nicht mehr zurück zu dem Spitzbart und seinen Spießgesellen, nicht mehr Werkzeug eines verhaßten Systems sein. Sich einmauern lassen, für den Rest seines Lebens – was für ein Leben würde das wohl sein?
Gegen neunzehn Uhr kamen sie an eine Kreuzung. Links ging es nach Bebra, zur Grenze, rechts nach Hammelburg, ins Auffanglager.
Gunnar bremste und hielt an.
»Was also –?« fragte er tief einatmend.

Franziska verlor den Mut. In wenigen Stunden konnten sie in ihrer Wohnung sein. Übermorgen hatten sie eine Funkveranstaltung. Am Wochenende die Vorstellung in Weißensee. *»Die Plakate kleben überall«*, hatte die Göttliche geschrieben, *»Eure Namen sind ganz fett gedruckt.«*
»Nach links«, rief Franziska jäh entschlossen. »Weißt du was?« Sie lachte nervös. »Morgen braten wir uns ein Hähnchen, und wir trinken eine Flasche Krimsekt auf unsere Rückkehr. Wird schon nicht so schlimm werden. Morgen ruhen wir uns aus, schlafen ganz lange, machen es uns gemütlich und bereiten uns auf die Veranstaltung vor.«
Es entstand eine Pause. Gunnar ließ den Motor an, atmete nochmals tief durch und sagte: »Wir riskieren es!« Und fuhr nach rechts – ins Lager.
Franziska drehte sich noch ein letztes Mal um. Diesen »Kreuzweg« hatte sie oft geträumt, er kam ihr bekannt vor. Einige Sekunden hielt sie alles für einen ihrer lebhaften Träume. Wie aus heiterem Himmel begann es plötzlich zu donnern und zu blitzen, ein Regenschauer mit Hagelkörnern setzte ein – und dann kamen sie auch noch in eine Panzerkolonne. Manöver rund um Hammelburg. Ein böses Omen?
»Sieh mal«, Gunnar zeigte auf die Panzer, die um sie herum dröhnten, wie riesige Monster durch die Regenwand zu erkennen waren. *»Westrussen!«*
Dieser Ausdruck blieb in ihrem Gedächtnis haften für immer und alle Zeit.
Im Lager bekamen sie zwei Blechnäpfe und warme Decken. Zwei Eisenbetten, übereinander, in einer überfüllten Baracke. Es gab eine Menge Leidensgenossen in der gleichen Lage. Sie hatten wie die Hills einen Entschluß gefaßt: Alles aufzugeben und im Westen zu bleiben. Ob es ein folgenschwerer Entschluß war oder ein glücklicher – das freilich mußte sich erst noch herausstellen.

Gunnar hatte sich ins obere Bett verzogen, Franziska lag unten und versuchte zu schlafen.
Sie lag still und lauschte auf die fremden Atemzüge. Manche schnarchten, röchelten oder sprachen im Schlaf. Alle hatten sie ihr Zuhause aufgegeben: Das Lehrerehepaar aus Magdeburg, die Familie aus Halle mit ihren vier Kindern, eine junge Sängerin vom Stadttheater Schwerin – und viele andere.
Es war wieder einmal finster um Franziska geworden. Unerwartet brach die Nacht herein, eine Mauer trennte sie von dem Leben, das sie sich jahrelang mühsam aufgebaut hatten.
Wieder mal Ruinen.
Die Scheinwerfer waren ausgegangen.

In der Scheune

Um die nötigen Papiere zu bekommen, mußten sie für einige Tage in das überfüllte Lager nach Gießen. Danach in eines bei Wolfratshausen. Es hieß Geretsried. Dort gab es keine Baracken. In einem Waldgelände standen kastenförmige, einstöckige Häuser aus Stein, kahle Zimmer ohne Möbel. Vier Familien mußten sich einen Kochherd teilen. Darauf hatte man sie vorbereitet, und sie dachten: es würde gehen, für einige Tage, bis der Amtsschimmel ausgewiehert hatte. Aber dann ...
Sie mieteten für zwei Nächte ein billiges Zimmer in einem nahegelegenen Dorfgasthaus. Dann wurden sie im Lager verhört und tüchtig ausgefragt. Der Zufall wollte es, daß einer der Verantwortlichen früher in der Freiburger Sparkasse gearbeitet hatte. »Buresch?« fragte er. »Heißt Ihr Herr Vater mit Vornamen Viktor?« Er lachte freudig und

rief: »Wir kennen uns gut, ach, dann will ich gleich mal anrufen und ihm sagen, saß Sie gut gelandet sind!« Der nette Mann hieß Gerstinger. Er versprach, die Angelegenheit mit den Papieren zu beschleunigen. Auch besorgte er ihnen eine billige, aber annehmbare Unterkunft in Wolfratshausen: zwei notdürftig ausgebaute Kammern in einer Scheune, die zu einem wunderschönen Bauernhaus gehörte, mit roten Geranien vor den Fenstern.

Als sie den Gasthof verließen und abfahren wollten, kam die Wirtin gelaufen und wedelte mit den Armen.

»Warten'S«, sie machte ein Gesicht wie eine Polizistin, die zwei Ganoven an der Flucht hindern wollte, »i muaß erst no amol nachschaun gehn!« Mit erhobenem Zeigefinger: »Sie bleim stehn!«

Verwundert sah Franziska ihr nach. »Was ist denn noch?« fragte sie. »Haben wir nicht bezahlt?«

»Alles geregelt«, antwortete Gunnar sonnig, denn er war sich keiner Schuld bewußt. »Vielleicht will sie nur nachsehen, ob wir etwas vergessen haben.«

»Das ist aber sehr freundlich von ihr«, Franziska blickte der Frau gespannt entgegen.

Die kam zurück und sagte: »Sssso, jetzt können'S fahrn.«

»Was war denn eigentlich los?« erkundigte sich Franziska.

Und da antwortete die Frau, ohne ein Spur von Hemmungen: »I wollt nur nachschaun, ob die Handtücher no da sein. Bei den Leuten von drüben kann ma ja nie wissen!«

Gunnar trat aufs Gaspedal.

»Es lebe die Freiheit!« rief er und fuhr so schnell er konnte aus dem kleinen Ort. Er hieß Königsdorf.

Die Sonntagsglocken läuteten: Friede in Bayern.

In der Scheune war es gar nicht mal so übel.

Die alte Adler-Schreibmaschine stand auf einem wackeli-

gen Tisch in einer Ecke, auf einem ebenso wackeligen Stuhl saß Franziska – und schrieb, schrieb, schrieb.
Sie schrieb Kurzgeschichten, Feuilletons und Glossen, die sie an Zeitungen schickte. Sie schrieb ein Kinderhörspiel für einen Sender, sie wußte bloß nicht, für welchen. Aber sie wollte nichts unversucht lassen.
Von sechsunddreißig Mark Arbeitslosenunterstützung pro Woche konnten sie nicht leben, abgesehen davon, fanden sie es erniedrigend, das Geld da regelmäßig abzuholen, in der Schlange zu warten und mit den paar Kröten, wie sie es nannten, niedergeschlagen nach Hause zu fahren oder vielmehr dahin, wo sie Unterschlupf gefunden hatten: in die Scheune. Darum hatte Gunnar für die Wochen des Sommerschlußverkaufs eine Stellung als Verkäufer in einem Warenhaus angenommen. Jeden Morgen, früh, sehr früh, fuhr er nach München und kam spät abends wieder zurück. Wenn er ein Männerjackett oder eine Hose verkauft hatte, gab es eine Provision. Sie kauften sich Kerzen, vier Gläser und eine Flasche Wein, saßen in der Scheune an dem hölzernen Tisch und bildeten sich ein, in einem Schloß zu sein.
Keiner zeigte dem anderen, wie mutlos er war.
Sooft es ihnen möglich war, suchten sie Agenturen auf, machten Offerten, sprachen beim Rundfunk vor – kein Echo.
Die Magenschmerzen, die Franziska in den letzten Wochen unentwegt peinigten, verschlimmerten sich. Sie ging zu einem Arzt, ließ sich röntgen: nervöse Gastritis. Sie aß nur noch Brei, trank nicht, rauchte nicht, doch die Magenschmerzen blieben.
Endlich kam Post. Die Eltern hatten zwei Briefe nachgeschickt: einen von Mutti Hill, einen von der Göttlichen.
Mutti Hill war zerknirscht. Sie behauptete, einen Fehler gemacht zu haben und versuchte, sich zu rechtfertigen: »Ich bin alt, verzeiht mir!«

Was war geschehen?
Franziskas Brief, mit der Nachricht, daß sie im Westen bleiben wollten, hatte sie aus der Fassung gebracht. Sie mußte mit jemandem darüber reden, und zwar mit Hella und Willi. Die waren sofort zur Polizei gelaufen, um »Meldung zu machen«.
Als die Göttliche zur Wohnung kam, um die wichtigsten Sachen für die Freunde herauszuholen, bot sich, wie sie, die Göttliche, schrieb, ein niederschmetternder Anblick: Die Tür war versiegelt! Kurz darauf fand eine Versteigerung statt. Die Göttliche wollte sich beteiligen, um zu retten, was noch zu retten war, aber in Franziskas und Gunnars Heim befand sich nichts mehr von Bedeutung: Keine Bühnenkleider, keine Papiere, keine Tagebücher. Die Vorhänge waren abgenommen und sogar die Federbetten herausgeräumt worden. Die Breseckes, die ja den Schlüssel besaßen, hatten ganze Arbeit geleistet. Sie griffen zu, ehe sie der Polizei Bescheid sagten.
»Wen haben die nun bestohlen?« fragte Franziska erbittert. »Uns oder ihren geliebten Staat?« Denn das Eigentum von »Republikflüchtigen« fiel an den Staat. Auch ihr Konto war eingezogen worden, wie sie bei der Gelegenheit erfuhren.
Gunnar versuchte für seine älteste Schwester und seinen Ersatzvater Willi Entschuldigungen zu finden. Er konnte, er wollte nicht glauben, daß sie sich auf seine Kosten bereichert haben sollten. Er schrieb ihnen und bat wenigstens um die Papiere und die Tagebücher in der grünen Blechkassette.
Es kam keine Antwort. Er rief Bruder Kai in Westberlin an. Aber der kam nun nicht mehr nach Ostberlin. Die Grenzen waren zu. Er sagte nur: »Warum gehst du mit deiner Frau nicht wieder zurück, Keule? Immerhin ist doch Mutti drüben. Und deine Kinder sind auch da.«
Zwischen Franziska und Gunnar kam es zu Ausein-

andersetzungen. Sie fand: er sah den Tatsachen nicht ins Auge. Seine grenzenlose Gutmütigkeit sei nichts als Einfalt.

»Ich bin schuld«, gab sie zu, »das ist wahr.« Sie rechnete es ihm hoch an, daß er ihr keine Vorwürfe machte. »Ich hätte den Brief an deine Mutter nicht schreiben dürfen, nicht so übereilt. Andererseits konnte ich nicht ahnen, daß sie damit gleich zu den Breseckes gehen würde!«

»Sie war ratlos«, meinte Gunnar.

»Gut. Aber mußten die gleich zur Polizei laufen?«

»Sie hofften, Mutti damit zu beruhigen.«

»Nein«, sagte Franziska, und ihre Stimme klang scharf, »sie wollten sich an uns rächen. An dir *Abtrünnigen* und an mir, die dich dazu gebracht hat. Sie glauben, in ihrem Sinn moralisch zu handeln und sind doch nur kleine, miese Denunzianten.«

Gunnar widersprach mit ungewohnter Heftigkeit. Franziska stürmte aus der Scheune, lief durch die Wiesen, atemlos vor Empörung, mehr über Gunnars Kurzsichtigkeit als über den Verrat der Breseckes.

Selten war Franziska so empört gewesen wie in diesen Tagen. Sie verabscheute diese Familie, die Gunnar immer wieder in Schutz nahm. Doch wenn er tagsüber abwesend war, in München, als Verkäufer, *er*, Gunnar Hill, dessen prägnante Sprechweise sie vor Jahren im Radio begeistert hatte und mit dem sie dieses aufregende, verrückte Leben teilte, dann bereute sie ihre Heftigkeit, und sie empfing ihn abends mit einem herzlichen Kuß, was ihn glücklich machte.

Eines Nachmittags kam er früher als sonst nach Hause. Der Sommerschlußverkauf war beendet und somit auch seine Arbeit im Kaufhaus. An diesem Tag hatte sie ihre Geschichten von den Zeitungen zurückbekommen. Alle Bemühungen waren ohne Erfolg geblieben. Aber noch immer hielten sie sich gut und taten so, als sei nichts verloren.

»Auf der Post liegt ein Einschreibebrief«, sagte Franziska. »Wenn du ihn schnell holen könntest –?«
Da die Post fast zwei Kilometer entfernt lag, bot es sich an, daß Gunnar mit dem Wagen hinfuhr. Er war sofort dazu bereit.
Eine Stunde verging, noch eine Stunde. Wo blieb Gunnar? Mit dem Auto konnte er in fünf Minuten auf der Post sein, in weiteren fünf Minuten zurück – alles in allem: höchstens eine Viertelstunde.
Er kam nicht. Was, um Himmelswillen, war passiert?
Franziska lief den Berg hinauf, zur Hauptstraße, die kurvenreich verlief. Kein Wartburg zu sehen. Sie ging wieder zurück in die Scheune und malte sich die schlimmsten Dinge aus. Kein Telefon weit und breit. Nur Wiesen, Feldwege – und das Bauernhaus nebenan, in dem Leute wohnten, die mit ihnen nichts zu tun haben wollten.
Endlich kam Gunnar. Verstört, wie sie ihn noch nie gesehen hatte.
»Was ist denn los?!«
Er, der perfekte, sichere Autofahrer, war in einer der gefährlichen Kurven gegen einen Pfosten gefahren. Polizei mußte kommen, es gab ein großes Theater.
»Winnie …« stöhnte er, sank auf einen Stuhl und stützte den Kopf in die Hände.
»Was ist denn mit Winnie?«
Sie lief hinaus. Vor der Scheune stand der Getreue – aber wie sah er aus! Der rechte Kotflügel total eingedrückt. Und noch war Winnie hier, in »diesem neuen Lande«, nicht versichert. Das Geld, ihn reparieren zu lassen, hatten sie nicht.
Das einzige, was ihnen noch geblieben war – nun auch noch defekt.
Sie kam zurück. Gunnar lag auf dem Bett und klagte sich an. Er, der nie den Mut verlor! So hatte sie ihn nur einmal erlebt: in dem Hotel in Dresden, als er ihr zum ersten Mal

von seiner Familie erzählte, von den Kindern, der Frau, die ihn betrog und dem untreuen Bruder.
»Gunnar, hör zu«, Franziska, sonst nicht übermäßig verschwenderisch mit ihren zärtlichen Gefühlen, schlang den Arm um ihn und legte sich mit aufs Bett. »Es sieht fast so aus, als wären wir ziemlich am Ende, stimmt's?« Er nickte und klammerte sich hilfesuchend fest. »So ein Auto kann man reparieren«, fuhr sie fort, »irgendwann. Es fährt ja noch, es läßt uns ja nicht im Stich.« Er wurde etwas ruhiger, faßte sich wieder. »Wir müssen nur aufpassen, daß nichts Schlimmeres passiert, mit uns, wir müssen die Talfahrt aufhalten.«
»Wie denn?« Er war tatsächlich ohne jede Hoffnung, hatte allen Mut verloren. »Wir hätten eben doch nach Berlin zurückgehen müssen. Es ist meine Schuld. *Ich* habe das Steuer herumgerissen, bin nach rechts gefahren, statt zur Grenze.«
»Das war unser Glück, siehst du das nicht ein?« Sie beschwor ihn, sie mußte ihn aus dem Tief herausholen. »Die hätten uns doch glatt verhaftet, nachdem ich idiotischerweise den Brief an deine Mutter geschrieben habe! Dein Entschluß hat uns gerettet. So mußt du das sehen. Ist es hier, trotz allem, nicht besser, als in einem Gefängnis zu sitzen, drüben, in diesem Staat?«
Nachdem auch sie sich eine Weile angeklagt hatte, mußten sie plötzlich lachen, weil sie die theatralische Komik der Situation erfaßten.
Er richtete sich halb auf, sah sie an und fragte amüsiert: »Sag mal, welchen Sketch spielen wir eigentlich?«
»Einen ohne Pointe«, antwortete sie. »Das Publikum lacht nicht.«
Gegen Abend spazierten sie nach Wolfratshausen und kehrten ein in eine gemütliche Gastwirtschaft an der Straße. Dort wurde Skat gedroschen, am Stammtisch ging's lustig zu. An einem Einzeltisch saß ein junger Mann

und starrte trübsinnig in ein Glas Bier. Der abendliche Betrieb hatte noch nicht eingesetzt.
Franziska und Gunnar machten es sich, so gut sie konnten, an einem Tisch bequem und bestellten, da sie ja nun in Bayern waren, zwei Glas Bier. Für den warmen Fleischkäse, der auf der Theke duftete, reichte das Geld nicht.
Sie saßen da, ziemlich verloren in einer Umgebung, in die sie noch nicht paßten, und im Grunde wußten sie nicht, was sie hier überhaupt sollten. Aber sie hielten sich gut. Franziska erzählte lustige Geschichten, alles, was ihr so passiert war in ihrer Schusseligkeit und wie dieser oder jener darauf reagiert hatte. Gunnar hörte fasziniert zu. Sie lachten. Und sie hatten Hunger, aber Franziska meinte achselzuckend: so ein bayerischer Fleischkäs sei nicht das erstrebenswerteste Ziel auf dieser Welt.
Sie hätten gern einen Schnaps getrunken, nur einen, zum Bier. Das aber ging nicht, das überstieg ihren Etat.
»Was war das eigentlich für ein Brief auf der Post?« fragte Franziska.
»Ach, der«, sie hatten ihn beide vergessen. Gunnar angelte ihn aus der Tasche. »Von den Verwandten aus Regensburg?«
»Onkel Franz?« Sie öffnete den Brief: Ja, von den Regensburgern!
»Liebe Franzi!
Tante Vicky hat uns mitgeteilt, daß Du und Dein Mann nicht mehr nach Berlin zurückgehen wollt. Sicher kommen schwere Zeiten auf Euch zu. Aber das haben wir ja alle hinter uns, nicht wahr? Unsere innigsten Wünsche für einen neuen Start.«
Per Einschreiben.
»Dieser Brief ...« Franziska fand das ziemlich komisch, derart irrsinnig, daß sie laut lachte. Es klang überdreht. »Deshalb die ganze Aufregung!«
Der Magen tobte.

Gunnar nahm ihre Hand und legte seine andere darauf. So saßen sie eine Weile.
Der einsame junge Mann erhob sich plötzlich, ging zur Musikbox und wählte einen Titel. Andächtig blieb er stehen und lauschte.
Eine Männerstimme sang: *Und ich steh an der Bar und ich habe kein Geld ...*
Kein besonderer Titel, doch dieser Refrain!
Sie sahen zur Bar, wo der Fleischkäs duftete, wo die Wirtin eine neue Runde für den Stammtisch eingoß, dann blickten sie einander an.
»O Gott«, Franziska wehrte sich noch ein wenig, dann stürzten ihr die Tränen aus den Augen.
Und ich steh an der Bar und ich habe kein Geld ...
War es wirklich diese albern-banale Zeile, die ihnen ihre Situation deutlich machte, war sie der Auslöser der jähen Erkenntnis ihrer ausweglosen Lage?!
Gunnar wandte den Kopf ab, knetete ihre Hand und wollte seine Verzweiflung nicht zeigen. Diesmal schafften sie es nicht, sie wegzulachen.
Sie verließen das Gasthaus, gingen einen Feldweg entlang, auf einem Hügel stand eine Bank. Sie setzten sich und sahen der untergehenden Sonne nach. Der Himmel war mit flockigen Wolken übersät, sie sahen aus wie ein purpurnes Fließ. Der Mond war zu ahnen, ein sanftes Blau breitete sich aus wie ein mit Sternen besticktes Tuch aus Samt.
Still war der Abend.
Franziska und Gunnar schwiegen. Alles an ihnen schien erschöpft zu sein, auch ihr Mut, ihre Hoffnung und ihr Lachen. Sie machten sich nichts mehr vor. Dies hier war Endstation. Der Herbst kam, und sie hatten kein Zuhause. Aus der Scheune mußten sie in wenigen Tagen heraus.
»Über wen schüttelst du den Kopf?« fragte Gunnar leise.
»Über mich«, antwortete sie ebenso. »Mir fiel etwas ein,

was mein Vater immer sagt und worüber ich schon als Kind lachen mußte. Etwas ziemlich Törichtes: eine Volksweisheit, klingt einfältig.«
»Sag's«, bat er.
Und sie zitierte mit einer Art von Ironie, die ihr aber nicht gelang:
»Wenn du glaubst, es geht nicht mehr, kommt von irgendwo ein Lichtlein her.«
Gunnar dachte nach und meinte: »So einfältig klingt das eigentlich gar nicht. Nur wüßte ich keinen, der uns besagtes Lichtlein anzündet.«
Nun war es ganz dunkel. Die Nacht brach an.

In Berlin war der Teufel los. Die Schließung der Grenzen brachte die Bevölkerung auf. Präsident John F. Kennedy kam in das Wespennest und die Berliner zogen zum Schöneberger Rathaus, um ihm zuzuhören.
Auch Ina machte sich auf den Weg. Sie hatte eine Anstellung beim Senat bekommen und kniete sich in die Arbeit, die ihrem Wesen überhaupt nicht entsprach: Akten wälzen im Ausgleichsamt. Leute, die im Osten enteignet worden waren, kamen zu ihr und machten Ansprüche geltend. Sie hatte alle Hände voll zu tun. Liiert war sie zur Zeit mit einem Mann, den sie nicht sonderlich mochte, aber es war immerhin eine Zwischenlösung, da die große Liebe ausblieb. Sie vermißte Franziska und Gunnar, sie waren so etwas wie ihre Familie gewesen. Nun saßen sie in einem bayerischen Nest und wußten nicht weiter. Das wurmte sie.
Was ihr besonders am Herzen lag, war Berlin. Hier wuchs sie auf, hier wollte sie bleiben und daß sie ihre Eltern drüben nun nicht mehr besuchen durfte, war fatal. Darum zog sie mit den Tausenden von Berlinern zum Rathaus in Schöneberg, um die Rede Kennedys zu hören. Er war die einzige Hoffnung für diese geplagte Stadt, obwohl er nichts ändern konnte.

Als er auf dem Balkon erschien, ging ein jubelnder Aufschrei durch die Masse. Er sprach über diese entwürdigende Teilung, die von dem SED-Regime ausging. Und er schloß seine Rede ungefähr so: Wenn es typisch für die Menschen aus Berlin sei, durchzuhalten und sich nicht unterkriegen zu lassen, trotz aller Schwierigkeiten und Probleme, dann könne er mit Stolz sagen:
»Ich bin ein Berliner!«
Worauf infernalischer Jubel ausbrach.
Und dann geschah einer der ganz seltenen Zufälle, die wie ein Wink des Schicksals wirkten ...
Auch Pit Weiß nahm an dieser Volksversammlung teil.
Pit Weiß war Conférencier, ein sehr guter: ein Berliner, der nun in Stuttgart lebte, wohin es ihn in den Wirren der Nachkriegszeit verschlagen hatte.
Im Frühjahr war er in einem bekannten Westberliner Kabarett aufgetreten. Dort lernte er zwei Kollegen aus Ostberlin kennen, die seinetwegen gekommen waren, um ihn zu hören. Das Ehepaar hieß Franziska Buresch und Gunnar Hill. Sie waren mit einer Freundin gekommen, einer Ina Schlaghuber.
Als sie sich nach der Vorstellung zusammenfanden, hatten sie sofort herzlichen Kontakt. Schon wenige Tage später besuchte Pit Weiß mit seiner Frau die netten Kollegen in Pankow. Dort gab es böhmisches Essen und jede Menge Getränke; auch andere Freunde waren in der großen Wohnung, aus Ost und West, man kam sich näher – und es war der Beginn einer, wie er glaubte, wunderschönen Freundschaft.
Kurzum: Pit Weiß war ebenfalls vors Schöneberger Rathaus gezogen und erschüttert von Kennedys Ausspruch, der in die Annalen der Geschichte eingehen sollte.
»O pardon!«
Jemand rannte gegen Ina, mitten in der erregten Menge, die dabei war, sich aufzulösen.

»Entschuldigung«, sagte auch sie.
Als sie aufsah, entdeckte sie – Pit Weiß.
Und Pit Weiß schaute ihr direkt in die Augen.
»Menschenskinder«, rief er und faßte es kaum, »das gibt's doch nicht!« Er fragte als erstes: »Wie geht's den Freunden?«
»Die sind drüben.«
»Wo?«
»In Wolfratshausen.«
Nachher saßen sie zusammen und redeten.
»Was wollen die in Wolfratshausen?«
»Sie hoffen, daß sie irgendwo wieder einsteigen können, in ihrem Beruf. Sie denken, München ist die beste Gelegenheit dafür.«
»München!« rief Pit Weiß entsetzt. »Alle Welt will nach München! Die Stadt ist wie ein Karpfenteich, in dem jeder oben schwimmen will.«
»Was sollen sie aber machen?«
Pit weiß überlegte kurz und sagte dann: »Ich hole sie zu mir nach Stuttgart.«
»Nach Stuttgart?« fragte Ina fassungslos. »Was sollen sie denn in Stuttgart?«
Sein Gesicht mit den großen, blauen Augen leuchtete: »Dort gibt's jede Menge Künstleragenturen. Außerdem sind die Schwaben baufreudige Leute. Es müßte mit dem Teufel zugehen, wenn wir da nicht fürs erste eine kleine Wohnung fänden! Dann ist dort auch noch der *Bund der Berliner.* Den werde ich mobilisieren, damit wir eine Hilfsaktion starten können.«
»Das wollen Sie tun?« fragte Ina glücklich. »Ach, Pit – darf ich Sie küssen?«
»Wenn's unbedingt sein muß«, er hielt ihr den Mund hin und genoß ihren Kuß. Dann sagte er tief aufatmend: »Da sieht man wieder mal, wozu ein Präsident der Vereinigten Staaten gut ist!«

Das »Lichtlein« hieß Pit Weiß.
Eines Tages erschien er in der Scheune, lachte sich halbtot, weil zwar nichts vorhanden war, doch die Freunde als erstes jede Menge Kerzen gekauft hatten sowie vier neue Gläser zum Anstoßen. »Das ist wahre Lebenskunst!« rief er amüsiert. Aus seinem Auto brachte er Kartons mit Küchengeschirr und Bettwäsche, Spenden der ins Schwabenland verschlagenen Berliner, sagte: »Dafür müßt ihr mir jeden Monat einmal vor ihnen auftreten, wenn wir unsere Zusammenkunft starten!« und lud sie zum Essen ein, in das gleiche Gasthaus, das sie kannten und in dem sie ihren Tiefpunkt erlebt hatten (»Und ich steh an der Bar und ich habe kein Geld ...«), das war kaum einige Tage her.
Franziska aß, was ihr schmeckte, seit Wochen endlich kein magenschonender Brei mehr; sie trank, was sie wollte und, siehe da: der Magen blieb friedlich.
»Nun packt eure Sachen und sagte der Scheune ade«, drängte Pit Weiß.
»Jetzt gleich?« fragten sie überrascht.
»Jetzt gleich.«
Noch am selben Tag brachen sie auf nach Stuttgart.
Nach und nach wich die Finsternis. Noch waren keine Sonnenstrahlen zu sehen, aber doch einige schwache Lichtpunkte – als hätten Funken die Nacht erhellt.

Im Pfefferkuchenhaus

»Nein!«
»Aber ja!«
Pit Weiß war ins Wohnzimmer gekommen, hatte ein geheimnisvolles Gesicht gemacht und eine Flasche Wein mitgebracht. Dann ließ er sich in den Sessel fallen, zog

einen Vertrag aus der Tasche, knallte ihn auf den Tisch wie Skatspieler ihre Karten und rief: »Der erste! Ihr tretet mit mir auf. Nächsten Samstag. Auf dem Killesberg. Die Winger, das ist die Agentin, die meint: man könne es ja mal mit Leuten aus der DDR versuchen. Also bitte – versuchen wir's gemeinsam.«

»Aber wir haben keine Bühnengarderobe«, meinte Franziska fassungslos.

»Auf Kredit wird man uns keine geben«, warf Gunnar ein.

Pit Weiß, der gute Engel, schoß ihnen einige hundert Mark vor. Dafür erstanden sie in einem Kaufhaus einen Smoking für Gunnar und ein nilgrünes, kurzes, hautenges Bühnenkleid für Franziska. Sie fühlten sich wie Alice im Wunderland.

Am Samstag abend starteten sie zum Killesberg.

Am Lenkrad seines Wagens saß Pit Weiß. Die Situation hatte etwas Symbolisches. Er hielt das Steuer in der Hand und fuhr die Freunde ihrem neuen Schicksal entgegen. Er lachte, gab sich aufgekratzt und übermütig, versuchte die Bedenken der Hills wegzualbern. Er war ein witziger Mann, mit viel Esprit, er wußte, wie man Ängste überspielte. Er selbst mußte ein Leben lang mit seiner Gehbehinderung fertig werden, das war für einen Menschen auf der Bühne nicht einfach. Also hypnotisierte er sein Publikum auf seine Art, faszinierte es, und wenn sein Abgang kam, warf er eine gekonnte Pointe in die Menge, ließ sein Gesicht mit den großen, blauen Augen leuchten, so daß ihn alle ansahen und seine Beine vergaßen. Groß war er und attraktiv – nur waren seine Füße nicht mitgewachsen. Nach dem Krieg hatte er das zerbombte Berlin verlassen und sich mit seinen kranken Füßen auf den Weg nach Saulgau gemacht, zu seinen Eltern. Wie einst Franziska war er mit einem Rucksack auf dem Rücken, in dem sich Goethes »Faust« befand und ein Topf Sirup, losmarschiert. Daß der Sirup während der langen Wanderung sich über das hehre Buch ergoß, nahm er nicht allzu schwer. Es stand nun als Zeuge einer aus den Fugen geratenen Zeit im Regal. Darauf war er stolz. Einer wie er kannte das Entwurzeltsein. Ob Ost oder West blieb ihm egal, er wollte helfen und die Freunde bei der Hand nehmen.

Nur – die waren total verunsichert. Sechzehn Jahre hatten sie in der Diktatur gelebt. In einem Land, das diesem hier fremder war als der Orient.

Wie sollten sie mit ihren Texten hier starten? Die Menschen in Westdeutschland hatten ganz andere Sorgen, Probleme und Freuden als ihre Landsleute »drüben«. Hier war das Pfefferkuchenhaus aus *Hänsel und Gretel*: »Jaaa – drüben!«

Ach, die Texte: Immer wieder umgestellt, gefeilt, von den Genossen kontrolliert, vom Publikum bejubelt oder abgelehnt. Nie konnten sie es einem recht machen. Wie würde es nun im Westen sein?

Ein großer Saal, vollbesetzt.

Pit Weiß trat auf und hatte sofort die Lacher auf seiner Seite. Alle kannten ihn. Er sprühte vor Humor, seine Texte gingen auf das Zeitgeschehen ein, was er morgens in der Zeitung las, verarbeitete er abends auf der Bühne; er wußte Pointen zu setzen. – Um den Freunden die Angst zu nehmen, spielte er zunächst eine Auftrittsszene mit Franziska, dann gesellte sich, wie beiläufig, Gunnar dazu und zu dritt gewannen sie das Publikum für sich. So hatten sie einen guten Einstieg. Als Pit Weiß bei ihren nächsten Auftritten nicht mehr dabei war, fühlten sie sich wie Nichtschwimmer, die man ins Wasser gestoßen hatte. So tasteten sie sich an das »Westpublikum« heran. Applaus, Lachen, sie wurden angenommen! Es war, zunächst, geschafft.

Die Agentin zeigte sich ihnen gewogen und war bereit, sie öfter zu engagieren. Auch einige andere Agenten waren anwesend, einige blieben zurückhaltend.

Hinterher saßen sie im Restaurant und feierten.
»Natürlich müßt ihr an euren Texten arbeiten«, Pit legte die Arme um ihre Schultern wie ein Vater, dessen Kinder soeben die Prüfung bestanden haben. »Und morgen gehen wir auf Wohnungssuche. Zum Wohle, Freunde!«
Leicht war es nicht, eine Wohnung zu finden. Sie durfte nicht viel kosten, doch die Wohnungen in der Stadt waren teuer. Schließlich fanden sie im Remstal eine Mansardenwohnung: drei winzige Zimmer ohne Bad – in einem freundlichen Dreifamilienhaus.
»Na fabelhaft«, strahlte Gunnar, »angefangen haben wir mit einem Keller. Jetzt werden wir unter dem Dach wohnen. Es geht aufwärts!«
Als sie einzogen, half Pit Weiß kräftig mit. Die Mansarde wurde bald im Kollegenkreis bekannt. Wenn Franziska nicht »böhmisch« kochte, Braten, Rotkraut und Semmelknödel, feierten sie ab und zu ein kleines, bescheidenes Fest, jeweils unter anderem Motto: »Genosse und Genossin Kasatschok laden ein«, zum Beispiel. Oder »Eine griechische Tragödie«. Oder »Ungarischer Paprika«. Dann kostümierten sie sich entsprechend, Gunnar schmückte die winzige Wohnung, das verstand er ausgezeichnet. Er dekorierte, fertigte alles selbst an mit viel Geschicklichkeit, und es kostete keinen Pfennig. Auch das Essen richtete sich nach dem schmalen Geldbeutel. Franziska ließ sich viel Neues einfallen, um kulinarische Abwechslung anzubieten. Neue Freundschaften entstanden, nach anfänglichem Mißtrauen den »Ostlern« gegenüber.
Sie arbeiteten rund um die Uhr. Gunnar machte »Marktforschung« für verschiedene Institute, übernahm nebenbei einen Job als Versicherungsvertreter und eine Zeitlang arbeitete er sogar im Statistischen Landesamt. Frühmorgens, noch bei Dunkelheit, fuhr er nach Stuttgart und kam nach zwölf Stunden zurück, todmüde, aber meistens vergnügt.

Franziska saß an der Maschine und schrieb Geschichten für den Rundfunk. Oft legte sie sich erst aufs Ohr, wenn Gunnar aufstand.
An den Wochenenden aber traten sie gemeinsam auf. Sie fuhren oft quer durch die Bundesrepublik und kehrten zurück, wenn die Sonne aufging. Fast wie früher, in ihrer Berliner Zeit, wenn »die zwei Hills« nach den Vorstellungen in Richtung Pankow fuhren.
Weit, weit weg lebten die Menschen, die ihnen nahestanden: Mutti Hill, die ihnen traurige Briefe schrieb, doch niemals einen Vorwurf machte. Die Göttlichs, die sie vermißten und auch Gaston, der nicht akzeptieren wollte, daß er sie niemals wiedersehen sollte.
Weit weit weg lagen Franziskas Tagebücher, irgendwo, und Leute lasen das, was Franziska hineingeschrieben hatte: ihre intimsten Gedanken, ihre Gefühle, ihr Schicksal. Es war wohl eine Art Bestrafung für ihre »Republikflucht«, daß keiner aus Gunnars Familie sich bereit erklärte, die Kassette herauszurücken. Alle stellten sich taub. Sie antworteten nicht.
»Wir sind für sie gestorben«, sagte Gunnar, und in solchen Minuten versiegte seine Fröhlichkeit. Er hing noch immer an seiner ältesten Schwester Hella und ihrem Willi. Noch immer glaubte er an ein Mißverständnis. »Die Tagebücher werden wohl auf mysteriöse Weise verschwunden sein, sonst hätten sie sie uns doch geschickt.«
»Ach, Gunnar – und was ist mit den Papieren: Taufscheine, Trauschein, all die anderen Sachen, die wir brauchen?«
Er schwieg, und vorübergehend kam es zwischen ihnen zu Spannungen. Dafür lebten sie aber nun im »Pfefferkuchenhaus«.
Allmorgendlich, nach dem Aufstehen, öffnete Gunnar weit das Fenster, ließ die angenehme schwäbische Luft herein, sah hinüber zum Wald und rief: »Guten Morgen, Westen!«

Immer wieder empfanden sie die Erleichterung, entkommen zu sein.
Aber das Pfefferkuchenhaus hatte auch Tücken.
Eines Nachmittags conferierten sie eine Modenschau in der Stuttgarter Königstraße. Ein Kreis von Freunden und Kollegen waren gekommen, um die Hills zu sehen. Alle waren sie zuversichtlich und gutgelaunt. Doch die Besitzerin des Modesalons spielte ›unnahbar‹. Verbreitete eine Atmosphäre kalt wie Eis. Knapp und ohne eine Spur von Lächeln gab sie ihre Anweisungen und informierte das Sprecherpaar über ihre elitäre Kundschaft, die an Tischen vor dem Podium saß: Feingemachte Damen, meist reifere Jahrgänge, mit viel Schmuck an den Händen und um den schon welkenden Hals. Sie tranken Kaffee und aßen Torte mit Sahne, sie zogen die Brauen in die Höhe und machten ein »Mein-Mann-bezahlt-alles«-Gesicht.
Franziska besah sich die Gesellschaft, sah die Krokodilledertaschen und die Hüte, und sie dachte an ein Gedicht von Erich Kästner über die »besonders feinen Damen«:

»Sie haben Beton in den Waden
und Halbgefrornes im Blick.
Man hält sie für Feen auf Reisen,
doch kann man es nicht beweisen.
Der Gatte hat eine Fabrik.«

Daß es so was gab – heute noch, heute *wieder*!
Als die Hills auftraten, ganz locker, wie sie es gewohnt waren, applaudierten die elitären Damen nicht, sie fanden es auch unter ihrer Würde zu lachen oder wenigstens zustimmend zu lächeln.
Pit Weiß saß in der Runde am Freundestisch, hob ermutigend die Hände mit den festgehaltenen Daumen. Er kannte derartige Auftritte, er merkte, wie irritiert Gunnar und Franziska waren, auch wenn sie tapfer ihre heiteren Dialoge und Soli brachten.
»Meine lieben Mitschwestern«, sprach Franziska ge-

wohnheitsmäßig das weibliche Publikum an, als es um den »idealen Mann« ging. Die Anrede war augenzwinkernd solidarisch gemeint, mit diesem Solo hatte sie bisher jedes Publikum, auch das schwierigste, um den Finger gewickelt. Diesmal aber kam kein Echo.
Also wandten sie sich wieder der Mode zu, und die Mannequins spazierten mit ihren langen Beinen und gelassenen Mienen den Laufsteg entlang.
In der Pause kam die Modesalondame zu Franziska, stellte sich vor ihr auf, betrachtete sie tadelnd und sagte: »Meine Kundinnen haben sich beschwert. Sie wollen nicht von Ihnen als ›Mitschwestern‹ angesprochen werden.«
Zunächst verschlug es Franziska für einige Sekunden die Sprache. Dann sah sie Gunnar an, sie wechselten einen langen Blick, und schließlich antwortete sie ganz ruhig: »Ihre Kundinnen sind keine Damen. Nur lächerliche Imitationen.«
»Was fällt Ihnen ein –!«
»Franzi, bitte«, warnte Gunnar.
»Damen führen sich nicht so auf«, Franziska stieg aus dem Bühnenkleid, ganz ungeniert, zeigte das Lächeln, das sie bei diesem Publikum vermißt hatte, und fügte hinzu: »Vor Imitationen trete ich nicht auf.«
»Dann kriegen Sie auch keine Gage«, drohte die Frau mit erhobener Stimme. So was war ihr noch nie passiert! »Aber Ihr Mann muß weitermachen.«
»Wenn er möchte«, meinte Franziska achselzuckend und warf Gunnar einen prüfenden Blick zu. Meist schloß er sich ihren Entscheidungen an, denn sie war härter als er, willensstärker, sie vertrat das sogenannte männliche Prinzip. Andererseits sah er sich oft genug gezwungen, ihr ungestümes und antibürgerliches Temperament zu zügeln, vor allem, wenn eine praktische Notwendigkeit dazu bestand. So wie jetzt. Sie brauchten das Geld.

»Ich halte durch«, er nickte ihr zu.
»Wenn dir das Publikum nicht zu vulgär ist«, sagte sie über den Kopf der Frau hinweg.
Die verbarg ihre Wut hinter der Herzlichkeit eines Glasscherbens und verkündete: »Ich werde dafür sorgen, daß Sie in meiner Branche nie wieder eine Modenschau bekommen!«
Endlich war Franziska in der Garderobe allein. Sie blickte hinab zur Königsstraße. Gegenüber das Schloß, der Park, der erste Schnee auf den Zweigen. So sah die Freiheit aus, so also. Hier waren sie nun gelandet, in einem Wirtschaftswunder, in dem es Frauen gab, die aufgrund der dicken Brieftasche ihrer Männer vor Hochnäsigkeit den klaren Blick verloren hatten. Und die anderen, die Freunde »drüben«, die doch auch ein Recht auf ein angenehmeres Leben besaßen, was war mit denen? Die mußten sich abfinden mit dem grauen Alltag, unterdrückt und entmündigt und bedroht von einer mörderischen Diktatur.
Ob diese nerzcapebehangenen, krokodilledertaschenbewaffneten »Damen«, die sie nicht als »Mitschwestern« anreden durfte, einmal an die anderen dachten, an die hinter dem Eisernen Vorhang? Wohl kaum.
›Die können mich nicht demütigen‹, sagte Franziska laut und absolut geübt im Zurückhalten von Tränen. ›Die nicht!‹
Erst als die Show zu Ende war und Gunnar den Kleidersack packte, begann sie wütend zu werden. Erschrocken schloß er die Garderobentür. Er fand: so schlimm sei der Zwischenfall auch nicht gewesen. Sie hätten doch gewußt, daß die teuer bezahlte Freiheit eine Menge Haken hatte.
»Wir sind eben im Pfefferkuchenhaus«, Franziska beruhigte sich allmählich. »Und wir haben vergessen, wem es gehört.«
»Wem denn?«

»Der Hexe. Sie lauert im Hintergrund, weil sie Hänsel und Gretel verschlingen will.«
Gunnar verstand und meinte achselzuckend: »Nimm statt der Hexe die menschliche Dummheit, dann kommt die Sache hin.«
Da mußten sie lachen. Als sie an der Modefirmadame vorbeigingen, ohne von ihr Notiz zu nehmen – Gunnar hatte inzwischen die Gage kassiert! –, wirkten sie heiter und absolut fröhlich. Die Freunde erwarteten sie.
Und alles war wirklich halb so schlimm.
Doch Franziska wußte, daß von diesem Nachmittag ein Stachel bleiben würde und daß die so hart erkämpfte Freiheit sie noch vieles mehr kosten würde.

Bettinchen und andere Alternativen

»Laß ma mal anfassen!«
Bettina saß neben Franziska in der Garderobe und betrachtete sie fasziniert. »Bloß ma drufflejen, ja?«
Als Franziska keine Anstalten der Abwehr machte, legte Bettinchen ihre große Pranke auf deren Dekolleté und machte dabei ein sachverständiges Gesicht, als überprüfe sie einen Stoff auf seine Qualität. »Mann, fühlt sich det doll an!«
Franziska wechselte mit Luisa, der Geigenvirtuosin, die auch vor dem Spiegel saß, einen amüsierten Blick.
»Nu mußte och mal bei mir fühln, ja?«
Franziska »fühlte« bei Bettina. »Ist ebenfalls ganz toll«, bestätigte sie und lachte. »Wirklich, du bist vollkommen, Bettinchen!«
Herr M., der »Boß« des Hauses, kam herein. Eine bekannte Persönlichkeit in Westberlin, immerhin besaß er

eines der bekanntesten und exklusivsten Nachtcabarets. Es lag in der Motzstraße, gleich beim Nollendorfplatz. Herr M. legte Wert auf eine gepflegte Mischung von Kunst und Sex. Zu ihm kamen die Gäste nach der Theatervorstellung, sie wollten nicht nur einen flotten Strip dargeboten bekommen, sondern auch gute Artistik und Musik. Darum war er stolz darauf, eine Conférenciere im Programm zu haben, die von der Theaterbühne kam, was man ihr anmerkte (»Der Flair, wissen Sie, Franziska, der Flair ist spürbar!« – was immer er darunter auch verstehen mochte!), eine zierliche Dame im hautengen Kleid, bis zum Hals geschlossen, was ein vorteilhafter Kontrast zu den fast nackten Damen war, die sich zu schwüler Musik vorher auszuziehen pflegten.
Herr M. war ein kleiner, alternder Mann mit spärlichem Haar, aber gestraffter Brust, was ihm offensichtlich schwerfiel. Er beugte sich über Bettinchen, die er liebte, drückte ihr einen Kuß auf den entblößten Hals, wobei sie pflichtschuldigst kicherte, dann sagte er zu Franziska: »Ich muß weg. Wären Sie so nett, die Abendregie zu übernehmen?«
»Natürlich«, antwortete sie.
Das war nichts Neues und bedeutete, dafür zu sorgen, daß die Show reibungslos ablief: die Musiker keine zu lange Pause machten, die Striptease-Tänzerinnen rechtzeitig von der Bar zu ihrem Auftritt kamen, der Beleuchter seinen Platz nicht verließ – und vieles mehr. Anfangs war das nicht leicht gewesen. Es hatte gedauert, ehe sie sich in Abwesenheit des allmächtigen Herrn M. durchsetzte. Doch nun hatte sie es geschafft. Alle akzeptierten und mochten sie, sogar die Bardamen, die für den Umsatz zu sorgen hatten und die sie für eine Außenseiterin hielten, weil Franziska so gar nicht hierher paßte.
Bereits die dritte Woche trat sie in diesem Cabaret auf, ja, es machte ihr sogar Spaß. Sie nutzte die Gelegenheit, die

verrücktesten Typen zu beobachten, die sie irgendwann einmal »verwursten« wollte, in einer ihrer vielen Geschichten. Denn sie schrieb unentwegt, wenn auch vorerst nur nebenbei.
Das Cabaret begann um 21 Uhr und endete früh um vier. Knochenarbeit. Mindestens dreißig Auftritte. Im Laufe der Nacht erschienen hier die verschiedenartigsten Leute: zuerst das Familienpublikum, mit Frauen, die während des Programms entweder säuerlich lächelten oder gar zu laut herausplatzten und allzu jovial applaudierten, um zu beweisen, wie tolerant und aufgeschlossen sie waren. Später tauchten die unverstandenen, einsamen Männer auf, sie ließen sich an der Bar trösten und ertränkten ihren Frust im Alkohol. Schließlich zogen die Besucher gruppenweise ein. Sie kamen aus der Provinz, was nicht zu übersehen war, und hatten bereits einige Lokale hinter sich gebracht, Parole: Verdammt noch mal, wozu ist man denn ein Kerl?! Die wollten in Berlin etwas erleben, mit dem sie hinterher in Kleinposemuckel angeben konnten. Der Höhepunkt ihres nächtlichen Abenteuers war der Anblick eines nackten Busens.
Vor allem – wenn Bettina tanzte! Sie sah aus wie Brigitte Bardot, zum Verwechseln ähnlich, bis auf die etwas zu großen Hände und Füße.
»Paß uff, wenn ick ma auf mein Hermolin schmeiße«, sagte sie zu Franziska, auf deren Urteil sie besonderen Wert legte, »und sag ma, ob ick ma noch steigern kann.«
Der *Hermolin* war ein Synthetikfell, das Bettina während ihres Strips mit vielversprechenden Blicken vor sich ausbreitete, sich bäuchlings daraufwarf, um in wellenartigen Bewegungen Kopf und Po abwechselnd nach oben zu recken. Sehr sexy, ganz im Ernst.
»Du kannst dich nicht mehr steigern, Bettinchen«, lobte Franziska, »du bist einmalig.«
Das wußte wohl auch Herr M., der Boß. Er war hinter

Bettina her wie der Hund hinter dem Knochen. Wenn er sich von ihr trennen mußte, »aus Geschäftsgründen«, gab es einen herzzerreißenden Abschied. Bettina duldete und genoß seine Zuneigung, sagte hinterher augenzwinkernd zu Franziska: »Er liebt ma!«
»Ich weiß, wir alle wissen es, Bettinchen.«
Die Geigerin Luisa war still und lieb. Vom RIAS kannte man sie; von den »Kaffeestunden« am Nachmittag und auch von anderen Funksendungen war sie nicht wegzudenken. Geldverdienen mußten sie alle. Also trat sie, wie Franziska, auch im Nachtcabaret auf.
Nach der Vorstellung marschierte Franziska von der Motzstraße zum Bayrischen Platz, wo Ina wohnte. Kein ungefährlicher Weg durch das nächtliche Berlin, ausgerechnet in dieser Gegend der Nachtlokale. Zur Sicherheit trug sie das Kartoffelmesser aus Inas Küchenschublade in der Manteltasche. Den Luxus eines Taxis konnte sie sich nicht leisten, die Gage war niedrig, eine Moderatorin verdiente nicht so viel wie eine Stripperin, das war klar.
Eines Nachts kam ihr ein betrunkener Trupp Amerikaner entgegen, umringte sie, hielt sie auf. Franziska faßte das Messer fester um den Griff, doch da kam die erste Straßenbahn. Leute stiegen aus, die Amerikaner zogen weiter, Franziska atmete auf.
Daß sie in diesen vier Wochen bei Ina wohnte, war selbstverständlich. Eine kleine, sehr gemütliche Wohnung, die nur aus einem Zimmer mit Küche und Bad bestand. Das Wohnzimmer wurde als Schlafraum umfunktioniert, und den teilten sie sich. Wenn Ina früh aufstand, um ihren Dienst im Senat anzutreten, kuschelte Franziska sich tief in die Kissen und schlief bis zum frühen Nachmittag.
Aber dann –! Sorgfältig bereitete sie alles für die kurzen, gemeinsamen Plauderstunden vor. Kostbare Stunden, geliebte Stunden – ein warmes Bad von Freundschaft.

An einem der Sonnabende kam Gunnar nach Berlin. Er befand sich zur Zeit auf Tournee, conferierte Modenschauen für eine bekannte Strickwarenfirma, und an diesem Tag gastierten sie hier.
Strahlend stand er vor der Tür, sehnlichst erwartet, herzlich begrüßt, stürmisch geküßt. Er hatte sich einen kleinen Bart stehen lassen und sah sehr attraktiv aus.
»Hallo, ihr zwei!« Er wurde mit dem Umarmen nicht fertig. »Was fangt ihr eigentlich ohne mich an?«
»Wir versuchen zu überleben«, spöttelte Franziska.
Gemeinsam fuhren sie alle drei zum *Paulaner*, wo die Modenschau stattfand.
»Er macht das großartig«, lobte Ina begeistert, »das kann er, die Frauen mögen ihn.«
»Hoffentlich nicht zu sehr«, meinte Franziska etwas eifersüchtig, aber doch sehr glücklich über seinen Erfolg. Er wirkte solide und zurückhaltend, mit seiner schönen, klaren Aussprache stellte er die Modelle sachkundig vor und würzte ab und zu mit einer kleinen Pointe. Franziska mochte ihn sehr, ein Leben ohne Gunnar war kaum noch denkbar für sie. Nun hatten sie eine größere Wohnung gemietet, in einer zauberhaften, schwäbischen Gegend, und jedes Weihnachten kam Ina zu ihnen. Sie lebten mit ihren Wahlverwandtschaften wie eine Familie, nein: viel, viel besser! Auch Pit Weiß gesellte sich oft dazu, er, der Unbeständige, der die Frauen in ziemlich schneller Folge wechselte. Vorübergehend hatten sie gehofft, daß Ina und Pit … nun ja, daß es etwas würde mit ihnen. Aber das funktionierte nicht. Beide waren viel zu eigenwillig und auf sich selbst konzentriert. Also ließen sie es nach einem kurzen Versuch und blieben Freunde. Das ging gut.
Am Abend, nach der Modenschau, kam Gunnar ins Cabaret, mit Ina. Sie hatten ihn auf Bettinchen vorbereitet und bestanden darauf, daß er ihr den Hof machte.
Er tat es, und Bettinchen lief auf Hochtouren.

»Mensch, Junnar – du bist ’ne Wucht«, sie saß mit ihm an der Bar, obwohl Gunnar kein Kunde war, keinen »ausgab«, sondern sich mit der »Hausmarke« begnügte, einer verbilligten Art von Sekt, den Franziska für ihn organisiert hatte.
Es wurde ein bißchen geflirtet und geschäkert, immer wieder schüttelte Bettinchen Gunnars Hand und gestand, was für ein »prima Junge« er doch sei.
»Na –?« Franziska und Ina sahen ihn prüfend an, nachdem Bettinchen sich verabschiedet hatte, weil Herr M. seine Rechte geltend machte. »Wie findest du sie?«
Gunnar wiegte den Kopf, äußerte sich zunächst nicht, dann meinte er: »Da ist was, ich weiß nicht, was. Wie eine Wand. Etwas fehlt. Da kommt nichts ’rüber.«
Da sagten sie es ihm.
Bettinchen hieß noch vor einiger Zeit *Berthold*. Ein Berliner Strichjunge, den der mächtige Herr M. aufgelesen hatte. Er ließ Berthold operieren: in Frankreich, in England, in Deutschland, in Amerika. Nichts an Bettinchen war echt. Nase, Mund, Wangen, Kinn, Ohren, Geschlecht – alles umgestaltet. Der Busen aus Silikon. Nur die Hände und die Füße – die waren geblieben.
»Darum also«, rief Gunnar erleichtert, »ich dachte schon, es läge an mir.«
»An dir ist alles echt«, beteuerte Franziska. »Das kann ich beschwören!«
Und dann kam Ina aus der Küche, und es gab einen erstklassigen Geflügelsalat, phantasievoll garniert wie ein Kunstwerk.
Am nächsten Morgen, bevor Gunnar abreiste, fuhren sie zur Mauer. »Europas häßlichstes Bauwerk« stand in den Zeitungen. Doch es war mehr als nur häßlich. Es war ungeheuerlich und pervers: ein Staat mauerte sich selbst ein! Auf hohen Wachtürmen standen Volkspolizisten mit dem

Karabiner und warteten darauf, »flüchtige« Landsleute abzuknallen.
Franziska und Gunnar konnten nichts sagen, sie starrten nur auf das monströse Zeugnis des »Arbeiter- und Bauernstaates«, der vorgab, für Frieden und Menschenrecht einzutreten. Buchstäblich in letzter Sekunde waren sie entkommen.
Mutti Hill war gestorben, ohne ihren »Kleenen« wiedergesehen zu haben. Immer wieder hatte sie nach ihm verlangt. »Komm doch ›rüber‹, schrieb Gunnars Tochter, »wenn Du Mut hast, dann komm. Vertrau' unserem Staat. Du wirst sehen, es geschieht Dir nichts.«
»Liebe Marietta«, antwortete Gunnar, »es muß Dir entgangen sein, daß Leute, die als republikflüchtig gelten, umgehend verhaftet werden, sobald sie den Boden der DDR betreten.« Da Marietta im Begriff war zu heiraten, schickten sie ihr auf besonderen Wunsch einen weißen Spitzenstoff fürs Brautkleid und noch anderes, womit sie ihr und Bernd eine Freude machen wollten. Eine Antwort kam nie.
»Laß uns gehen, bitte«, Gunnar nahm Franziskas Arm und stützte sich darauf wie ein Kranker. »Ich halte den Anblick nicht länger aus.«
Er war noch elend, als er mit dem Ensemble abreiste. Das Wiedersehen mit Berlin, mit *seinem* Berlin, hatte ihn fast umgeworfen.
Die letzte Nacht.
Franziska unterhielt sich mit Ina, und wie immer, wenn sie miteinander redeten, fanden sie kein Ende.
Ina war eine erstklassige Gastgeberin und Hausfrau; kalte Platten standen bereit, ein großer Teller mit echter, ungarischer Salami, die sie beide liebten und unentwegt futtern konnten, dazu gab es eine Auswahl von Getränken und Salaten. Ganz sicher hätte Ina einen Mann »glücklich machen« können, im bürgerlichen Sinne

jedenfalls. Aber außer einigen lieblos heruntergeknutschten Verhältnissen zeigte sich keine echte Beziehung von Dauer. Darunter litt Ina. Sie sehnte sich nach einem Lebensgefährten und gab sich nicht zufrieden mit dem, was ihr das Leben in dieser Beziehung bisher geboten hatte: einen schwulen Morphinisten als Ehemann, einen ungarischen Alkoholiker, einen schwammig werdenden Schönling, mit dem sie sich herumplagte und sich eifrig einredete, ihn zu lieben, obwohl der alternde Sonnyboy soeben Großvater wurde. All das reichte ihr begreiflicherweise nicht. Um so mehr Anteil nahm sie am Schicksal ihrer beiden Freunde. Sie waren ihre »Familie«.
»Habt ihr eigentlich nie an Kinder gedacht?« erkundigte sich Ina, nicht mehr ganz nüchtern.
»Nein«, erwiderte Franziska, über die Frage erstaunt. Darüber hatte sie noch gar nicht nachgedacht. Sie waren oft mit Kindern zusammen, das ja: sie unterhielten die Kinder zum Fasching oder anderen Festen, Franziska schrieb für den Kinderfunk und Geschichten für Jugendliche – aber eigene Kinder? »Es gibt so viel anderes zu tun«, sagte sie, »wir leben ziemlich atemlos, wie du weißt.«
Ina schwieg eine Weile, knabberte an der Salamiwurstscheibe herum, dann platzte sie mit der lang unterdrückten Frage heraus: »Und Jan – was ist mit Jan?«
Der Name schlug ein wie ein Blitz. Franziska sah die Freundin fassungslos an, weniger erschüttert über die Frage als über ihre eigene Reaktion. Sie atmete tief durch, versuchte sich zu fassen und antwortete nicht ganz überzeugend: »Meine Güte – das ist so weit weg, aus einem anderen Leben. Schnee von gestern.«
Ina aber wußte Bescheid, sie kannte und erkannte jede Regung der Freundin, jedes gekünstelte Lachen. Sie nickte und sagte leise: »Es ist noch immer ganz nahe.«
»Ja«, gab Franziska sofort zu. Es hatte keinen Zweck zu lügen, nicht vor Ina. »Wenn ich Zeit habe und allein

bin und – und in mir selbst versinke«, sie lächelte entschuldigend über ihre Ausdrucksweise, »dann schreibe ich ihm Briefe, die ich nie absende und ich rede mit ihm auf dem Tonband und – und manchmal weine ich sogar ein bißchen.«
Sie schwiegen eine Weile und taten, als studierten sie den fast leeren Teller mit Salami. Dann fragte Ina: »Was, wenn du dich entscheiden müßtest?«
»Der Gedanke ist utopisch«, Franziska versuchte, sich darüber lustig zu machen. »Er lebt jenseits der Mauer.«
»Was wäre aber – wenn?! Nur mal rein theoretisch?« drängte Ina.
Franziska dachte lange nach, sehr lange. Schließlich antwortete sie. »Ich würde Gunnar doch nicht verlassen! Obwohl ich weiß, daß er mich gehen ließe, wenn ich es wollte.«
»Kampflos?«
»Er kämpft auf seine Art. Keiner merkt das, auch ich bin lange nicht dahintergekommen. Er kämpft jede Stunde um mich, um meine Anerkennung, meine Zuneigung, er bemüht sich, alles mit meinen Augen zu sehen. Er liebt, was ich liebe. Er lebt als mein zweites Ich.«
»Und du?« fragte Ina, die Hartnäckige. »Bist du auch sein zweites Ich?«
Wieder überlegte Franziska lange. »Nein«, gab sie schließlich zu, »das bin ich nicht. Aber was ich zu geben habe, gebe ich ihm.«
»Und das ist?«
Sie zuckte die Achseln. »Meine Energie vielleicht. Ich richte ihn auf, und er hält, symbolisch gesehen, meine Hand, damit ich nicht ins Straucheln komme und für uns beide geradestehen kann. Das genügt ihm.«
»Genügt es dir auch?«
Franziska antwortete nicht, vielleicht absichtlich, vielleicht aber auch, weil sie einen ihrer typischen Gedankensprünge machte. Sie lachte, etwas verlegen.

»Weißt du, was einer meiner größten Wunschträume ist? Mit Gunnar und Jan in meine ehemalige Heimat zu fahren. Ihnen meine Stadt zu zeigen. Und das Erzgebirge und die Elbe mit den Wiesen, auf denen Obstbäume blühen, weiß und rosa, darunter ein gelber Teppich von Himmelschlüsseln. *Seht mal, hier sind meine Wurzeln*, würde ich sagen. *Seht mal, hier bin ich zu Hause gewesen, seht mal, hier liegen alle meine unausgegorenen Erwartungen und Hoffnungen, seht mal – seht mal ...*«
Plötzlich begann sie zu weinen.
»Aber wieso denn ...« Ina hielt betroffen inne. Ihr war neu, Franzi weinen zu sehen, ohne ersichtlichen Grund; sie weinte ja nicht mal, wenn die Welt für sie zusammenbrach. Was war denn bloß geschehen?
Franziska kramte vergeblich nach einem Taschentuch, Ina legte ein Päckchen Papiertaschentücher auf den Tisch. Sie ließ die Freundin weinen und wartete ab.
Es vergingen einige Minuten, bis Franziska sich die Tränen abtrocknete, die Nase schnaubte und sagte: »Ach, weißt du – ich habe eben Sehnsucht nach meiner Heimat, von Jahr zu Jahr mehr. Oft liege ich nachts wach und muß an sie denken. Ich träume, daß ich durch die Straßen laufe: *das* muß ich noch sehen, und *das* und *das* – unwichtige Sachen oft: unseren *Galgenbusch*, in dem wir im Frühling Leberblümchen gepflückt haben. Oder den Schloßberg, der vor unserem Fenster lag, hinter den Feldern und Hügeln. Im Herbst sind wir durch das feuchte, gelbe Laub gelaufen. So viele Eicheln und Kastanien! Es roch herb, etwas bitter und scharf. Aber im Frühling blühten dort Fliederbüsche an dem Serpentinenweg, so viel Flieder auf einmal habe ich nirgendwo wieder gesehen! Ein Duft – du kannst es dir nicht vorstellen –, und in meinen Träumen wird es immer ganz langsam dunkel, ich will das Licht festhalten und das Bild, ich fange an zu laufen, ich rufe Namen ...«

»Franzi«, unterbrach Ina kopfschüttelnd, »hör auf! Das ist ja fast wie ein Anfall.«
»Es ist Heimweh«, sagte Franziska leise, »und es ist für mich neu, daß ich darüber rede. Verzeih. Aber du liebst ja auch dein Berlin, genau wie Gunnar, nicht?«
Ina schaute sie verständnislos an und meinte: »Aber das – das ist doch ganz was anderes.«
»Warum denn – sag schon: Weshalb ist das was anderes?«
Auch Ina verstand nicht, wie so viele andere, und das machte Franziska traurig. Sie bekam auch keine Antwort, und ein winziger Schatten legte sich über die bewährte Freundschaft. Es entstand eine ungewohnte Pause.
Ina hielt ihr schließlich den Teller vor die Nase: »Wie wär's mit der restlichen Salami?«
»Gern«, Franziska grinste, wie sie als Kind gegrinst hatte: mit geschlossenem Mund und von einem Ohr zum anderen, so konnte man es auf alten Fotos sehen. »Salamiwurst ist eine Alternative.«
»Wozu?«
»Zu allem, was wir lieben und verloren haben.«
»Stimmt«, sagte Ina fast erleichtert und nahm gleich drei Scheiben auf einmal.

In Wien – und danach

»Sie sehen dauernd auf die Uhr«, sagte der Cheflektor und betrachtete Franziska mit einem hinterhältigen Lächeln. Er war ein attraktiver Mann im sogenannten besten Alter. Sein Haar war wie schwarzes Rabengefieder, und dazu hatte er himmelblaue Augen, denen nichts entging. Er sprach – bewußt? – träge, mit einem äußerst melodischen

Tonfall. Franziska hatte ihn in Verdacht, daß er wußte, wie sehr das auf viele Frauen wirkte.
Sie saßen in einem kleinen Café in der Nähe des Verlages und tranken Marillenschnaps. Zweifellos war ihm die Wirkung des himmlisch schmeckenden aber höllisch wirkenden Getränks bekannt. Für ihn war es amüsant zu sehen, wie sehr sie sich bemühte, so zu tun, als ginge alles spurlos an ihr vorbei. Sie trank bereits den dritten – und er hatte gleich »Doppelte« bestellt.
Sie kannten sich erst seit einer knappen Stunde. Franziska war in den Verlag gekommen, sie war hereingewirbelt wie ein mittlerer Hurrikan und er, wie er später gestand, hatte eigentlich eine »Ponytante« erwartet: eine der burschikosen Autorinnen, die er unerträglich fand. Doch als die Buresch in sein Büro kam, schraubte er, der »frauenerfahrene«, sich überrascht vom Schreibtisch hoch, ging ihr entgegen und küßte ihr die Hand, ganz gegen seine Gewohnheit.
Auch sie amüsierte sich über seine betont lässige Art zu sprechen, seine heitere Blasiertheit und den kauzigen Charme. Sie spielten sich etwas vor und blieben auf der Hut.
»Hat es einen besonderen Grund, weshalb sie andauernd auf die Uhr sehen?« fragte er nochmals.
»Ach ja«, vor ihren Augen flimmerte es, der Tag war heiß, und in ihr tobte die Aufregung. Immerhin sollte ihr erstes Buch erscheinen, und den Vertrag für ein weiteres hatte sie in der Tasche. »Mein armer Mann ...«
»Was für ein Mann?« Der Cheflektor runzelte die Stirn unter dem zerzausten Haar, das aussah, als käme er soeben aus dem Bett. Das entbehrte nicht eines gewissen erotischen Reizes, und er tat alles, um den Eindruck zu verstärken.
»Er sitzt drüben im Espresso und wartet auf mich.«
»Sie haben einen Mann?«

»Entschuldigen Sie bitte – ja.«
»Und den setzen Sie einfach im Espresso ab?«
»Er wollte, daß wir beide uns erst mal allein beschnüffeln.«
»Beschnüffeln?« Er sah sie fassungslos an. »Was für ein komischer Mann ist denn das?«
»Ein Berliner«, antwortete Franziska schuldbewußt.
Der Lektor sprang auf, er warf den Stuhl fast um. »Einen Berliner Ehemann deponieren Sie im Espresso – seit zwei Stunden?«
»Es war sein freier Wille«, verteidigte sie sich.
Doch der Mann tat, als hätte sie einen Mord begangen. Er zahlte und zog sie aus dem Café, hinüber zum Espresso. Gunnar saß seelenruhig an der Bar und las Zeitung. Vor ihm stand ein Kännchen Mokka.
»Hallo«, Franziska stellte den Lektor vor, »er ist aufgebracht, weil du nicht mit in den Verlag gekommen bist.«
»Sie sind also ein Berliner!« rief der nette Mensch und umarmte Gunnar, dem vor Überraschung die Zeitung aus der Hand fiel. »Ich bin auch ein Berliner, ach, tut das gut, einen Landsmann zu treffen, mitten in Wien, was für ein wundervoller Tag!«
Gunnar gab die Sympathiekundgebung ebenso heftig zurück. Beide wirkten sie wie zwei ausgehungerte Insulaner, die nach langer Zeit der Einsamkeit endlich einen Menschen treffen. Die Freundschaft war besiegelt.
Franziska stand abseits und dachte: Eigentlich sollte *ich* die Hauptperson sein, nicht wahr? Es ist schließlich *mein* Buch! Deshalb sind wir nach Wien gekommen.
Doch der Tag – und alles, was noch kam – versöhnte sie. Am Abend gingen sie ins Raimund-Theater und sahen »Viktoria und ihr Husar«, eine Operette alten Stils; sie gingen hin, weil sie fürs Burgtheater keine Karten mehr bekommen hatten und auch die Oper ausgebucht war. Zufällig hatte jemand im Verlag drei Karten für das

Raimund-Theater. So saßen sie alle drei in der ersten Reihe, sie hörten Lou van Burg singen: »Pardon Madame, pardon Madame, ich bin verliebt ...« Es klang wie Schmalz und Honig. Franziska dachte daran, daß sie mit ihm aufgetreten waren, im Stadion zu Leipzig, an ihrem Geburtstag, und wie an diesem Abend ein junger Schwimmer tödlich verunglückte. Das war nun fast fünfzehn Jahre her. Inzwischen hatten »die Siebziger« begonnen, sie zeigten sich freundlich, es ging aufwärts. Die »Republikflüchtigen« durften aufgrund eines Abkommens zwischen Ost und West die DDR besuchen und wurden nicht mehr strafrechtlich verfolgt. Die früheren Kontakte festigten sich wieder ein wenig: Gaston hatte sie besucht, in dem hübschen Haus in dem schwäbischen Dorf, in dem sie jetzt wohnten. Vier Wochen war er geblieben, und es herrschte eitel Sonnenschein. Liebevoll, fast wie ein Sohn, hatte Gunnar den alten Herrn betreut und als sie sich trennten, fiel dem guten Gaston der Abschied von Gunnar schwerer, als von seiner »einzigen, großen Liebe«, was Franziska freute. Sie atmete auf, fühlte sich entlastet, hatte so viel anderes im Kopf als die Fürsorge um den tapsig gewordenen Gaston. Aber sie versprachen ihm, bald nach Ostberlin zu kommen, wirklich recht bald. Bei der Gelegenheit wollten sie auch die Göttliche wiedersehen, die sie sehnsüchtig erwartete, und so manchen anderen Freund und Kollegen der frühen Jahre.

»*Wie* heißt der Ballettmeister?« der Lektor, der neben Franziska saß und sich über die althergebrachte Operetteninszenierung lustig machte, beugte sich über das Programmheft. »*Reiner Este?*« las er laut.

Eine alte Dame hörte das und lächelte ihm zu. »Ja, das ist recht merkwürdig, nicht wahr? Der Mann kommt aus Estland und hat einen äußerst schwierigen Namen. Darum nennt er sich einfach *Reiner Este*, was er ja auch ist.«

»Na wundervoll«, lachte der Lektor, der ein Spötter war, »dann nenne ich mich einfach *Moische Berliner.*«
»Und ich *Sarah Sudetenländer*«, stimmte Franziska ein. Sie alberten herum, bis Gunnar meinte, nun sei es aber genug, die Vorstellung gehe weiter, und sie möchten doch, bitte schön, nicht länger stören. Da zogen sie in gespielter Zerknirschung die Köpfe ein und lauschten hingebungsvoll der Musik.
Und dann geschah etwas Seltsames, ein Zufall, den viele, die an Zufälle nicht glaubten, »Kismet« genannt hätten. Als sie das Theater verließen, blieb Gunnar vor einem Plakat stehen, das die nächste Premiere ankündigte. Er stieß einen Überraschungsruf aus und zeigte auf den Namen des Regisseurs.
Zuerst las Franziska nur den Titel: »Die Geisha«. Und dann *Jan Kupelius.* Sie stand da, ziemlich verwirrt.
»Was ist denn, Sarah?« fragte der Lektor.
»Ach Moische ...« Sie blieben bei ihren Spitznamen, als wäre es nie anders gewesen. »Dies hier ist ...« Sie war nicht imstande, eine Erklärung abzugeben.
Gunnar sprang ein. »Ein alter Freund, der in Leipzig lebt. Aber wie kommt er hierher – es darf doch keiner 'raus?!«
»Künstler dürfen«, meinte Moische, »gastweise. Wir haben in Wien öfter mal Regisseure aus der DDR.« Er ahnte nicht, welcher bedeutungsvollen Stunde er beiwohnen durfte und fragte arglos: »Wollt ihr ihn begrüßen?«
»Nein«, rief Franziska.
»Aber ja doch«, Gunnar war bereits im Bühneneingang verschwunden, kam aber bald zurück und sagte: Kupelius sei nicht im Haus. Aber morgen habe er Probe.
Morgen.
Nach dem Theater fuhren sie zum Heurigen. Im Nebenhaus hatte Beethoven gewohnt. Doch wo hatte der *nicht* gewohnt in dieser Stadt?

Schrammeln spielten: »Es wird ein Wein sein und wir wern nimmer sein ...«
Die drei tranken und aßen fetten Schweinebraten.
»Hör zu, Sarah«, sagte Moische kopfschüttelnd, »du bist richtig fiddelig!«
Sie taten, als kannten sie sich schon viele Jahre. Sie waren sogar schon so weit, aneinander herumzunörgeln, liebevoll zwar, aber auch ein wenig bissig. Der Verführer entpuppte sich als ein ganz prima Kumpel. »Wie hältst du das nur aus mit einer solchen Frau?« wandte er sich an Gunnar.
Der zuckte die Achseln, blinzelte Franziska zu und erklärte: »Man gewöhnt sich daran.« Er ließ sie wie sie war, das gefiel ihm, denn er hatte gute Nerven.
»Du holst bereits zum hundertsten Mal deinen Spiegel aus der Tasche«, lästerte Moische, »guckst rein, steckst ihn wieder weg und machst ein unzufriedenes Gesicht.«
»Ich gefalle mir eben nicht!«
»Und warum wiederholst du dieses Mißvergnügen ständig?«
»Weil ich auf ein Wunder hoffe.«
In Wahrheit war Franziska gar nicht unzufrieden mit ihrem Äußeren, sie hatte auch keinen Grund dazu. Sie dachte an Jan. Und daß sie ihm vielleicht am nächsten Tag begegnen würde. Und sie wollte sich überzeugen, ob sie noch ein bißchen die Franzi von früher war. *Seine* Franzi. Seine *Queck*, wie er sie oft genannt hatte.
In Wahrheit hatte sie einfach Angst.
Die Schrammeln spielten und sangen: »Das hat kein Goethe geschriem, das hat kein Schiller dicht, 's ist von koan Klassiker, von koan Schenie ...«
Die Stimmen schepperten, die Geigen kratzten, dennoch war es ein Zauber hier zu sein, noch dazu aus *diesem* Grund. Wenn sich in Franziskas Leben Berufliches mit Privatem verband, war sie glücklich. Pläne wurden ge-

schmiedet, bei Heurigem und Schrammelmusik, sie redeten über die Bücher, die Franziska schreiben würde, und alles andere rückte in den Hintergrund. Sie war »voller Zukunft«, so nannte sie es, und doch so tief verwurzelt in allem, was gewesen war. Ein Kreis, der sich vollendete, lückenlos.

»Freunderl, verkaufts mei Gwand, i fahr in Himmel ...«

Die alten Herrn Schrammeln, keiner unter fünfzig, wurden nun sentimental, so wie es sich gehörte für Wien. Ihr Gesang, ihre Musik begleitete die drei bis auf die Gasse, sie war eng und mit Katzenkopfpflaster belegt. Die Laternen brannten und verbreiteten sanftes Licht. Hier war Schubert herumspaziert und Mozart, was für ein erhebendes Gefühl – und dann sahen sie den Strafzettel unter den Scheibenwischern. Falsch geparkt. Moische nahm ihn, zerriß ihn, ließ die Papierschnitzel im Winde flattern und sagte: »Die können uns mal ...«

Gunnar aber hatte Bedenken. »Ob wir damit durchkommen?«

»Wien ist nicht Berlin«, meinte Moische, küßte Franziska auf den Mund und sagte: »Weißt du was, Sarah? Du bist ein liebes, böhmisches Mädel!«

»Vielen Dank«, sie küßte zurück – in aller einigermaßen unschuldigen Freundschaft. »Und es ist wohl mein Schicksal, fast ausschließlich auf Männer aus Berlin zu treffen.«

Am nächsten Morgen gingen sie nochmals in den Verlag. Moische saß an einem riesigen, wuchtig aussehenden Schreibtisch, den er irgendwo ergattert hatte, und von dem er sich nicht trennen konnte. Er sah verkatert aus, denn sie hatten bis vier Uhr früh gefeiert. Sein Gesicht mit den schweren Augenlidern und dem müden Lächeln sah aufgeschwemmt aus.

»Hallo, Moische!« Franziska ging auf ihn zu. Als er den Spitznamen hörte, den er sich selbst verpaßt hatte, mußte

er so sehr lachen, daß er vom Stuhl fiel. Nur sein Kopf ragte noch über den Tisch.
Da rief Gunnar im schönsten Berlinerisch: »Wat denn – so kleen und schon Cheflektor?«
Danach war es ganz aus. Sie wieherten um die Wette. Die Mitarbeiter aus den Nebenbüros kamen herein und sahen verwundert auf die Dreiergruppe, die vor Lachen fast auf dem Boden lag. Das hatten sie noch nicht erlebt, schon gar nicht von ihrem Herrn Cheflektor.
»Fast genau so hat er gelacht, als er Ihr Manuskript gelesen hat«, sagte eine Lektorin und brachte ein Tablett mit frisch aufgebrühtem Kaffee, den sie dringend nötig hatten. »Wir freuen uns schon auf Ihre nächsten Bücher«, gestand sie, »denn sonst gibt es wenig zu lachen in unserem Beruf.«
»Dann habe ich ja einen gewissen Unterhaltungswert für den Verlag«, freute sich Franziska. Sie wußte, daß es eine gute, sehr lange Zusammenarbeit werden würde, alle Voraussetzungen dafür waren vorhanden.
Gestärkt fuhr sie dann mit Gunnar zum Raimund-Theater. Ihr Mut schwand mit jedem Meter, den sie dem Bühneneingang näherkamen. Sie hoffte, sie wünschte so sehr, Jan möge nicht da sein. Allzuoft hatte sie sich die Wiederbegegnung vorgestellt, hatte davon geträumt: Wie sie seinen Namen rief, wie er sich umdrehte, sie ansah, wie sein Gesicht versteinerte – zuviel hatten sie einander angetan, zutiefst fühlte er sich verletzt – betrogen und im Stich gelassen mit einer Liebe, die nicht leben und nicht sterben konnte. Aus Furcht, gedemütigt zu werden, würde er Überheblichkeit vorschützen. Sie hatte sein Herz verwundbar gemacht. Und sein Verhalten war Notwehr. Wollte Gunnar dabei zusehen – *dabei*?
Franziska blieb stehen. »Nein«, sagte sie, »das ist Unsinn. Man soll nicht in alten Töpfen rühren.«
»Seit wann glaubst du an solche Klischees?« fragte Gun-

nar, der nun neugierig geworden war, ja, geradezu versessen darauf, das Wiedersehen über die Bühne gehen zu lassen.
»Bist du denn überhaupt nicht eifersüchtig?«
»Worauf denn?« Seine Miene war absolut sauber, total arglos, als ginge es nur darum, ein Schülertreffen zu arrangieren. Er zeigte zum Bühnenausgang, lachte und sagte: »Schau mal, wer da kommt.«
Zwei Männer verließen das Theater und gingen nebeneinander in die entgegengesetzte Richtung. Zwei Rücken: ein großer, breiter und daneben ...
»Meinst du etwa ...«
»Dein Jan«, versetzte Gunnar triumphierend, der ihn doch gar nicht kannte, ihn nie gesehen hatte, höchstens auf Bildern.
Sie stand bewegungslos.
»Geh schon«, er schob sie voran, »lauf' doch, sonst ist er weg!«
Franziska ging, zögernd erst, dann schneller und schneller, schließlich begann sie zu laufen, wie in ihren Träumen.
»Jan«, sagte sie unmittelbar hinter ihm. Sie setzte ein gelassenes Lächeln auf, das sie viel Kraft kostete. »Hallo, Herr Kupelius!«
Er wandte sich um, ein wenig unwillig wegen der Störung, dann ging ein fassungsloses Staunen über sein Gesicht, seine Augen leuchteten auf, und er rief: »Hallo, Queck!« Seine Stimme klang belegt und einige Töne zu hoch. Er atmete tief ein, sagte etwas zu seinem Begleiter, der verabschiedete sich, nickte ihr kurz zu und ging weiter.
»Franzi – komm, komm schnell, wir müssen reden, komm doch ...« Als wollte er fünfundzwanzig vergangene Jahre einholen. Er war atemlos vor Aufregung, ließ sie nicht zu Worte kommen.
»Augenblick – ich bin nicht allein.«

»Wer – wer ist ...« Jetzt entdeckte er Gunnar, der in heiterster Laune näherkam.

Falls Jan betroffen war, so wußte er es gut zu überspielen. Er bezog Gunnar sofort in seine warme Herzlichkeit mit ein, und dieser begrüßte ihn wie einen alten Freund. Unfaßbar! Von Anfang an gab es keine Spannung.

Keine Spannung!

Es war ganz anders als in ihren Träumen. Franziska sah der Szene zu, wie jemand, der absolut nichts damit zu tun hatte. Ihre Gedanken wirbelten ihr durch den Kopf, so mußte einem Ertrinkenden zumute sein, der in Sekundenschnelle sein Leben noch einmal vor sich ablaufen sah. An einem Bühneneingang hatte sie Jan kennengelernt, in der kleinen, sächsischen Stadt, der sie bis an ihr Lebensende verbunden bleiben würde, und an einem Bühneneingang traf sie ihn wieder. Dazwischen lagen fünfundzwanzig Jahre. Ein Vierteljahrhundert.

Dann wandte Jan sich ihr zu und sprach den klassischen Satz, ganz ehrlich und sehr verwundert: »Du hast dich überhaupt nicht verändert!«

»Aber du bist etwas fülliger geworden«, sagte sie und dachte daran, wie dünn er gewesen war, so mager und schmal, daß sie oft Sorgen hatten, er könnte nicht gesund sein. »Und graue Schläfen hast du auch.«

»Steht ihm aber gut«, warf Gunnar schnell ein, aus berechtigter Sorge, ein Streit könne ausbrechen zwischen den beiden Kampfhähnen. Immer war er der Katalysator, sogar jetzt, in dem Augenblick, in dem Franziska ihren Gefühlen hilflos ausgesetzt war.

Die Hills verlängerten ihren Aufenthalt in Wien, in jeder freien Stunde waren sie mit Jan Kupelius zusammen. Sie wohnten den Proben bei, Franziska saß neben Gunnar im leeren Zuschauerraum, sah Jan agieren, hastig und mit Energie aufgeladen wie eh und je, voller Einfälle und witziger Ideen. Er war ein bekannter Mann,

auch hier, in Wien, er hatte eine Anzahl Bücher geschrieben: über Johann Strauß und Richard Tauber, über Offenbach und die bewährte Garde der Operette: Franz Lehár, Fritzi Massary und Paul Lincke. Er hatte erfolgreiche Gastinszenierungen gemacht, durfte aber die DDR eben nur vorübergehend verlassen. Er galt als eines der »Aushängeschilder« wie diverse Artisten, Tänzer oder Sportler. Ilona, seine Frau, durfte ihn nicht begleiten.
Ilona –! Jan hatte Fotos gezeigt von Ilona. Ein liebes, rundliches Gesicht mit lustigen, blauen Augen. Eine kleine, zierliche Person, gutmütig offensichtlich und ganz auf Jan eingestellt.
»Ich behandle sie mit Nachsicht«, sagte Jan.
»Und mich«, fragte Franziska kokett, »wie behandelst du mich?«
»Mit *Vorsicht*«, antwortete er schlicht.
Daß Gunnar herzlich auflachte, ärgerte sie. Genau wie der wissende Blick, den die beiden wechselten.
Abends, als sie mit Gunnar allein war, sagte Franziska: »Ich weiß nicht, warum du das tust.«
»Was?«
»Diese Kumpanei mit Jan. Ist es Toleranz oder steckt was anderes dahinter?«
»Zum Beispiel?«
Sie entdeckte nicht die leiseste Spur einer hinterhältigen Absicht. Gunnars Verhältnis zu Jan war absolut ehrlich. Die beiden mochten sich, akzeptierten sich wie sie waren, konnten miteinander umgehen.
»Wenn wir uns nun wieder zusammentäten, Jan und ich«, sie wollte ihn provozieren, »wenn er im Westen bliebe – und ich bei ihm. Was dann?«
Der Gedanke war gar nicht so abwegig, denn das längst bewältigt geglaubte Gefühl brach wieder auf, von Tag zu Tag mehr, bei Jan ebenso wie bei ihr; das ging nicht ohne

Schmerz und Kampf, sie begannen zu leiden, sich dagegen zu wehren und sich mit kleinen Bosheiten anzufeinden, weil sie nicht unterliegen wollten. Wenn Gunnar sie für kurze Zeit allein ließ, fühlten sie sich einander ausgeliefert, und sie warteten ungeduldig auf seine Rückkehr.
»Wenn das wirklich so wäre«, Gunnar zeigte ein verschmitztes Lächeln, »dann würde ich in eurer Nähe bleiben«, und fügte fast entschuldigend hinzu: »Weil ich doch weiß, daß ihr allein nicht zurechtkommt.«
»Das könntest du?« fragte sie überwältigt.
»Ja, bestimmt«, es klang, als hätte er lange genug darüber nachgedacht und sei zu dieser Entscheidung gelangt.
»Was macht dich so sicher?«
»Die Gewißheit, daß ihr es schon einmal nicht geschafft habt.«
»Das stimmt«, gab sie zu.
Zum ersten Mal betrachtete sie Gunnar mit anderen Augen. Sie dachte an die gemeinsam verbrachten Jahre, an die Stürme, Nöte und harten Kämpfe, die sie zusammen überstehen mußten, um das rettende Ufer zu erreichen: einer für den anderen, ohne die althergebrachte Rollenverteilung, als zwei Freunde, zwei Kollegen, aber auch als Paar, das sich gern umarmte.
Reichte das für ein ganzes Leben?
Es war mehr als genug. Franziska wußte, daß sie noch lange, sehr lange darüber nachdenken würde, was schwerer wog: Das gemeinsame Leben oder die große Liebe, die, trotz aller Bemühungen, nicht aufhören konnte. Was sie aber nicht wußte: Sollte jemals die Stunde der Entscheidung kommen – was dann?

In den folgenden Jahren reisten sie viel mit Jan. Sie waren in Salzburg, in Prag, sie trafen sich in München und in Berlin. Sie besuchten ihn, wenn er irgendwo inszenierte oder an einem Symposium teilnahm, und wenn Franzis-

ka zu Lesungen aus ihren Büchern unterwegs war, begleiteten sie die beiden Getreuen.
Immer saß Gunnar am Steuer und brachte sie sicher ans Ziel.
Und eines Tages ...
Sie holten Jan vom Bahnhof in Karlsbad ab, das jetzt Karlovy Vary hieß. Er kam mit dem Zug aus Leipzig und mit einer dicken Tasche, vollgepackt mit Straßenkarten und Stadtplänen, um Gunnar »zu lotsen«, was gut gemeint, aber nicht nötig war, denn Gunnar fand den Weg nach Teplitz, Franziskas Heimatstadt, ganz ohne Plan.
Für sie erfüllte sich ein Traum, zum ersten Mal in ihrem Leben.
»Der Schloßberg«, rief sie plötzlich, »seht nur, mein Schloßberg, da liegt er, unverändert!«
Jan entfaltete den Plan und sah nach, ob alles seine Richtigkeit hatte.
Sie bezogen drei vorbestellte Einzelzimmer im Hotel. Es lag im Zentrum der einst berühmten Kurstadt. Früher hieß es »Hotel Dittrich« und war sehr vornehm gewesen, so sehr, daß Franziska stets mit ehrfürchtigen Schaudern vorbeiging. Wenn berühmte Leute hier abstiegen, Filmstars wie Willi Birgel oder Zarah Leander, dann drängten sich die Zaungäste vor dem Eingang, um ein wenig Glanz der großen, weiten Welt zu erhaschen. Nun hieß das Hotel »Thermia«. Man hatte die Zimmer durch Zwischenwände geteilt und verkleinert, die Maße stimmten nicht, sie waren häßlich.
Doch Franziska hatte keine Augen dafür. Sie wollte das Fenster öffnen, das klemmte, erst durch einen kräftigen Ruck gelang es ihr, den Riegel zu bewegen.
Drüben lag das Theater, es sah aus wie eh und je. Mit dreizehn Jahren hatte sie hier ihre erste Oper gesehen: *Rigoletto.* Und sie hatte sehr geweint um Gilda und ihren Vater, den alten Hofnarren. Außer einem hübschen

Organzakleid – rosa, was sonst? –, das Frau Henebichler ihr genäht hatte, trug sie einen riesigen Gipsverband um den Arm, weil sie in der Schule beim Turnen vom Barren gefallen war und sich das Ellenbogengelenk zersplittert hatte.

Im Winter gingen sie zu Fuß, den langen Weg von Turn nach Teplitz, die Mutter und sie, regelmäßig, denn sie hatten ein Theaterabonnement. Warum waren sie eigentlich nie mit der Straßenbahn gefahren? An den Füßen trugen sie Galoschen, die Abendschuhe wurden erst an der Garderobe angezogen. Die nassen Gummigaloschen – was für ein abscheulicher Geruch! – kamen bis zum Ende der Vorstellung in die große Tasche. Der nächtliche Heimweg war unangenehm, sie spürten die eisige Kälte, wenn der Winterwind unter die Mäntel fuhr, die Knie unter den kurzen Röcken wurden gefühllos, Tränen traten in die Augen. Aber was machte das schon! Später hatte Julian sie begleitet. Dann gab es heftige Diskussionen, und sie stritten, weil sie oft anderer Meinung über die Aufführung waren.

Julian – längst gestorben, nicht mal dreißig war er geworden, der gescheite Junge mit dem großkarierten Mantel, der so verliebt in sie gewesen war und ein großer Spötter: »Ironie ist die Redeform, mit der wir das Gegenteil von dem sagen, was wir meinen. Ironie verführt dazu, Werturteile in Frage zu stellen.«

Typisch Julian.

Mit Freundin Gerti war sie drüben über das Korso spaziert, Arm in Arm, die Jungs pfiffen ihnen nach, und Franziskas Faltenrock wippte kokett um ihre Knie. »Wir tun einfach so, als merkten wir es nicht, klar?« Das kam von Gerti, die immer dann schnoddrig wurde, wenn ihre Verlegenheit einsetzte.

Am Samstag nachmittag, wenn Franziska feingemacht mit den Eltern über die Drehscheibe spazierte, dachte sie: Wie langweilig, ach, wäre ich doch endlich erwachsen und

weit, weit weg von hier! Wie lange soll das noch so gehen, immer brav mit den Eltern, zuerst ins Kino oder auf den Friedhof, wo die Großeltern lagen und Frieda, das Faktotum ihrer Kindheit, und ihre kleine Schwester Irene, die nur drei Jahre alt werden durfte. Danach ins Theatercafé, wo eine ungarische Kapelle schöne, angenehme Begleitmusik machte. (»Geh gerade, Franzi, streck den Kopf nicht so vor – wie sieht denn das aus!«)
So viel ungeduldige Erwartung, so viel Hoffnung und Vorfreude auf das Leben, und keine blasse Ahnung davon, wie anstrengend es verlaufen würde, ähnlich wie eine Fahrt mit der Berg- und Talbahn für jemanden, der nicht schwindelfrei ist.
Hier lagen ihre Wurzeln. Ohne Wurzeln bist du nichts. Vielleicht muß man fortgehen, um seiner Heimat gewahr zu werden, zumindest aber, um Sehnsucht danach zu bekommen.
Ina hatte das nie verstanden. Wer sich ein Leben lang häuslich da einrichtet, wo er geboren wurde und auch sterben wird, der kann Heimweh nicht begreifen.
Heimweh, das wußte Franziska längst, ist etwas Elementares, dazu muß man sich bekennen. Wer das nicht begreift, dem fehlt ein Stück seines Herzens – oder einfach die Phantasie.
Jemand klopfte an die Tür.
»Komm ’rein«, sagte sie, denn sie dachte, es sei Gunnar. Doch es war Jan. Er sah müde aus, erschöpft von sich selbst, von den Eindrücken und all den verwirrenden Gefühlen. Diesmal kam er ohne die üblichen Sticheleien, die sie nicht nur parierte, sondern doppelt zurückzahlte, er kam wie er war, ohne Panzer und Maske. Er trat neben sie, legte den Arm um ihre Schulter, so standen sie, wagten kaum zu atmen. Alle Aufregung legte sich.
Franziska sagte, während sie auf die Straße hinabsah: »Weißt du, ich habe zweimal etwas Kostbares verloren

und bin damit eigentlich niemals fertig geworden.« Da er schwieg, nur zuhörte, fuhr sie fort: »Das eine war diese Stadt und alles, was zu ihr gehört. Das andere bist du gewesen. Zweimal Verlust. Danach hat es nur noch Kompromisse gegeben.«

Er setzte zum Reden an, sonst flossen ihm die Worte locker von der Zunge, jetzt ging es nicht, er mußte sich räuspern und sagte: »Ich weiß. Das habe ich auch lernen müssen.« Dann fragte er: »Die Alpträume – hast du auch diese Alpträume? Ich sehe dich, ich gehe auf dich zu und du wendest dich ab.«

»Ja«, gab sie zu, »ganz genau so. Aber sie sind weniger geworden.«

Er drehte sie zu sich, nun sahen sie einander an, fast erschrocken von so viel Nähe. Seine Hände glitten an ihrem Körper hinab, blieben auf der Hüfte liegen, sie legten die Köpfe aneinander, trauten sich nicht, aber dann küßten sie sich doch.

Es war wie ein Ertrinken. Sie küßten sich ohne Begierde, doch mit aller schmerzlichen Sehnsucht, die sie so lange bekämpft hatten.

»Und Ilona?« fragte Franziska nach einer Weile und löste sich aus der Umarmung.

Er zuckte die Achseln, voller Trauer. »Manchmal denke ich, nichts ist wichtiger als wir zwei.«

Sie nickte. »Das denke ich auch sehr oft. Aber ...«

»Sieh mal«, er zeigte zur Straße hinunter. Da stand Gunnar und fotografierte: die Häuser, das Theater, das Hotel.

»Er liebt dich sehr«, sagte Jan, »nicht wahr?«

»Ja«, antwortete sie, »wie Ilona dich.«

Das ganze Elend fiel über sie her wie eine Lawine. So viele Jahre hatten sie sich gut gehalten. Und jetzt ...

Er bemühte sich, nicht aus dem Fenster zu sehen, er konnte nicht sprechen mit Gunnar vor Augen.

»Wir beide«, sein Gesicht war voller Zärtlichkeit, wie am

Anfang, als sie entdeckten, daß sie sich liebten, »wir haben einander erschaffen. Nein, laß mich ausreden, immer fällst du mir ins Wort.«
»Du mir auch«, beschwerte sie sich, doch er griff beschwichtigend nach ihrer Hand, damit der übliche Kampf nicht wieder aufflammte. »Wir gehen auf in unserer Arbeit«, fuhr er fort, »sie ist der Mittelpunkt unseres Lebens. Gunnar und Ilona aber – sie haben *uns* zur Erfüllung ihres Lebens gemacht. Ausgerechnet uns!« Er lachte, und es klang nicht sehr fröhlich.
»Vielleicht haben sie eine Zauberbrille auf«, meinte Franziska, »wie Hoffmann, der Dichter, als er die Puppe Olympia ansah und sie für die herrlichste Frau der Welt hielt.«
Jemand rief ihre Namen. Sie beugten sich, Kopf an Kopf, aus dem Fenster, und Gunnar winkte herauf. Er zückte den Fotoapparat und knipste lachend.
Jan ging zur Tür, blieb aber stehen und wartete. Dann fragte er: »Selbst wenn wir uns über alles hinwegsetzten, wenn ich nicht mehr zurückginge nach Leipzig, hinter den Eisernen Vorhang, wer soll hier meine Bücher drucken? Der Westen ist eine andere Welt, ich weiß nicht, ob ich ihr auf die Dauer gewachsen bin. Als wir uns kennenlernten, warst du dreiundzwanzig und ich dreiunddreißig. Jetzt bin ich fast sechzig. Zu spät für einen Neubeginn. Was meinst du?«
»Vielleicht würden wir es schaffen«, wandte sie ein. Ihre Arme waren schwer vor Sehnsucht, sie wollte sie nach ihm ausstrecken, doch sie tat es nicht. »Laß uns darüber nachdenken, ja?«
Sie stromerten durch die Stadt. Der Kurpark, das Schloß, die Cafés, die einst so vornehmen Bäder – überall verblichene Eleganz, Verwahrlosung, ein Museum des Verfalls. Aus den Häusern drang ein muffiger Geruch wie aus dem Innern alter Pappschachteln.
Statt der üppigen Wiesen und Felder: Satellitenstädte mit

kalkig weißen, seelenlosen Wohnsilos und ringsum Schutthalden.
Sie fuhren ins Erzgebirge, aber die Wälder waren nicht mehr da. Tote Bäume, gespenstisch anzusehen, gestorben wie die Stadt zu ihren Füßen.
Das Restaurant auf dem Mückentürmchen sah trostlos und verlassen aus, die Steine geschwärzt wie von einem Brand. Früher hatten sie hier *Tschai* getrunken, dieses wundervolle heiße Getränk, das ihnen einheizte, wenn sie auf ihren Skiwanderungen hier einkehrten: eine vergnügte Schar junger Leute.
Der Wind strich über die einsamen Wiesen. Gunnar wollte alles in Bildern festhalten, er filmte und fotografierte, auch Jan hantierte eifrig mit der Kamera, besann sich auf seine Berufung als Regisseur, verlangte gespielte Szenen von Franziska, ihr Gesicht in Großaufnahme: sehen, staunen, erschüttert sein, Tränen der Wehmut. Da lief sie einfach in die Wiese hinein und warf sich ins Gras wie früher. Glockenblumen wuchsen hier noch immer, Pechnelken und roter Fingerhut, »Herzlgras«, Wiesenschaumkraut und Waldmeister. Grillen zirpten, Bienen schwirrten über Blütenkelche, unzählige Hummeln brummten. Düfte und Geräusche beschworen die Erinnerung. Rast während der sonntäglichen Ausflüge: der Vater mit dem Rucksack und den kurzen Hosen, die Mutter neben ihr auf der Decke: »Willst du Salamiwurst – du mußt was essen, du bist so dünn!« Aber sie hatte immer nur Durst. Und die Füße taten ihr weh vom langen Wandern. – Sie ging behutsam um mit den Erinnerungen, den guten und den schlechten, sie waren ihre vergangene Jugend.
Und die Zukunft?
Jan kam und setzte sich neben sie. Er sagte: »Von diesem Augenblick haben wir schon vor vielen Jahren gesprochen. Weißt du noch?«
Sie nickte.

»Wir alle kehren dahin zurück, wo wir schon einmal waren«, meinte er nachdenklich. »Wir alle laufen im Kreis – lebenslänglich.«
Sie stand auf und ging auf Gunnar zu, der sie aus einiger Entfernung beobachtete.
»Es kommt aber auch vor, daß wir einfach geradeaus gehen«, sagte sie so, daß Jan sie verstehen konnte.
Dann legte sie beide Arme um Gunnar, ganz fest. Sein Haar duftete nach frischgebackenem Brot und Herbstlaub. Ein vertrauter Duft, den sie liebte, ohne den sie nicht mehr leben konnte.
Gunnar hielt überrascht still, mit einem verlegenen Blick auf Jan, doch dann, wie erleichtert, umarmte er Franziska ebenfalls.
In dem Augenblick knarrte die Tür der Gaststätte hinter ihnen. Der Ober erschien. Er hatte ein abgewetztes Jackett an und sah aus wie ein Kellner aus der Zeit Goethes, der hier oben öfter eingekehrt war, wenn er in Teplitz zur Kur weilte.
»Wenn Sie Würschtln wollen«, sagte der Mann in gebrochenem Deutsch, »es sind gerade welche heiß. Wir haben auch Pilsner Bier und Slibowitz.«
»Jaaaa«, riefen sie alle drei und liefen lachend die Treppe hinauf und hinein in die Gaststätte, denn sie hatten Hunger und Durst.
»Im Januar werde ich sechzig«, sagte Jan nach dem zweiten Slibowitz. »Es wird sicher eine recht eindrucksvolle Feier geben, und es wäre phantastisch, wenn ihr nach Leipzig kommen könntet, sozusagen als Ehrengäste.«
»Machen wir«, versprach Gunnar und begann sich bereits zu freuen. »Dann lernen wir endlich deine Ilona kennen.«
Franziska und Jan wechselten einen schnellen Blick.
»O ja, das wäre schön«, sagte sie etwas weniger begeistert als Gunnar.
Sie wandte den Kopf und schaute durchs Fenster ins wei-

te Land. In der Ferne konnte sie den Schloßberg erkennen, hingestreckt im Tal, wie ein müdegewordener Riese, der sich ausruht. Er war bedichtet worden, gemalt und besungen, geliebt, aber auch mißhandelt in den Jahren vielfältiger Geschichte.

Im sommerlichen Dunst lag die Stadt, eingebettet zwischen Hügeln und Bergen, in den schönsten Linien geformt -- *als hätten die Engel im Sande gespielt.*

HEYNE BÜCHER

Doris Jannausch

Mit ihren heiteren Romanen gelingt es Doris Jannausch, ihre Leser mit viel Witz und Charme stets aufs beste zu unterhalten.

Mustergatte abzugeben
01/6431

Jungfrau sucht Löwen
01/6736

Mein lieber Schwan
01/6787

Alles wegen Hannibal
01/6892

Casanova wider Willen
01/7685

Glück mit Pechvögeln
01/7858

Montag ist erst übermorgen
01/7939

Mein Mann, der Hypochonder
01/8093

Komm nach Hause, Odysseus!
01/8208

Der Vollmond kostet keine Mark
01/8238

Ausgerechnet Kusinen
01/8386

Wilhelm Heyne Verlag
München

Ein Stück Kabarett- und Zeitgeschichte

Cissy Kraner
»Aber der Hugo ließ mich nicht verkommen«

Lieder und Erinnerungen
Aufgezeichnet von
Georg Markus

AMALTHEA

Die berümtesten Chansontexte des unvergessenen Kabarettisten, Komponisten und Satirikers zum Nachlesen. Im Gespräch mit Georg Markus erzählt Cissy Kraner den Hintergrund und die Entstehungsgeschichte zu jedem einzelnen Lied.

Amalthea